生命拍卖

Angela Marsons

LOST
GIRLS

〔英〕安杰拉·马森斯——著

叶家晋———译

湖南文艺出版社
HUNAN LITERATURE AND ART PUBLISHING HOUSE

博集天卷
CS-BOOKY

谨以此书献给玛丽·福里斯特，她的爱与慷慨感染了包括我在内的无数人。

玛丽，您曾教会我们许多，您的金玉良言将永远留在我们心间。

Prologue

序 章

2014 年 2 月

被一只手捂住嘴巴的埃米莉·比林厄姆竭力想发出尖叫。

抓住她下巴的手指瘦而有力。她唇间挤出的一丝声音被那人用手封住了；她用力把头往后甩，想摆脱束缚，后脑却撞上了某样坚硬的物体。是那人的肋骨。

"省点力气吧，愚蠢的小婊子。"他一边说，一边将她往后拖。

埃米莉耳中的怦怦声几乎盖过了他的说话声。她感觉到自己的心脏正抵着胸口剧烈地跳动着。

她被一块布蒙住了眼睛，所以不知道自己身在何处，但她能感觉到自己脚下正踩着沙砾。

每走一步，她离苏西就又远了一些。

埃米莉再次奋起反抗。她双臂用力，想把他推开，却被拉得更近；她扭动身子，欲挣脱钳制，却被抓得更紧。她不想被他带走。她必须脱身。她必须找人求救。爸爸知道该怎么做。爸爸能把她们俩都救走。

她听到有扇门吱一声打开了。哦，不，是那辆面包车。

她用力尖叫。她不想再上那辆面包车。

"不要……求你了……"她哭喊着扭动身子，想挣脱他的双臂。

他对准她的膝弯，狠狠踹了一脚。

她双腿一弯，向前倒去，但没有摔到地上，因为他一把扯住了她的头发。

她的头皮传来一阵剧痛，泪水夺眶而出。

他把她扔进面包车，砰地拉上车门。车门发出一阵尖细的声音。几天前走路去上学的时候，她就听到过这个声音。

此刻，教室仿佛已离她无比遥远，她不知道还有没有机会见到自己的朋友。

面包车快速倒车，她被甩到了车门上。痛楚在她脑后如烟花般炸开。

她扭动身子想坐直，但面包车开得极快，她又被甩到了地上。

面包车一路颠簸，高速行驶着，车里的木地板撞击着她的脸颊。她裸露的小腿被一颗钉子划破，痛得她直哆嗦。一股温热的鲜血淌到了她的脚踝上。

如果苏西在这里，她会对她说要坚强，就像那次她在健身房把手腕扭伤时一样。当时，苏西紧握着她的另一只手，给予她力量，告诉她一切都会好起来。那次，苏西是对的。

但这次，苏西错了。

"我做不到，苏西，我很抱歉。"埃米莉轻声说，无声流泪变作呜咽啜泣。她想为了朋友勇敢起来，奈何战栗已从腿部传遍全身。

她用下巴抵着膝盖，尽力将身子蜷作一团，但依旧止不住地颤抖。

她感到双股间渗出了一滴尿液。初时只是细流，而后倾泻而出，可她的身体却无力制止。

埃米莉惊恐地抽泣起来，祈求这场折磨能早早结束。

突然，面包车停了下来。

"求你了，妈……妈妈，求你来救我。"她低声说着，一阵突如其来的不祥阒寂罩住了她。

她一动不动地倚着车门，战栗早已令她四肢瘫软。她无力再反抗，只打算束手就擒。

绑匪拉开车门，恐惧堵住了她的喉咙。

第一章

黑乡[1] 2015 年 3 月

金·斯通感到怒火正在体内奔腾。这股火气自脑中点燃，如电流般直冲到脚底，然后又来了一遍。

如果她的同事布赖恩特此刻正站在她身旁，他会劝她先冷静下来，凡事三思而行，考虑一下她的职业生涯，考虑一下她的生计。

所以，幸亏她现在是独自一人。

普尔体育馆位于布赖尔利山[2]的利维尔街上，在梅丽山购物中心、海滨办公楼以及各式酒吧之间。

此刻是星期日中午，停车场停满了汽车。金绕停车场骑了一圈，找到了那辆要找的车，接着把川崎忍者[3]停在正门外。她并不打算在这里待很久。

她踏入前厅，朝前台走去。一位外表俊俏温柔的女人灿烂一笑，向她伸出手。金估摸这女人可能以为她身上带着会员卡。金身上的确带着

---

① 位于英格兰中部的西米德兰兹郡，原为重工业地带。
② 位于西米德兰兹郡的一个小城镇。
③ 一款运动型摩托车。

一张卡，那是她的委任证①。

"我不是这里的会员，但我和你们的一位顾客有话要说。"

那女人向四周望了望，仿佛在征询意见。

"警务要事。"金说道。算是吧，她暗暗加了一句。

那女人点了点头。

金扫了眼方向指示牌，弄清了自己正面朝哪边。她往左一转，发现自己站在三排跑步机后，跑步机上有人在踏步，有人在走路，也有人在慢跑。

她站在这些在原地宣泄着能量的人身后，逐个看去。

她要找的那个人正在最远的角落里踏步，身子一上一下。那人扎成马尾辫的金色长发是线索，而摆在那人面前的手机则是决定性证据。

找到目标后，金自动忽略了健身房里的手臂抬举声、踏步声，以及周围人对她——这个房间里唯一穿戴整齐的人——投来的奇怪目光。

她所关心的，只是一个女人和一个名叫杜文的十九岁男孩的死亡事件之间的牵连。

金叉腿站到跑步机前，特蕾西·弗罗斯特脸上的震惊几乎刺穿了金的愤怒。但毕竟还是差点。

"能聊聊吗？"她问道，虽然这句话实非询问。

有那么一秒，那女人差点失去平衡。如果她真的摔下来，那就太糟了。

"你到底是该死的怎么……"特蕾西四下望了望，"你该不会是靠着警徽进来的吧？"

"借一步说话。"金又重复了一遍。

———————————

① 执法人员确认身份并行使权威的证明，通常只在英国和英联邦国家（包括前英联邦国家）使用。词尾"card"有"卡"之义，故有上一句"金身上的确带着一张卡"之说。

特蕾西置若罔闻，继续踏步。

"听着，如果你非要在这儿聊，我也乐意，"金提高了音量，"反正我不会再见到这些人。"

金感到健身房里至少有一半的目光落在了她们身上。

特蕾西往后踏了几步，走下跑步机，然后伸手拿了手机。

这个女人的身高令金惊讶，因为她最多不过五英尺两英寸①高。不管什么天气，金从未见她脱下过那双六英寸的高跟鞋。

金撞开女洗手间的门，把特蕾西摁到墙上。特蕾西的头离干手机只有一英寸。

"你他妈觉得你干了什么？"金怒吼道。

一扇隔间门打开，一个年轻女孩急忙溜走了。此刻，洗手间里只剩她们两人。

"你可不能这样对我……"

金后退一步，两人依旧离得很近。"你他妈怎么能把那篇报道发表出去，你这个蠢婊子？他现在已经死了。杜文·赖特死在了你手里。"

特蕾西·弗罗斯特，当地记者，一个彻头彻尾的人渣，她听到金的这番话后眨了两下眼睛。"但是……我的……报道……"

"你的报道害死了他，你这头蠢母牛。"

特蕾西开始摇头，而金点了点头。"就是你害死了他。"

杜文·赖特是霍利特里住宅区的一位青年。他曾在一个叫"霍利特里风帽帮"的黑帮里待了三年，后来萌生退意。黑帮收到风声，下毒手将他刺伤，把他扔在原地等死。他们本以为他必死无疑，结果一个路人对他实施了心肺复苏术。也正是那时，金开始受命调查这起谋杀未遂案。

---

① 1英尺合 30.48 厘米，1英寸合 2.54 厘米。

她发出的第一道命令是：除了男孩家人，对外封锁他还活着的消息。她知道，如果这件事被霍利特里的黑帮知道，他们会想出别的法子把男孩杀掉。

那一晚，她坐在他床边的椅子上，祈祷他能打破医生的预测，开始自主呼吸。她握住他的手，给他力量，希望他醒来。男孩努力改变生活、抗击命运的勇气打动了她。她很希望能有机会结识这位下定决心摆脱帮派生活的勇敢的年轻人。

金俯身凑近特蕾西，目光如剑，特蕾西避无可避。"我求你不要发表那篇报道，但你就是管不住手，是不是？你只关心自己是不是第一个报道的人，是不是？你就这么想引起全国上下的关注，连那个男孩的命也可以不管不顾？"金冲着特蕾西的脸大吼，"行，为你着想，我希望所有人都能注意到你——因为你可以和老本行告别了。我乐意向你保证。"

"这不是因为——"

"这就是因为你，"金咆哮道，"我不知道你是怎么发现他还活着的，他现在已经死了。这一次他活不过来了。"

特蕾西的脸因迷惑而扭曲。这蠢女人想说些什么，却张口结舌。即便她说，金也不想听。

"你知道他想离开黑帮，对不对？杜文只是个想活命的男孩而已。"

"这不可能是因为我的缘故。"特蕾西说道，脸上恢复了血色。

"不，特蕾西，这就是因为你，"金一字一顿地说道，"你肮脏的猪蹄子沾满了杜文·赖特的血。"

"我只是在做自己的本职工作。这个世界有权知道真相。"

金往前踏了一步。

"我向上帝发誓，特蕾西，你一天不离开记者这行，我一天都不会善罢甘——"

她的话被自己的手机铃声打断了。

特蕾西趁机逃出了金的控制范围。

"我是斯通。"金答道。

"我要你回警局。现在。"

侦缉总督察伍德沃德并不是世界上最有人情味的上司，但往常，他会先简短地问候一两句。

金的思绪飞转。先前他还坚持要让她休一天假，此刻却在星期日的午饭时间打电话给她。听得出来，某些事令他恼火。

"我这就回去，斯泰茜。给我准备一杯干白葡萄酒。"说完她便挂了电话。如果她的上司因为被她唤作"斯泰茜"而不解的话，她晚些时候会和他解释。

金眼前站着自己生平所遇到过的最卑鄙的记者，而她绝不会在这种人面前接上司的紧急电话。

眼下这种情况只有两种可能。要不就是她遇上了大麻烦，要不就是局里出了大案子。不管是哪种可能，给这个渣滓听到对话内容都不会有什么好结果。

她转身面向特蕾西·弗罗斯特。"别以为这事就这么结束了，我会想办法让你为自己做过的事付出代价。我向你保证。"金说着，推开了洗手间的门。

"你就等着丢饭碗吧。"特蕾西在她身后喊道。

"有本事你就来试试。"金回头喊道。咋晚，一个十九岁的少年白白丢了性命。这几天算不上什么美好的日子。

而她有预感，今天将变得更糟。

第二章

金把川崎忍者停到黑尔斯欧文警察局后面。

西米德兰兹警察厅管辖着近二百九十万名居民，辖区包括伯明翰、考文垂、伍尔弗汉普顿及黑乡地区。

警察厅下设十个地方警察局，其中包括她所属的达德利地方警察局。

金走到三楼的办公室。她敲了敲门，走进办公室时，浑身僵住了。

让她吃惊的不是坐在伍迪①旁边的是他威严的上司——鲍德温警司，也不是伍迪没有像平常那样穿着他那件带警局肩章的白衬衫，而是穿着一件马球衫。

让她吃惊的是，站在门口，她都能看到伍迪淡褐色额头上布满豆大的汗珠。他的焦虑无处可藏。

金担心起来。她从来没见过伍迪出汗。

她关上门，四只眼睛落在她身上。

她完全不知道自己做了什么能把两位顶头上司都惹恼了。鲍德温警司从伯明翰的劳埃德总局远道而来。她经常能看到他，在电视上。

"长官？"她问道，望着房间里她唯一在乎的人。她看着自己的上

---

① 伍德沃德的昵称。

司，目光不可避免地看向那张镶框照片，照片里是伍迪二十二岁、身着海军制服的儿子。这张照片拍下两年后，伍迪收到了海军运回来的儿子的尸体。

"坐下，斯通。"

她走上前，坐到办公室中间仅有的那把椅子上。她从一位上司看向另一位上司，急切地想从他们脸上找到线索。和伍迪谈话前，十有八九他会把桌上的那个减压球紧握在手里。通常来说，这是一个令金宽慰的信号，因为这说明一切都还好。

伍迪并没有动那个减压球。

"斯通，今天早上出了一起案子：绑架案。"

"已经确认了吗？"她立刻问道。很多时候人们只是失踪，几小时后就找回来了。

"是的，已经确认。"

她耐心地等待着下一句话。即便这是一起已经确定的绑架案，金仍不知道为什么她面前坐着侦缉总督察和他的上司。

幸运的是，伍迪并不是那种爱弄些没必要的悬念吊人胃口的人，他直接开始陈述案情。

"是两个少女。"

金闭上眼睛，吸了一口气。啊，她算是明白为什么金字塔顶端的人都大驾光临了。

"和上次一样吗，长官？"

她并没有参与十三个月前的那场调查，但西米德兰兹警局的每一个人都对那起案子感兴趣。局里很多人都帮忙进行过后续调查。

金对这起旧案知之甚多，她立即想起了这个案子最引人注目的一点。

其中一个女孩再也没有回来。

　　伍迪的声音将金的注意力带回到现在。"眼下我们还不能确定。一开始看来确是如此。两个女孩是非常要好的朋友，她们最后一次出现的地方是老希尔休闲中心。其中一个女孩的母亲本打算在十二点半去接她们，但她的车被人锁死了。

　　"两位母亲都在十二点半的时候收到了一条短信，绑匪告知她们，她们的女儿已遭绑架。"

　　现在刚一点十五分，距两个女孩消失不到一小时，但既然已收到那两条短信，就意味着他们没必要去询问两个女孩的朋友或邻居，她们绝无可能是自己走丢的。她们并非失踪，而是已经被绑架，此案已立。

　　金把目光转向警司。

　　"那么，上一次是哪里出了差错？"

　　"你说什么？"他惊讶地问道。显然，他并没有料到金会直截了当地询问。

　　在警司思考该如何回答的当口，金在研究他的面部。此人显然接受过极高的警察公共关系训练。他额上没有皱纹，发际线上没有汗珠，表情近乎冷淡。他肯定对那次差错背负着多重责任。

　　鲍德温用死亡般的凝视回应她的问题。这是在警告她把嘴闭上。

　　金也回以凝视。"所以说，只有一个孩子回来，是哪里出错了？"

　　"我不觉得案件的细节——"

　　"长官，我在这里干什么？"她转向伍迪问道。这是一起双重绑架案，这起案子应该归刑事调查局管，而非地方警察局。处理这样一起案件需要好几个部门协同作战。有的寻找线索，有的收集背景资料，有的挨家挨户调查，有的查看闭路电视监控，还有的应对媒体。伍迪绝对不会让金来应对媒体。

　　伍迪和鲍德温交换了一下眼神。

她觉得自己不会喜欢他们的回答。她的第一个猜测是她的团队被派来协助调查，全然不顾他们目前的工作量：性侵、家暴、欺诈、谋杀未遂，以及杜文·赖特一案的最终陈述报告。

"您希望我的团队搜索——"

"没有搜索，斯通，"伍迪说道，"我们打算对媒体进行全面封锁。"

"长官？"

这样的决策在绑架案中实在闻所未闻。通常来说，媒体在案件发生几分钟后便能嗅到风声。

"电视台和广播都没有报道这起案件，眼下女孩们的父母也不愿意透露任何信息。"

金点了点头，表示理解。如果她没记错的话，上一次他们也试过这么做，但到了第三天，事情便被捅给了媒体。那一天晚些时候，活下来的那个孩子被人发现正沿着路边游荡，而另一个孩子却完全找不到。

"我还是有点迷惑，是什么——"

"有人点名要求你主持这个案子，斯通。"

她足足等了十秒钟，以为他们要抖个包袱。结果，两位上司一声不响。

"长官？"

"当然，那是不可能的，"鲍德温说道，"你绝对没能力领导一场这么庞大的调查。"

金对这句话并无异议，但她不由得想提起之前克雷斯特伍德那起案子①。在那起案子里，她和她的团队合力将杀害了四个年轻女孩的凶手捉拿归案。

———————————

① 详见安杰拉·马森斯所著《无声尖叫》。

她把椅子转了个方向，直面伍迪。

"是谁要求的？"

"其中一位母亲。她特别要求你来调查这个案子，根本不和其他任何人说话。我们需要你去掌握一些初步细节，而我们则趁这段时间组建一个团队。之后，你要立刻回警局汇报情况，把信息移交给主管警官。"

金点了点头，表示她理解了整个过程，但他依然没有完全回答她的问题。

"长官，我能知道两个女孩和她们父母的名字吗？"

"那两个女孩分别叫查利·蒂明斯和埃米·汉森，要求你领导此案的是查利的母亲，她的名字是卡伦。难不成是你的朋友？"

金一脸茫然地摇摇头。此事绝无可能。她既不认识卡伦·蒂明斯，也绝不会有朋友。

伍迪看了看桌上的一张纸。

"抱歉，斯通，你可能对这女人的婚前姓更熟。她的原名是卡伦·霍尔特。"

金感到背部一僵。这个名字静静地藏在她的过去——一段她甚少回望的过去。

"斯通，你的表情告诉我们你的确认识这个女人。"

金站了起来，只看向伍迪。

"长官，我会去进行初步问询，然后把掌握到的信息转交给主管警官，但我可以向您保证，这女人绝对不是我的朋友。"

Chapter Three

第三章

金骑着川崎忍者在众多车辆中穿行，排到车辆队伍的最前面。黄灯将亮时，她加大马力，摩托车咆哮着横冲过交叉路口。

她的膝盖轻蹭着柏油路面，以每小时四十英里[①]的速度穿过下一座安全岛。

她朝南骑，离开了黑乡的中心区域，此地许多地方的铁矿石和煤层露头厚达三十英尺，"黑乡"因此而得名。

历史上，这个地区有许多人都曾拥有小农场，但他们也从事钉子匠或铁匠的工作，以此增补收入。到了十七世纪六七十年代，达德利城堡方圆十英里就有两万名铁匠。

金拿到的地址令她惊讶，她从没料到卡伦·霍尔特居然住在黑乡较为优渥的地区。事实上，单单是这女人还活着这点就让她大吃一惊。

她朝佩德摩尔[②]方向骑去，两边的房屋渐渐远去。土地越来越长，树越来越高，房子和房子间的距离也越来越人。

这块区域曾是伍斯特郡乡下的一个村庄，但"一战"和"二战"期

---

① 1英里约合1.609千米。
② 西米德兰兹郡斯陶尔布里奇镇的郊区住宅。

间进行大规模房屋建设后被并入了斯陶尔布里奇。

她驶离红湖路，转入一条马路，路面在摩托车轮胎下嘎吱作响。她骑向那座房子，脑中吹起口哨。

这是一栋维多利亚式双门独立住宅，对称完美，白砖看起来是新刷的。

金把摩托车停在一个华丽的柱廊入口前，柱子支撑着上方筑有栏杆的阳台，房子两边各有一个凸窗。

这种房子的主人大多是成功的象征。金不禁心生疑窦，卡伦·霍尔特到底干了什么，居然能在这种地方享福。如果此刻布赖恩特在她身边的话，他们准会玩"猜猜房子多少钱"这个游戏，而她给出的起步价绝不低于一百五十万英镑。

房子外并排停着两辆车，一辆是银色的劳斯莱斯，另一辆是未上牌的沃克斯豪尔骑士。简单环视一周，金确认，周围地势均不能俯瞰此屋。她一边走，一边暗暗记下要向伍迪指派的主管警官汇报的信息。

一位警员帮金拉开前门，金认得这位警员，她在上一起案子中见过。她踏进接待厅，地上炫耀般地铺着明顿①瓷砖。一张圆形橡木桌占据大厅正中央，桌上摆着金见过的最高的花瓶。走廊两边各有一个会客室。

"她在哪儿？"金问警员。

"她在厨房，长官。另一个孩子的母亲也在。"

金点了点头，走过弧形楼梯。走了一半，金遇到一个女人。她花了好一会儿才认出眼前这个女人是谁，可这个女人的表情表明她立刻就认出了金。

卡伦·蒂明斯的外貌已和卡伦·霍尔特相去甚远。

从前和她身子曲线纹丝合缝的紧身牛仔裤，如今已被一条时髦的直筒裤所代替。从前那件低胸紧身，几乎遮不住她双乳的上衣，此刻已换

---

① 英国一家大型陶瓷制造公司，始建于 1793 年。

成一件 V 领套衫，遮住了衫下的胴体，不再如以前那般招摇。从前染成
金色的头发现在已经恢复了自然的栗色，头发修剪得很时髦，衬着一张
迷人却不醒目的面容。

她做过整形手术。做得不算多，但足以让她面貌大变。金猜她整过
鼻子，卡伦一直不喜欢自己的鼻子。她不喜欢的东西多了去了。

"金，感谢上帝。谢谢你能来，太谢谢你了。"

金让她握了足足三秒才把自己的手抽回。

第二个女人出现在卡伦身边，她眼里流露出来的希望压过了恐惧。

卡伦站到一旁。"金，这位是伊丽莎白，埃米的妈妈。"

金朝这位被睫毛膏晕满双眼的女人点了点头。她的短发富有光泽，
状似一顶赤褐色的头盔。她看起来比卡伦重几磅，穿着一条奶油色斜纹
布裤和一件樱桃色套衫。

"你是查利的妈妈吗？"金问道。

卡伦急切地点了点头。

"你找到她们了吗？"伊丽莎白屏住呼吸问道。

金陪她们走回厨房，摇了摇头。

"我来这儿是为了收集初步细节的，为了——"

"你不打算帮我们找到——"

"不，卡伦，我们现在正在召集一个团队。我来这里只是为了收集初
步细节。"

卡伦张开嘴想争辩什么，但金举起手，朝她宽慰地一笑。

"我向你们保证，我们会调派最优秀的警官，他们处理这样的案子很
有经验。你们越快给我提供细节，我就能越快把这些信息提交回去，越
快把你们的孩子安全带回家。"

伊丽莎白点了点头，表示理解，但卡伦却眯起了眼睛。哦，没错，

她认得这副神情。

和她们年轻时一样，金忽略了这神情。

"他们给你们发了短信，是吗？"金问道。

她们同时把手机递给了金。她接过卡伦的手机，上面是冷冰冰、黑漆漆的文字。

> 没必要心急。夏洛特①今天回不了家了。这不是恶作剧。你女儿在我手上。

金把手机还给卡伦，又接过伊丽莎白的手机。

> 埃米今天回不了家了。这不是恶作剧。你女儿在我手上。

"好的，告诉我到底发生了什么事。"她说着，把手机递了回去。

两个女人坐在早餐吧台上。卡伦抿了一口咖啡，说道："我今天早上把她们两个送去了休闲中心——"

"几点？"

"上午十点十五分。十点半上课，十二点十五下课。我总是在十二点半去接她们。"

金听得出她声音里的情绪，她正强忍泪水。伊丽莎白握住了卡伦空出来的那只手，鼓励她继续讲下去。

卡伦咽了口唾沫。"我准时出门去接她们，她们总会在接待大厅那里等我来。结果我的车却启动不了——然后我就收到了短信。"

---

① 查利的全称。

"你们家有闭路电视监控吗?"金问道。她现在只能假设卡伦的车是被故意毁坏的,这说明有人曾擅闯她的房子。

卡伦摇了摇头。"我们装监控干什么?"

"不要再碰那辆车,"金命令道,"调查取证时或许能在那上面发现些线索。"这只是有可能,并非百分百保证。"绑匪们对你们的日常安排了如指掌。"

伊丽莎白抬起了头。"绑匪不止一个?"

金点了点头。"我是这么想的。两位的女儿都已九岁,要同时处理并不简单。一个大人毕竟难以制住两个小孩,还得不让她们发出任何声音。"

伊丽莎白发出了小小的哭声,但金无能为力。她再怎么哭也不可能把孩子哭回来。如果可以的话,金早就挤几滴泪水出来了。

"你们最近遇到过什么奇怪的事情吗?例如见到熟悉的面孔或者车辆?或者感觉受到监视?"

两个女人都摇了摇头。

"两位的女儿有没有提到过什么不同寻常的事情,比如有陌生人找她们?"

"没有。"两个女人齐声说道。

"女孩们的父亲呢?"

"他们正从高尔夫球场赶回来。在你来之前我们就已经联系上他们了。"

这句话回答了金所有的问题。显然,两位父亲都熟知一切,所以不可能是什么监护权之争。这同时也告诉她,两家关系十分亲密。

"请一定要对我说实话。你们眼下有联系过任何人吗?朋友?亲戚?"

两个女人都摇了摇头,但卡伦说道:"我们联系的那位警官告诉我们,在有人找我们之前绝不要和其他任何人联系。"

鉴于目前案件性质已确定,这是一个好建议。两个女孩并非失踪,她们是被绑架了。

"我们该做什么呢，督察？"伊丽莎白问道。

金清楚，母亲的天性会促使她们四处搜寻、走动，做各种事情。女孩们已经被绑架了一个半小时，事情发展下去要比现在糟得多。

她摇了摇头。"什么都不做。我们现在可以假定这是一起有预谋的绑架案，绑匪们知道自己在做什么。他们清楚你们的日常生活，关注你们的一举一动。要把你们的女儿从休闲中心入口引走，以下三种方法皆有可能。第一，把她们引走的是她们认识的人。第二，她们认为那个人值得信任。第三，把她们带走的人给了她们承诺。"

"承诺？"卡伦问道。

金点点头。"两位的女儿到了这个年纪，已经不大可能会被糖果骗走，所以更可能是用小狗或小猫来引诱她们。"

"哦，上帝啊，"伊丽莎白倒抽一口冷气，"埃米求我给她养一只小猫已经求了几个月了。"

"没几个孩子能抵住这种诱惑，"金补充道，"这就是为什么这种方法能奏效。"她深吸一口气，"听着，这个案子我们要进行媒体封锁。"

在这个阶段，她们不需要知道为什么。她们对这个案子的细节知道得越少越好。

金继续说道："所以，我们现在不会进行任何搜索，因为这毫无意义。用搜索的方式是找不到他们的。这是一起有计划的犯罪，而且绑匪已经联系过你们。他们绝不会把两位的女儿放在某个能让我们找到的地方。"

"他们想要什么？"卡伦问道。

"我确定他们会告诉你们，但在那之前，你们一定不能把事情透露出去，连家庭成员都不能告知。任何人都不行。如果媒体知道了这件事的话，整个调查都会受到极大的影响。几百个人在这个地方挖新闻绝不可能让你们把女儿找回来。"

金见到她们脸上流露出犹豫不决的神情。虽说这案子不归她管，但眼下她还是得要求她们绝不能把事情往外说，至少在她回到警局之前，因为她回到警局之后，这案子就是别人的事情了。

"本能反应或许会促使你们想让所有人都知道你们现在的处境，这和你们现在就想立刻去找女儿一样迫切，但那么做不会有任何好处。"金站了起来，"主管警官很快就会来。接下来几天，你们或许要和一些人联系，解释为什么你们的女儿或你们不能去上学或上班，你们最好花些时间把这些人的名单列出来。"

卡伦看起来惊呆了。"但我想……你不能……？"

金摇了摇头。"你们需要的是一位对绑架案有丰富经验的警官。"

"但我想——"

恰在此时，隔壁房间的一个孩子哭了起来，伊丽莎白推开椅子离开了。金跟在她后面，走向前门。

卡伦拉住了她的上臂。"求你了，金——"

"卡伦，我接不了这个案子。我没有经验。我很抱歉，但我向你保证，指派过来的警官会尽其所能——"

"是因为以前你恨过我吗？"

金大为惊讶。尽管这句话是真的，但金绝不会在两个女孩命在旦夕的时候让这句话影响她。

金越发对自己无力帮助这位绝望的母亲而感到沮丧，但上司已经把命令讲得很清楚了。

"为什么，卡伦？为什么是我？"

卡伦微微一笑。"你还记得当我们被寄养在普赖斯家，曼迪的运动鞋穿烂的时候吗？你让黛安娜给曼迪买一双新鞋，结果她说不。"

曼迪是一个害羞、安静、寡言少语的孩子。她的脚底板伤痕累累，不仅疼，还伴有砾石皮疹的征兆。

"我当然记得。"金说道。对她来说，那是她的七号寄养家庭，也是最后一个。

"我还记得你做了什么。你先找出每个月他们收到的用来照顾我们的政府拨款，接着你又记下他们花在杂货、账单和房租上的钱。"

没错，金会留意他们每个星期六早上买回家的东西，然后去超市把那些东西的价格一件件整理出来。她熬了一夜，把他们的家庭开支单查了一遍。

"一个月之后，你给他们看了一张你准备寄去社会服务部门的纸。"

原来，这个寄养家庭一直把照顾孩子当成职业来干，他们总是挑年纪比较大的孩子，好拿到最高额的补贴。

"我还记得你跟他们对峙之后发生的事情，"卡伦说着，嘴角泛起一抹几乎看不见的微笑，"到处都是新运动鞋。"她摇了摇头，"我们那时对你一无所知，金。你不肯跟任何人提起你的过去——事实上，你几乎不说话——但你有一颗坚定的心。"

金朝她浅浅一笑。"这么说，因为我给你弄到了一双新运动鞋，你就希望我能主持这个案子？"

"不，金。我希望你主持这个案子，是因为我知道如果你决定要帮我们，我就能再见到自己的女儿。"

第四章

　　二十分钟后，金敲了敲办公室的门，走了进去，伍迪一个人在里面。

　　"长官，我想要它。"她说道。

　　"想要什么，斯通？"他问道，坐回到椅子里。

　　"这个案子。我想当主管警官。"

　　他摸了摸下巴。"你没听到刚刚警司说的——"

　　"不，我听到了，我听得很清楚，但他是错的。我会把那些孩子带回家，您只要告诉我需要拍哪些人的马屁才能——"

　　"没必要了。"他说着，伸手去拿减压球。

　　该死，她还没开始正式游说就已经输了。但过去，她也从失败的鬼门关前攫取过胜利。

　　"长官，我顽强，坚定，充满动力……"

　　他靠到椅背上，歪了歪头。

　　"我不屈不挠，固执……"

　　"哦，没错，你确实很固执，斯通。"他说道。

　　"我会不吃不喝不睡，直到——"

　　"好的，斯通。这案子是你的了。"

　　"我会比任何人都勤……呃，什么？"

他身子向前倾，放下了减压球。"你走了之后，我和警司聊了一下。你说的这些词我很多都用上了，还有别的词。我向他保证，如果有谁能把那些女孩带回家，那肯定是你。"

"长官，我……"

"但咱俩能不能保住饭碗，就看这一次了，斯通。警司不会为行动失败负任何责任，特别是上一个案子之后。这个案子没有回旋的余地，走错一步，我们都得收拾东西回家。你明白吗？"

金感激伍迪对她能力的信任，她绝不会让他失望。她试着想象她的上司和警司谈话的画面。她面前这个男人定是用慷慨激昂的演讲说服了鲍德温。

"你需要什么？"他问道，伸手拿笔。

她深吸了一口气。"上一个案子的完整文件。它会告诉我调查要如何展开。"

"已经在做了。下一个？"

"被指派到上一个案子的家庭联络官。"

他记下了这个要求。对他来说，这个要求可能有点棘手，但对金来说，这是必不可少的。在上一个案子中，家庭联络官全程陪同着那两家人，对事件有洞察力，如果两个案子出现任何相似之处的话，也能向金汇报。

"我会给你弄到的。继续。"

"我打算在蒂明斯家设立大本营，我会在那里指挥调查。"

"斯通，这真的没——"

"我必须这么做，长官。我必须随时待命。绑匪的第一条信息是用短信发来的，我们不知道他们会不会继续沿用这种通信方式，所以我需要全天都待在那里，案情一有进展，就采取行动。"

他想了一会儿。"我得把这个要求向鲍德温警司说清楚，但那是我要操心的事情，不是你的。我希望能得到及时的进展汇报，而这是我可以接受的恰当的沟通程度，也不是你的。"

"当然，"金表示同意，接着站了起来，朝门口看去，"我要召集我的团队。"

"他们正在楼上等你呢。"

金眉头一皱。"长官，我才刚刚申请接手这个案子吧？"

"你一离开办公室，我就召集了他们。他们不知道发生了什么事，解释的事情就交给你了。"

她把头一歪。"你怎么这么确定我会要这个案子？"

"因为有人对你说你没这个能力——而你一点都不喜欢这句话。"

金张开嘴，又闭上了。这一次，她没法不同意。

第五章

金走进集合厅，关上身后的门。她刚进门就感觉到全队的注意力都集中到了她身上。门罕见地贴上了门框。

"下午好，老爹。"全队同时说道。

她快速地扫了一眼自己的队伍。没错，伍迪确实帮她把全员都召集好了。

侦缉警长布赖恩特依旧穿着他下午训练时的橄榄球衫，左眼眼底还有一块污渍。他的体格天生就适合橄榄球这项运动，但四十五的岁数难免让他在球场上受伤。金和布赖恩特的老婆都多次和他说过这件事。

侦缉警长道森和以往一样完美无瑕。道森坚信人靠衣装，所以他总会确保自己五英尺十一英寸的身高穿戴得整齐得体。即便是休息日，他也会靠无可挑剔的着装彰显自己健身房会员的体格。如果要让金猜的话，他应该刚打完壁球，冲了个澡，在准备和朋友好好喝上一顿之前换了身衣服。无所谓了。

和其他人不同，警员斯泰茜·伍德穿了一条海军蓝长裤和一件朴素的白衬衫来上班，这说明她来之前很可能正窝在家里，全神贯注于面前的电脑，在《魔兽世界》里大杀术士与妖精。

金坐在空出来的那张桌子上，它紧靠着布赖恩特的桌子。

道森扫了一眼关上的门。"该死，老爹，我们干了什么？"

"如果要我说咱们又搞砸了什么的话，我肯定能说出好几条来，不过这次很罕见的，咱们没做错什么事。"

"哈利路亚。"布赖恩特说道。

"巴斯汀①。"斯泰茜加了一句。

"行了，第一件事，有人喝了酒吗？"

"滴酒未沾。"斯泰茜第一个发话。

"没喝。"布赖恩特说道。

"差点就能饱饮一顿了。"道森发了声牢骚。

而金打十六岁起就再没碰过酒精，所以全队都已整装待发。

"好，我知道伍迪没有和你们透露任何信息，但他这么做是有原因的。"她深吸一口气，"几小时前，两个九岁的女孩在老希尔休闲中心被人带走了，已确认是绑架。两个女孩是很要好的朋友，她们的父母也是。"

她停顿了一下，好让大家先消化一下这些信息。

布赖恩特扫了一眼关上的门。"对媒体和警队都封锁消息吗，老爹？"

金点了点头。"现场只有四个人知道，他们已依照要求起誓保密。我们不会把任何信息透露给媒体。我们冒不起这起案子被捅出去的风险。"

"绑架已经确认了吗？"道森问道。

"两位母亲都收到了绑匪的短信。"

"我的诺拉啊。"斯泰茜小声说。

"那就不用展开搜索了吧？"布赖恩特问道。

布赖恩特身为一个年轻女孩的父亲，本能反应就是去寻找女孩们的

---

① 巴斯汀及下文的诺拉都是《魔兽世界》中的人物。

下落。

"对，我们的对手是专家级别的绑匪。目前我们知道的是：这两个女孩本该在十二点半被接走，两位母亲在十二点十六分收到短信，去接两个女孩的那位母亲的车遭到了蓄意破坏。"

"老爹，这案情耳熟得让人发毛啊。"

"我同意。我们都知道，去年那起绑架案的幕后主使一直在逍遥法外。这起案子很可能出自同一批人之手，也有可能是绑匪刻意模仿。"

"我们的希望是？"斯泰茜问道。

金并不确定。如果这的确是同一批人干的话，那他们肯定会从上一起案子中吸取教训。他们会改善作案技巧，他们会有后备计划、逃跑战略。但从好的一方面看，金能知道他们上一次的作案方式；她可以从上一起绑架案的案例笔记入手，研究他们的作案手法。

"老爹，上一次到底是哪里出了差错？"布赖恩特问道。

"还不知道，但我很确定我们会把问题找出来。"金深吸一口气，"听着，伙计们，这起案子会很累人。在我们把女孩们带回来之前，我们要在蒂明斯家展开工作，身旁就是女孩们忧心如焚的父母。"

"应该是'如果'我们能把女孩带回来吧，老爹？"道森问道。

金转过头，紧盯着他。"不，凯，我们一定会把女孩们带回来。"

他点了点头，看向别处。

她绝不会还没开始就想着失败。上一个团队成功了一半，但这一半还隐藏着幸运的因素——绑匪把那个女孩放走了。金绝不会容忍自己手下的任何一个队员抱着必败的心理去办案。

"每一个家庭成员都会期待从你们这里听到什么消息。他们会觉得你们知道一些他们不知道的事情。他们想知道全部。

"所以我们必须和他们保持距离。我们的工作不包括成为他们的朋友或是额外的家人。我们既非心理咨询师，也非神父。我们是去那里帮他们把女儿找回来的。"她直直望着道森，"两个女儿都要回家。"

道森点点头，表示明白。

"好了，斯泰茜，我需要你列一张远程遥控设备及移动设备的清单。把你觉得我们可能用得上的设备统统列上去，然后把清单交给伍迪。他会帮我们弄到。"

斯泰茜点点头，开始在键盘上打字。

"凯，我需要你去劳埃德总局那儿做一个大吵大闹的讨厌鬼，直到我们拿到那些案件文件。虽然伍迪已经提出了申请，但我们必须尽快拿到它们。"

"遵命，老大。"

"布赖恩特，看在上帝的分上，赶紧回家洗个澡换身衣服吧。把头发打理打理，穿件粗布衫，然后赶紧回来帮斯泰茜整理我们需要的设备。"

布赖恩特站了起来，斯泰茜和道森哄然大笑。金顺着两个人的目光望去，顿时满脸震惊。

"布赖恩特，你肯定是在开玩笑吧。"

布赖恩特站在桌子旁，黑色短裤和独属于动物园动物的多毛腿一览无遗。

"老爹，伍迪告诉我让我马上来警局。"

金强忍住笑，看向一旁。"拜托了，布赖恩特，赶紧回家吧。"

他刚走到门口，金又说话了。

"哦，我想应该不用我提醒你们不要和任何人提起这个案子吧。你们都知道我指的是什么。"

大家都明白金的警告。有时候，他们甚至要向家人隐瞒自己的工作内容。

金走进"大碗",这是一块在房间右边角落里用木板和玻璃隔出来的地方,算是金的私人办公室。这个"大碗"甚至没有一个普通电梯大,只有她偶尔找队员训话时才派得上用场。大部分时间,金都会坐在空出来的那张桌子上,和她的团队待在一起。

她转身扫了一眼,看着自己的同事们纷纷投入行动。在她的团队里,没有"不确定"这个词存在。

因为她会担起所有质疑。

Chapter Six

第六章

夜幕垂垂降临之际，金回到了蒂明斯家；黑夜只会让父母们更加心神不宁。三月初的天气正努力想把二月天的温度甩开。每天下午三点左右，漫漫长夜便悄然开始。

金敲了敲门，走进屋。那个警员正坐在门后。

"有什么新消息吗？"

他立刻站了起来，仿佛在向军士长问好。"两位丈夫回来了。得知消息之后，他们大吼大叫，哭喊的声音更多了。"

金点点头，走向厨房。

在走廊处，她遇到了卡伦。卡伦紧紧环抱住前胸。

"金，你是——"

"此案的主管警官。"她微微一笑，帮她把话说完。

卡伦感激地点点头，领她走到厨房。

"也该他妈的是时候了，督察。我女儿你找回来了吗？"

"斯蒂芬。"卡伦在一旁劝道。

"没事的。"金说着，举起双手。他们要应对家庭成员的许多情绪，而愤怒恰恰名列榜首。

她快速地摇了摇头。

这个房间里存在着两个完全不一样的时区。过去几小时对金而言不过是弹指一挥间，而对两个女孩的父母来说却如同一辈子。

她本就准备好要面对父母们的沮丧与愤怒。他们会谴责她、不信任她，她愿意全盘接下。但她也有自己的上限。

她面向那个刚刚对她说话的男人。他的头发和她的一般黑亮，没有一丝灰白。从身形来看，他应该超重了二十磅①，指甲修剪得很整齐。

卡伦讪讪地朝那男人瞥了一眼，开始介绍。"金，这位是斯蒂芬·汉森，伊丽莎白的丈夫，这位是罗伯特，我的丈夫。"

金掩饰住自己的惊讶。罗伯特·蒂明斯高六英尺一英寸。她知道卡伦和她同龄，两人都是三十四岁，但罗伯特看起来比她老多了。

他容貌也算俊朗，看起来保养得很好。太阳穴两边的灰发和他开朗坦诚的脸庞很是相称。他右手颇具保护意味地搭在卡伦的肩上。

这个男人绝非金想象中的卡伦愿厮守一生的人。卡伦年轻时喜欢的是那种坏坏的男孩，她的"择偶"标准包括：有文身，有穿孔，还得有反社会行为。

卡伦曾有过一位特别的男友，也是一个寄养家庭里的孩子，她彻彻底底地迷上了他。在那段青葱岁月里，两人曾多次分开又复合。每次被男友痛打之后，她都发誓绝不会再回去找他。就这么分分合合四五次之后，没人再听她这样说了。

"很高兴见到二位，我现在先跟你们说一下最新情况。我已经和我的团队见过面，他们会在接下来几——"

"搜索队都他妈的在哪儿呢？你的队伍呢？直升机呢？"斯蒂芬·汉森吼道，朝她逼近。

---

① 1磅约合 0.454 千克。

金寸步不移，斯蒂芬停在她个人空间的边缘。

他上下打量了她一番。"他妈的，就这么个货色。"

伊丽莎白羞愧地垂下眼睛，但金能感觉到，大家都隐隐希望他的大吼大叫能更快地帮他们把女儿找回来。

"汉森先生，这件事我们对媒体进行了封锁。只有很少几个人知道您的女儿被绑架了。"

听着她平静而谨慎的语调，他眼中闪着怒火。

"这么说，你们什么都没干？"

"汉森先生，我劝您先冷静下来。让媒体通篇报道这个案子并不能帮您把女儿找回来。"

另外三人望着他们两个说话。时间一分一秒地过去，金越来越明白他们这个四人小团体的状态。

斯蒂芬·汉森显然把自己当作团队里的领头人。金明白，他的原始人本能会激发他的保护欲，让他想一个人接管所有事情。

"搜索怎么会没用？如果能让公众知道这件事的话，我们就能有额外的信息。"

"比如呢？"

"一个男人把两个小女孩绑上了车啊。"他的语气仿佛在和小孩说话。

"您不觉得，如果有人见到这种事情的话，一早就会有报道出来了吗？"金反问道，挑起一边眉毛。

他一阵犹豫。"这不是重点。除非你把事情报道出来，否则就算有人见到了也不会关心。"

"我们能找到的最好的证人也不过是恰好离绑架地点很近的目击者，而这个信息对我们毫无用处，因为我们确定两个女孩已被绑架。除非那位目击者能给我们提供车牌号码、对绑匪的描述，或者绑匪离开时的路线，否则，额外信息一文不值。"

斯蒂芬·汉森摇了摇头。"很抱歉，你说的话我一个字都不能同意。如果要把全国所有媒体的电话都打一遍才能找回我的女儿，那我现在就打。"

他拿出手机。

"如果您觉得非打不可的话，那我也不能阻止，但您一旦打出去，您女儿的性命很可能就这么毁于您手了。"金用慎重的语气说道。

他犹豫了一下，两个女人倒抽一口气。

罗伯特·蒂明斯向前迈了一步。"斯蒂芬，放下手机。"他的声音沉着、冷静且威严，穿透了房间里的紧张气氛。

斯蒂芬转向他的朋友。"得了吧，罗布①，你可不会同意——"

"我觉得我们应该听听督察说的话。一旦你打了电话，我们就没有回头路可走了，或许我们可以晚点再考虑这个选择。"

"再晚点她们可能就已经他妈的死了。"他爆发了。斯蒂芬显然不是一个喜欢被人指手画脚的人，但他并没有拨通电话。

"她们可能现在就已经死了。"罗伯特平静地说道。

伊丽莎白和卡伦吓得大叫。罗伯特用力握住老婆的肩头，以示安慰。"我相信她们还活着，但我实在无法想象让天空新闻台②的车停满咱们家草坪能有多大帮助。"

金感觉到，斯蒂芬正强行压住要往外迸发的怒火。

她插了进来。"听我说，你们的女儿一定还活着。这不是什么随机绑架，这是一起有预谋的犯罪，绑匪也会有应急方案。

---

① 罗伯特的昵称。
② 英国著名电视频道，成立于 1989 年，是英国第一个 24 小时新闻频道。

"你们还记得去年有两个女孩在达德利被绑架了吗？"两位女士点点头。"从目前来看，这起案子和那一起很像。我们还不知道上一个案子的全部细节，但那一次，只有一个女孩回来了，另一个女孩的尸体到现在都没有找到。

"上一起案子同样进行了媒体封锁，但到了第三天，案子便被捅了出去。这么一公之于众，绑匪可能受到了刺激，继而鲁莽行事。眼下绑匪已经和你们联系过了，所以你们也清楚，他们是出于某些诉求才把你们的女儿给绑走的，他们不是胡乱抓人的恋童癖。"

金没有理会他们脸上的惊恐。他们必须知道真相，不幸的是，她的真相并没有伴随着"茶与同情"① 而来。

"绑匪会和你们联系，他们可能想从你们所有人或某个人身上得到什么东西。最符合逻辑的假设是他们想要钱，但我们也不能排除其他可能性。"

终于，大家的注意力都集中到了她身上。"回想一下，你们生活中有没有任何敌人？对你们不满的员工、客户、家庭成员？任何人都有可能。"

"你知道我每个星期要惹恼多少个人吗？"斯蒂芬·汉森问道。

估计没有我多吧，金心想。

"我是英国有组织犯罪部门的皇家检察官。"

如果眼下不是还有一桩绑架案的话，她会说他惹恼的人还不够多。

金知道，对为她提供案件资料的事务律师来说，斯蒂芬为之效力的英国皇家检控署是英国警务系统的一个分支，这就是他们一直没有见过面的原因。

---

① 英语俚语，原文为"tea and sympathy"，有"支持与安慰"之义。

　　话虽这么说，但大多数警官和皇家检控署的关系都十分紧张。毕竟，没有什么能比为了一个案子奔波几星期、几个月甚至几年之后，却在证据确凿的情况下被迫停止起诉更糟的事了。

　　"在您经手的诉讼案中，有多少案子能像本案一样调动起如此多的资源？"她问道，"这不是小偷拿砖头打破玻璃那么简单的事，汉森先生。"

　　"我会去列一个名单。"他说道。

　　他的态度一转变，余下几人的态度也肯定会跟着积极起来。金暗暗记住，一定要让斯蒂芬·汉森忙起来。

　　"您呢，汉森夫人？"

　　她无助地耸耸肩。"我只是一位律师助理，但我也会好好回想一下。"

　　"蒂明斯先生？"

　　他陷入深深的思索中，脸上布满皱纹。"我欠了一家运输公司的钱。七个月前，有几个人还专程来找过我，我不得不接待了他们，但我不觉得……"

　　"我需要他们的名字。我们要对这些人进行排查。"

　　一片寂静。

　　"卡伦？"

　　她摇了摇头。"没有，我只是一个家庭主妇。"她耸了耸肩，仿佛这句话已足以解释一切。

　　"你以前认识的人里面呢？"金直言不讳地问道。

　　"绝对没有。"她迅速说道。意识到自己的回答太快太坚决，她又加了一句："但我一定会好好想想。"

　　"现在只剩最后一件事，在明天之前，准备好你们清单上所有人的电话号码。你们四个人对两位女儿被绑架一案的叙述必须完全一致，否则就会成为嫌疑对象。明白吗？"

　　四个人都点了点头，金舒了一口气，他们都愿意配合她的工作。至少现在如此。但她知道这个好光景不会无限期持续下去。此刻他们有事情可做、有东西可想，这些都有助于他们把自己女儿找回来，但若他们情绪失控，金和她的团队也只能默默忍受。

她走出客厅，想到外面换换气。就在这时，门铃声响彻全屋。

金朝门口走去，那个警员把门拉开。

一个灰金发的中年女人站在门外朝她问好。她的体格稍显臃肿，却富有权威。她穿着一条浅色牛仔裤，厚重的冬季大衣下裹着一件厚厚的阿兰针织套衫。

那女人对警员笑笑，从他身旁走了过去，朝金走来。

"我是海伦·巴顿，按您要求来此报到。"

金一脸茫然地看着她。

那女人伸出手。"我是家庭联络官。"

"哦，感谢上帝。"金说道，握住了她的手。

"茶与同情"终于来了。

第七章

"该死。"布赖恩特正把车停到漆黑的休闲中心外时,金说道。

他们离开时,斯泰茜正忙着卸下运来的电脑设备,而道森正准备去装满旧案文件的总局。

她与生俱来的紧迫感催促她去往他们目前所拥有的唯一一处线索。

她走下车,转过身,观察着四周环境。

休闲中心旁边有条马路,路势渐高,攀上一座小丘,复又下行。紧挨着休闲中心的是当地一处议会大楼拆除后遗留的工地,休闲中心右边是一个公园的入口,一条泥路把休闲中心和公园隔开。

马路另一边是人行道,人行道后是居民楼,地势较人行道稍高。一片较新的房子遮住了后面一条通向小型地方政府住宅的路。

"供他们逃跑的路线太多了。"金说道。

她猜测,绑匪应该是把车停在了休闲中心和公园之间的那条泥路上。那条路和休闲中心的距离不算太远,绑匪可以由此快速逃离现场;也不算太近,即便女孩们有所挣扎,也不至于引人注意,一棵桦树恰好挡住了居民楼这边的视线。

布赖恩特顺着她的目光望去。"你觉得女孩是在这里被绑走的?"

"如果他们做过功课的话,没错。"

金沿路走到入口，凑近玻璃，往里看去。休闲中心里空无一人。

"我们需要闭路电视监控，布赖恩特。"

"呃……我觉得晚上这里关门了，应该没人在了吧。"

"该死。"她一边说着，一边检查着门框。

"对了，老爹，顺便跟你说一声，破门而入是一种犯罪行为。"

"嗯……布赖恩特，回车上，把警用电台打开。"

"天哪，你该不会想要——"

"快去。"她命令道。

他深吸一口气，转身朝着车走去。

金蹲下身，检查门的下半部分。门边安装了报警接触器，但没有锁。她知道门的上半部分应该也是这样的结构。这么说，门锁装置应该在门的正中。

她朝门底的金属条踢了一脚。没有反应。她又踢了一脚，小心翼翼地避开玻璃。依旧没有任何反应。她右脚用力往后伸，踢了第三下。霎时间，报警声震耳欲聋，金头顶上的闪光灯闪个不停。

她慢悠悠地走回车里。

布赖恩特的头靠在方向盘上。

"老爹，为什么你就不能——"

他的话被警用电台传来的话打断了，调度台要求警员出勤，怀疑有人非法闯入休闲中心。

她耸耸肩。"回话呀，布赖恩特。咱们离休闲中心挺近呢。"

布赖恩特摇摇头，向调度台确认他们已出勤。

现在他们要做的就是原地等待。报警监控公司肯定会先通知警方，其次是拿着大门钥匙的人。

"你就不能有点耐心吗？"布赖恩特问。

　　金没有理他。想在星期日的晚上找到负责人要花很多时间，而说服负责人回到工作岗位，帮他们把监控录像调出来又得花上很多时间。不，她更喜欢她的方法。拿钥匙的人现在就在来的路上，她什么都不用担心。伍迪会很满意。

　　"耐心？得了吧。你知道我什么性子。"

第八章

"就是他了。"金看到一辆大众 Polo 停到他们旁边,说道。

布赖恩特已向调度台汇报,休闲中心无人闯入,但报警装置需要重新设置。

金走下车,迎面走来一个二十来岁的男人,一头浅金发。她手里已拿好委任证。

"你是经理吗?"她问道。

他点点头。"布拉德·埃文斯。"他歪了歪头。

"我们是出勤警官,没有发现入侵者。"她向他确认道。

他笑了笑。"哦……嗯……谢谢,但是为什么……"

他们走向休闲中心,金和他并排而行。"嗯,凑巧的是,当收到调度台呼叫时,我们恰好在来这里的路上。"

他走到门口,朝她转过身来。警报已经停了,间歇不断的蓝灯照亮了他俊朗的面庞和深锁的眉头。

"嗯,确实有些巧。"

布赖恩特在她身后轻咳一声。

布拉德打开大门,走进休闲中心前厅。灯光自动打开,照亮大厅。第二扇门则要按按钮才能打开。

金抬头望向天花板，看到了摄像头。

她跟随布拉德走到接待区，一股氯的气味扑面而来。

咖啡厅开放而宽敞，塑料桌椅杂乱地摆放其中，紧靠左手边的墙壁处放着一排自动售货机，更远处是公共更衣室的入口。

最远处是一块用玻璃隔板隔开的观赏区，面朝一个较浅的游泳池。

在她巡视这片区域时，布赖恩特则向他解释他们来这里是为了调查一起严重伤人案，所以要调看这里的监控录像。

"不能等到工作时间再来查看吗？"布拉德问道。

"不行。"金简短地回答。

布赖恩特耸了耸肩，表示同意。

布拉德脸色一沉，金却毫不关心。他只得把星期日晚上的安排往后推了。

"两位跟我来。"他说道，从游泳池旁走开。他们经过右手边的一个健身房，又经过左手边的一个公共厕所。走廊尽头是一扇标着"私人办公"的门。

布拉德在门上输入密码，走了进去，坐下，开始登录系统。看到房间里都是电子化设备，金感到安心。布赖恩特的活能轻松很多。

"监控系统覆盖了休闲中心的每一个角落，"布拉德说道，"当然，除了更衣室，但更衣室出口那儿有一个固定摄像头。"

他把监控系统调到前面的屏幕上，抬手看了看表。

金的举止一如既往地率直。

"所以，你们要看什么呢？"

"嗯，剩下的事交给我们就行，"布赖恩特说道，"我们有犯罪嫌疑人的外貌描述。"

布拉德没有从椅子上离开的意思。"啊，那就说得通了。把外貌描述告诉我，我就能——"

金并不知道什么事说得通了，但布赖恩特立刻把话头接了过去。

"我们可能要在这儿花上一点时间，你最好还是回去重置警报吧。"她的同事一边说着，一边拍着椅背。

布拉德从金看向布赖恩特，又从布赖恩特看向金，很不情愿地从椅子上站了起来。"检查整个中心得花好几分钟，"他用犀利的目光看着金，"但我想我应该找不到什么岔子。"

"小心总比伤心好嘛。"金说着，让开了道。

布拉德指向一台内部对讲机，然后举起他的手机。"如果你们有什么需要的话，拨 0 就能直接打给我。"

金朝他笑笑。"谢谢，布拉德。"

布赖恩特负责操控，金在旁边指挥。"检查更衣室外面的固定摄像头。我要确定那两个女孩出来的时候周围没有人。"

布赖恩特把日期和时间输进了系统。

屏幕上出现了九个窗口，均定格在中午十二点零五分。

布赖恩特按下播放键，图片顿时变成视频，他们安静地看着。两分钟后，女孩们从更衣室里走了出来。

埃米穿着粉色牛仔裤和海军蓝套衫，查利穿着黑色紧身裤和长 T 恤。两人都拿着自己的大衣，背着背包。

"转到五号机位。"金说道。布赖恩特敲了几下键盘，金就从监视着百分之九十区域的摄像机里找出了她们。

两个女孩穿过大厅，走到自动售货机前，把身上的东西放到一旁。她们仔细研究着卖零食的自动售货机，指指点点了好一会儿才决定要买什么。埃米要了炸薯片，查利要了一包糖，两人都要了一杯热饮。

她们盘腿坐在可乐机前，仿佛在野餐。

金仔细观察着眼前这片区域，看看有没有人对这两个女孩格外留心。

她心里升起某种怪异的感觉，仿佛她看着的是两个女孩生命的最后时刻。

她的胃排斥了这个想法，而她的胃通常是她最信任的器官，所以她只得相信它的感受。她不允许自己哪怕有一刻觉得两个女孩已经殒命。她会把她们活着带回家。她们不再是曾经的她们，但至少还活着。

"这就是她们天真年华的最后时刻了，是不是，老爹？"布赖恩特说道，这番话和她的想法不谋而合。

他们毫不怀疑这两个孩子将对这个世界永远改观。不论结果如何。

十二点二十三分，两个女孩同时站了起来。查利拿起她们的垃圾，走向垃圾桶，两人都穿上了大衣。埃米把左手穿过背包肩带，但因为穿着大衣，她没法把右手也穿过肩带。

查利帮她把肩带拉过来，好让埃米的手能穿过去。从她们小小的动作中也能看出两人的关系非常亲密。

她们往前厅走去。出于某种原因，查利回头望了望咖啡厅，却没有停下脚步。

"转到外部摄像头。"金指示道，但她已经知道自己会看到什么。

"该死，他刚好在摄像头下面，但摄像头朝向外面的路。"不是那条在草地上被踏出来的泥路。

"暂停，回放，几帧就好。"

布赖恩特遵令照做，她确定无疑地看到查利正抬头望着一个大人的脸。

某些东西攫住了金的眼球。

"布赖恩特，再回放一遍。"

这一回，她再无怀疑。她拿起电话，呼叫前台。

"布拉德，我要你立刻回到监控室。现在。"

第九章

"那个跑过前厅的人是你，对不对？"金问道。

布拉德斜视了一眼屏幕，耸了耸肩。"我们都穿着一样的——"

老天，这绝对没那么难想起来。"布拉德，这是午饭时间，而你在奔跑。"

"哦，对，没错，那是我。一个女人突然在主区晕倒了，我要负责迎接救护车，好让医护人员尽快到达出事地点。"他停了下来，看着屏幕，"但这怎么会和外面的伤人事件扯上关系？"

天哪，上帝真是既赋予了此人美貌，又给了他脑子。金和布赖恩特交换了一下眼神。站在他们面前的是一个从绑匪身边经过的人。

"布拉德，你有看到和那两个女孩说话的人的样子吗？"

他的脸色严峻起来。"哼，我当然记得，那个家伙真应该被人教训教训。"

"你能告诉我们他的样子吗？"

他思索了一会儿，把金上下打量了一遍。"和你身高差不多，可能比你高一英寸吧。体重是十三或十四英石[①]。他的脸没什么特点，鼻子有点

---

① 1 英石约合 6.350 千克。

长，声音很柔很轻，没有本地口音^①。"

金皱起眉头。"你怎么会知道他声音是什么样的？"

"我问他能不能搭把手，我和他说我们这里出了急救事件。结果他一口回绝了，还很不高兴的样子，弄得我有些生气。你觉得——"

"布拉德，请你去黑尔斯欧文警察局找局里的素描师。我们需要知道这个男人是谁。"

布拉德眉头一皱，紧张地笑了笑。"你在开玩笑吧？"

金摇了摇头，一股恶心感从胃里泛起。

"你们不能在警局系统里追踪到他的身份吗？"

"我们怎么会知道他的身份？"布赖恩特问道，但金早已知道答案。

"因为和我说话的那个人也是警察啊。"

---

① 指黑乡口音，以其口音重、难懂而闻名，非常容易分辨。

第十章

"谢谢，布拉德，"布赖恩特说道，"如果需要的话，我们会再呼叫你。"

"嗯……你们还要很久吧？"他问道。

"不用，几分钟就好。"

布拉德从旁边退出门外。

"该死，布赖恩特。"金咆哮道。

他很清楚她此刻是什么感受。他俩都十分憎恶犯罪分子伪装成警察这种手法。

"我们搞定了吗？"布赖恩特问道，把椅子从桌旁推开。

金刚想说"搞定了"，就又想起了一件事。

"等等，我们是十二点零九分看到那两个女孩离开更衣室的，所以我想回到十二点整看看，看对着观赏区的那个摄像头。"

布赖恩特输入了时间，然后选择三号摄像头，屏幕上的画面动了起来。金仔细观察着离那小游泳池最近的座位区。

她细细端详屏幕里的每一个人，一分半钟后，找到了自己想找的人。

"暂停。"她说道。画面定格，金的手指戳了戳屏幕右上角。"按下播放键，注意她的动作。我有预感，她在一分钟内就要不舒服了。"

他们两人一起看着屏幕，全神贯注于那个金发女人的后脑勺。每二十秒左右，她的头就会轻微地转动一下。

"她在监视更衣室的出口。"布赖恩特注意到了这个细节。

金点了点头。"继续看。"

除了头不停地转动，那女人还会迅速抬手看看手表。十二点零九分，金看到两个女孩出现在屏幕的左下角，她们离开了更衣室。

那女人将身子完全转了过来，手指揉了几秒太阳穴，遮住了自己的面容。接着，她在椅子上轻轻转了转身，这样的话，她人虽在观赏区，余光却能看到自动售货机。她的手一直遮着自己的脸，好让查利和埃米看不到她的样子。

在两个女孩站起来准备离开时，金看到那女人从手提包里掏出一部手机。她摆弄了几秒手机后，又把它放了回去。

查利和埃米走向出口的时候，那女人站了起来，离开观赏区。走了三步后，她倒在了地上。

在第二个摄像头里，金注意到查利听到身后传来骚动时回望了一眼，但她离得太远，什么都没看到。

"分散注意力。"布赖恩特说道。

金点了点头。"而且很巧妙。每个人都会往那个方向看，这是人的本能。旁观者根本不会注意到离开休闲中心的两个女孩。查利回头想看看发生了什么，但她没有停下来。她以为妈妈正在外面等她。"

"聪明的浑蛋。"布赖恩特小声说道。

没错，金心想。这也是她担心的地方。

"还有一件事，布赖恩特。在女孩从更衣室里走出来的时候，那个女人故意抬手遮住了脸，让两个女孩看不到她的样子。"

"哦，该死。"布赖恩特说着，摇了摇头。他知道这意味着什么。

两个女孩认识那个刻意分散众人注意力的女人。

第十一章

布赖恩特用内部电话呼叫布拉德回监控室时，金知道他们遇到麻烦了。

这个案子是顶级机密，她不能把案子细节向任何人透露。

经理不耐烦地从门边探出头来。"又怎么了？"

"关于素描的事，"金故作友好地说道，"你现在方不方便直接跟我们回警局一趟呢？"

他双眼大睁，金感觉到他的耐心已经到达上限。

他摇了摇头。"我很抱歉，这不可能。我也有自己的安排，警官。"

"布拉德，我需要你跟我们回警局。这不是一起伤人案，这起案子要比伤人案严重得多，而你现在和这案子有关联了。"

他脸唰的一下白了，从金看向布赖恩特，又从布赖恩特看向金。

"但……我不明白，那家伙是个警察啊。"

金摇了摇头。"不，他不是。他为了达到自己的目的，伪装成了警察，而你可以指认他。你随时可能受到伤害。"

布拉德此刻整个人已经站到了房间里。"他做了什么？他杀了人吗？"

"呃……我们还不——"

"警官，我已经受够你遮遮掩掩的回答了。你不肯告诉我发生了什么事，却要我取消自己的安排？"

金被这突如其来的转变吓到了。少喝几杯啤酒又不是世界末日，也不会让你少活几天。

"布拉德，我只是希望你能——"

"你说完没？"他问道，脸上恢复了血色。

金从口袋里掏出自己的名片，递给了他。"行，那你最近要保持警惕，如果遇到什么不寻常的事情的话，一定要打电话给我。明白吗？"

他看都不看一眼就把名片塞进了口袋，然后拉开门，示意他们离开。

走到他身旁时，她停了下来。"布拉德，你能不能就听我——"

"警官，请你让我锁上这栋楼，继续过自己的生活。"

她犹豫了一分钟，布赖恩特却轻轻把她向前推。

"该死。"她说着，直接推开还没反应过来的自动门。

布赖恩特跟上她的脚步，两人朝车的方向走去。"就算你想，老爹，你也没办法保护他们所有人。"

这句话没错，但她怎么也得试一把。

布拉德锁上大门时，金转过身去。

"很抱歉，但我还需要检查一样东西。"金说道，脸上挤出一抹充满歉意的微笑。

他的脸一黑。"这是什么玩笑吗？"

她朝他走了一步。"请不要无礼，布拉德。我并非对你无礼，我只是需要——"

"我没有他妈的对你无礼。我只是说——"

她又往前踏了一步，皱起了眉头。"请不要说脏话。根据《公共秩序法》，这是一项罪名——"

"她是来真的吗？"布拉德向布赖恩特问道。

"别问他啊，布拉德，跟我说话。还是说你故意跟一个'男人'说话，就是为了侮辱我？"

"他妈的疯婆娘。"布拉德说道，退到了墙边。他无路可走。

金又往前踏了一步，闯入他的个人空间，两人的脸仅相距一英寸。"我只不过求你帮忙，和我们合作——"

"离我远点，警官。"布拉德推了一把金的肩膀。

她满脸微笑地转向布赖恩特。"行了，把他铐起来，向他宣读权利①吧。"

伍迪肯定会爱死她这一招，但她也只能出此下策来保证布拉德的人身安全。哪怕只是短短一段时间也好。

她只希望，这样的保护已经足够。

---

① 即著名的"米兰达警告"：你有权保持沉默。如果你不保持沉默，那么你所说的一切都将作为你的呈堂证供。你有权在受审时请一位律师。如果你付不起律师费，我们可以给你请一位。你是否完全了解你的上述权利？

第十二章

"我希望你知道自己在做什么。"关上车后门时，布赖恩特低声说道。

是你和我，她心中暗道，走向副驾驶一侧。"你来开车。我呼叫安博控制台。"

温度降了两摄氏度，比零摄氏度高不了多少。

骑完川崎忍者之后坐进车里，感觉就像背着二十磅的背包去登山，周围厚厚的一堆金属和装饰让金觉得无比烦琐。只有载巴尼去克伦特山或路上结冰时，她才会开她那辆破旧的高尔夫车①。

"我是侦缉督察斯通，我需要您的帮助。"她对电话说道。

"您说。"一个女声回应道。

"今天大约午餐时间，老希尔一家休闲中心有一位女士晕倒，医护人员随后赶到了现场。"

电话另一端只听到调度员敲击了几下键盘。

"是的，我可以向您确认此情况属实。"

"您能告诉我那位女士被送去哪里了吗？"金问道。

"病患被送去了罗素霍尔医院。"

---

① 指金的高尔夫 GTI，大众汽车的一款经典车型。

"您能告诉我她的名字吗？"

"不可以，很抱歉，我无法给您提供这个信息。"

"我理解数据保护要求，但我们真的需要这位女士的身份。"

"督察，我很抱歉，但我真的没法给您提供这些细节⋯⋯"

金咆哮了一声。他们需要确认这个女人到底和这起绑架案有无关联，但有些时候，数据保护法就像流沙一般难缠。

"听着，"金对着电话吼道，"我们需要知道——"

"我无法给您提供任何信息，"调度员冷冷地说道，"因为我没有任何细节能提供给您，您所说的那位女士根本没有去医院。救护车的门一开，她就逃跑了。"

第十三章

金穿过客厅，走进作战室。

斯泰茜正忙着把电缆连到两台手提电脑和一个网络适配器上。

道森把第四个塑料盒堆到角落。

"就这么多吗？"金一边说，一边浏览从劳埃德总局拿来的案例笔记。她没想到文件只有这么少，毕竟这是一起双重绑架案兼谋杀案。

道森点了点头。

"行，布赖恩特会向你说明情况。我要和女孩们的家人说一些话。"

金走进非正式客厅，众人似乎不约而同地把这里当作集合点。所有人都满怀期待地看着她。

"好的，各位，我的团队已经到了，我们会在餐厅展开工作。我必须在这里请求各位，不要靠近那里。"

四个人中，有三个人点了点头，斯蒂芬却对她怒目而视。

她瞪了回去。"以防万一，我会在门那里上一把锁。你们现在同意得很爽快，但我们在这儿多待几天之后，你们可能就不会遵守诺言了。

"大家都已经见过海伦，大部分时间都会由她来陪着你们，而我们时常要外出。在这期间，前门会一直有一位警员站岗。好，你们回去想出什么借口没有？"

"食物中毒。"罗伯特和伊丽莎白异口同声地说道。

"我们早上会分别打电话给学校。这个借口会比较合理，因为她们两个做什么都会在一起。"

"你们怎么跟家人说呢？"

"一样，"斯蒂芬说道，"我待会儿就把尼古拉斯带去我父母家，把同样的借口跟二老说一遍就行了。"

金留意到伊丽莎白使劲咽了口唾沫。显然，她并不同意这个决定，金也理解她的想法。伊丽莎白的一个女儿已经失踪，如果让她连自己的另一个孩子都看不到，她必然难以忍受，但她似乎对丈夫屈服了。金觉得伊丽莎白的想法失之偏颇，毕竟孩子需要大家分心照料，绝不利于专注。

金来这儿并不是要扰乱他人的婚姻关系，但每过去一小时，她总能觉察到新的东西。

"回来的路上，我会从家里带些衣服和私人用品。我们打算住在这里。"斯蒂芬说道。

"好主意。"金说道。如果所有人都待在一起，金的工作绝对能减轻不少。

"这样我们就能互相扶持了。"

金觉得他没必要对自己的决定做如此评价，而且在她听来，这句话也不甚真诚。估计他就是这样说服他老婆的，金猜测他是想尽可能地靠近调查现场。

如果两人易位，她也会这么做。

"我去空一间房出来。"卡伦说道，匆匆起身。终于有事情可供她做了，她显得格外急切。

"先别着急，还有别的事情。我们现在有理由相信，一个女人参与了你们女儿的绑架。这个女人在绑架现场假装突发急症，分散了注意力。我觉得她可能认识你们其中一位。"

她从口袋里掏出一张照片，举起来给大家看。

伊丽莎白顿时倒抽一口气，双手捂着嘴巴。她满脸写着震惊和难以置信。她紧盯着照片，摇起了头。

金望向斯蒂芬，希望能得到解释。

他的脸色一片苍白。"这绝对是弄错了。她……"

"这是谁，汉森先生？"

"她叫因加，以前是我们女儿的保姆。"

第十四章

因加·鲍尔感觉到人群在她身边渐渐消失。过去的十一小时是她这辈子度过的最漫长的时光。

酒吧里的一对对情侣和一群群人抓住周末的最后几小时，好好享受了一番。他们心满意足，陆陆续续离开酒吧，动身回家。

但因加再也无家可回了。

早些时候，在被人从购物中心赶出来之前，她一直观察着白天来购物的人们。他们挑挑拣拣了一个下午，提着大包小包回家。他们谈笑风生，抿着昂贵的咖啡。他们用过午餐，吃过零食，花过银子。然后，他们走了。

因加一直都和他们在一起。她只是不想死。

她挪了挪倚着水果老虎机的身子。在过去几小时里，她一直躲在这个位置，不想引人注意，但安全时期已经过去。吧台只剩下几个顽固的酒鬼，他们在乎的东西不比玻璃杯里的泡沫多多少。两位男酒保忙着清洗餐具，摆正东西，打扫夜晚留下的狼藉。

她还不能离开。她需要更多时间。她的身子已经疲惫不堪，只有紧张感让她苦苦支撑。她需要睡觉。她需要放松。她需要忘却恐惧。哪怕只是一小会儿。

　　直觉告诉她，她要躲到人群里。但在星期日的夜晚，已经没有人群能供她躲藏。

　　他们已经在找她了。她很确信这一点。她没有照计划行事，她本应一直待在医院里，直到查利和埃米被安全地藏起来。再之后，他们才会去接她。

　　吧台的两个男人走出了酒吧，现在这里只有她一个人了。较矮的那个酒保直直地盯着她。她明白他的意思。

　　她走出酒吧，顶住迎面吹来的一阵冷风，双颊顿时麻木。一只塑料袋掠过她的双脚，她的心脏瞬间漏跳了半拍。

　　她朝多层停车场走去，在那里，她至少能避一避冷风，给自己一段思考的时间。

　　嵌入天花板的黄色聚光灯照亮了几辆车。因加在停车场里漫无目的地乱走，她突然意识到自己正身处一场极端博弈。要么待在灯光明亮处，叽叽喳喳的人群中，要么找一个黑暗寂静的角落。

　　她确信周围绝对有一隅之地能让她蜷起身子躲进去。哪怕只有几小时也好，这样她就能休息、思考。

　　她瞥见远处最右边的拐角处有一个电梯井。远远看去，那电梯井既黑又怪，任何独身女性都会对它唯恐避之不及。因加却朝那电梯井走了过去。

　　当走近时，她才发现那并不是一个拐角。原来"拐角"是绕电梯井旋转的一条人行道，无遮无挡。如果她闭上眼睛睡去，危险能从任何角度袭来。

　　她走出停车场，眼睛搜索着每一栋建筑、每一处狭小空间的阴影处。

　　出口前是一条横贯在两个停车场间的马路。停车场边缘坐落着一片户外游戏区，游戏区四周是齐胸高的绿色网格围栏。

突如其来的回忆将她吞没，她开始朝那些五颜六色的轮廓走去。一辆白色的巡逻车驶近，她蹲下身子。

她屏住呼吸，趴在墙上，等那车开走。

如果这辆巡逻车只是在做例行巡查的话，那么在它下一次开回来之前，她还有整整十分钟的时间。

她躲在阴影下移动，蹲在一个垃圾桶旁。

她凝身不动，细听有无任何动静。一片沉寂令她感到安心，她能继续安全地往前走了。她爬到垃圾桶上，翻过围栏。她的脚落在围栏另一边的木质长椅上。

血液在她耳中奔腾涌动。现在，她正在擅闯他人领域。如果被抓到，她很可能就会被扣留，直到警察到来。这个想法在她心中萌发出新的恐惧。

但到了这一步，她已经没有回头路可走了。

她一小步一小步地从长椅上走过，朝木质攀登架走去。那攀登架状似一个带绳索、阶梯和梯子的城堡。攀登架顶上有一个角楼，狭小、密闭且安全。

她爬上攀登架，钻到了角楼里。背一靠上身后的木墙，她就舒了口气。木板与木板间的两厘米缝隙并不能为她保暖，但能让她看到外面的情形。

她可以知道，有没有人正朝她的藏身之所靠近。

她闭了一下眼睛。她感到安全。暂时安全了。

疲惫赶走恐惧，占据了她的身体。此刻的她正蜷在离地六英尺的一个小木屋里。

他们绝对不会找到这里。

这个念头把她胃里的最后一丝紧张感也抽走了，她晚些时候才需要担心该如何离开这里。她有几小时的时间想出一个计划，但眼下，就这么一会儿，她可以让身体和大脑都放松下来。

疲惫感将她的眼睑如罗马窗帘般重重拉下。她有种神游天外之感，她的意识仿佛离开了她，在空中飘浮。

把她带到这个安全之所的记忆如电影般在她眼前闪回。

埃米爬上攀登架。埃米在双杠上摇摆。埃米在秋千上朝她招手。埃米在角楼底被鞋带绊倒，摔到地上。

埃米紧紧抱着她。

恐惧暂时离开了因加，而她与此事的牵连却令她如遭重击。

泪水从她脸上滚滚而下。

"哦，埃米，我到底做了什么？"

第十五章

威尔·卡特心满意足地靠在椅背上。

第一天，一切照计划进行，除了几个小细节，但他相信，他们之后绝对能把这些细节问题全部解决掉。永远地解决掉。

因加，那个愚蠢的婊子，她本应待在医院里等他们回去接她才对。现在她只能去死了，比原计划提前了一些。她本应继续装病，在急诊室里再耗一两个小时才对。威尔之前向她保证过，赛姆斯会尽快回去接她，她可以一直照顾那两个孩子，直到交易完成。

这一部分纯粹是乱编的，按照计划，赛姆斯在离开医院几分钟后就会解决掉她。

他没料到会出现这样的状况——这也是赛姆斯在的原因。

"赶紧他妈的发短信吧。"赛姆斯在他身后说道。

威尔没有理会他的话，而是对三个监视器进行了校准测试。一台在外，两台在内。

他面前的桌子就像进取号星舰 [1]，虽然他并不是柯克舰长。柯克是个

---

[1] 另译企业号星舰，是美国著名科幻电视剧《星际迷航：原初系列》及《星际迷航》系列电影中的主要星舰。后文的柯克舰长便是此舰舰长，在剧中风流成性。

软弱、虚伪的讨厌鬼，开着星舰到处穿梭，拯救各个物种和宇宙。他应该在银河系里到处抢掠奸淫才对，绝对能让那四十分钟更有看头。

"他妈的发就是了。这样大家都能睡个好觉。"

"我会按照计划，准时发送。"

赛姆斯往角落里啐了口唾沫，威尔感到一阵恶心。真的，毫无必要的举动。

"谁他妈让你当老大的？"赛姆斯发了句牢骚。

良好的教育，威尔想这么回一句，但没有说出口。

赛姆斯是个傻瓜，充其量就是个雇来的打手。威尔看中他的天赋和能力，将他招至麾下。他没有灵魂，这一点在今后将大有裨益。

威尔理解赛姆斯的不快。他曾向他保证要送他一份礼物，但这份礼物现在已经没了。不过威尔还留了一手小惊喜。别急。

对威尔来说，一切均不外乎战术和计划。已经过去差不多两年了，一次失败的尝试将他带到了如今的地步。

他渴望最终的结果，快要尝到自由的味道。他会镇定自若，做成大事。他有计划，而且正严格按照计划行事。

"听着，去弄点吃的，吃完我们就准备好了。"

赛姆斯拖着自己的大块头站起来，离开了房间。

他一点也不理会赛姆斯的抱怨。赛姆斯生来就是士兵，注定要被人呼来唤去。

威尔望着他左边的监视屏幕。赛姆斯并不知道这一段走廊也在闭路电视的监控下，他以为这地方只有关两个女孩的房间门口才有摄像头。这傻瓜以为那小圆块是烟雾报警器。为什么他们会需要烟雾报警器？

他要监视这个傻瓜。没错，他们之间有约定，威尔决定遵守约定，但他也不打算因为这个白痴不耐烦的缘故而早早把奖赏给他。

于是他监视着赛姆斯完成了他的任务。赛姆斯是一个以残酷为乐的人，说实话，威尔并不介意这一点，只要他的娱乐不影响到计划就行。但在计划的这个阶段，他们容不得任何差错。

当听到赛姆斯爬上楼梯时，他立即把屏幕切换回来，大屏幕分成四块，监视着大楼周边。

等晚些时候赛姆斯睡着时，他打算冒险下楼。他们都有自己的秘密。

而他的秘密不为任何人所知。

他站起来，走向角落里的桌子。十部手机连着一排充电插头。

他拍了拍口袋里设成静音的手机。那是最重要的一部。那是他的保险。

埃尼，梅尼，米尼，莫①。他的手指落在从左往右数的第三部手机上，那是用来发二号短信的手机。

"你现在要发了？"赛姆斯问道，重重坐到沙发上。

威尔不确定为什么赛姆斯这么着急。这条短信不会永远改变那两个家庭。这条短信不会粉碎他们存在的意义，造成不可弥补的伤害——这些都是明天的事，而他就要等不及了。

"我会在约定的时间发送。"威尔冷静地说道。他转向身后的白痴。"行了，别摆出这副表情，给我打起精神。我要给你派个活。"

---

① 英美儿歌句式，类似于中国的"一二三四五，上山打老虎"。句子本身无意义，威尔在此处用儿歌来计数。

第十六章

"搞定了吗，斯泰茜？"金问道。

玻璃餐桌上铺了一张床单，斯泰茜坐在离门口最远的地方，两台电脑的屏幕则背对门口，以防有人偷窥。

一切不必要的家具都已经被移走了，只留下一张六英尺长的餐桌和六把皮革椅。

"差不多了，老爹。我在搜索一个最佳信号点。"

"锁已经装在门上了。"布赖恩特站着说道。

门口传来轻轻的叩门声，布赖恩特把门拉开。罗伯特露出一丝疲惫的笑容，现在进自己家的餐厅都要征得他人允许。

金并没有邀请他来。这家人必须接受这个事实：这个区域已经受西米德兰兹郡警察局管辖，他们不得进入。

"呃……我觉得这个可能有用。"罗伯特说道，拉过来一张盖着红色天鹅绒的安乐椅，之前这张安乐椅摆在正式客厅的角落里，给客厅增色不少，"坐着它更舒服一些。"

金欣赏他的想法。"谢谢，蒂明斯先生。"她说话时，布赖恩特把椅子拉到了房间里。

"请叫我罗伯特。"

金点点头。"罗伯特，我们可以把墙壁上的画取下来吗？"这是金的善意，她本来没打算问的。

"没事的，取下来吧。如果它打扰到你们工作的话，我乐意帮你们移开。"

布赖恩特把墙上那幅滨海水彩画取了下来，接着在一幅三人的全家福前停了下来。

"我来帮您拿，警官。"罗伯特说着伸出手，"你们如果有需要的话，尽管往墙上钻洞。"

金点了点头，表示感谢。这本来是她的下一个问题。

"还有查利的房间……我们可以……？"

"当然，"他一边说一边点头，但脸上流露出的痛苦之色无从掩盖，"右边第四扇门。"

她道了一声谢，接着他便拿着画走了。

她转过身去。"行了，你都听到他的话了吧，布赖恩特？好好用那些钻子。"

"你知道，如果我想当个傻瓜，我肯定会去当。"他抱怨道。

"而如果我想当个学校老师的话……"她一边说，一边把其中一块白板安到门后的墙壁上。她是刻意摆在这里的，因为这样一来，站在门口的人就看不到他们的案例笔记了。

"就这么多了吗？我们已经把东西全部拿出来了吧？"金问道，环视了房间一周。

"桌子底下还有一个盒子。"布赖恩特说着，在墙上钻了第二个洞。

金把手伸到桌子底下，把那个盒子拿了出来。她打开盖子，面露微笑。盒子里装着一台崭新的咖啡机，几个马克杯，还有四袋哥伦比亚黄金——她的最爱。

"布赖恩特，嫁给我，给我生孩子吧。"

"不行啊，老爹。老婆大人说我已经幸幸福福地结婚了。"

斯泰茜站起来，朝桌边瞥了一眼。"哎哟，太赞了吧，我去烧些水。"

斯泰茜离开了房间，布赖恩特转过身来。"肚子怎样了 [①]？"

她笑了。他们共事了将近三年，对金而言，他是她最接近朋友的人。

"我的肚子异乎寻常地安静。"她如实答道。

"很快就要咕咕叫喽。到目前为止，你对这群人有什么看法？"

她耸了耸肩。"他们几个人之间的关系很有意思。斯蒂芬有点爱大吹大擂，但到现在都没表现出什么能力。"

"典型的检察官脾气。"布赖恩特说道。

"罗伯特看起来人很好，但我总觉得他是真人不露相。伊丽莎白似乎事事听从斯蒂芬，就像尤里·盖勒 [②] 最爱的勺子，而卡伦和我记忆中的完全不一样。"

"你们一起住在儿童之家？"

金点点头。"还有七号寄养家庭。"

布赖恩特放下钻子。"我的天，你以前到底住过几个寄养家庭？"

这句话让她猛然一惊，这个世界上跟自己最亲近的人都对她知之甚少。实在是完美。

同时令她猛然一惊的还有突然响起的手机铃声，这时她才想起电话那一头是谁。

"我是斯通。"她应道。

伍迪的声音在她耳中炸开。"你以为自己在干什么？"

"抱歉，长官？"她答道。

---

① 这里是一句双关语，原文为"How's the gut？"。"gut"在英语里除了有"肠胃、肚子"之义，还有"直觉"的意思，故这句话亦可理解为"你的直觉告诉了你什么"。

② 以色列魔术师。1946 年出生于以色列特拉维夫的一个犹太家庭，二十世纪七十年代起，他在欧美、日本等地巡回表演，引起了极大的轰动。

布赖恩特静静地在一旁摇头。

"一个年轻人因为攻击你被关在了我的警局里，是不是这样？"

"是的，他把手放到了我身上。"

"别侮辱我的智商。真相。现在。"

金在心里咆哮。她知道这番对话迟早会来，但她本以为这会是明天的事。

"布拉德见过其中一个绑匪，长官。我觉得让他在外面走不安全。"

"你有对他进行适当的提醒吗？"伍迪问道。不知怎的，他的怒火似乎能从电话另一头沿着电话线直烧到她耳朵里。

"当然有。"

"但你还是硬要把他拘押在警局里，是不是？"

"我觉得他没有意识到情况的严重性，而我又不能把案件细节告诉他。"

"随你怎么说，斯通，我可不打算凭你的一口诬告就把这个年轻人继续关在这儿，任何后续的诉讼都会加到你头上。等素描师画完以后，我会差人将他送走，再向他献上西米德兰兹警察厅毫不吝惜的道歉。"

金闭了一下眼睛。"我知道他——"

"如果以后你再给我要这些鬼把戏，不必鲍德温动手，我就先把你从这个案子里除出去。"

电话断了。

"哎哟。"说着，她把手机扔到了桌子上。

"你肯定知道这是迟早的事吧。"布赖恩特说道。

她耸了耸肩。她当然知道，但这也不是什么值得开心的事。

"我的老天爷哟，老爹，"道森说着，把门推开，"外面都掉到零下二摄氏度了。"

金等他把夹克衫脱下来后才开始询问。他的任务是去调查因加的住处，伊丽莎白·汉森还大概记得因加住哪儿，所以地址并不难找。

　　不幸的是，他们能给金提供的信息也只有这么多。两位雇主对他们所雇保姆的朋友、男友或者家庭都不甚了解。即便因加提起过，他们也没有留心听。

　　斯泰茜无法找出这位保姆和之前工作的家庭有任何联系，故而排除了她是中间人的可能。

　　"情况如何？"她问道。

　　"她家看起来就像被巨型卡车碾过一样，还被碾过两次。她家的门开着，所以我肯定得进去看看她在不在。找她麻烦的人肯定不是什么善茬。她家所有东西都被砸烂了，所有东西：家具、饰品、图画和盘子。"

　　"会不会是什么警告信号？"

　　"肯定是，她最好祈祷我们能赶在那些人之前找到她吧。"

　　"这要不就是一个警告信号，要不就是一个无法自控的疯子。"金一边说，一边轻拍下巴。

　　"也有可能两者都是。"道森说道。

　　金点点头。"邻居对打砸她家的人的外貌有何描述？"

　　道森转了转眼睛。"楼下一个患了老年痴呆症的老家伙给我格外详细地描述了一遍。他说那人的身高大概五英尺两英寸，黑色鬈发，戴着眼镜，穿着海军蓝衬衫。"

　　"然后呢？"

　　"然后他的儿子走了出来，看我来这儿干什么，结果你猜怎么着？没错，他儿子就是五英尺两英寸高，黑鬈发，蓝色衬衫，还——"

　　"戴着眼镜。"斯泰茜帮他把话说完。

　　金抱怨了一声。"好吧，凯，把因加·鲍尔列为优先调查——"

　　房子里传来的尖叫声将她的话打断了。

第十七章

赛姆斯坐在阴影里等待着。今天本来是他的发薪日，那个愚蠢的婊子，因加，却把他耍了一顿，但他会找到她的，他会让她悔恨万分。她要连本带息地赔偿他，眼下他却有一笔意料之外的奖金可拿。

他知道自己能吓唬到别人，也很享受那种感觉。人们见到他，首先注意到的就是他魁梧的身材和结实大块的肌肉，接下来是他的光头和身上的文身。这个时候，人们大概就能猜到他是什么人了。他们通常还猜得挺准。

但他的霸道之处不止如此，他自己也清楚这一点。没有人敢直视他凌厉的目光，挑战他的地位。这目光向世界宣示，他随时准备来一场恶斗。

即便是此刻，一群男人站在离他不远处，一手拿烟，一手持酒，也没有一人敢直视他的目光。

事情并非总是如此。当他开始向这个世界反击时，他真正的敌人已经死了。只有在他小的时候，他的父亲才敢打他、踢他、往他身上吐唾沫。那个男人把被老婆抛弃的怨气全数撒在了儿子身上。只可惜他的父亲一直不知道，赛姆斯最终也对母亲心怀怨恨。他们本能地在这件事上达成一致。

孩童时期他就发现，只有给他人制造痛苦，他才能消除痛苦。他感到宽慰，感到某种从未体验过的狂喜。那种力量把他带到了另一个地方。那种力量超乎性爱，仿佛圣洁虔诚的宗教，供世人顶礼膜拜。

他的余光捕捉到了某人的动作。他把那人上下打量了一番。

是时候祈祷了。

第十八章

"我们又收到了一条短信，长官。"海伦说道，从门口探出头来。

金已经从卡伦的尖叫声中猜到了十之八九，擦着联络官的肩冲了出去。

四人正坐在舒适的客厅里，她以前一直把这里当成非正式客厅。众人的神态和动作与客厅的环境极为不符。和走廊对面的正式客厅不一样，这个客厅沐浴在米色光辉中，柔软、温暖的家具围着一团炉火和一台电视。显然，这个客厅本是晚上供家庭聚会放松用的。但此刻，她却感觉这个房间随时会被紧张的气氛撑破。

斯蒂芬在沙发后来回踱步，罗伯特站在窗前咬着手，卡伦和伊丽莎白紧紧坐在一起，盯着手机。

"这到底是他妈的什么意思？"斯蒂芬吼道。

金朝卡伦伸出手，后者忙不迭地把手机递了过去。金立刻注意到，发送这条短信的手机号和上一次不同。她又接过伊丽莎白的手机，两条短信一模一样。

> 你的女儿现在很安全。游戏明天开始。

"告诉我们，督察，这短信是什么意思？"斯蒂芬咆哮道。

金摇了摇头。眼下她完全不知道他们在和什么人打交道。

她情不自禁地去猜测这条短信的目的。它没有任何诉求。它也没有给他们提供任何信息。这看起来就像一个骗局。

"你有准备先决措施吗？"斯蒂芬问道，"我们怎么应对？我们说什么？"

"在这种情况下，我们最好什么都不说，汉森先生。这条短信我们不需要回复。"金冷静地答道。

斯蒂芬在空中挥舞着双手。"你就打算这么领导这次调查吗，督察？什么都不回？"

她竭力不对这种明显是由恐惧引起的歇斯底里做出任何反应，但她越发清楚，斯蒂芬的每一分怒气都会发泄在自己身上。

金张开嘴刚想说什么，海伦就走上前来。

"你们应该注意一下短信的前半部分，"她说着，环视四位父母，"你们的女儿现在很安全。"

两位女士望向这位坐在沙发另一头的和蔼女人。伊丽莎白努力想忍住泪水却没忍住，而卡伦只是怔怔地流泪。

海伦望向金，希望她能准许自己继续讲下去。金轻轻地点点头。她本就不擅长处理这种事。

"听着，大家想想这里面的逻辑。不管对方是什么人，他们绝对在你们身上有所诉求。伤害你们的女儿不会给他们带来任何好处。"

所有眼睛都看向海伦，她温暖、柔和的声音将他们如教堂会众般完全吸引了过来。这是严苛的咨询训练带来的结果。

罗伯特坐到卡伦身旁，轻轻握住她的手，她不知不觉地靠到了他身上。大家都全神贯注地注视着海伦，流泪的速度也慢了下来。

金侧身离开客厅，回到餐厅。她关上身后的门。

"好了，伙计们，今晚也没有别的事需要做了，所以你们现在都回家吧，明天精精神神地回这里报到。早上六点准时到位。我不确定这个案子到后面需不需要我们通宵工作，但至少今晚不用。"

"你回家吗，老爹？"

金摇了摇头。她打算今晚就在这个餐厅里过夜。

"如果是这样的话，那我不懂为什么我们——"

"因为这是我说的，布赖恩特。"她的声音里没有回旋的余地。

道森和斯泰茜收好自己的东西，依次走出餐厅。他们回家、睡觉、再回到这里的时间一共只有七小时。

布赖恩特并不着急。"那你的'小王子'怎么办？"他问道，露出一副会意的坏笑。

她挑起一边眉毛。那是布赖恩特给她的宠物狗巴尼起的爱称，他起这么一个名字是因为她对待这只小狗就像对待皇室成员一般。

"我之前给唐打过电话，她会住到我家里。"

金从宠物收容所领养了巴尼，几个月前，它的上一任主人被残忍地杀害了。这只狗总和周围环境合不来，它不喜欢人群，也不喜欢改变。和金简直是绝配。

但有一个人巴尼很喜欢，那是美容沙龙的一位接待员。它很讨厌那里的美容师，却喜欢那位和父母住在一起的十九岁女孩，而她也喜欢偶尔抽出时间来照顾巴尼。

"希望她能通过所有相关检查吧，"布赖恩特说道，"她是我认识的唯一一位可能被 DBS^① 检查过的狗保姆。"

---

① Disclosure and Barring Service 的缩写，意为"信息披露与禁止服务"。DBS 是英国内政部一个非部门公共组织，旨在给英国公共和私人机构，以及志愿组织提供受雇者的各类信息，如犯罪记录等，以供公司参考，做出安全的招募决策。

金一言不发，但布赖恩特的话也不无道理。

"再见，布赖恩特。"她说着，眼睛直直望着门口。

他向她敬了个礼，离开了餐厅。

金开始把背包里的东西拿出来。她把备用衣服整整齐齐地叠好，摆在安乐椅下面。她把盥洗用品堆放在一旁，但把自行车杂志留在了背包里。

门上传来轻柔的敲门声。是海伦。

"我让他们都去睡觉了，长官。我不确定他们能不能睡着，但他们毕竟躺在了床上，要睡上一两个小时还是可以的。"

"谢谢，海伦。回家吧。"金看了看表，"你能明早九点回来吗？"

海伦摇了摇头。"不，我要和其他人一样的时间。"

金笑了。"那就六点。"

"六点见。"她说完，走出了房门。突然，她又把头伸了进来。"快休息休息吧，长官。"

金点点头，在餐桌旁坐下。

她听到前门关上的声音。对她和这场调查而言，海伦都将是无价之宝。她是调查团队和家庭间的桥梁，她可以在不透露案件细节的情况下安慰四位父母，让金空出手来完全专注在案子上。

金暗暗告诉自己，一定不能让海伦在这里待太久。不然的话，她就会被沉重的悲哀、恐惧与期待所淹没。

还有可能是苦痛，一个小小的声音在她心中说道。

她把这个想法赶走，走出了餐厅。金走上楼梯，卢卡斯朝她点了点头。

她穿过走廊，听到某处传来说话声，另一处又传来低泣声。她走向右手边第四扇门，静悄悄地走了进去。她关上门，然后摸索着灯开关的位置。

一张单人床靠着左墙放置。被子和枕头上方贴着一张画着五个男孩的迪士尼电影海报。床铺上有一块位置微微下凹，看得出有人曾在这里坐过。一条印着小猴图案的睡裤整齐地叠在枕头旁，等待着查利的归来。

金坐在床尾，猜想床应该是卡伦帮女儿铺好的。她环视了一周小女孩的房间。白色的仿古家具，放满首饰、可爱的玩具和几本书的书柜，角落里是一个放着小电视的五斗橱，还有一张梳妆台，台上是一面绕了一串圣诞小彩灯的镜子。

她目光所及之处均是卡伦的小姑娘的影子。手镯、戒指和彩色发饰，几个发圈，还有一套能和所有牛仔裤相配的多色背带。

衣柜前放着一排运动鞋：有的鞋带灯，有的鞋有轮子；还有五颜六色的鞋带可供搭配。

金打开床头灯，天花板上立刻出现了一个太阳系旋转的投影，她朝这光影效果笑了笑。她俯身想把投影关掉，手臂却碰倒了一张正对着床的照片。

那是一张简单的银框照片，相框里夹着两个女孩的剪报，她们湿漉漉的头发在镜头前闪闪发亮。剪报是一篇长篇报道——两个女孩在全国舞会上并列夺冠。

显然，查利很喜欢在睡觉前看看这张照片。金把相框放回床头柜原处，就在这时，她床边的手机响了起来。突如其来的喧嚣打破了寂静，她只想赶紧把声音关掉。

这时她发现，那是一个她不认识的手机号。

"我是斯通。"她说道。

"我是西麦西亚警局 ① 的特拉维斯督察。"

"好的。"她说着，皱起了眉头。他们以前曾在西米德兰兹共过事，

_____

① 负责管理英格兰赫里福德郡、什罗普郡以及伍斯特郡的治安警察部队。

那时两人还直呼对方姓名。但后来她在他之前升为督察，两人便不再如此称呼。他转到了较小的邻近警队，内心仍旧对她怀有敌意。

"我们发现了一具尸体。"他说道。

金觉得有些好笑，他从来没有按警衔称呼过她。"然后呢？"他想干什么——举旗开派对吗？

"你可能认识这个人。"

徘徊了好几个小时的恐惧终于降临，她的胃一阵抽搐。

"继续。"她说着，为她即将知道的消息做好准备。

"男性，金发，二十岁出头——他的口袋里有你的名片。"

Chapter Nineteen

第十九章

川崎忍者停在警戒带前，引擎的轰鸣声戛然而止。

她脱下头盔，把它挂在车把上。利特尔顿盾徽是一家坐落在哈格利小镇布罗姆斯格罗夫路上的美食酒吧，酒吧离西米德兰兹及西麦西亚警方的警力交界处仅一英里。

这里的马路窄如小巷，两旁种满了篱笆，而这家酒吧则是这条路上的最后一处建筑物。离酒吧五十英尺处，特拉维斯挡住了她的去路，显然是看到她骑着川崎忍者出现在此处而有所警觉。交通岛处的车辆已经被全面禁行，所以周围的声音他都能听得很清楚。

照亮两人之间的只有他手里的手电筒。

"我要接手这个案子。"金开门见山地说道。三年多来，和平与美好从来不会出现在这两人之间。

"门都没有。"他边说边摇头，"我还记得在离这里不远的地方，我也对你说过同样的话，但你还是提前到了现场，抢了我的案子。"

哦，没错，她记得清清楚楚。那是特雷莎·怀亚特一案，整个克雷斯特伍德调查全因那一案而起。

"别拿私事说话，特拉维斯，现在不是报复我的时候。"她说着，往前走了一步，想绕过他，他却挡住了她的去路。

"为什么这孩子口袋里会有你的名片?"

"他的名字是布拉德,名片是我给他的。"她一边说着,一边踏到了左边。

他又挡在她前面。"你有毛病吗?"她吼道。

"这案子是我的,斯通。"

"看在老天的分上,我总不能在遇到一个犯罪现场的时候,当作没看见走开吧?让我看一眼就好。"

不知怎的,她潜意识里似乎在遵守伍迪要求她"和气待人"的指示。她到现在都还没骂特拉维斯。

"五分钟,斯通。我准许你在我的犯罪现场待整整五分钟。"

她摇了摇头,从他身旁走了过去。哦,骂人的话正挂在她嘴边,要脱口而出了。

"我还是很好奇你是怎么认识这个人的。"他紧跟在她身旁说道。

"你既然这么想知道,那我还是不说的好,不然就没意思了。"她说道。三道手电筒的光帮她照亮了前路。

她遮了遮刺眼的光线,继续往前走。又有两支手电筒照在布拉德利[1]·埃文斯的尸体上。

即将看到那副年轻面容临死前的表情,金花了几秒钟才做好心理准备。仅仅几小时前,他还是一个体格健壮、充满活力的年轻人,晚上在准备和朋友出去玩之前协助她和布赖恩特工作。现在,他已经死了。一阵寒意传遍她全身,这和周遭的寒冷无关。

她本可以做更多的事情使他免遭杀害。她知道自己做得到。她不确定自己能做什么,但她知道,她本可以做得比这更多。

休闲中心的钥匙在手电筒光的照射下闪闪发亮。那钥匙要不就是从

---

[1] 布拉德(Brad)的全称。

他口袋里掉出来的，要不就是特拉维斯拿出来的。

"病理学家还没到吗？"她问道。

"在来的路上。"特拉维斯说道。

"尸体是什么时候发现的？"

"十二点二十分。"特拉维斯回答道。

现在已经过了凌晨一点，而病理学家还没到场。在案件的这个阶段，作为主管警官，她绝不会和一堆无用的警察闲散地站在一旁。她会把手机紧贴耳边，威胁相关人员，如果他们再不到场，她就自己移动尸体。在这短短的一段时间里，线索可能会丢失，证据可能被销毁，目击证人可能已走远。整个调查都停滞了下来，只为了等技术人员到场。

但是，她必须记住，这个犯罪现场不归她管。

她朝离她最近的一位警官伸出手。"能借一下吗？"

他把手电筒递给她，她蹲下身。

这条单行车道的地势比旁边的沟渠低，路的两边和篱笆下的泥土相接。

布拉德的尸体侧卧在地上，面朝一堆树叶。他穿着一身黑衣，手电筒的光沿着尸体一路向上照去，仿佛被黑暗所吞没，只有肩膀之上的部位看得清。"上帝啊。"金低声说。

他的头已经变形了。头骨已被砸烂，看起来就像泄了气的足球。她拿手电筒绕尸体照了一圈，看到一串血迹，那应该是布拉德的头被踢到地上时留下的。

布拉德的头骨下满是渗出来的黏糊糊的液体。若不是他还穿着同一身衣服，金绝对认不出来。他看起来根本不像布拉德。他看起来甚至不像人。

"有人似乎一点都不喜欢这孩子呢。"站在金身边的特拉维斯说道。

她懒得回嘴。杀害布拉德的人根本不认识他，他只是在错误的时间出现在了错误的地方，还向错误的人求助了。

她把手电筒递回给右边的警官。她已经看够了，不想再看下去。

她远离了尸体两步，回到马路上。

"哎哟，我的天，斯通，如果我的表没错的话，你只能在这里待一分半钟了呢。"看见她后退，特拉维斯讥笑道。她全然不理会他的讥讽。

特拉维斯要在这个案子上瞎忙一通了。他什么线索都不会找到，但当她走开时，她暗暗发誓，一定要让杀害布拉德的凶手付出代价。

朝川崎忍者走去时，她看到一辆外形熟悉的车熄灭了车前灯，不禁发出一声抱怨。

她和特蕾西·弗罗斯特同时走到警戒带前。

"你他妈的来这儿想干什么？"金劈头盖脸地问道。她对特蕾西只能客气到这种程度，伍迪要她"和气待人"的指示肯定管不到这里。伍迪也知道她是一个有上限的人。

说实话，她没想到这个记者能这么快赶到现场。这女人耳朵里肯定装了能扫描到警察的仪器。

"做本职工作而已，督察。"她说着，把皮革手套摘了下来。

金看向她身后。"对哦，后面还跟着一摊黏液①。"

特蕾西拿出口述录音机，把它打开。"更重要的是，督察，你在这里干什么？这里可是西麦西亚警局的辖区。"

金走向那个假装没有在偷听她们对话的警官。

"别让这个女人溜进警戒线。事实上，如果有必要的话，直接开枪打她就行。"她转向特蕾西，望着她的录音机，"希望你录了下来。"

她本想从这女人旁边走过去，结果这女人却紧紧跟在她身后。天哪，

---

① 金在讽刺特蕾西做事跟蜗牛一样慢，因为蜗牛移动时会在身后留下黏液的痕迹。

难道就没有什么东西能穿透厚厚的犀牛皮吗？

"跟我说一些事吧，督察。"她微笑着说道。金大吃一惊，因为就在今天早上，金还把她压到墙上威胁她。

"别逼我，特蕾西。"金说道，把头盔戴到头上。不幸的是，头盔并不能阻止特蕾西的声音钻进来。

"我想和你聊聊另一件事。"

金转过身去。"我猜这件事指的是你如何害死了一个名叫杜文·赖特的年轻人吧？"

"对，就是这件事。"特蕾西说着，靠到了金的摩托车上。

"我无可奉告。"

特蕾西忸怩作态地笑起来。"当你意识到自己错了的时候，肯定会觉得自己很蠢呢。"

"我绝对不会看错你，特蕾西。我很清楚你的为人，也清楚你平时怎么工作。"

特蕾西耸了耸肩。"随你便吧，但我已经警告过你了。"

"哼，是吗？那现在轮到我来警告你了，从我面前滚开，否则我……"

特蕾西站到一旁，不再挡住她的去路。"行啊，但你可别以为这就是你最后一次见到我。"

哦，金多么希望这个愿望能成真。

金跨到车座上，看着特蕾西朝警戒带旁的警官走去。这一回，她要给西麦西亚警局惹麻烦了。

她回望那条又暗又窄的车道，观察着那边的动静。现在，她脑海里只有一个想法：如果那个杀害了布拉德的人此刻就在查利和埃米身旁，那就只能祈祷上帝保佑她们了。

第二十章

金轻轻地敲了敲门，好让坐在门另一边的警员注意到她。

那位警员打开了门，她突然意识到这位警员已经连续站了二十四小时的岗了。

"去沙发上休息一下吧，卢卡斯。"她说着，脱下头盔。

他摇了摇头，但他半睁半闭的眼睛里已经布满了血丝。

"快去休息吧，"她坚持道，"你的代班人明早就到。"

"别把我从这个案子里移出去，长官。"他恳求道。

"我当然不会，但你也不能连续工作二十四小时。"

他点了点头，轻手轻脚地穿过走廊，走进了非正式客厅。

金也轻手轻脚地走进房子。不论是什么鞋子，踩在这昂贵的瓷砖地板上都会弄出很大声响。

经过厨房门时，她把手伸进口袋里拿钥匙。就在这时，黑暗中走出一个阴影，金心头一跳。

"我的天，卡伦，我以为你已经睡了。"

"你去哪儿了？我敲过你的门，发现你不在。"卡伦说着，抿了一口玻璃杯里的水。

金打开灯。"我有时候喜欢深夜骑摩托车出去兜风，这能让我头脑清醒一些。"

这并不是谎话，她经常这么干，只是不是今晚。但想到作战室的钥匙还安安稳稳地躺在自己口袋里，金就觉得宽心。

"你还有别的案子要办吗？毕竟我的女儿是最——"

"卡伦，我没有别的案子。在把查利和埃米带回家之前，这是我唯一的案子。"

"你保证吗？"

一个竭力控制住自己，不让情绪崩溃的女人说出了这么一句孩子气的请求。

"我保证，"金说道，然后歪了歪头，"你一个人在这里干什么呢？"

"我不想再假装自己睡着了。罗伯特辗转反侧，我听到伊丽莎白在大厅里哭。我下来想找杯水喝，然后……就在这儿待一待。"

她点开手机屏幕。

金寻思着这是她第几百次做这个动作。

"我一天到晚都盯着手机，既希望它能收到什么，又害怕它会收到什么。"

金在早餐吧台的另一边坐下，两人置身在房子的寂静中。

"我总是想着，如果我足够专注，我就能逆转时间，回到过去，不让她们去休闲中心。"

金猜测这并不会有太大区别。这是一场有预谋的绑架，他们是被绑匪选中的家庭，就算这次绑架没有成功，也肯定会有下一次。

"上一分钟，我还因为有人抢走了我的女儿而愤怒不已，可下一分钟，我又愿意向那些抢走我女儿的人献出生命，换回我的孩子。我已经在心里向每一个慈善机构许诺，以后我一定会成为一个更好的人。为了让查利回来，我愿意献出自己的一切。她是我的全世界。"

　　卡伦把手向后伸，她拿来一张两个女孩的镶框照片，放在手机旁边。

　　"你们用不用得上这张照片？我就是问一下。"

　　金摇了摇头。她不需要别人提醒她，她之前早就花时间仔细观察过两个女孩的外表。查利的肤色比埃米更黑，她比她的朋友稍高，顶着一头独特不羁的金色鬈发。她的嘴唇看起来就像冰激凌小胡须，还长着一双犀利的蓝眼睛。

　　埃米的头发看起来像一顶黑色头盔，边缘稍显凌乱。两个女孩都直视着镜头，脖子伸长，手放在胸前，脸上皱成一团。

　　卡伦的手指轻触着她那金发女儿的轮廓。"她们在扮狐獴。我们那时在野生动物园里，她们非要去看那些小狐獴，拦都拦不住，甚至连过山车都不想玩了。她们想给每一只狐獴都取个名字，但它们总是跑来跑去。"

　　"查利是一个怎样的女孩？"金望着查利那一大团鬈发，问道。

　　卡伦笑了。"我觉得用'精力充沛'这个词来形容她再适合不过了。看看，她那发型让她从幼儿园开始就格外出众。有人叫她'拖把头'，还有更难听的名字，但她就是不肯剪头发，甚至连梳一下都不肯。她爱她的头发，对她来说，头发才是最重要的。

　　"你可别会错我的意思，她不是那种被宠坏的孩子。罗伯特确实纵容孩子，但在礼仪方面，他管得格外严。他允许她表达自己，但绝不会容忍卑鄙或恶毒的行为。他爱她胜过世上任何人。为了她，他愿意在地上打滚，愿意边模仿动物的声音边陪她在花园里追逐打闹。"

　　金愿意坐在一旁，静静听她说话。她的脑海里总浮现出布拉德死去的样子，根本无法入睡。

　　"你有孩子吗？"卡伦问道。

　　金摇了摇头。

卡伦一脸惋惜地看着她，金决定不和她争辩。对金来说，这是一个明智的选择。毕竟，她母亲的基因将会由她来结束。

"你错过太多了，金。不成为一个母亲，你理解不了爱的含义。任何爱在母爱面前都会相形见绌。"

好喽，就算是这样，也不值得让我的血脉继续延续下去，金心想。她什么话也没说。她能列出上百例虐待儿童与照顾不周案，那些案例可没有卡伦想象的那么舐犊情深。该死的，她甚至可以把自己当作例子举出来，但她没这么做。

"以前你应该挺讨厌我的，对不对？"

金吓了一跳，她没料到话题居然转得这么突然。对金来说，这句话轻描淡写得可怕，但她只是摇了摇头。

"为什么？"

"我们现在不应该——"

"求你了，金，和我说些别的事吧。我想从我的思绪里挣脱出来，就一会儿。我满脑子都是胡思乱想，快把我逼疯了。和我说说你对那段时光的回忆吧。"

我可记得比你清楚多了，金心想。回望人生是毫无意义的事情，那些都已经是过去，而过去是无法更改的。

卡伦继续说道："我知道我们俩并不亲密，但我们所有人都由一条纽带联系着，那就是姐妹情。我们都互相照顾对方。"

"你真的是这么记得的吗？"

卡伦坦率而真诚的表情回答了这个问题。

金见过这种情况。有一些人会重写自己的过去，他们在记忆中将自己完全重塑，为的就是远离事实。而金则选择把记忆全部装进盒子里，留在过去。

"卡伦，我们那时根本没有姐妹情可言，我们也肯定不会互相照顾。"

"我知道我这个人有时会有些粗鲁，但那只是——"

"你是一个自私的人，别人有的东西你都想要。"金诚实地说道。

坦白地说，她更乐意把和卡伦有关的回忆留在自己想象中的记忆盒里，但这毕竟是卡伦先提起来的，金只是在接话茬。

曾经的日子对她们来说都不好过。一些孩子选择抱团取暖；一些孩子选择找到自己的归属，来代替从前的家庭。金没有这么做。她没有和任何人建立长久的友谊或坚固的纽带，但她分外憎恶恶霸。

从六岁开始，她的生活轨迹便断断续续地和卡伦有交集，而每次相遇都不见得有多愉快。

但她们第一次真正生活在一起是在最后一个寄养家庭。

"你还记得一个名叫沙菲莉亚、瘦瘦小小的印度女孩吗？"金问道。

卡伦思索了一会儿。"哦，天哪，我记得，她是个很好玩的小女孩，是不是？如果我没记错的话，她头很大。"

没错，她头很大，身子很小。

那女孩的父母仅仅因为她穿了一条破烂的牛仔裤就刻意饿了她好几个月，后来，那对父母被剥夺了抚养权。这个女孩必须遵守医生制定的饮食和营养菜单进食，慢慢增加肌肉量。金无意中听到过养父母抱怨那份菜单有多严格。

金曾好几次尝试和沙菲莉亚说话，但即便这个女孩每星期要去看三次心理医生，她还是一句话都不肯说。

"你还记得每次下午茶之后她要喝的东西吗？"

卡伦笑了。"记得，我们都奇怪为什么她能有奶昔喝，而我们却没有。"

金几乎无法掩饰自己的惊讶，卡伦竟把记忆扭曲到这种程度。金实在不知道，卡伦是在何时何地把记忆中的那幢房子变成了一座蝴蝶和精灵飞舞其中的闪亮仙女城堡。

事实上，寄养家庭的房子是由两栋简易住宅合并在一起的，房子里的双层床比宜家的还多。

"那是为了增强她营养不良的体质而特制的蛋白质奶昔。"

"哦，我不知道——"

"我撞见过你的死党把那女孩的头塞到马桶里，逼她把奶昔交出来。"

卡伦满脸迷惑，然后开始摇头。

"不可能，那女孩才十岁。"

卡伦看起来惊恐极了，那女孩当时也只比她自己的女儿年长一岁。

"不，你肯定记错了。"卡伦说道。但她的语气已失去刚刚的坚定。

"那就是我记错了，她也没有用粉色、闪闪发光的发带把头发编成辫子。"金声色俱厉地说道。

卡伦捂住嘴巴。"哦，我的天。那是你，对不对？"

金没有说话。

"你就是那个把伊莱恩揍了一顿的人。她什么都没说，你也是，但我记得很清楚。现在回想起来，我记得她确实一直很讨厌你。"

终于，金心想，你终于记起来了。

她并不为自己那天的所作所为骄傲，但有时候，一个人必须学会对恶霸以牙还牙，以眼还眼。

两人陷入沉默，静静思索着往昔的日子。

"你知道的，金，你对过去的看法或许是正确的，但现在，我唯一想的就是能再见到我的查利。"

金点点头，表示理解，卡伦捂嘴打了个哈欠。

金看了看表。"差不多三点了。去试着睡几小时吧，怎么样？"

卡伦点点头，又点开了手机屏幕。

金俯过身，把自己的手放在卡伦的手上。卡伦惊慌的眼神乞求般望着金。

两人对视了几秒。

"我会把你的女儿带回家的。"

卡伦点点头，握紧金的手以示回应。她又打了个哈欠，走出厨房。

不管在什么情况下，身体都需要休息——尽管压力、能量、恐惧或担心能让身体支撑更久，但到最后，疲惫总会占据上风。

金还在等待。

是时候回到作战室了。

她伸出手，拿走了照片。

Chapter Twenty-one

第二十一章

　　金把老旧的咖啡过滤器扔进垃圾桶。残留其中的黏糊糊的咖啡落进垃圾桶底，发出一声闷响。

　　她把一个干净的白色三角形过滤器放进咖啡机里，往里面加了四大勺咖啡，然后又往里面多加了一勺，图个好彩头。

　　她坐在桌旁等待着，视线落在墙上的照片上。

　　她被女孩们的纯洁所吸引。两个女孩都直视着镜头，这张照片把那一瞬间的快乐永远捕捉了下来。两个年轻灵魂的家人、朋友和她们的天真为她们守护着这个世界。

　　金不禁好奇，她的童年时期可否捕捉到这么一个瞬间。

　　在她十岁到十三岁之间，相机或许能捕捉到她的一丝笑容。埃丽卡站在一边，基思站在另一边，那是令她感到安全的四号寄养家庭。即便是那时，她的眼里也会流露出悲伤。这对夫妻的善良并不能抹掉她的过去。

　　每每想起基思和埃丽卡，她总会连带想起米凯伊。她把有关他们的所有回忆通通装在标着"失去"的记忆盒里。

　　她闭了一会儿眼睛。如果他们有一个像埃丽卡那样的母亲，她的人生会有多不一样？

金迅速甩掉这个想法，沉浸在自己的思绪里就像在地雷阵中跳跃，若待太久，不免会被炸得粉身碎骨。卡伦描述的母爱和她所经历过的完全是天壤之别。金从未体验过卡伦所说的被全身心溺爱的感觉，她没有任何经历可以参照，自然无法理解卡伦的意思。她和她的母亲之间并没有什么神奇的纽带，她只顾着让自己和米凯伊活下来。

和卡伦的谈话把她带回了过去，现在，她的过去回来了。就在这里。就在这个房间里。

金把椅子往后一推，打开了门。她静悄悄地沿着走廊而行。

"你还好吗，长官？"角落里的一个身影说道。

"我以为你睡了呢。"金对卢卡斯说道，他已经回到了岗位上。

"睡了几小时，现在感觉好多了。我打算一直站到代班人来为止。"年轻的警员回答道。

她点点头，推开沉重的橡木门。冰冷的空气涌进来，在她裸露的肌肤上肆虐。她轻快地踏出房门，迎接寒冷。

她把手伸进口袋里，迎风而行。

冷风绕着她的头旋转，令她耳朵发麻；冷风猛烈地推动一棵针叶树，吹得整排树叶向右倾斜。

金走过林木线，手往口袋里插得更深了。冷风倏尔停下，四周一片寂静，只剩她的脚踩在树枝上发出的嘎吱声，这些树枝被风吹落，因为结冰而硬脆易折。

突然，一阵狂风吹来，金转过身，大风把轮式垃圾桶的盖子掀起，又将它猛地盖上，复又掀起。

她继续往前走，突然听到了一阵窸窸窣窣的声音，但周围的各种植物纹丝不动。

她的身体立刻做出反应，所有器官顿时高度警觉。她绷紧身上的每一块肌肉，凝神等待着那声音再次出现。

寂静。

车道一头的街灯离她太远，照不到她。周围仅有的光源是房子前门走廊处的灯，但卢卡斯关上的厚重橡木门挡住了这亮光。

一股香味飘入她的鼻中。香味中有一丝矮牵牛花的味道，但周围并没有盛开的花朵。

她朝发出飒飒声的方向轻轻扭头。一阵大风沿林木线吹过，浓密树篱的另一边露出一个身影。

那影子朝左边稍稍移了一些，香味愈浓。两人此刻已经齐平相对，只是被中间的林木线隔开，看不到对方。

金的心跳声在耳中怦怦作响。如果此刻她回到房子里，她永远不会知道是谁躲在阴影之中偷偷摸摸地监视着她。

她此刻正好位于边界线一半的地方，不论她往上还是往下疾奔，若想绕到对面，都要浪费掉宝贵的时间。

金把身子站定，双臂用力前伸，撕裂树篱。

她双手抓到了某种厚厚的粗布。此时风声平静下来，金听到一阵急促的吸气声，接着是一声大笑。

"到底是谁？"金说着，双手穿过树篱，紧紧抓住对方的外套，使劲往回拉。

是个女人，正忙着把脸上的蜘蛛网拨下来。金松开了她。

"又在耍老伎俩啦，斯通。怎么，有什么秘密藏着吗？"

金的内心一阵狂跳。

特蕾西·弗罗斯特的外套仍被金抓着，特蕾西把她的手打开，但金一动不动地站在原地。这事绝不可能就这么结束。

"你他妈在这里干什么？"金骂道，她早已知道答案，而且她不会喜欢这个答案。

"我能问你同样的问题。"特蕾西说着，把头一歪。

"我不会回答你的问题，你也知道这一点。"

金的思绪高速运转，她一点口风都不会透露给这个女人。

"我知道你们肯定在这儿干些大事……"

"哼，你要想报道在明天的《达德利之星》上的话，那就请便吧，"金稳稳当当地站在原地说道，"除了到处跟踪我，你就没别的事可做了吗？"

"但你肯定能助我写出一篇很棒的报道。"

"你从犯罪现场一路跟踪我到这里，是不是？"

特蕾西耸了耸肩，脸上却满是骄傲。

"你到底想要什么？"金问道。她很快就失去了耐心。在凌晨四点和人在零下的温度中谈话已经足够糟心，而对方还是个人渣，这更加令她无法忍受。

"我猜是绑架案吧？"特蕾西笑道。

金感觉浑身恶心，也只有这种恶毒的女人才能笑着说出这样一句话。

"挺厉害嘛。"金说完，转过身去。

她的心脏正在狂跳。金知道自己遇上大麻烦了。

"媒体封锁，警队封锁。请告诉我，你肯定很怕又他妈的把事情干砸了吧。"

"管好你的嘴，特蕾西。"

"哈，你还是觉得那是我，对不对？"

金咬紧牙关。"我知道是你。你把杜文·赖特的故事曝了出去，害死了他。"

特蕾西摇了摇头。"不是我。"她的声音表明她不想再把同样的话说第二遍。

金则是单纯不想再听到她的声音，也不会相信她的话。

"不，害死他的是你不肯把真相说出去，你知道这一点。"

金转过身。"特蕾西，滚你——"

"我会找出你们在做什么的，斯通。当我找到的时候——"

"你会把嘴巴好好地闭上，你这个没良心的婊子，因为如果你不把嘴闭上的话，我会让你后悔一辈子。"

特蕾西往前踏了一步，毫无惧色。"我偏不闭嘴，那又如何？"

"那我就会把你的故事说出去。我确定，公众会非常想知道你有多么爱酗酒。我的意思是，你真的很爱酗酒，所以有一天晚上，你喝得酩酊大醉，把一个拍了你照片的男人狠狠打了一顿，幸亏当时我手下的一位警官把你拦下，你才没被逮捕。道森真应该趁你醉得不省人事的时候给你安几个第五条①罪名，外加一个性骚扰罪。"

特蕾西往后退了一步。

"你真以为我不知道你做过什么？道森有时会令人头疼，但他是一个很忠心的人。我知道你们扭打的时候，你趁机把手伸进了他的裤子里。对一个罪案记者来说，这样一个标题实在是再妙不过了，不是吗？你的编辑肯定乐意把它印在报纸上，就在签了你的辞职书之后。"

特蕾西很清楚她的为人，知道这绝非虚张声势，也只有金知道这一威胁有多么需要付诸实践。尽管现在有媒体封锁，但特蕾西是那种管不住嘴巴的人，如果她把金逼急了，不等她说出自己的猜想，金就会先把她的故事抖出来。

"几天，我就等你几天，"特蕾西一边说，一边后退，"然后我就会把你的事情挖出来。"

———————————

① 英国《1986 年公共秩序法》第五条中的法定罪行。

金感到浑身轻松，她现在最不想见到的就是特蕾西到处打探这案子的消息。

当她转身时，特蕾西已经退到了十英尺开外。"我知道你在想什么，斯通，我也不想再说一遍。但除了一出事就把过错推到我身上，你大可以去梳理一下整件事的时间线，看看能找到什么。"

金没理会她的话，转身径自离开，回到房子里。她不需要梳理任何东西，特蕾西·弗罗斯特要为杜文·赖特的死负责，就是这么简单。特蕾西胡乱苛责金，不过是想推脱自己的责任罢了。

该死，她一定会去把案件记录再梳理一遍，彻底证明自己是对的。

Chapter Twenty-two

第二十二章

查利·蒂明斯靠墙而坐，这是她能找到的为数不多没有被难闻的气味和冰凉潮湿的污水覆盖的地方。

她的大腿根已经开始抽筋，但她竭力忍着不动。这就像和爸爸玩木头人游戏，只不过他们玩的时候，妈妈会把音乐关掉，她和爸爸会尽可能久地保持不动。

查利很爱玩这个游戏，但她发现，每次她想让自己定下来时，她身上的每个部位都想动。她会突然觉得，自己身上某个看不见的地方变得很痒。每每那时，她就会努力把注意力集中到别的东西上，分散自己的思绪。

此刻，她也在努力分散自己的思绪，心不在焉地抚了抚躺在自己大腿上沉沉睡去的女孩的头发。

查利不知道现在是白天还是黑夜，也不知道她们已在这臭不可闻的黑暗中待了多久。

那个警察和她们说，她的妈妈让他来接她们回去，因为妈妈的车坏了。爸爸告诉过她不要和陌生人说话，但那人不是陌生人，他是警察。

一想起爸爸，查利的喉咙就生疼。出于习惯，她强忍住泪水。如果她哭了，埃米绝对会更加害怕。埃米的脸会僵住，呼吸也会变得滑稽。

查利已经两次用玩游戏的方式帮她冷静下来。

她吞下泪水。现在那些眼泪无济于事，爸爸妈妈也没有来。一开始，她还很生气，但她慢慢意识到，他们没有来是因为他们不知道她们在哪里。

查利知道，如果爸爸妈妈知道她们在哪儿，他们肯定会来。

她浑身一阵颤抖，但那不是因为寒冷。这和爸爸带她去滑冰时的寒冷不一样。去滑冰那天，她冷得牙齿打战，皮肤冰凉。但离开冰场一分钟之后，颤抖就停止了。

她深深咽下恐惧，努力告诉自己：我不害怕。她回想着所有发生过的事情，让身子不再颤抖。

房间里有一张双人床和一个篮子，查利比埃米早几秒反应过来这个房间是干什么用的。天花板上吊着一个孤零零的灯泡，在房间里投下病恹恹的黄光。

她努力专注在她们现在已知的事情上。房子里有两个人：他们没有进过房间，但她听得出脚步声的不同，所以知道有两个人。他们给她和埃米送过两次食物，一次把食物放在门边，另一次把食物滑进来。

两顿饭都是一样的：一个用塑料袋装着的三明治，一包薯片，还有一盒果汁。

她们的上一餐是脚步偏轻的那个人送来的。那人来送餐时，查利让埃米噤声，细听着楼梯上的脚步声，紧接着便是开门声。门很快又被关上，脚步声逐渐远去，一扇离她们不远的门开了又关。接着，脚步声又从她们门前经过，最后又上了楼梯。

当她不累的时候，她总是想着这件事。或许她可以把头往后靠在墙上睡一会儿，埃米熟睡时深呼吸的声音让她慢慢放松下来。如果她能忽略掉床垫弹簧顶着她大腿的感觉的话，或许能趁埃米没醒前睡一分钟。

她把头向后靠在坑洼、冰冷的墙上。即便头抵着粗糙的砖头，也无法阻止她的眼皮昏昏欲合。她感到沉重的黑暗在降临。她喜欢这种感觉。她想随这黑暗而去。这片黑暗看起来很安全，或许当她醒来时，妈妈便会……

"过得还舒服吗，两个小妞？"一个声音从门的另一边传来。

查利惊得坐直了身子。疲惫将她拉向了睡眠的深渊，结果错过了她一直在专心注意的脚步声。

"小查……怎么……"埃米被查利突然的动作惊醒，动了动身子，抬起头。

"嘘……"查利低声说道。

"我今晚很忙，小妞。你们认识休闲中心的布拉德吗？"

埃米紧紧抓住查利的手。那人的声音听起来近乎友善，它很柔和，却不温暖；很欢快，却不友好。

"谁是布拉德？"埃米低声问道。

"偶尔在前台收钱的那个人。"查利低声答道。他以前还给埃米的脚趾贴过创可贴。

"回答我啊，小妞！"他吼道。

"认……认识。"查利喊道，埃米缩在她怀里。

"我今天见到他了，和他玩了个小游戏。我喜欢玩游戏。"

埃米倒吸一口气，望向查利。查利一直盯着门口，她感觉自己的眼睛越睁越大。

"这个游戏叫作'看我要踢几脚才能把他的头踢烂'。他的鼻血溅得我整个靴子底都是，真好玩。我又踢了一脚，结果他的眼珠从眼窝里蹦了出来。"

"小查……"埃米小声说，"快让他……"

"捂住耳朵。"查利说道。她自己也要捂住耳朵。

"我做不到。"埃米说，双手就是不肯放开查利。

"这样，"查利说着，像共用一副耳机般把两人握在一起的手举起来贴紧两人的头，"然后再这样。"说着，她用空出来的那只手盖住了自己的另一只耳朵。

"……哭得像个宝宝，求……停下……又踢了他一脚。我用力地……橄榄球踢，然后我……头和脖子……断开。"

尽管她们盖住了耳朵，查利还是能听到大部分词，而那些词已经足以在她脑海里绘出一幅可怕的图景。

她用力闭上眼睛，想赶走那些声音和景象。

"……裂开，耳朵里涌……血……牙齿落……一地都是。"

埃米呜咽了一声，查利把她抱得更紧了些。

"脑浆流得……都是……"

"小查……"埃米喘着气道。

查利无力让这声音停下。她把眼睛闭得更紧了，脸上的五官挤压在一起，想把这声音赶走。

"……很享受呢，妞们。我享受……每一秒……我的报酬，知道吧。我感兴趣……制造痛苦……不是钱。我爱狠……伤害别人，我的小美人……"

查利仍旧只能听到部分的话，却足以让她的胃翻江倒海，但她听清了最后那句话的每一个字。

"我实在等不及和你们俩玩游戏了。"

第二十三章

当团队里的第一个队员到来时，金早已在餐桌旁坐好了。她心情并不太好，只想快点开完例会。她不喜欢夜间访客，更讨厌骗子，而特蕾西两种人都是。

"早上好，老爹。"布赖恩特脱下大衣，说道。他们已换去便装，穿上了正装。今天是星期一，是他们第一天完整的调查，而他是一名警探。这意味着他要穿深灰色西装、白衬衫，还要再打一条领带。头两个是规定必须穿的，至于要不要打领带，有时则由他们自行决定。对布赖恩特来说，"星期五便装日"[①]并不是穿便装的挡箭牌。他才四十七岁，但他是个比较守旧的人。

"咖啡弄好喽。"她说道。

他拿起一个马克杯，倒了一杯咖啡。"海伦起得真早，是不是？"

金点了点头。家庭联络官在五点四十五分的时候就准时叩开了前门。

"在门边站岗的孩子还是昨天那个吗？"

"没错，"她说道，"待会儿会有另一个警官来站白天的岗，卢卡斯今晚再回来。"

---

① 英国有些公司允许员工在星期五穿便装上班。

"你昨天和伍迪聊过了?"

"我给他发了条短信。"

布赖恩特双手端着咖啡,望着墙上的照片。"漂亮的小姑娘,"他评价道,"发型可真飘逸。"

金笑了笑,就在这时,道森和斯泰茜一同走了进来。

她立即注意到,道森充分利用了从他们办公室到这里的距离,因为他正穿着一条靛蓝色 G-Star 牛仔裤和一件大学运动衫。

"很赶吗,凯?"金问道,眼睛紧紧盯着他的下身衣物。在她的团队里,道森总是那个在小事上惹到她的人。

"不是,老爹,我只是……"

她紧紧地盯着他。

他和她对视了五秒,然后别过了目光。

"我希望下次不需要我再提醒你。现在,把白板拿来。"

斯泰茜坐到桌子最前端,然后打开了她的设备。

"行,在白板最上方写'查利和埃米',然后在左边写下绑架发生的日期和时间,再把两条短信逐字写在下面这一栏。在第二块白板上写我们的调查方向。"

金的语速慢了下来,道森已经在努力跟上她说话的内容,但他也只写到第二条短信那里。

"我们的第一个调查方向是闭路电视监控,在这旁边写下'因加'的名字。第二个调查方向是用来发短信的手机号码,第三个方向是上一个案子的文件,而第四个方向则是这两家可能的敌人。斯蒂芬是一位检察官,他的对手名单肯定会很长,也最有可能和这起案子有关系。接下来,我们再调查伊丽莎白给我们的名字,然后再看罗伯特的。"

金等着道森跟上她的节奏。

"最后一个标题写缩写就好，'FM'①。我们必须小心翼翼地调查这条线。调查家庭成员会导致我们和他们的关系破裂，所以我宁愿他们不知道这件事。"她转向斯泰茜，"我需要你调查他们的朋友、熟人、大家庭成员和财务状况。"

"如果我们不能让他们知道的话，我怎么——"

金打断了道森的话。"这时候海伦就能派上用场了。她能拿到我们要调查的人的名字，也不会引起怀疑。"

"但是，老爹？"

"有什么问题吗，凯？"她答道，全神贯注地看着他。

"如果上一个案子的调查方法跟我们一样呢？如果绑匪还是同一帮人呢？如果是的话，那我们岂不是在浪费时间吗？"

"你知道吗，凯？我真希望我也能想到这一点。行，我知道了，把白板擦干净吧，等下一次和绑匪聊天的时候，我会问问他们是不是同一帮人。大伙休息吧，我们在这儿坐着等他们打电话过来就好。"

金知道，这样对待他未免过于严厉，但有时候，道森的态度的确会让她不舒服。

"凯，就算对方还是同一批绑匪，他们选中这两个家庭都是有原因的，这之间肯定有联系。"

他点点头，表示理解。

"所以，我希望你去追寻因加的下落，调查她的邻居、朋友以及任何有可能知道她下落的人。我们知道她和这案子有牵连，这也是绑匪能得知这家人日常安排的原因。我们还知道她在中途因恐惧脱逃了。她是我们优先调查的对象。"

---

① "家庭成员"（Family Member）的缩写。

"明白。"道森说道。

"行。斯泰茜,我们能从手机号码上得到多少信息?"

斯泰茜的脸拉长了。"几乎什么都没有。"

这正是金担心的,她等着斯泰茜解释。

"我们无法从短信上判断两部手机各自连接的是哪个网络。我猜对方肯定准备了一堆预先付费电话,而且用的还是未注册的免费电话卡。如果对方和我们想象的一样聪明的话——希望他们没有这么聪明——那他们的手机必然都在不同的网络上,这样一来,我们几乎没办法追踪到发信人的身份。"

"我们不能直接追踪那两个号码吗?"道森问道。

作为一个警探,他看的电视剧太多了。

斯泰茜摇了摇头。"移动定位是一项电信公司用来获取某部手机大概位置的技术。"

她把自己的咖啡杯放到布赖恩特的咖啡杯旁边,两个杯子相隔大概十英寸,接着,她又把她的铅笔放到两个杯子中间。

"这项技术基于测量手机的功率水平和天线传输模式,因为手机在不关机的状态下总会随时和距离它最近的基站进行无线通信。高级的系统可以确定手机所在的区域,并粗略估计手机与离它最近的基站间的距离,在城市地区,这个距离有时可以精确到五十米。"

"嗯,那这肯定算切入点吧?"道森问道。

斯泰茜把两个马克杯移到餐桌边缘,没动铅笔。"在农村地区,基站之间可能会相隔数英里,只知道发射塔的位置而不知道手机位置的话,根本没用。"

"但我们有号码啊。"道森说道。

斯泰茜翻了个白眼,转向金。"老爹?"

"因为两部手机都关机了,凯。如果手机处在未开机状态,什么追踪技术都没用。"

"我们确定吗？"

"昨晚我们两部手机都检查过了，"金说道，"它们都关了机，现在很可能已经被绑匪砸烂扔掉了。"

布赖恩特拿起他的"手机信号发射塔"，喝了一大口。

道森将信将疑。有时候，他这种不服输的性子能发挥相当珍贵的作用，但有时候，他又把这股劲用错了方向。

"但我之前读过一篇文章，说可以通过访问手机内部的麦克风来偷听别人说话。"

"是吗？那你去找个肯给这种事签发授权证的人吧，祝你好运，"斯泰茜说道，"而且就算我们能这么做，我猜也没多大用处。我敢打赌，手机电池现在肯定已经不在手机里了。"

"难道我们什么都做不了吗？"

斯泰茜叹了口气。"唉，凯，在紧急情况下，我们确实能得到追踪手机位置的许可，但显然，对方发来的每一条短信绝对用的是不同的手机，而且必须等到他们开机，我们才能追踪。我现在能做的只是附上那两个号码，给四大网络运营商不停发邮件，看看他们能不能帮我们进行调查——但我们可能要等几天，甚至等几个星期才能收到回复，得到从上千个号码里面找出的两个手机号码的费用清单。"

斯泰茜望向金，寻求确认。

金毫不犹豫。"再怎么艰难，我们也要试一下，谁知道我们会不会交好运呢。我们必须抓住一切机会。"

房间里安静下来，金听到隔壁厨房传来的动静。

她把椅子往后一推。

"好，手机关机的这段时间，我们要浏览之前的案例文件。说不定我

　　们运气好，能发现一些之前被忽视的东西。"

　　她还没给自己和布赖恩特分配任务。

　　金有预感，他们两个要去实地考察了。

第二十四章

走上人行道时，因加被一块凸起的石板绊倒了。

她成功地在无人发觉的情况下离开了游乐场。在木质城堡里度过的一晚又冷又不舒服，但在那几小时里，她至少是安全的。她一直身处险境，所以并没有沉睡过去，不过总算小憩了一会儿，只是断断续续地被巡逻车巡逻时闪烁的车头灯惊醒。

躺在救护车里时，她才意识到他们是在用多么残忍的手段利用她。她一动不动地躺着，听着陌生人充满关切的声音，利用他们对她健康的关怀欺骗他们。她紧闭的眼睑中满是泪水，此生从未感到自己如此孤独。或许只有一次。

他们用某些手段诱惑她去做完全违背自己意愿的事情，她再次惊叹于他们手段的巧妙。他们轻而易举地就操控了她的不安感和幻想。他们没花多大力气就拿下了她。

他们利用了因加身上的每一个弱点。她得到了她渴望的东西，但奉还的却比她所得到的多得多。她把埃米给了他们。

走路的动作让她的脚趾恢复了知觉。一股温热在她的脚底蔓延，脚趾传来刺痛感。

休息了几小时之后，她的思路清晰起来。

她的当务之急是换一身衣服。她还穿着案发时穿的衣服，如果现在有人在找她的话，她会立刻被认出来。

她离她的小公寓还有四英里的距离。她打算挑后街小巷走，这样可以快点回到家换一身衣服。

一打定主意，她的脚步也快了起来。如果时间充裕，她可以回公寓里换一身衣服，拿上护照去机场，然后取些现金，赶上下一趟航班。

没错，去自动取款机取钱很有可能会令她暴露，但这一次，她可是在一个熙熙攘攘的机场里。她是一个匿名人物。一到德国，她会立刻报警，告诉他们所有她知道的事情。

走近克拉德利海斯公交站时，她看了看钱包。她对自己的计划越来越抱有希望，打算在公交车站这里就把钱给花了。

她冲到一辆刚离站的公交车前，拦下了车。司机紧急刹车，气愤地瞪了她一眼。

她跳上车，发现自己正处于一群开始了新一周工作的上班族间，心中分外感激。哦，她多希望自己能和他们一起品尝他们的苦难。

十二分钟后，她跳下公交车，走进丹佛街，这条路和她回家的路平行。在拐过街角时，她能迅速发现任何在这附近徘徊的人。

她知道自己要注意的人是谁，而那个人，她绝不会看漏。

她站在街角，观察着四周。她一个人都没看到。她又往前走了几步，一边走一边留心两边街铺有无异常动静。

某人做完每星期的垃圾收集工作之后，将轮式垃圾桶拉回花园，因加被垃圾桶的声音吓了一跳，但她总算安全地到了她维多利亚式的房子前。

她拿出钥匙，想打开前门，无奈双手颤抖，钥匙不停地相互碰撞，还掉了两次，她暗骂自己愚笨。终于，她进了屋，关上身后的门，靠在门上。

熟悉的家让她感到一阵温暖。她忽然渴望从前单调乏味的生活，不用担惊受怕的生活。

日常生活就在身后不远处，她还记得每晚回到家时，自己跟自己抱怨老板、抱怨巴士的拥挤、抱怨食品杂货价格的日子。

她把钥匙插入房屋的前门，没想到前门轻轻地打开了。她缓缓推开门，望着眼前的一片狼藉，心跳骤然加速。

家里的所有家具都已被砸成碎片。她的衣服散得满地都是，从门廊处看，衣服都已被人撕裂剪烂。空气中弥漫着一股诊所里漂白剂的恶臭味。

她望着眼前这片狼藉，想象着赛姆斯摧毁她家时脸上浮现的笑容。

这场破坏意味着警告，而她现在已经清清楚楚地收到了这份警告。

因加顿时转身，飞奔而去。

第二十五章

金走进厨房，里面只有卡伦一人。

卡伦停下打扫，转过身来，露出一丝淡淡的微笑。金注意到，她摘掉了昨天身上佩戴的首饰，并没有换上新的，她脸上也没有化妆。

"早上好，金，希望昨晚没有——"

"我们能出去聊聊吗？"金问道。

卡伦拿抹布的手停了下来。

"一切还好吗？我们有什么新消息吗？"

金摇了摇头，朝落地玻璃门走去。

卡伦擦了擦手，从杂物间里拿了一条黑色的披肩，她还给金拿了一条红色的。

"谢谢，不用了。"金说道。

现在已将近晚上九点，温度降到了一摄氏度。

卡伦关上厨房门，紧紧地把披肩围在身上。"什——"

"跟我说说罗伯特。"金一边说，一边往前走，离后门越来越远。卡伦跟在她身后，满脸迷惑。

"他是一个很好的人。我们当初相遇的时候，我并没有这么觉得，但他对自己想要的东西很执着。"

金点了点头。这是让卡伦说出真相的一个机会。

"那时，我在一家豪车租赁公司上夜班。每隔几个星期的周末，他就会来租一辆车。他喜欢开不同的车，却觉得一个人独享一整支车队没有什么意思。

"我们短暂地聊过几次天。我那时二十二岁，他四十一岁。当他第五次走进店里时，他给我带了一大束鲜花。一开始，我拒绝收他的花，然后你知道他说了什么吗？"

金摇了摇头。

卡伦笑了。"'请绝不要因为我们的年龄差距而认定我意图不良。我可不是一个邋遢的老头，我只是在追求一个女人，想让她成为我的老婆。'"

"挺会说话的嘛。"金说道。

"这番话实在聪明。整个周末，我都在不停地回想他说的这句话，结果我便不停地想他。

"我下定决心，下次跟他见面时我一定要对他说清我的想法，结果，接下来差不多一个月的时间，他都没有来。那时我才意识到，我多希望看到他走进店里。

"当他下一次来的时候，他穿了一身燕尾服。他看起来既英俊又文雅，我居然没舍得叫他离开。他一副没事人的样子，问我要店里最昂贵的车。那是一辆宾利敞篷车。我问他今天是什么特殊日子，然后他说这是为了一场非常重要的初次约会。我们的初次约会。"

这本应在浪漫喜剧里才会要的花招居然奏效了，罗伯特似乎是个很不错的人。

"一年之后，我们结婚了。那是多么美妙的一天。"

这场谈话比金预想的要慢，她不想再拖时间，她打算对卡伦开门见山。

"罗伯特知不知道查利不是他的孩子？"

卡伦的疑惑顿时全消，言辞也不再温和。

"你是怎么——"

"因为我仔细观察过那张照片，埃米的五官没有一处长得像你丈夫，特别是嘴唇。"

卡伦身子一软，开始抽噎。金仍旧直视前方。

"哦，上帝啊，金，我终于能透一口气——"

"别指望我会给你安慰。我不是牧师，不是乐善好施的撒玛利亚人，也不是咨询师。我是一名警官，而我只想知道一件事。"

"孩子是李的。"她目光低垂，喃喃道。

金点了点头。她早已猜到，她是从埃米的嘴唇形状看出来的。那个刻薄好斗的浑球男人也长了一张女人似的嘴唇。

"真的只有一次，我发誓。我只是没法——"

"卡伦，我一点也不想关心你的事。让我不高兴的是，你居然不觉得没有立刻告诉我真相是一件很严重的事情。你明不明白每一条信息都弥足珍贵？你真的觉得把这些细节遮着掩着不说，就能指望我帮你把女儿找回来吗？"

卡伦的手掩住喉咙。"哦，天哪，金，我真的——"

"他知道你女儿的存在吗？"

卡伦的脸色顿时苍白起来。"你不会觉得——"

"我担不起这个风险，卡伦。我必须确定他不是嫌疑人。"

卡伦拨浪鼓似的摇起头。"他不知道我生下了查利。那次之后，我再也没见过他……我甚至不把他当作查利的父亲。对我来说，查利的父亲一直都是——"

"你要把这件事告诉罗伯特吗？"金直截了当地问道。她必须知道，眼下有没有可能爆发一场会分散军心的家庭矛盾。

卡伦一脸惊恐。"上帝，我可不会。我现在绝对不会告诉他，你也不可以。"

金并不打算告诉罗伯特真相。她是外人，家庭内的事情她不应插手，但她必须调查清楚，查利的亲生父亲有没有可能和这起案子有关。

卡伦当然会拒绝将真相和盘托出，金理解这一点。罗伯特掌管着家里的财政——谁又会愿意为不是自己亲生的孩子倾家荡产呢？

卡伦朝她走了一步。"听着，金，真的只是那一次……"

金转身离去。有句老话是这么说的：如果你说不出什么好话，那就赶紧在你说错话前走得远远的。或者大概是这个意思的一句话。她不记得原话是怎样的，因为她并不关心。

就她个人来说，她憎恨任何形式的欺骗，在恋爱关系中，欺骗是不可原谅的。如果一段关系破裂，那就请彻底结束这段关系，然后离开，别让爱你的那个人感觉自己像个傻瓜。

她走进作战室，揉搓着双手。

"斯泰茜，找出李·达比这个人。他在我们警局的数据系统里，应该不难找。"

"收到。"

"呃……老爹，希望这个消息能让你打起精神，伍迪来电话了，"布赖恩特说道，"他想让我们顺路去看一下他。"

棒极了，金心想，伸手拿起夹克衫。

她这一天开始得并不愉快，她有预感，事情要变得更糟了。

Chapter Twenty-six

第二十六章

"他到底想要干什么？"布赖恩特正在黑尔斯欧文周围的车流中左穿右插，金则在一旁发着牢骚，"他知道我们现在在做什么，结果却召我们去开会。"

"那肯定很重要了。"布赖恩特说道，但金没那个心情附和。

他把车停进停车场，金早已解开安全带。

"在这儿等我，别关引擎，我很快回来。"

金冲进警局，跑上楼。她敲了敲门，等了几秒，就推门而入。

伍迪一个人坐在办公室里。

"长官，您找我？"

她站在门一旁。

"斯通，进来坐吧。"他说着，摘下眼镜。

"我有点急着要——"

"我说了坐下。"

金往前走了三步，坐到椅子上。

"进展如何？"

他叫她来这儿绝对不可能是让她做进度报告的。要做这个报告的话，打个电话就行了，但她也只能假装附和。

"我们的团队现在进驻了蒂明斯家，汉森一家也住了进来。昨晚，他们收到了第二条短信，短信上说游戏今天会开始。海伦已经到岗，我们查看了休闲中心的监控录像。绑匪假扮成了一名警官，而且我相信您也知道，布拉德利·埃文斯已经死了。"

伍迪的右手紧紧握住一支笔。

"那我们原本应该怎么做才对呢，斯通？"他柔和地问道。

她知道他是对的，但布拉德现在已经死了。"我不知道。我只是想尽我所能地保护他，长官。这是我们的职责所在。"

"我知道，你已经用自己的方式尽了最大的努力，但埃文斯先生的死纯粹和某个在路上将他的头踢裂的人有关。我们的焦点依然在查利和埃米身上。"

他放下笔，伸手去拿减压球。

哦，完蛋。

"斯通，你必须记住，我接下来要说的话是不容你讨价还价的。你尽管大吵大闹，乱发脾气，随便你生闷气，但我向你保证，这些都是没用的。"

"真是好消息，然后呢？"

"在这个案子里，有两位核心专家要来协助你。一位今天就会抵达，另外一位明天到。"

"听起来像一本狄更斯的小说。"金说道。

"第一位是一名行为学家——"

"侧写师，长官？"

"是行为学家。"

不也没差嘛，金心想。她对侧写有自己的看法，而她更愿意把这些看法和"行为学家"分享。

"哦，那我肯定得好好听听这位专家对这接连两条短信的分析。"

"第二位则是一名谈判专家……"

金垂下了头。"这是我们快要收场了的意思吗？"

"……在你们和绑匪建立联系之后，谈判专家很可能有用武之地。"

"我自己就能谈判。要不这么办吧，等我抓到那帮浑蛋之后，我给他们谈个不能假释的无期徒刑，外加一个名叫布奇的朋友怎样？"

"这个谈判专家是我的主意，斯通。"

"哦……这是为什么，长官？"

"让我这么说吧，我觉得你的能力更擅长于其他领域。"

她尊重他的判断。

她挑起一边眉毛。"咱们做个交易如何？谈判专家由我来挑，而那位'解密大师'仍由您来决定？"

伍迪的嘴角几乎要泛起笑意。

"那我相信你在任何时候都能表现得有礼而专业。"

他把减压球放回到桌子上。

金早已学会什么时候该出击，什么时候该沉默。"当然了，您也了解我嘛。"

他阴沉严厉的表情已经说明了一切。

她叹了口气。"还有别的事吗？"

"没有了，我相信你的眼前已一片光明了吧。"

"是的，长官。"她不敢再说别的话。

她离开办公室，匆匆下楼。她停了两秒钟，飞快地做了个决定。绕道回她的办公室不会超过五分钟。

"我们都要加薪了吗？"看到她把一个文件夹扔到后座上，布赖恩特问道。

"不，比那更好。我们加了一个侧写师和一个谈判专家。"

"再加一个烛台匠？"

"现在还没有，但谁知道以后会不会真多一个。"

布赖恩特轻笑一声。"嗯……但这么做的目的是什么呢？"

"让高层更加放心吧。如果案子出了什么大差错的话，他们就能单独把我拎出来做替罪羊，说我已经有了一切可用的资源。"

"但咱们肯定不会出大差错，对不对，老爹？"

"绝对不会。"

布赖恩特笑了。"那咱们还要朝费瑟斯通①继续出发吧？"

他们前脚刚离开蒂明斯家的车道，斯泰茜后脚便追踪到了李·达比。他现在已经被拘押在监狱里了。

"哦，当然了。"金说道。她可不期待这次会面。

---

① 位于英国斯塔福德郡内的一家男子监狱。

第二十七章

卡伦为自己面对按部就班的任务居然还能正常工作而感到惊讶。

她心里有一部分认为，如果自己像平常一样忙碌，查利或许也会像平常一样一阵风似的飘然归家。这背后的逻辑并不重要。卡伦深知自己的孩子已经被绑匪绑架，绝不可能突然回到家里，但当她努力完成日常工作时，那种想法突然又变得不那么遥不可及起来。

每隔几分钟，她总会充满渴望地看着前门，希望自己能逃离这里。她想怒吼、想尖叫、想寻找，深信查利会听到她的声音，然后出现在她眼前。她会发现原来那两条短信不过是某个恶作剧，其实两个女孩一直很安全。

最终，渺茫的愿望为沉重的事实让路，卡伦眨了几下眼睛，忍住泪水。持续了几秒钟的幻想对她来说仿若天堂，但事实终归无法改变。二十四小时过去了，她的孩子还是没有回家。

准备食材、烹调午餐的过程让她从思绪中抽出身来，也让她努力不去想隐藏在脑海里的那个想法。她不敢去想，也不会去想。她知道如果她去思索那件事，她会崩溃的。查利还活着。她确信无疑。

卡伦忙着洗盘子。四个人几乎都没碰过盘子里的食物，但没关系。重点在于做午餐，而不在于吃。

她给水槽放满热水，没用洗碗机。她不希望洗碗这个过程几分钟就宣告结束。她希望她能洗上好几小时，直到查利回到家的那一刻。

每过一刻，她就越难面对罗伯特，他不知道她知道的事情。尽管她觉得金在惩罚她，但警探是对的。如果她觉得这件事真的会影响到女儿的安危，她愿意站在屋顶上朝全世界喊出真相。但这件事毫无影响。不可能有影响。

"需要帮忙吗？"伊丽莎白走进厨房问道。

卡伦几乎就要脱口而出"不用"，如果她和伊丽莎白一同洗碗，那这件差事就会提早结束，她会再一次被自己的思绪所淹没。但她看了看自己朋友脸上的表情，不忍拂她意。

至少她还待在自己的家里。她能做饭，能打扫卫生，时时刻刻都能有事情让自己忙。

"用那条茶巾吧。"卡伦说道，"男孩们在干吗呢？"她问道。他们早已不是男孩，但她们已经习惯了用这个称谓称呼两个男人。

"两个人都在看手提电脑。罗伯特假装在读邮件，但已经整整十分钟没碰过键盘了。"

"斯蒂芬呢？"

"他打了几个电话。看样子，很多事情还是要他亲自处理。那不是他的错，他和我不一样，不能随便就将工作交给别人。"伊丽莎白有点不舒服地说道。

"真的吗？"卡伦问道。

"嗯，他哪像我，随时能被别人换掉。如果我病了，客户的问询直接转交给离我最近的律师助理就好。但对斯蒂芬来说事情没这么简单。哪怕他严重中毒，很多案子的质询也要交由他来处理。"

卡伦假装没有听出伊丽莎白声音中的丝丝怨气。她知道她的朋友是在法律学校和斯蒂芬邂逅的，后来两人都努力攻取法学学位，关系因此受挫，于是伊丽莎白选择暂缓自己的学业，全身心支持斯蒂芬。他们本来的计划是在斯蒂芬学成后，她再继续她的学业。但始料未及的是伊丽莎白很快就生下了埃米，随后又生下尼古拉斯。

其实，卡伦也挺想再要一个女儿，或一个儿子。她有时隐隐希望，自己以后能怀上罗伯特的孩子。她从未采取过任何避孕手段，而罗伯特雄风依旧。在他心目中，查利便是自己的亲生女儿。

卡伦知道，伊丽莎白并不会把事业受阻怪罪在自己的孩子身上。她是一个完美的母亲，但对自己丈夫隐隐的敌意则另当别论。

当初，她们的女儿均在同一家幼儿园上学，两人因此相识。后来，两人对彼此的孩子都分外喜爱，于是逐渐发展出深厚的友谊。

两人都爱八十年代的音乐和中国菜，这些共同的喜好造就了无数个愉快的星期五夜晚。她们丈夫的关系并不及她俩要好，但因彼此妻儿的缘故，两人相处亦算融洽。

斯蒂芬、伊丽莎白和罗伯特给各自的雇主、同事以及朋友打了好几个电话，解释为何缺席工作、会议和社交活动。众人的手机纷纷收到确认、回复以及"早日康复"的祝福。

卡伦并没有给任何人打电话，她的生活圈子很小，她自己也不介怀。伊丽莎白在得知他们这么大一个房子居然连管家都没有时曾大吃一惊，纵使罗伯特向卡伦多次提议过给房子雇一个管家，卡伦就是不肯同意。

"你有打电话给尼古拉斯吗？"

伊丽莎白点了点头。"他现在过得可开心了，我没敢打太久，我很担心自己忍不住就把事情说出去了。"

卡伦理解伊丽莎白的感受。她内心里有某个声音告诉她，知道这件事的人越多越好。这有点像召集军队的感觉。她总觉得人多点子多，肯定会有人告诉她，怎样能找回自己的女儿。

"你觉得咱们对媒体封锁消息，什么都不曝光，这样真的行吗？我的意思是说，或许我们应该让更多人参与进来？"伊丽莎白的这番话和卡伦的想法不谋而合。

一部分卡伦想朝这个世界放声尖叫，她希望有成百上千的人帮她寻找女儿。如果她真心觉得这能帮她把女儿找回来的话，她绝不会犹疑。

但她实在想不出有什么能比成群结队的亲戚朋友和同事在她家进进出出、尽给她讲些出于好心的陈词滥调更糟糕的事情。查利还没找回来，她却要对他人毕恭毕敬、笑脸相迎，她实在顶不住这种压力。等查利回到家，卡伦愿意开一场派对，邀请全世界的人来参加。

卡伦把注意力集中在碗碟上，确保每个面都擦三遍。

"你知道的，卡兹[①]，"伊丽莎白说道，声音一颤一颤的，"不管咱们的女儿在哪里，我真的希望她们在一起。"

强烈的情绪涌上卡伦的喉头。有好几次，她觉得自己已把眼泪哭干。

但当她看到身旁朋友的泪珠滚滚而下时，她才明白泪水永远流不干。

两个女人抱头痛哭，好像她们的生命依赖于此，此刻，只有她们能理解彼此的痛苦。

卡伦在她朋友的耳边低声说道："我也希望她们现在在一起。"

过了好一会儿，伊丽莎白才放开了卡伦，擦干了眼睛。

"你相信她吗？"伊丽莎白问道。

卡伦知道伊丽莎白指的是金，毫不犹豫地点了点头。

童年时期，她们的生活曾有过数次交集。最初，卡伦被金的黑发和神秘的五官所吸引。她的容貌有些异国情调。

金一直独来独往，这让她在一群孩子中显得更加有趣。卡伦不记得

---

① 卡伦的昵称。

金有任何朋友。她不爱和任何人建立关系，也刻意不跟别人做朋友。她不想为了让生活更容易而成为他人的附属物。她只想生存。

伊莱恩曾是卡伦最好的朋友，也一直很讨厌金。她想把金拉进自己的小团体，最终徒劳无功。过后，她又想用恶狠狠的凝视以及偶尔的推搡来控制金。

卡伦还记得，有一天，伊莱恩跟金玩了一个很残忍的"影子模仿"游戏。她一整天都在模仿金的每个动作，时时刻刻离金不超过两英尺远。很多孩子觉得有趣，到了下午茶时间，几乎整个家里的孩子都成了这场滑稽表演的观众。

卡伦也是其中一员，纯粹是为了寻个开心。她并不是害怕伊莱恩，而是为金顽强的定力所倾倒。金只是做自己的事情，全然不顾身后有二十多个蠢女孩在模仿她的动作。

金一直等到了晚上上床时间。她在所有人面前换衣、刷牙、洗脸，对身后的玩笑无动于衷。

当收起牙刷时，她转向伊莱恩，甜甜一笑。"哦，抱歉，伊莱恩，我没看到你也在这儿。"

周围一群人顿时沉默下来，看着金走向浴室出口。走到那儿时，金停了下来，转过身。

"你们把这么多心思花在一个根本不想理你们的人身上，不觉得可悲吗？"

金等了整整五秒，无人作答，然后她推开面前沉默的女孩，径自走向了床。

金那时十三岁，是卡伦认识的唯一一个不怕伊莱恩的人。

"我相信她，愿意把性命托付给她。"卡伦如实说道。

但当卡伦把这句话说出口时，她才意识到，她托付给警探的并不是自己的性命。

第二十八章

"所以你在想什么呢，老爹？"穿过达德利时，布赖恩特问道。

"没事啊，我很好。"

"不，你不好。你只有在需要思考的时候才会让我开车。"

"不是什么大事……我自己能解决。"

"我当然不怀疑，但如果你把事情说给我听听，或许能更快地把这事解决。"

"真的有用吗？"她问道。

"可以说没用，但也有用。我知道你是怎样的人，所以我保证，我绝对不会给你提供任何有用的建议。把问题大声说出来就行了。"

"杜文·赖特的死和特蕾西·弗罗斯特无关。"金说道，把这句话说出来时，她还真的感到一小阵宽慰，"她昨晚来了房子附近——那又是另一个问题了——但她坚持说杜文的死跟她没关系，于是我回警局的时候顺手把文件也拿了回来，然后仔细浏览了一遍。"

"把事情暴露出去的是她，那怎么……"

"时间对不上。我们……我以为罪魁祸首是她，因为一切都发生得太快了。别误会我的意思，她的确泄露了这件事，但在第一批报纸运到报刊亭的十分钟之前，他就已经死了。"

"该死，这么说是其他人把杜文还活着的消息告诉给了莱龙？"

金点了点头，望向窗外。

伯明翰新路上数不清的交通灯逼得他们走走停停，金暗自愠怒。要是布赖恩特肯闯个黄灯的话，他们早就穿过这条路了。

"你真的挺喜欢那孩子的，是不是？"布赖恩特问道。

金没有看向布赖恩特。没错，她确实喜欢杜文·赖特，因为他是她遇见过的最勇敢的年轻人。他明知脱离黑帮有可能会把性命搭进去，但还是义无反顾。

"那么，你打算怎么做呢？"布赖恩特问道，"你不喜欢没有彻底解决、还拖着个尾巴的事情，而眼下又有一个案子……"

"分心去办另一个案子这种事，我想都不会去想，不仅仅是因为我已经向卡伦保证过。我必须专注在查利和埃米这个案子上，把她们带回家。"

布赖恩特点点头。"嗯，所以你不打算去解决它。"

"我知道，但我也绝不会就这么忘掉这个事实：有人把那小伙子还活着的事情说了出去。这间接导致了他的死亡。他的命运不该是这样的。"

"但愿你的案子一件都不会烂尾吧，"他咂了咂嘴说道，"但你在房子里可忙得脱不开身呢。"

她斜眼看着他。"是不是把我说过的话重复一遍，你就能拿到额外的钱？"

"才不是，我自愿的。"

"啊，"她说道，恍然大悟，"我知道你在想什么，我很喜欢这个想法。"

"我什么都没有想啊。我只是听你说话而已，我说过的。"

现在她知道自己要去做什么，也打算在返程时处理掉这些问题。

在他们把车开进监狱停车场时，她转过来面向他。"和平常一样，布赖恩特，谢谢你什么忙都没帮上。"

"随叫随到，老爹。"

远远望去，皇家监狱费瑟斯通嵌在高密度砖墙内的大门让金想起某部动画，仿佛通向监狱的所有入口都是设计师收工时才想起而赶制上去的。

她喜欢这个想法：设计这个监狱的设计师把监狱造得又高又严密，然后审视自己大作的时候才发觉，哎哟，该死，忘了还让人住进去。

坐落在伍尔弗汉普顿的费瑟斯通监狱一直都是"有效监禁"的反面例子。在世界庆贺千禧年的降临时，费瑟斯通监狱也送上了自己的"贺礼"：一项调查发现，监狱中有百分之三十四的犯人承认自己在服食毒品，而没有承认的犯人至少能让这个数字再增加三分之一。2007 年，这所监狱成功成为全英国阿片类药物——例如海洛因——阳性检测率第一高的监狱。

最近几年，监狱外部新建了三层崭新的围墙，成了一座超级监狱，C类犯人 ① 的容量几乎翻倍。

在小精灵门后接待他们的是一位穿着制服、仿佛在玩扮装游戏的女警官。金猜她的年龄不超过二十一岁。她体格娇小，面容天真。

金知道这副表情很可能是伪装出来的，但也不见得假得彻底。她只祈祷这女孩不会以为所有犯人都是高尚的，只不过为世人所误解，只要尊重他们，他们也会以礼相待。

他们不高尚，也不会以礼相待。

布赖恩特亮出他的警徽，那女孩看了好一会儿。

她摇了摇头。"今天是星期一，不接访客。"

---

① 监禁在 C 类监狱里的犯人，均因暴力犯罪、纵火、毒品交易、暴力威胁或性犯罪而被判处十二个月或以上的有期徒刑。

金十分"欣赏"对方更改了工作日的安排。她刚要张口，但幸运的是，布赖恩特比她更快。

"我们之前打过电话，和——"

"有什么事吗，黛西？"一个男人的声音从通向监狱的门廊处传来。

布赖恩特立刻拿出他的警徽。"我们拿到了许可。如果您能打给——"

"我已经收到通知了。"他粗鲁地说道。

布赖恩特继续往下说："我们需要和您这儿的一位犯人说话，这件事很重要。"

金猜这个男人五十出头。他穿着一身干净的白衬衫，领口敞开，露出严重的剃须皮疹。

"从那儿走过去。"他说着，指了指金属探测门。

两人均清空自己的口袋，把钥匙、手机和零钱放进盘子里。金顺利通过了金属探测门，但布赖恩特忘了把里袋的一支笔拿出来，引起探测门尖声报警。

"我们要见李·达比。"金说着，伸手想拿回自己的东西。

"你们得把东西留在这里。"那位警官把盘子递给黛西，说道。

金望着那盘子消失在桌子下。她抗议道："警官……"她凑近看清他的胸牌，"伯顿，我希望我——"

"你们不能带着笔、手机和委任证通过这里。"

"听他的话吧，老爹。"布赖恩特低声说，用一声咳嗽掩饰了过去。

她只得不情不愿地接受这里是他的游戏场这个事实，重重地叹了口气。

他把手伸进桌子，递给他们两张访客通行证。

"行了，你们身上有什么尖锐物品吗？"

布赖恩特往前踏了一步。"能把她的舌头拿出来吗？"

"你们来这里访问的目的？"伯顿没有理会布赖恩特的话，问道。

"保密。"金答道。

伯顿盯着她看了整整五秒，金的眼睛一眨不眨。

他转过身去。"我会把你们带到访问区。"

"我们想亲自去见他。"金说道。

伯顿警官停下脚步。"这很不寻常。"

"我明白。"金说道。她绝不能让这次来访显得是有预谋的。金的目的就是弄清楚李·达比有没有参与绑架自己的女儿，首先她要搞清他认不认识查利。"但我们必须那么做，这非常重要。"

金开始往前走。

伯顿警官没有动。他看了看手表，思索了一会儿。

"他现在在健身房里练篮球，健身房里还有很多别的犯人。"

"别担心布赖恩特，"金说道，"我会保护好他的。"

"督察，您的安全是我的责任。"

"明白，警官，"金让步了，"我向您保证，我绝不会离开您半步。这样可以吗？"

如果她的计划行得通，她根本不需要离开他身旁。

他想了一会儿，接着点了点头，表示同意。

"所以，他是一个怎样的人呢？"一行人沿走廊而行时，布赖恩特问道。走廊处处相同，每隔一段距离就有一扇门，常常需要开门再锁门。

在这座监狱的某处，有一小群人对监狱里的每一个犯人都了如指掌。他们知道谁会和谁说话，谁不和谁说话，谁和谁是敌人，更重要的是，谁和谁是朋友。

"他是我们监狱里的'志存高远者'。"伯顿说道。

"他是什么？"金问道。

"我们会给犯人们贴上性格标签。我们的这位李喜欢跟比他地位高的人混在一起。"

"这话怎么讲？"布赖恩特问道。

"和其他地方一样，监狱里也分三六九等，也有阶级系统。底层人数最多，都是些小偷小摸的人：因重复盗窃、偷车而二进宫的那类小贼。他们和我们相处的时间相对来说很短，所以他们会尽可能地远离监狱政治。这主要是因为他们在这里待的时间不长。

"下一个阶级则是职业小偷和服中期徒刑的那些犯严重伤害罪的犯人。这个李就喜欢和那种大块头混在一起，他们的对话都谈不上是对话。说不了几句，别人就要他滚开了。"

"这么说，他不怎么受欢迎？"

伯顿耸了耸肩。"如果他不是非得跟那些大个子混在一起，或许也不至于这样。撇下自己老婆的那种人走到哪儿都不会受人欢迎，对他来说尤其如此。"

"为什么这么说？"

"因为他老婆在法庭上出面做证，让他输得一败涂地。连他的女人都不怕他。虽然他还不至于像恋童癖者那般低贱，但也差不多了。"

"而他还想跟那些人混在一起？"

伯顿点点头。"反正他也没别的事好干。"

"他还惹过别的麻烦吗？"金问道。

"打过几次架，但都不严重。往刑期上加了几个月，今年年底是他第一次假释。"

伯顿领着他们走进一个大堂，大堂里有一扇通向健身房的门。金知道监狱会给犯人提供许多体育活动，包括羽毛球、保龄球、排球和足球。她还知道费瑟斯通里的犯人每天大约有十小时可以离开牢房。

哦，要不顺便让她统治世界吧。

伯顿转向她。"嗯……要不您就不用进去了，让您的同事……"

"布赖恩特，去跟那边那个矮个子聊天，假装你认识他。"她说着，头朝门口的方向扬了扬。

布赖恩特奇怪地看了她一眼，但还是照做了。

金走进健身房，倚墙而站，目光随意地看了看四周。伯顿深深地叹了口气，但还是站到了她旁边。

这帮犯人面对一个新来的女人就好像缉毒犬遇上了可卡因，她多少已经预料到他们会统统跑到她面前乖乖坐下。和预想中的一样，健身房里的每一双眼睛都聚焦在了她身上。

男人们花了差不多四秒钟才认出来她是一个警察，这令他们兴味索然，除了一个人。

金并没有朝那个人望去，但她眼角的余光瞥见他歪了歪头，朝她悠闲地走来。他踏着黑帮老大的步伐，那架势仿佛特意为她盛装降临。步履中带着小跳，还要拖一拖腿。这是她几天以来见过的最好笑的场景。

伯顿离她近了些。

李举起手。"行了，没事，大哥，我认得这个婊子。"

"喂，你嘴巴放——"

"金？"他终于站到了她面前，说道，"你是金吧，对不对？金·斯通？"

她凝视着他，愣是想不起在哪里见过他。

"是我啊……李……李·达比，我们一起长大的啊，我们以前还是朋友呢。"

老天爷，他对她说这番话的样子，仿佛他真的相信从他那张烂嘴里冒出来的东西。她的回忆跟他有些不一样。

金歪了歪头，皱起了眉毛，她嘴角浮起淡淡的微笑。哦，继续啊，她打算先跟他玩玩游戏。

"哦，对，我想起你来了。我们以前一起住在老伍尔弗汉普顿来着。"

他咧嘴大笑，这让他本已猥琐的脸显得更难看了。"就是嘛。唉，我听说你长得赛猪丑，但今天见到你，老实说，我是一点不相信了。"

金望了望四周，仿佛才意识到他们说话的地方是一座监狱。

"你怎么到了这个地方？我以为你小日子过得挺顺的。"她简短地说道。

"小麻烦而已。你们这些人总是错抓好人啊，我可啥都没干，不过是在错误的时间出现在错误的地方罢了。"

啊哈，所以他用拳头把女朋友打到住进重症监护病房也一定是误会了。他真是不幸呢。

"那你平时不倒霉的时候做什么呢？"

"一些买卖生意呗。"

金点了点头，表示理解。任何相信他的人都应该来看看她，她可是很容易相信别人的呢。

"有老婆孩子吗？"

他摇了摇头。"没有，受不了那些小浑蛋。啥都不会干，尽会给你的钱包放血。我还是做个无拘无束的自由人算喽。"

他朝她抛了个媚眼，她差点没把胆汁呕出来。

她捂住嘴巴，咳了几声。那是她给布赖恩特已经搞定的暗号。

终于，她把伪装卸下，眼里流露出无尽的鄙夷。

"李，你果然还是和以前一样幼稚。你可能没预料到自己会落到这个田地，但我可是一点都不吃惊。"

布赖恩特侧身站到她旁边，她转身离开。

她没有在这个男人身上发现任何欺诈的痕迹。如果他真的参与了一场复杂的双重绑架案的话，他肯定会带着某种高人一等的气势。他会有一种自鸣得意的满足感，为自己的聪明沾沾自喜。

　　金很确定，他根本不知道查利的存在。在她提到"孩子"这个词的时候，他的表情变都没变。

　　没错，她的确可以直截了当地审问他，那样也省事，但如果她这么做，他或许就会警觉，原来自己还有个女儿。在未来某天，李定会想尽办法用这件事给自己捞好处。

　　说实话，她并不想保护卡伦在家庭周围建起的脆弱屏障。那是一张用谎言织起来的网，迟早有一天，卡伦要自己去面对。

　　她这么做是为了查利。查利不需要李·达比这么一个父亲，她有罗伯特做她的爸爸。暂时。

　　"去哪儿，老爹？"布赖恩特问道。两人走出监狱，再次呼吸着新鲜空气。

　　"回房子里。"她说道。

　　在走了一回死胡同之后，她真希望那些案例文件里能有些给他们点明方向的东西。

第二十九章

"凯，有什么线索？"金问道。道森被召了回来，趁行为学家到来之前做一个汇报。

道森一脸沮丧。"根据因加楼下邻居的说法，好几个月以来，因加都没有带人回她的公寓。其他邻居极少和她说过话，也都说他们总是见她一个人。

"我把她的照片给附近店铺的店主看。她找理发师剪过几次头发，在中餐馆点过几次外卖，但都没有交谈。我还撞到了来此地调查私闯民宅事件的布赖尔利山警队，但他们奇怪原告去了哪里。"

向警队封锁消息和向媒体封锁一样艰难。

追踪这个女孩几近无望。为了因加着想，金只希望绑匪也一样追寻不到她的下落。唯一能解释这个女人突然逃离救护车的原因就是恐惧，她在最后一刻打了退堂鼓。金严重怀疑这是计划的一部分。更理智的做法应该是让因加留在医院里，等绑匪去接她，又或者晚点再离开，因加却跑去了其他地方，这告诉金，因加是因为害怕才逃跑的。

"斯泰茜？"她转头问道。

"我给几个电话网络运营商发了好几封请求信，他们回函确认了我的请求，很礼貌地没有捧腹大笑。我拿到了上个案子里其中一个家庭的可能地址，但另一个家庭的地址有点难找。他们有可能搬家改姓了。

"在四位父母提供的可能嫌疑人名单里，有一个人曾有小额盗窃的犯罪记录，罗伯特确认他在招募那个人的时候就知道这一点。除了斯蒂芬名单上的大部分人，其余人均没有疑点。这是我的下一步工作。"

"在那两部手机上有没有调查出什么东西？"

"两部手机都用的预先付费电话卡，均包含了初始信用额度。两部手机均在曼彻斯特用同一张克隆信用卡购买，并寄到了伊灵①的一个邮政信箱。"

"那这样我们就能查到——"

"那是十一个月前的事。"斯泰茜说道。

"该死。"金发了声牢骚。虽说这好歹也是个风险大的赌注，但绝对没人能记起有谁在十一个月之前租了一个邮政信箱。

"这也说明为了绑架这两个女孩，他们准备了多久。"布赖恩特说道。

"不是这两个女孩，"金说道，"这只能说明他们为计划准备了多久，但并没有特别明确的绑架目标。这几个家庭间肯定有联系，他们会引起绑匪的注意力肯定是有原因的。

"现在，大家每个人拿一堆文件，"她一边说，一边从离她最近的盒子里抱出一大沓纸，"我需要知道，在前一个案子里有没有线索能解释那两个女孩被选中的原因。"

所有人均点了点头，一人拿了一堆旧案文件。

"嘿，老爹，想象一下那个医生想要给你做侧写。"道森笑着说道。

布赖恩特哼哼着说道："我给那位医生献上我的同情和我的房子。"

"还有应得的加薪。"道森加了一句。

---

① 伦敦西部的一个自治市。

金朝两人笑笑。

"该死，道森，她在笑。"布赖恩特看到金的笑容，说道。

"那应该是叫我闭嘴了。"

"好主意。"金说道。

她迅速翻查着她那一堆文件，里面有目击者证词、电话记录、警官的可能目击报告，还有一堆热线电话提示。

"哦，该死。"一幅画面钻入金的脑海，她抱怨了一声。

她冲出房间，两分钟后拿着查利床边的那张镶框照片回来了。

"游泳大赛。"她一边说着，一边把剪报从相框里取了出来。

金快速浏览剪报上的内容，每读一句，她的心就往下沉一分。读完之后，她把剪报放在桌上，推给了布赖恩特。

"这上面讲了很多关于她俩是好朋友的事情。埃米的父亲在上面被称作'备受尊敬的检察官'，而罗伯特·蒂明斯则是'当地企业家'。"

众人在桌上轮流传阅剪报，金对这份剪报所揭示的信息大为惊异。两个女孩都热爱游泳，她们的父母都算富裕。不需要多少帮助，他们就能很快锁定在老希尔休闲中心的两个女孩，而她们手握奖牌的照片让她俩更加好认。

布赖恩特轻吹一声口哨。"想不到这么一份普普通通的报道居然告诉了我们这么多东西，"他仔细看了看剪报顶，"这还是六月份的文章。"

是的，她已经算过了时间。如果正是这份剪报催生了这场绑架案，那么他们足足计划了九个月。

"那么，这说明什么呢，老爹？"道森问道，"我们现在是不是不用调查那些可能嫌疑人名单或家庭成员了？我们的搜索范围是不是缩小了？"

"不，凯，恰恰相反，我们的搜索范围无限扩大了。"

她已经不能再依据"绑匪是这个家庭认识的一群人"这个假设进行

调查了。

　　本来，这个假设可以算是一个调查的开端，如果假设为真，她定可以把那群人找出来，但现在金明白，她要面对的事实是：绑匪的目标很有可能是随机的，他们绑架这两个女孩，很可能只是因为看到了这份报道。

　　既然绑匪已经没可能和家庭有联系，她只能指望绑匪还是上次那伙人。他们必须重新审视案件记录里的每一句话、每一条事实和每一个证人，希望能找到绑匪无意间留下的蛛丝马迹。

　　"好了，大家继续看案例文件。"金命令道。挖线索的时候到了。

第三十章

威尔检查了一下三号手机的电量。前两部手机被放在桌子的最左边，已经关机。他并不期望得到回复，还没那么快，得等到下一条短信之后。

他把剩下的手机排成一行，上边缘齐平，手机和手机之间间隔两英寸。

看着一排整整齐齐的手机，他心满意足，目光回到短信的草稿上。他已经把这条短信读了上百次，但他必须确保完美。上一回，他没有花足时间进行措辞。他没来得及好好品味。

上一次的行动有太多瑕疵，他觉得自己可以单干，但这一次，他有了两个帮手。第一个是他最不抱希望，却自己找上门来的，第二个则是他拉拢的。

在选中两对夫妇作为目标前，他便已认识赛姆斯。第一次见面时，他就知道自己找对人了。整场行动中，有几个关键阶段需要由赛姆斯来把关。此人的冷酷无情能让他尽情地享受这份工作。

他又把短信读了一遍。这一次，他希望每个词都极尽所能。但他真正希望的则是看到两家人读到短信时的表情。

他体内涌动着某种在那次圣诞节前夜都未曾体验过的几乎令他窒息的兴奋。那时他只有七岁，在家里排行老二，生活中没有什么东西值得他期待。在最初的记忆里，他疲惫的母亲递给他一本阿尔戈斯[①]的售货清单，并让他把自己的名字首字母写在他想要的、价格不高于十英镑的东西旁边。他依言照做，然后她把那本沉沉的书又传给下一个孩子。

回到学校的第一天，每个孩子都滔滔不绝地讲述着圣诞老人送给他们的礼物。他感到忌妒在心里膨胀。不仅仅忌妒他们有礼物，还忌妒他们能够相信那些神奇的故事。他对每一个孩子说，他能证明圣诞老人不存在，并向他们解释说一切都是假的。男孩女孩们哭喊、抗议、争吵，最终接受了这个事实，然后又哭了起来。而他笑了，因为别人终于开始在乎他。

他的父母什么都不相信。枕头底下的牙齿放一晚，醒来还是牙齿。复活节彩蛋是从阿斯达[②]买的，一英镑三个。

他想要钱。他想要他们的钱。他想夺走那些拥有一切的人的东西。

威尔试图想象当他把那些家庭的生活完全撕裂时，那些人是什么表情。哦，他多么希望能亲眼见到那幅场景，但他做不到。他只能坐在这里想象。

只消再过一小时，他就会发出那条将永远改变他们人生的短信。

他的思绪回到他同事身上，他希望他现在已经完成任务。因加的命运只剩一条路，她要为自己愚蠢的行为付出代价。她知道得太多，不能再活着。她是一个屈服于恐惧的愚蠢婊子，而他毫不在乎她的恐惧。在行动的开始，她的情绪派上了用场；现在，她的情绪却很有可能毁掉整个计划。

她必须死，而且必须立刻死。

他希望赛姆斯好好利用了时间。

---

① 一家在英国及爱尔兰经营的大型零售企业。
② 阿斯达集团是英国零售业巨头，后被沃尔玛收购。

第三十一章

"整理这些记录的人应该被拉出去打一顿。"

"别抱怨了,凯,咬牙坚持就是了。"金厉声说道。但她完全同意他说的话。他们第一天的调查已临近尾声,查利和埃米已经失踪了将近三十六小时,他们却还是毫无头绪。

更令人担心的是,如果上一案的调查效率和这些文件的整理一样糟糕的话,金恐怕明白为什么他们会捅出这么大一个娄子。

"你觉得为什么上一起案子里有一个女孩没能回来?"布赖恩特问道。

"不知道,但我敢打赌,答案肯定藏在这些文件里。"

一阵轻柔的敲门声传来。海伦探出头,但没有走进来。

"长官,外面有人想见您,叫洛医生。"

金把椅子推开,穿过从厨房里飘出的鲜香雾霭,朝前门走去。

面前的女人苗条而高挑,穿着一件紧身窄裙,脚踩高跟鞋,披着一件运动外套。她留着齐刘海,刘海两旁是齐耳栗色短发。

她转过身,脸上挂着一抹僵硬的笑容,一双蓝眼睛里没有笑意,只有漠然。

"我是艾利森·洛医生,"她愉快地说道,"您在等我吗?"

"您是那位侧写师?"金直率地问道。叫一个既不穿白大褂也不带清洁工具的人"医生"总让她感觉不舒服。

"我更喜欢'行为学家'这个称呼。"洛的声音里带着一丝不耐烦。

"当然。"金微笑着回答。伍迪跟她说得很清楚，一定要对派来增援的专家礼貌有加，但微笑这种表情似乎怎么都和她不搭。

金伸出手，艾利森似乎小小地吓了一跳。或许她伸得太早了。事实上，金不喜欢和陌生人进行身体接触——除非她要把对方打倒在地。

"很高兴认识您。"金说着，掌心和艾利森轻触。

"您是这起案子的高级调查官吗？"

她更喜欢"侦缉督察"这个称呼，不过这次就算了。

金打量了一下面前这个女人的着装，然后笑了笑。"谢谢您那么快赶来这里，不过您大可先去订一家酒店，换一身衣服，再回来这里——"

"我已经换好了，警官。"

"哦，这样啊。"金说道，心里奇怪，有谁会在傍晚六点三十分穿成这样子出门，"跟我来，我给您介绍一下我们团队的成员。大家都很期待您的到来。"

这句话刚出口，金就觉得有些言过其实了。但她觉得自己的性情无法让自己对这个女人产生好感。

"伙计们，这位是我们的行为学家顾问艾利森·洛医生。"

洛医生轻手轻脚地走到桌前。

"别见外，大家叫我艾利森就好。"她用完美的公开演讲般的声音说道，朝房间里的众人微微一笑。她把公文包放到餐桌上，一个咖啡马克杯刚好被撞下桌子，幸好斯泰茜及时接住了它。

"这是我的简历，好让各位能稍微了解一下我的资历。"

她把简历递到桌子上供大家传阅。

金扫了几眼她的简历，漫不经心地想着艾利森会不会是那种十二岁就从医科大学毕业的天才儿童。艾利森拥有一个社会学学位、一个心理学学位，还有多得叫人称奇的各类证书。

但见不到她有多少实践工作的证明。

"所以，如果各位有什么问题的话，尽管问。"

布赖恩特咳嗽了一声。"你能给我们讲讲你过去工作过的案件类型吗？"

金就信任布赖恩特这一点，他知道自己想问什么，措辞能力又强于自己百倍。

艾利森朝布赖恩特笑笑，仿佛早就料到了这个问题。

"我协助过爱丁堡三重谋杀案以及赫特福德郡多重强奸案的调查。"

金并不确定"协助"这个词能代表多高的案件参与程度，但既然这不是一场面试，她也不打算追究到底。伍迪显然相信艾利森的判断，而金相信伍迪的判断。

艾利森离开安乐椅，坐到桌子旁。

"我想先了解一下案件的进展情况。我听说去年也出过一起类似的案子。"

"是的。"金说道。

"那我希望我能拿到上一起案子的案例文件。"

金指了指那一堆文书。"您请便。"

艾利森看了看桌子。"我猜文件不是很有条理吧。"

一阵敲门声响起，金没法去应门。道森离门最近，起身打开了它。

金坐在椅子上向后靠了靠，看到了卡伦。

卡伦从道森看向金。"如果你们有时间的话，晚餐已经准备好了。"

她的三个团队成员乞求般地看着她。

"去吧。"她翻了个白眼说道。她暗暗记在心里，过后一定要找卡伦聊聊。卡伦的工作不是给调查团队提供伙食，尽管她知道卡伦单纯是为了找事情做，但这种行为必须停止。共同进餐会培养出亲密感，就像一家人团聚在餐桌前吃晚餐、谈论一天的事情，而她的团队绝不能谈论任何事情。

"您也去吧。"金对艾利森说道。

"谢谢，不过我已经吃过了。我希望现在就开始了解情况。"

金一直等到门关上才开始说话。"好的，两个九岁的小女孩在当地体育中心遭到绑架。绑匪蓄意破坏了去接她们的那位母亲的汽车，防止她按时到达。第一位绑匪假扮成了一位警官，并和中心里的一位职员说过话，那位职员昨晚被杀害。

"绑匪选择的沟通方式是短信，目前我们一共收到两条，短信内容在白板上。

"两个女孩是很要好的朋友，几个月前曾一同出现在一篇新闻报道上，报道里还提及了两位父亲的职业。我相信您一定想问这个问题，我也先回答您：到目前为止，绑匪还没有索要赎金。"

艾利森盯着白板，摸了摸下巴。

当金把他们目前的进展说出来时，她才意识到他们知道的信息实在是少得可怜。

她继续往下说："目前，我们仍在排查两个家庭潜在仇敌的名单，但我们也必须考虑到，绑匪有可能是因为那份报道才选中了这两个家庭。"

"嗯……最后这条短信有点让人担心。"

金点了点头，表示同意。"是的，看起来我们遇上疯子了。"

Chapter Thirty-two

第三十二章

赛姆斯灌下第二杯啤酒，情绪并没有好转。

他一整天都在追那个贱人，却连她人影都没看到。

他举起手，示意再来一品脱①。如果没有工作要做，他会去灌烈酒，但他现在只是想减轻一些怒气，让自己放松一下。

他从一开始就反对让她加入进来。他们不需要这头愚蠢的母牛，而他是对的。但那个挨千刀的威尔就是固执己见。

还是有一件事能让他稍稍开心。他拍了拍口袋，没有护照，她哪里都去不了。

其实，他对她家的大肆破坏，一部分是他在翻箱倒柜找那张能把她困在英国的护照时留下的。另一部分则是在暗示她，如果她被他抓到，她的下场会是怎样的。他真的会那么做。

问题是，威尔大大低估了他的才智。如果他人跟他外貌一般愚蠢的话，他根本没可能从赫尔曼德省②两进两出。

赛姆斯调查过因加。他天性不信任任何人，而这决定了他必须弄清

---

① 容量单位，主要在英国、美国及爱尔兰使用，1 英制品脱合 568.261 毫升。

② 位于阿富汗西南部的一个省，其境况较为混乱，毒贩横行。

楚每一个他要打交道的人。

他知道她去哪里喝咖啡，去哪里做头发，去哪里购物。他知道关于她的一切。而他也知道，在高压的环境下，人的天性会促使他们回到安全的地方。

她离他并不远。她已经逃了将近三十小时了，她的时间不多了。

但他清楚地知道，他还要回去告诉那个浑蛋威尔他还没抓到她。他能想象威尔听到这个消息时扫过他脸上，继而又回到他视若珍宝的屏幕上的目光。那将是一副带着少许反感与鄙夷的会意表情。有那么一分钟，赛姆斯会想用拳头把那张脸砸穿，但他不能这么做。他们需要对方——暂时。

从小他便憎恶威尔，一个病态又恶心的人。赛姆斯是威尔的哥哥拉里的朋友，两人还曾干过架。拉里壮得像头牛，总是揍自己的弟弟寻开心。他们几次邀请他合伙"共事"，而那个傻瓜居然还接受了邀请。

拉里在十八九岁时因贩卖赃物被捕。他被人告发了，并被送进了监狱，而赛姆斯很清楚告密者是谁。

拉里被判了三年有期徒刑，但刚进去两个星期，他就在一场监狱暴动中被人用刀捅死了，威尔甚至连他的葬礼都没参加。该死的家庭。赛姆斯很高兴他的浑蛋父亲在他十二岁时就死了，他唯一的遗憾是没能亲手了结他。

十一个月前，他在戈纳尔酒吧遇见了威尔，对方的友好问候与慷慨大方令他惊讶。几个星期后，两人再次见面，威尔向他暗示自己正在做一笔"有趣的生意"。赛姆斯立刻察觉到威尔肯定在谋划些什么。

他的这位同事并不好相处。威尔的脸上永远挂着一副冷笑，光是想起威尔不间断的嘲笑就让赛姆斯气血上涌。

他知道该怎么办。如果在回去前不先冷静下来，他别无选择，只能暴打威尔了。他的记忆会一片迷蒙，总是事后才想起自己做了什么。

根据经验，只有两件事能缓和他身体里的紧张。他灌下第三品脱的啤酒，想把两件事都做一遍。

他离开酒吧，走向乐购便利店的停车场。他开车朝斯陶尔布里奇驶去，脸上露出笑容。

他把车停在大街上，走进一家几星期前他和其他几个朋友来过的酒吧。上一次来的时候，有人朝他使眼色，而他一片茫然，不知发生了什么，但这一次，他有经验了。

他走到吧台，要了一份苏格兰威士忌，眼前那人立刻露出会意的神色。

"哦，欢迎啊，大个子。近来如何？"

说话的是一个叫斯图尔特的人，他声音又软又轻，看他的样子似乎不该出现在一家工人酒吧里。

"挺好的，伙计，你怎样？"

"很好，看到你来更高兴了。"

"什么时候能休息一下？"

斯图尔特看了看表。"如果你想的话，这会儿就行呢。"

赛姆斯笑了。"啊，那就这样吧。后面见。"

他走出酒吧，绕到酒吧旁边。他走进一条又黑又窄、把酒吧和旁边的鱼商隔开的小巷。他靠墙等待着。

他左手边那扇厚重的金属门打开了，斯图尔特带着腼腆的微笑走了出来。

斯图尔特穿着一身工装，黑色衬衫配牛仔裤，赛姆斯觉得他是一个好看的小伙。几乎算得上标致。

小巷很窄，斯图尔特快挨在了赛姆斯身上。

"那么，大个子，你想聊些什么呀？"斯图尔特一边问，手指一边抚摸赛姆斯的前臂。

赛姆斯推开他的手，拉开裤子拉链。

"哦，我的乖乖。"斯图尔特轻声道，低头望向两人之间。他把手伸进赛姆斯的裤裆。

斯图尔特一边抚摸，一边呻吟。他靠得更近了，想和赛姆斯进行眼神交流，可赛姆斯只是盯着他的头顶。

赛姆斯把右手放到斯图尔特肩膀上，将他往地上摁去。

他的身体逐渐火热起来，他把手指伸进斯图尔特乱蓬蓬的金发里。赛姆斯没有往下看，却也感觉得到斯图尔特正在自慰。他不敢往下看。

他的身体越来越热，周围的一切仿佛已离他远去。他的前额渗出汗珠。他要到达高潮了。他的身体继续加速。

赛姆斯一声呻吟，高潮过后的效果即刻显现。赛姆斯感到身体里的压力就像破桶中的水般迅速流出，但还没有消失殆尽。

"哎呀，大哥，你好歹等我——"

斯图尔特话还没说完，赛姆斯便一拳打到他头上。那孩子摔倒在一旁。

赛姆斯迅速拉好拉链，然后一脚往斯图尔特的背上踹去。

斯图尔特痛得大声尖叫。

"你他妈觉得自己会有好下场吗，废物？"赛姆斯问道，"你们这些娘娘腔全他妈一个样。"他一脚踢中斯图尔特的腹部，"死同性恋，真他妈恶心。"

斯图尔特双手捂着肚子，在地上翻滚呻吟。

看着斯图尔特这副样子，赛姆斯更生厌恶。他胃里泛起一阵恶心，这让他怒气更甚。他更用力地踢向斯图尔特的大腿后侧。

"你这种人活得真他妈耻辱。你不知道你刚刚做的事是他妈的罪过吗？"

赛姆斯又踹了他一脚。

斯图尔特一边呻吟，一边朝巷子远处滚去，想避开赛姆斯。

赛姆斯紧跟在他后面。

"求你……不要再……"斯图尔特乞求道。

赛姆斯又踢了他一脚。"我要帮你他妈的解脱。"

"求你了……不要……"

赛姆斯横跨在斯图尔特身上,脚放在他蠕动的身体两侧。他低头盯着斯图尔特恐慌的脸。

"行,只要你道歉,我就放你走。"

"什……什么……"

赛姆斯的右脚轻轻踢了踢他的肋骨。

"我说了,你要道歉。你要为自己作为一个肮脏、恶心的同性恋道歉,你要为刚刚逼我做的事情说对不起。"他又用脚踢了踢他的肋骨,"他妈的说啊。"

斯图尔特只得按照赛姆斯的指示,一字一句地把话重复了一遍,赛姆斯看到那男孩的眼里渗出泪水。

赛姆斯心满意足地笑了。既然这个孩子已经为自己的行为负责,他就姑且饶他一命。他已经把所有责任转嫁,罪恶得以消除。

他整整衣服,走出小巷。

现在,他已经准备好回去了。

第三十三章

金翻到一张写着"第三条短信文字记录"的标题页,动作顿时停了下来。

标题页下没有第二张纸。

她环顾了一周散在桌面上的文件,脑海里浮现出一幅松针和干草垛的画面。她的目光落在桌子另一端的艾利森身上,那女人似笑非笑地望着她。

金试着模仿她的笑容,摆出来的表情却像哈哈镜的倒影。

"为什么你故意对我这么好?"艾利森迷惑不解地问道。

"我没有呀。"金撒谎道。

"你有,而且你还撒谎了。"艾利森的两条眉毛越挨越近,"我只是不明白为什么。"

"是什么让你觉得我在伪装?"金问道。

"我是一位行为学家,督察。我在一英里之外都能看出对方的举止是否出于真心,所以,这是为什么?"

认识这个女人这么久,金第一次流露出她真实的表情。"我的上司告诉我,我不太擅长和别人一起工作。"

艾利森一脸宽慰。"这样啊,所以你并非单单不喜欢我。你是不喜欢大多数人。"

金钦佩艾利森的洞察力。"差不多吧，但既然咱们都聊到这儿了，我也不打算说谎：侧写师让我觉得不大舒服。"

艾利森没有纠正她的用词。"可你不觉得，侧写师运用他们的心理学知识帮忙识别罪犯，能给警队提供很多协助吗？"

"我知道就在不久前，犯罪侧写是通过测量身体部位来完成的。强奸犯的手会偏短，额头窄，头发浅。偷窃犯的头骨异于常人，头发浓密。"

艾利森微微一笑。"咱们早就进步不少啦。如今，我们拥有不少用科学方法建立起来的犯罪分析法：迈尔斯－布里格斯类型指标、吉尔福德－齐默尔曼气质调查法，还有爱德华兹个人偏好量表。"

金放下手里的文件。

艾利森引用的这些测试，她都知道。

"而这些测试法都依赖于受试者如实作答，它们要求罪犯完全诚实、自知。这是第一个缺点。

"第二个缺点是，你只能询问已被拘捕的罪犯，你收集不到那些逃走罪犯的回答。从这一点看，数据是不完整的。"

"我理解你的意思——"

"第三个缺点，你的数据都是历史数据，你在用已经发生过的事情来预测未来。这种人会怎么反应，那种人又会怎么反应。你的系统将人低估成行为可预测的机器，而人是不可预测的。"

"但人的行为始终是如一的，人格特质是一种根深蒂固的东西。"

"在压力下，人会做出与以往不一样的行为。人会做出选择，而那些选择是不可预测的。"

艾利森身子前倾。"但是，比较行为侧写就是比较行为模式——行为模式就是一切。"

金张嘴想反驳，但布赖恩特从门边探出头。

"要新鲜咖啡吗？"

"布赖恩特，给我端一杯茶。"

布赖恩特双眼大睁。"老爹，你可从来不喝茶。"

她转向艾利森。"这就是我想说的。我只是平时经常喝咖啡，但这并不代表我不会一时心血来潮，换换口味。"

"但大部分时间里，你还是喝咖啡。陈词滥调之所以叫陈词滥调是有原因的。"

"但条条框框的规则下总会有例外，"金反驳道，"每一个案子、每一个罪犯都是独立的，你不能用其他人的历史行为去预测他们的行为。"

"所以，你觉得行为分析是完全没有意义的吗？"

金思索了一会儿。"我坚定地认为，一场好的调查是观察、推论与知识共同作用的结果。"

"啊，夏洛克·福尔摩斯调查法。"

"嗯，并不见得，因为他是一个虚构人物。但有几件事我认为是确凿无疑的。每一个罪犯的行为背后必有动机。不同的罪犯，即便表现出相似的行为，其动机也是完全不一样的。环境因素和生物学会对每一个人的行为产生独特的影响。

"坦白说，我根本不在乎我们的绑匪有没有弗洛伊德恋母情结，或者是不是那种闲着没事爱织毛衣的反社会隐士，因为除非你能把他的地址告诉我，否则这些信息毫无用处。"

艾利森放声大笑，金一阵惊讶。"你连气都不用喘一口吗？"

或许她的话有些过头了，她本无意贬低对方的职业选择。

"不管怎么说，我当然希望你能帮我们从绑匪的表现里做出潜在的行为预测。"

"当然，督察。"

金上下打量了她一番。"还有，看在老天爷的分上，明天换一身衣服来上班吧。这么严肃的着装会让家庭成员神经紧张的，你穿得跟办丧葬似的。"她仔细打量着艾利森，"这身衣服能给你增加人格魅力吗？看着像八十年代的，有点老土了。"

"身为一个女人，我必须竭尽全力才能被人认真对待。我的着装确保我能得到他人的尊敬，而非轻视。"

金深知要想得到团队的尊重，光靠衣服是行不通的。团队需要的是正确的决策。

"啊，你放心，医生，我的团队绝不会因为你是女人而轻视你，除非你在旁边唠唠叨叨地讲废话。"

艾利森冷冷地盯着金。

"放松，只是开个玩笑。"

"哦，明白了。伯明翰人的幽默。"

"哦，不对不对，你在这儿说这种话肯定得惹祸上身。黑乡可不是伯明翰。"

这句话并不是笑话。

"督察，我觉得——"

艾利森的话被客厅里传来的尖叫声打断了。金朝门口一跃而起，撞倒了一堆文件，冲过走廊。

"是短信。"道森说着，把卡伦的手机递给了她。金曾要求家庭成员不要擅自读下一条短信，伊丽莎白的手机却被斯蒂芬紧紧握在手里。

金朝他伸出手。"汉森先生，请您——"

"我自己读，督察。"他一边说着，一边用拇指划过屏幕。

金向他走了一步。"汉森先生，请把您的手机给——"

他往后退了一步。"那是我的孩子，不是你的。"他坚持不放。

当他点开伊丽莎白手机上的短信时，沙发上的两位母亲紧紧靠在一起，双手紧握。

她的团队，包括艾利森，散在房间里的各个角落。金还不知道短信的内容是什么，所以她不希望斯蒂芬在这之前就把短信读出来，可她又不能强行夺过属于他的东西。

斯蒂芬开始读短信，每读一个字，他的脸上便少一分血色。

你有多爱你的女儿？用钱来衡量一下吧。良性竞争能激发出人最好的一面。出价最高的夫妻能再次见到自己的女儿，而输掉的那对夫妻今生将无缘和自己的女儿再见面。这就是游戏规则，绝不会变。我会和你们保持联系。让我把话说清楚：一个女孩会死。

房间顿时被刺耳的尖叫声与哭喊声淹没。

金的目光转向两位心烦意乱的母亲，看着她们握在一起的手渐渐分开。

Chapter Thirty-four

第三十四章

金转向家庭联络官。"海伦，过来一下。"

金大步走出房间，穿过走廊，走出前门。她沿着车道又走了三十英尺。这是一场私人谈话。

海伦赶上了她。"长官？"

金转过身。"上次也出现了这样的情况，对不对？他妈的二选一？你怎么就没想到要跟我提一提这件事？"

金的手在口袋里攥成拳头。

"我没想到事情会变得一模一样。我不知道……我只是……"

那女人看起来心急如焚，但金毫不理会。

"案例文件里根本没有提这回事，我找不到第三条短信的文字记录。"

海伦满脸痛苦。

"听着，你最好乖乖地把真相说出来，不然看在上帝的分上，我会……"

"文字记录不在里面。"她终于说话了。

金的拳头放松了。"为什么不在里面？"

"知道第三条短信内容的只有我们几个人，我们发誓将此事保密。如果事情败露，外界知道我们很清楚只有一个孩子能回来却根本抓不到绑匪的话，会显得很难看。只能有一个孩子回来，所以我们的调查毫无收获。"

"为什么这件事没有见诸报端？"

"说实话，长官，您肯定经手过一些特定信息不会公开给大众的案子吧？"

金怒气冲冲。"我们现在讨论的不是公共利益，我们讨论的是该死的案件完整性。"

"但那位高级调查官现在还是我的上司，长官。"海伦反击道。

金双手抓住头发。"老天爷，听起来真是越来越棒了。还有什么是我需要知道的吗？"

海伦摇了摇头。

金有两个选择。她可以立即将海伦从这个案子里移出去，但她也可以尽量让她派上用场。

"长官，我真的很抱歉，我本该跟您说的。虽然把事情说出来会导致很糟糕的结果，但那也不是借口。我本该提醒您可能会发生的事情。"

"没错，你真他妈应该早点和我说。"金咆哮道。

海伦把一绺头发拨到耳后，她的手指在颤抖。

"如果我让你留下来，我必须清楚你没有对我隐瞒任何别的事情。帮忙把女孩带回家是你唯一要优先考虑的事情。"

"长官，您放心，我保证——"

"回屋子里去吧，海伦，然后……弄些茶。"

海伦点了点头，急匆匆地回到了房子里。

金又散了一会儿步，不愿意压制内心的怒火。上一个案子里搞砸的地方她双手双脚都数不过来，可现在，那些失误正影响着查利和埃米的命运，她一点也不喜欢这种感觉。

她明天会把失踪的文字记录一事报告给伍迪，能不能拿回来就看他的本事了。

金唯一担心的是那两个女孩能否平安归来。

第三十五章

金回到作战室，房间里的气氛一片阴郁。

"好了，伙计们，给家里人打电话吧，今晚要通宵了。"

"已经打过了，老爹。"布赖恩特说道。道森和斯泰茜也朝她点点头。老天，她的团队真懂她。第一天的调查已经延长，但金也无法忘记这个事实：今晚将是女孩们离家的第二晚。这个案子的强度太大，她有一种这不是星期一晚上，而是已经过去好几个工作日的感觉。

"我们的首要任务是从案例文件里找出任何有用的信息。这些文件并不完整，但我现在可以很确定地说我们面对的还是同一帮绑匪，所以任何信息都有价值。"

金看了看表，现在已经差不多九点了。"艾利森，回去吧，我们明早会告诉你最新情况。"

"我有眼睛，督察，我也可以读文件。"

金不打算和她争执。

"行，那我们轮流在安乐椅上休息几小时。我们的次要任务则是让咖啡机满着。"

"没问题，老爹。"布赖恩特说道。

"行，我要去和两家人说一些话。"金说着，站了起来。

卡伦把头埋在丈夫胸前，罗伯特轻轻抚摸着她的头发。

伊丽莎白坐在一张椅子上，挽着斯蒂芬的手臂，她的目光注视着远处。斯蒂芬明显怒气腾腾。

看到金走进来，海伦匆匆躲进厨房。

两对夫妻从未分隔这么远，金努力想回忆起两个女人双手紧握时的场景。

她坐在另一张椅子上，面向大家。

"各位，对于案件目前的进展，我和你们同样震惊，但——"

"上一次是不是也是这样的情况？"斯蒂芬问道。

"我不能在这里讨论上一起案件的细节——"

"那我就当这是一个肯定的回答了，毕竟上次也只有一个女孩回来。"

"汉森先生，我们需要谈——"

"我们需要的是一个有能力的人来领导这场调查。"

三双眼睛落在他身上，他张开双臂。"干吗？我只是把大家想说的东西说出来而已。"

卡伦张嘴想说话，但罗伯特比她更快。他的声音很安静，却很坚定。

"斯蒂芬，请你不要代表我说话。侦缉督察，我从来没有那么想过。"

卡伦跟着点了点头，表示同意。

"您请继续，督察。"伊丽莎白说道。

"谢谢。那张新闻剪报有些用处，但我依旧无法排除你们生活中认识的某人参与了这个案子的可能性。请努力回想有没有哪个人是你们没有提到过的。即便你觉得那个人和这个案子完全无关，也请一定要和我说。"

金走出房间，但停了一下又转过身来。

"我必须要求你们不要回复这条短信。我知道这很难，但这样的事绝对不可以发生。各位能做到吗？"

众人的反应没有她所期望的那么强烈。

她转向卡伦。"我们今晚要通宵工作，但我们会尽量保持安静。"

金走回作战室。

是时候开始反击了。

第三十六章

临时成立的作战室里，短信带来的恐惧依旧没有散去，大家呆呆地一言不发。但他们绝不能就此消沉，金必须让他们的注意力回到他们应该做的事情上。

"好了，我们不能让这件事麻痹了自己。绑匪或许在和我们玩一个很恶心的游戏，但我们不和他们来这一套。伙计们，我们的目标没有变。我们一定要把两个女孩带回家。"

"但我还是觉得很可怕，老大。"斯泰茜抽了口气。

布赖恩特愁眉苦脸。"如果一方开价，另一方的孩子很可能就必死无疑了。"

金点了点头。这个想法让她恶心，却又那么真实。

"我们来看看这条短信带来的影响。两个家庭已经分崩离析，现在他们各自为营，将对方当作要打倒的对手。两家人已经不可能像一个团队一样合作了。现在，设身处地去想一想，如果是你，你真的有可能像关心自己家孩子的安危那样去关心别人家的孩子吗？"

"我根本无法理解……"布赖恩特的声音渐渐弱了下来，因为他发现在这种情境下，他将会做出的选择并非他想做的选择。

"你知道的，双方父母很可能会联系绑匪。"艾利森静静地说道。

金点点头，表示同意。她不知道哪对夫妻会先发制人。

"老爹，我们必须考虑这个可能性：两个女孩可能已经——"

"布赖恩特，想都不要想。我只考虑这个可能性：查利和埃米都会回家，她们会活着回家。"

这是她领导这次调查的唯一方向。

金拿出她的手机，将目前为止绑匪用过的三部手机的号码输了进去。绑匪将会知道她的号码，她并不介意。

"你在干什么？"布赖恩特问道。

"给我们的朋友发一条小短信。"

"你觉得绑匪在用他们的一次性手机发完短信之后还会再用吗？"

"会的，"艾利森说道，"现在游戏已经开始了。他不会拥有面对面的交流才能获得的满足感，因此他会想得到任何类型的'奉承'。在没有媒体报道的情况下，没有多少人能知道他的所作所为。"

斯泰茜转向艾利森。"那他有没有可能把事情泄露给媒体？如果他那么想得到他人的注意，这难道不是迟早的事吗？"

艾利森想了一会儿，接着摇了摇头。"我觉得不大可能。现在这个阶段，他的首要任务是按计划行事。到后面，他才会开始渴望得到他人的尊重。不论结果如何，这件事若泄露给媒体，势必会是一桩大新闻。显然，他是一个冷静又有耐心的人。他愿意等。"

艾利森说话时，金并没有抬头，她将三个手机号码分别标号为"KN1""KN2"和"KN3"。

房间里一片寂静，只有她按键时手机发出的轻柔嘟嘟声。最后，她按下"发送"键。

"你跟他说了什么，老爹？"布赖恩特问道，三双眼睛落在她身上。

"我要他提供女孩还活着的证据。"

第三十七章

查利啃着她从埃米的刘海上取下的发卡。

她看向左边，刚好看到埃米的手在挠前臂。

"别挠啦，小艾。"她低声说道。

自从昨晚那男人来过后，她们便一直压低嗓子说话。查利不知道她们为什么要这样，但总觉得这么做就对了。

"我停不下来。"埃米呼了口气，但还是把手放在了膝盖下面。

查利知道她控制不了自己，埃米紧张的时候总会挠自己的手。查利第一次看到她那样是在一次拼写小测上，那时她们才六岁。

"我还是不懂你在干什么。"埃米在她身旁小声说。

终于，查利把发卡上的那层塑料啃了下来，只留下一小片薄而锋利的金属。

查利匆匆朝墙壁走去，把背包拿开。她用金属片的尖端用力刮擦墙上的砖头。过不了一会儿，砖头上便留下了一道划痕。

她转向她的朋友。"他上一次来的时候，拿走了一些垃圾。我打算记下我们吃了多少个三明治，或许能帮我们算出我们在这里待了多久。"

埃米又开始挠自己的手臂。这次，她在手上留下了一条长长的挠痕。

"埃米，我需要你回想起我们吃过什么三明治。你的记忆力很好，你能想起来吗？"

埃米开始数手指，手就顾不上挠手臂了。

"我们吃了一个奶酪三明治，一个火腿三明治，然后又是奶酪三明治。"

埃米停了一分钟。没错，虽然那些三明治又干又没有味道，但查利都还记得。

"哦……第一个是鸡蛋三明治。你还记得那味道吗？"

埃米皱了皱鼻子，查利笑了。她们那时饥不择食，她完全忘了自己还吃过一个鸡蛋三明治。

"不错，小艾。这么说，他们给了我们四顿饭，可能每天两顿，"她一边说着，一边往墙壁上划划痕，"我觉得现在可能是星期一晚上，因为——"

查利没有把话说完，因为她听到楼梯处传来脚步声。此时离他上一次送来难闻的三明治还没过多久。他肯定不是来给她们送吃的。

"嘿，我的小美人，你们想我吗？"

查利抱紧了埃米。两人四肢缠绕在一起，仿佛为彼此形成一道保护屏障。

"没事的，小艾。不要听就好了。"她低声说道。

她听到自己的声音在颤抖，胃里泛起一股恶心。

"今天，我逼一个男人吸我的鸡巴。两个小妞知道那有多恶心吗？"

查利不知道那是什么，但它听起来不像好东西。埃米的身子靠着她颤抖。

"然后我一拳揍到了他脸上。要不要我告诉你们为什么？因为我没耐心了，我真正想伤害的是你们。"

查利只希望能关上耳朵，却听到了埃米的呜咽声。

查利感到血液在自己的身体和脉搏里汹涌奔腾。

如果他只在门外说话，那就没事。她们是安全的。

但接下来，她们听到了钥匙在锁孔里转动的声音。

门打开了，他笑嘻嘻地站在门口，仿佛一个巨人站在门廊处，低头朝她们狞笑。

他凝视的目光从她们身上掠过，眼里闪过一个邪恶的眼神。他的下一句话令她们不寒而栗。

"小美人，是时候脱光衣服了。"

Chapter Thirty-eight

第三十八章

金把第三堆案例文件推到旁边。被做成这些纸的树可以说是白白牺牲了，因为她没有在里面找到一丁点有用的信息。

她读了案件框架，又读了调查战略，接着是案件概述与调查目标。这些都是调查初期的优先事项。

她没有读到的是这些假惺惺的套话上的"衣服"，也就是调查中的实质行为。这些文件里严重缺少对调查方式的描述、详细的质询记录和调查活动日志，甚至连逻辑衔接都没有。

此时已临近午夜，在过去的一小时里她和她的团队一句话都没说过。他们已经把房间里的所有文件都翻开并仔细审阅了一遍，除了杜文·赖特的文件。

她把椅子往后一推，离开桌子，四颗疲惫的脑袋抬起来望着她。

"好了，布赖恩特，斯泰茜，去休息一会儿吧。我们轮班。"

斯泰茜点点头，躺进角落里的安乐椅。布赖恩特把斯泰茜空出来的椅子拉到面前，把脚垫到椅子上。他折起手臂，头落在一旁。一小时前，她已经让艾利森回酒店休息了。

道森满是羡慕地望了他们一眼，朝门口扬了扬头。"老爹，我想去——"

"凯，我们不是在学校。你不用跟我汇报。"

她站了起来，伸展了一下四肢。她肩胛骨的某个地方噼啪作响，随后放松了下来。

倘若外面的路没有结冰的话，她会骑上川崎忍者去外头兜个风，清醒一下大脑。

处理这么一个案子，夜间时分就是她的敌人。平时处理尸体案时，她不需要去考虑尸体可能会遇到的风险或伤害。因为对尸体来说，"危险"这个词已经不存在了。可她知道，查利和埃米还活着。她的任务就是要让她们一直活下去。

在早些时候收到那条短信后，金听到楼上卧室里的众人在静悄悄地谈论些什么，却也不好去问，只得自己猜测。

门慢慢打开，金本以为进来的会是道森，却没料到探进头来的是海伦。

"和你说一声，我去休息了。"

该死，金忘了她还在这里。

"海伦，你真的——"

她的话被前门传来的一阵轻柔却坚定的敲门声打断了。

金朝海伦皱了皱眉，海伦则退到走廊里。金站起身，跟上了海伦。卢卡斯站在门边望着她，寻求开门的指令。

金点了点头，走向前门。海伦紧跟在她身后。

门打开了，金低下头，日光落在一个穿着拖地长外套的矮胖女人身上，那外套令她的身材更显矮小。她脖子上围着一条厚厚的羊毛围巾，暖和的红织帽下是一张圆圆的、满脸皱纹的脸。

这女人肯定是走错了。

"你是警官吗？"那女人小心翼翼地问道。

或许她并没有走错。

金微微点了点头。

那女人伸出手，仿佛不知道此刻已是午夜时分。

金没有理会她，叉起双臂。

那女人收回了手。"我叫埃洛伊丝·奥斯汀，我有信息。"

"关于什么的信息？"金厉声问道。

这个案子并没有公开。除了房子里面的人，了解这个案子的人金一只手就能数过来，还用不上所有手指。

"那……那些……小女孩……绑——"

"听着，"金往前踏了一步，"我不知道你是怎么弄到这些信息的，也不知道你是——"

"我知道她是谁。"海伦在她背后说道。

金望向联络官。

海伦一脸厌恶，仿佛嘴里含着难以下咽的东西，但良好的教养却又阻止她把口中之物吐出来。

"她每个月都会去市政厅举行一场演出，她是个通灵师。"

"你肯定在开玩笑吧？"

海伦摇了摇头。"上次她也来了，还闯进了屋子。一进门就胡言乱语，把那些父母吓坏了——"

"不，你一定要听我说，"那女人从金看向海伦，说道，"我知道一些事情。那些女孩……那些女孩……她们还活着，但被关在了地下。她们很冷……浑身是伤……"

"哦，老天爷，"金一边说着，一边摇头，"跟我说一些我不知道的东西吧。"她每一分钟都担心着两个女孩的安危。

"那里有秘密、谎言、骗局，还有数字 278。记住数字 278。他还没有停手。"她急切地说道。

金皱起眉头。"还没停手？"

"还有最后一个人。他有计划……痛苦……愤怒……"

"行啦，埃洛伊丝，"海伦说道，轻轻地转过那个女人的身子，"是时候回家啦。"

海伦把埃洛伊丝往前推，埃洛伊丝却又转过头，她努力对上金的目光。

"求你了……你一定要听……"

"不，我不用。"金说着，转过身去。

她现在不需要一个怪人对着她说疯话。

"他知道的，金。他知道你没办法救他……"

金的头猛地转回来，她走了回去。

"你刚刚说什么？谁知道什么？"

埃洛伊丝急促地眨着眼睛。"他知道你尽力了，他是那么爱你——"

"海伦，让她从我视线里滚出去。"金尖叫道。

"看仔细点，督察，有人——"

"走吧，埃洛伊丝，你的上床时间已经过啦。"海伦轻声安抚，挽着那女人的手臂向前走。

金转过身，身后却依然传来那女人的声音，在喊着蓝色大门之类的东西，但她一个字都不想再听。

她大步回到房子里，关上身后的门。

"刚刚那个人是谁？"楼梯中间传来斯蒂芬·汉森的怒吼。

太棒了，又一个她不需要的人出现了。

"您不需要担心。"金说着，从门旁走开。

"她说她有信息。"斯蒂芬说着，想从她身旁绕过去看看那通灵师，但前门已经关上，卢卡斯站到金身旁。汉森先生哪里都去不了。

"请您回房间休息，汉森先生。"

"回去干什么？"他粗声粗气地说道，"你不会以为我们还睡得着吧？"

斯蒂芬提高了嗓音，金心想，哪怕有人已经睡着，现在恐怕也醒了。

"汉森先生，"她放低了声音，希望他也会照做，"请您回楼上去，让我来处理这次调查。"

他的眼神冷酷而倔强，海伦恰在此时走进了房子。"那我们指望着你好好处理了，督察。"

她深吸一口气，朝厨房走去，心里奇怪那女人是怎么知道那么多信息的。她明早要向伍迪汇报，信息已经泄露出去了。

"抱歉，海伦，这是我的疏忽。我以为你已经回家了。"金说着，往水壶里倒满水。此刻只能用速溶咖啡凑合一下了。

海伦坐在早餐吧台上，搓了搓双手。

"我等他们都上床之后收拾了一下家里，待会儿我要去沙发上打个盹。"

金从橱柜里拿出第二个马克杯。

"奶还是糖？"

"都加吧。"海伦说道。

"收到那条短信之后，几位父母的状态怎样？"金问道。

只有经过特殊训练的人才能做到在充满恐惧与绝望情绪的环境中工作而不受其影响。家庭联络官的职责是在不受情绪干扰的情况下，给家庭成员提供支持、协助与鼓励，并能有意识地发现任何可能有助于调查的线索。

"收到短信之后，两家人基本就没说过话了。他们时不时会生硬地问对方一句要不要茶，但这看起来就像两队职业摔跤选手各自退回到角落一样。"

"那个通灵师怎么回事？"金问道。

"我知道她肯定在案例文件的某处，那份报告是我写的。我的意思是说，那不是一份很长的文件，或许我本应提一下——"

金摆摆手。她知道自己不可以把上一次调查的失误全部怪罪在海伦头上，她有自己的职责，而那并不包括进行外部调查或是保证案例文件的完整性。

"换作我，估计也不会提到有通灵师突然造访。"金说道，给了海伦一个台阶下。基本上没有警官会觉得有必要把疯子的胡言乱语写进报告里。

"上一次她造访的时候，有人听她说话吗？"

"没有。她并没有说什么很具体的话，却把双方父母吓坏了。她一直抓着科顿夫人的手，说着对不起。"

金皱起眉头。"是那个没有回来的孩子的母亲吗？"

海伦点点头，打了个冷战。"太可怕了。"

"你该不会相信世界上有超自然力量吧？"

"我讨厌所有瞄准弱势群体的需求捞好处的人，而她舞台秀的主角总是人们死去的亲人。"

"这么说，她是一个灵媒？"

"估计是招魂论者吧，"海伦浅浅一笑，"至于你问我相不相信超自然力量，不，我不相信。我是被我祖母带大的，她参与过1910年的罢工。"

"真的吗？"金问道。

众所周知，在那个年代，克拉德利海斯的女制链工是全国最穷的人，她们的时薪还不够买一块面包。

1910年8月，一群妇女做了一件不可思议的事情：举行罢工。此举引起了国际社会对这个小镇的关注。

这场持续十个星期的罢工促成了有史以来第一条最低工资标准线的

诞生。

"从那个时代走过来的人绝不会相信世界上还存在自己看不到的东西，我祖母也不例外。她坚信，闲了棍子便救了孩子。"海伦已经收起笑容，"你出身的家庭相信吗？"她问道。

金摇了摇头，她几乎没有"出身"可言。

"父母呢？"海伦问道。

"死了。"这是句谎话。就金所知，她的父亲，且不论他是谁，或许确实已经死了，但不幸的是，她的母亲还活着。她的母亲仍被拘押在格兰特利关怀中心，那是一家关押精神病罪犯的精神病诊所。

金抿了一口咖啡，想把谈话方向转移到当下，而不是自己身上。

"有孩子吗？"她问海伦。

海伦懊悔地摇摇头。

"其实我一直想要孩子，但就是没能抽出时间。我热爱自己的工作，也很擅长自己的工作，我总会抓住每一个升职的机会。你知道吗？我一直做到了侦缉总督察。"

金掩饰住自己的惊讶。

"但四年前，警局人员大重组，我有了新的选择。"她意味深长地张开双手，"可我那时还有抵押贷款，账单还没还清，也没人能跟我共同承担债务，所以对我来说其实也没得选。我接受了必要的培训，自学了辅导和心理学课程。如果想帮助别人，那我必须明白对方会如何感受，更重要的是，会做出怎样的行为。"她歉疚地笑笑，"抱歉，我占用你太多——"

"没事，你继续说吧。"金说道。她感觉得到这个将自己的职业生涯一直浸入在他人悲痛中的女人，内心十分孤独。

"几年时间就这样匆匆过去了，你根本感觉不到。对男人来说，生活可就容易多了，他们的职业发展根本不会受到家庭的妨碍。但对我们女人来说，不管警局多么强调性别平等，影响永远在那里。光是产假就要休好几个月。但我也不是说我曾在某个男人和职业间做出抉择，"她耸了耸肩，"对我来说，还没有谁能特殊到那个地步。然后现在……"

"你后悔吗？"金问道。

海伦思考了一会儿，然后摇了摇头。"不，那些是我的人生选择，我从不后悔，"她微微一笑，"这很可能是我最后一个大案子了。根据 A19 条例，我已经退休了。"

金知道这条充满争议的条例，它允许警局将警衔在局长以下、服役超过三十年的警务人员强制退役。这是在经济紧缩时期提出的政策，自 2010 年始"为照顾警务效率的整体利益"正式施行。

服役了这么多年，许多警官都已准备好在五十五岁时退役，但也有一些没有这样的打算。

"你上诉抗议了吗？"金问道。

海伦耸了耸肩。"被驳回了。"她一口饮尽马克杯里的咖啡，"说了这么久，我感觉我得去躺一躺了。"

金再次对她提供的帮助表示感谢，接着往咖啡渗滤壶里倒了一罐水。短时间内，她恐怕无法睡着了。

第三十九章

金回到作战室，关上门。斯泰茜眼睑跳跃，眼珠在做快速运动[①]，角落里传来的呼噜声暗示布赖恩特已陷入沉睡。

道森揉了揉眼睛，又翻到下一页文件。

她看了他一分钟，做出了决定。

"凯，可以先把文件放一放吗？"她说着，走上前。

道森脸上掠过一副无可奈何的表情。显然，他已经累得无法思考自己又做错了什么。

金把文件放在他俩之间的桌子上。

"放松，凯。我只是想和你说一些事情。"

道森顿时放松下来，扫了一眼文件。

"是杜文·赖特的案子。"

他微微眯起眼睛，眼角露出一小丝皱纹。"我以为我们已经搞定那案子了……"

"我也那么以为，但现在看起来，我好像有些地方弄错了。"

道森向前坐了一些。他不需要她再解释一遍案子细节，因为他们前

---

① 深度睡眠的一个阶段。

几天才结案。

这不是他们处理的第一起和黑帮有关的命案，也绝不会是最后一起。

伯明翰是英国黑帮问题第四严重的城市，前面还有伦敦、曼彻斯特以及利物浦。伦敦和曼彻斯特某些地区的黑帮更像是美国两大街头帮派瘸帮和血帮文化传播的结果。

这个地区比较著名的帮派有"布鲁姆马克男孩""汉堡酒吧男孩"以及"约翰逊一家"。不久前，一部电视纪录片见证了"汉堡酒吧男孩"和"约翰逊一家"在终日苦战后迎来的休战期。自那以后，几个地区的犯罪率急剧下降。

"霍利特里风帽帮"并不是一个种族主义团体，它是一个地区性的团体。尽管地位不及"布鲁姆马克男孩""汉堡酒吧男孩"和"约翰逊一家"，但它仍然控制着这个有约四千居民的庞大住宅区内的所有卖淫及毒品交易活动。

"你忘不掉那孩子，是不是？"道森问道。

金最后一次离开他的床边是在星期六上午十点钟左右，而到了中午，他就死了。医院的闭路电视监控拍到了黑帮领袖莱龙在车上除下面罩，两小时后，莱龙被捕。黑帮没料到医院会有直接对准医院停车场的摄像头。

她点点头。"打开文件夹，仔细看一下头两份报告。"

他拿出两份报告，读了起来。第一份报告是《达德利之星》的编辑康罗伊·布伦特的宣誓口供，他在其中确认了特蕾西·弗罗斯特的报道递交、批准以及送去印刷的时间。第二份报告则是杜文·赖特的死亡证明书。

道森从一份报告看向另一份报告，最后，目光回到她身上。

他脸上一副恍然大悟的神情。"不是她，不是特蕾西·弗罗斯特。在报纸被派送出去时，他已经死了。"

她点点头。"这实在说不通，她爆出去的是'他还活着'的消息，但那个时候黑帮早就知道这个事实了。"

杜文没有母亲，只有三个姐妹，因此他就成了霍利特里黑帮最常用的蛊惑手法的受害者。

黑帮会定期举行派对，邀请下至十二三岁的孩子参与。他们向参与者保证，加入黑帮后有大钱花、有艳福享、有乐子找。这些统统都是青少年最想要的东西。

如果派对行不通，他们还有别的方法。常用的办法是说服那些孩子，让他们相信这是一个俱乐部，是保护朋友免遭敌人侵害的团体。他们会特别关注那些"挂钥匙"的孩子①，和他们说他们没人爱。

一部分孩子是为了履行义务加入进来。黑帮会给他们一些好处，比如帮他们付个钱、把某人揍一顿，作为回报，他们要求那些孩子效忠于黑帮。

当然，也有通过殴打或威胁对方家庭成员的方法逼迫他们加入黑帮的。

进黑帮容易，离开就没那么简单了。

道森把手插进头发里。"该死。"

"所以，凯，你觉得这意味着什么？"

"老天，这意味着那个给黑帮通风报信的人还在逍遥法外。老爹，我们一定要找出那个人是谁。那个人害死了那孩子。"

金笑了，这正是她希望从这位年轻警官身上得到的回应。他们需要知道对方是谁，然后把他揪出来，了结这个案子。

"那就去吧，凯。把这个人找出来。"

---

① 父母都是上班族，放学回家后不得不自己开门的孩子。

他扑哧一声笑了。"你开玩笑吧？你要把这个案子交给我？"

金点了点头。"拿上文件。我批准你外出走动，看看一路上你能发现什么。我不会干扰你的调查，只要给我汇报情况就好。"

他坐直身子。"我不会让你失望的，老爹。"

她朝门口扬了扬头。"客厅里还有一张空出来的沙发，去休息一下吧。"

道森依言而行，但带上了文件夹。

金的目光停在查利和埃米的照片上。她疲惫的双眼仿佛在欺骗她，她看到两张不同的面孔叠加到了照片上。那是另外两个孩子，一个女孩，一个男孩，比查利和埃米小得多。

视线一片模糊之际，她眨了眨眼，将那画面抛之脑后。

她必须把女孩带回家。

两个都带回家。

第四十章

"好了，伙计们，我知道大家昨晚都没睡好，但咱们最好快速地汇报一下情况，再让艾利森给我们提供一些她的见解。我先来吧。"金说着，环视了一周房间。

她的成员均已梳洗完毕，准备充足，精神抖擞。几乎。但今天仅仅是调查开始的第二天，他们需要新的能量。

"昨晚我们来了一位访客，是一个名叫埃洛伊丝的女人，她自称是通灵师还是灵媒之类的。斯泰茜，我需要你对这个女人做一些调查，因为在上一个案子里她就出现了。"

"你们相谈甚欢吧？"布赖恩特问道。

"没有。"金说道。

他哼了一声。"如果真那么神通广大的话，那她早应该预料到了。"

金没有理会他。"斯泰茜，你有什么新线索？"

"家庭背景没有什么特别的地方，老大。卡伦已经隐居好几年了，没有警方记录。汉森一家的财务状况比凯的钱包还要糟糕，我还在调查。"

"继续往下挖，"金指示道，"还有别的吗？"

"还是没从电话运营商那儿拿到任何东西，但我找到了没有回来的那个女孩的地址。要找到另一个女孩的就有点困难了。"

"估计搬了家或换了名字，但继续找下去。凯，你知道你要做什么。"

"收到，老爹。"他说道。

"抱歉打断您，长官，"海伦在门廊处说道，"门外有一个叫马特·沃德的人。他说你在等他。"

"带他进来，海伦，谢谢。"

她等着门关上。"哦，棒极了，又有一位专家来协助我们了。"她扫了一眼艾利森，"没有冒犯的意思。"

这么一来，整个房子里就有四位父母、四个警探、两个专家、一个门卫以及一个联络官。金庆幸房子足够大，能容纳下这么多人，也庆幸房子离邻居比较远，不致引起他人注意。一栋三居室的半独立式房屋很难掩盖住如新街站①高峰期一般繁忙的活动痕迹。

一个阴沉、不苟言笑的男人出现在门口。

他穿着纯黑色长裤和浅蓝色衬衫。在他摘下脖子上的灰色围巾时，她注意到他的领口是敞开的。他已脱下身上的黑色大衣。

金猜他年近四十，但他紧锁的眉头似乎给他添上了十年岁月。

她朝他招招手，示意他进来，并站起来介绍了自己和她的团队。"这位是行为学家顾问艾利森·洛。"

马特慢慢走进房间，随意点了点头。

金坐下，指向餐桌对面的一张椅子。

他穿过散落一地的文件，灵巧得像休息时的运动员。他一头黑发，但太阳穴处有几缕白发。他肤色黝黑，是几近温暖的金棕色。

"我是马特·沃德，受过专业培训的谈判专家，刚刚下了一趟十四小时的航班。现在什么情况？"

_____

① 全称为伯明翰新街站，是英国第八繁忙的铁路车站，位于伯明翰市中心。

对方的粗鲁不禁让金挑起一边眉毛。她张开嘴，却不知要说什么好，但斯泰茜迅速站了起来。

"要咖啡吗，马特？"

他转向斯泰茜，表情微微一变。金不会把那表情称作笑容，或许叫微微蹙眉比较合适。

"没有双份威士忌，咖啡也行。"

布赖恩特咳了一声，马特重新转向金。

虽不见得多有礼貌，但金欣赏他直率的做法。

她简短地将案情复述了一遍，在讲到收到第三条短信以及她对绑匪提出要女孩活着的证据处停了下来。

马特站起来，将白板上头两条较短的短信下的第三条短信读了一遍。

"嗯……"他说着，回到了自己的座位上。

两个女孩的照片他看都没看一眼。

"你之前遇到过这样的情况吗？"她问道。

他摇摇头。"在我能提出意见的时候，我自然会说。在那之前，我要求你不要和绑匪进一步接触。这是我目前的命令。"

金张嘴想要反驳，但立刻改变了主意。眼下这个关头，争论并不能把女孩们带回来。

俗话说得好，人只有一次给对方留下初次印象的机会。金觉得这句话从未如此真实。很明显，这个男人既粗鲁傲慢，又令人生厌，而且她并不觉得自己以后会改变看法。

"好了，艾利森，该你了。"她说着，目光扫过桌子。

行为学家站了起来，将白板移到身旁。

金偷偷瞥了一眼团队的最新成员，后者的目光正凝视着她的头顶。

她真想打个电话给伍迪，感谢他送了这么个冰冷、毫无情感的活宝给她。

　　布赖恩特凑了过来。"就像在照镜子，对不对？"他低声说道。

　　"布赖恩特，我建议你闭上你该死的嘴巴，不然我——"

　　"你可不能打我，这里都是证人呢。"他一脸坏笑，退回到低语声所不及的位置。

　　听到这句话，她真想把布赖恩特当场干掉，哪怕坐牢她也乐意。

第四十一章

艾利森站在活动白板旁边，手里拿着马克笔。"大家注意力能集中一下吗？"她问道，声音铿锵有力，仿佛把这里当作了礼堂或者教室。金环顾四周。不，这里依旧是餐厅。

"好了，我先说几个基本的事实。我没那个本事说出对方的头发颜色或鞋码，虽然我知道大家对我们的工作有所怀疑，但绑匪过去的行为模式依旧是我们预测对方未来行为的最佳利器。"

金发誓，在艾利森说到"怀疑"这个词时，她的眼睛直直盯着自己。

"所以，我们可以识别对方的性格特征，并将这些特征归入模型，这个模型能给我们提供罪犯侧写。我打算把这个发短信的绑匪称为对象一号，我们先说他。"

"嗯哼，"金咳了一声，翻了翻她的笔记，"我们能先说因加吗？她是目前我们已经确定参与了绑架的人，如果你能给我们提供一下你的见解，或许能帮上不少忙。"

她看到艾利森眼里闪过一丝轻微的不快。但因加是他们目前为止唯一确定的绑架参与者。

艾利森想了想，开始说话，她一边说着，手中的马克笔一边敲着掌心。显然，她开启了"当场思考"模式。

　　"经常照顾孩子，特别是照顾独生子女的保姆，常常会和孩子发展出一种代孕母子的关系，因为她们会见证孩子的许多'第一次'，可以这么说，保姆和孩子间会形成一种伪母子纽带。

　　"两个月前，因加离开了汉森一家，她并没有被解雇，而是自愿离开，所以我们可以从中推断，她待埃米很好，而且会尽心尽力照顾她。绑匪必定是用某种方式将她游说进来，让她违背自己的纽带行事。"

　　"钱吗？"道森问道。

　　艾利森摇摇头。"她不大可能会受金钱吸引。赚钱的方法有很多，不一定非得将孩子置于险境。"

　　"爱吗？"金问道。

　　艾利森点点头。"很有可能。爱是一种让人难以抗拒之物，金钱也买不到爱——"

　　"但是一种爱能胜过另一种爱？"金质疑道。

　　"没错，"艾利森答道，"因加有可能是受绑匪诱惑，他们给予她情爱与关怀，让她觉得特别，觉得自己受人爱慕。世上很难有爱能超越这种爱。埃米终究是别人的孩子，母子之爱已经输了一筹。"

　　金在便笺本上记下笔记。她觉得这个"此爱胜彼爱"的理论不无道理，但她怀疑那些绑匪里是否真的有人能给予因加如此温暖的爱意。

　　"继续，艾利森。"金指示道。有意思，这个行为学家说的东西居然引起了她的思考。

　　艾利森掀开特大号速写本的封面，上面的标题是"对象一号"，标题下还列着几个要点，她用马克笔指着要点——解说。

　　"我们显然在和两个绑匪打交道。对象一号，也就是发短信的人，展示出了极高的智商。他很可能是一个冷酷但行事细腻的人。从他严格按照计划行事来看，他的自制力非常强。他的短信都是正点到达，就好像提前计划好了一样。他手里已经有了两个小女孩，但仍然依照战略行动，毫不匆忙。换作其他人，现在很可能已经莽莽撞撞了。但这个发短信的绑匪还是十分冷静。他定时发送短信，就为了得到最佳的戏剧效果。

"他必定受过良好的教育，他也没有刻意隐瞒这个事实。即便是发短信，他也没有使用错误的语法或标点符号。

"他很享受这个游戏。在把短信发出去的时候，他会想象对方收到短信时的场景。他会享受一切尽在掌控的快感。

"他对于行动中各种变量的容错率很有限，所以，在压力非常大时，他行事风格很有可能会大变。"

"对于因加没有按照计划行事，他可能会做何反应？"金问道。

艾利森不喜金打断她的话，皱了皱眉头，金却直直盯着她。

"他会希望将她杀掉，让她闭嘴，从视线中永远移除，这样他就不用再去思考这个失误，但他绝不会亲手去做这件事。"

金点点头表示理解，允许她继续讲下去。

"如果他在警方的名单上，那这很可能是一起求财绑架案，像挪用公款或白领盗贼这类案子。这是一种既可以考验自己的智力，又有最终目标——得到报酬——的犯罪。

"本质上，他是一个非暴力的人，这就让我发现了对象二号。"

"等一等，"金打断了她的话，"为什么说他非暴力？你刚刚不是说如果计划有变，他的性格也可能随之大变吗？"

艾利森深吸一口气，然后回道："我说的是'本质上'，意思就是说，使用暴力不是他的第一选择。"

金不依不饶。"但他也可以使用暴力，对不对？我可不希望在座各位误以为我们在和一头绵羊打交道。"

艾利森的目光并没有环视房间，只是直视着金。"行，那让我重述一遍，他使用暴力的可能性远远低于对象二号。"

金点点头，表示满意。

艾利森翻到下一页，把马克笔一指。

"从我们所掌握的关于绑匪同伙的有限信息中推断，他几乎是自己同事的反面。根据他对布拉德利头部的伤害程度以及对因加房子的破坏程度，我们可以判断出这是一个享受无理由暴力的人。如果他做的一切只是希望导致布拉德利·埃文斯死亡的话——"

"布拉德，"金打断了她的话，"请叫他布拉德。"他的名牌上写的是这个名字，说明他喜欢这个称呼。

"好，如果说使用暴力的唯一目的是致其死亡的话，那完全有比把一个人的头当足球来踢更快捷的方法，而我们的绑匪却很享受这个过程。这么做风险很高，但给他带来了相当大的快感。这场谋杀本不用弄得如此惊天动地，布拉德·埃文斯本可以——"

"请你往下说吧。"金毫不客气地说道。

她感到布赖恩特正注视着她。那是一幅他们两个都不需要想象的画面。

"同样地，这个绑匪也完全没必要把因加家里的所有东西都砸烂。他把她家里的家具砸成了碎片，一点也不在乎会不会引起他人注意。他很自信没人能阻止他做任何事情，这或许也是他的生活态度。

"眼下我还无法对他愤怒的源头做出判断，但绝不仅仅是因为因加没有按照计划行动这么简单。"

"我们和对象一号进行谈判的概率有多大？"金问道。

"谈判难度会很高。和绑匪直接进行电话交流的可能性很低，而如果使用短信交流，那我们必须保证措辞完美，以免让对方觉得自己的控制权受到了威胁，或者——"

"谢谢你的提议，我一定会好好记下来。"

马特的这番专业话语说得十分娴熟，并且礼貌地点了点头，但金猜他不会理会艾利森的建议，而是我行我素。

金看了看自己的笔记，她基本上把要点都记了下来。

她站了起来。"还有一件事。"她简短地说道。

艾利森看着她，脸上挂着宽容的微笑。

金继续说道："胶水呢？"

"抱歉，督察？"

"胶水，老爹？"布赖恩特在身后问道。

她走到活动白板前，把第一页纸撕了下来，并排贴在第二页纸旁边。

马特饶有兴致地看着她。

"我们现在面对着两个性格极端相反的绑匪，那谁是老大？每一个团队，不管这个团队有多小，绝对有一个带头人，由更具统治性的人格领导。我不觉得这两个人中有谁能担当起这个位子，他们的性格都太过极端。暴力对非暴力，方法论者对冒险者。

"想象一个跷跷板，跷跷板两边各有一个座位，而中间则是一个固定支架。这个支架能防止跷跷板两边升得太高，或降得太低。我认为这两个性格完全相反的人绝对不可能共事，除非存在一个第三者，一个拥有压倒一切力量的人，某个权威。"

艾利森摇了摇头。"我倒认为发短信的人很明显就是带头人，对象二号只是他招募进来的帮手。非常明显的阶级特征。"

她耸了耸肩，环顾了房间一周。

"但是对象二号并不仅仅是一个暴徒打手这么简单，"金说道，"他设法找到了布拉德·埃文斯，辨认出一个他未曾谋面的人，并在没有被人发现的情况下将他杀害。没错，他确实很暴力，且行为可能有潜在的不可预知性，但他是一个思维清晰的人，绝不会如此轻易就受人控制。"

她把活动白板翻到崭新的一页，页面一片空白。

金用手指敲了敲白板。"我觉得你需要给这一页添上标题，叫作'对象三号'。"

第四十二章

伊丽莎白把头发扎成马尾。说是洗澡，其实不过是用水冲一下身子罢了。

只要有事可做，她就能从思绪里抽身一两分钟。此时此刻，连睡觉都显得格外奢侈，而在梦乡中，她脑海里的那些画面能暂时消失。

自前晚住进别人家中起，她就已经觉得不舒服了，在收到上一条短信之后，则更加难以忍受。

自从收到那条短信，她就一直想和斯蒂芬说说话。他们需要交流，讨论他们现有的选择。他们需要一个计划。

她曾在午夜时分在房子里徘徊，想找到他的下落，但不知为何，在这么大一栋房子里，他却将她甩在了身后。

她感觉自己的家庭似乎已经消失了。天知道她美丽的女儿此时正惊慌失措地身在何处，她的儿子不在她身边，而她的丈夫也在躲着她。她正住在自己最好的朋友的家里，可这个最好的朋友如今却要和自己争夺女儿的生死大权。

有时，伊丽莎白会情不自禁地想放声大笑，笑自己眼前处境的荒诞不经。有那么一会儿，她甚至能说服自己，她不过是被困在了某个噩梦里，很快就会在自己家中醒来，身边是她的女儿，她的儿子，她平淡的生活。

　　而那一瞬间过后，她才会意识到这根本不是噩梦，这就是她的生活。她已经不奢望能回到过去。

　　她走下楼梯，和往常一样在餐厅外停了下来。她并没有听到任何声音，但碰碰运气也无妨。

　　摆放盘子的声音告诉她卡伦在厨房里。昨天，她们还因同样的恐惧而义无反顾地团结在一起；她们共同体会着只有身为人母才能理解的情感；她们曾相互对望，给予对方支持与理解——可如今，她们却连看都不敢看对方一眼。

　　伊丽莎白已经不知道该如何跟朋友说话，她们是一场既变态又邪恶的游戏中的竞争者。

　　她比以往任何时候都需要自己的丈夫。她深吸一口气，走进门廊。卡伦正站在水槽旁边。

　　"你有没有见到……？"

　　卡伦的手机传来叮的一声，她和卡伦同时望向手机。伊丽莎白突然有种冲过去把手机抓在手里的冲动。

　　卡伦拿起手机，伊丽莎白屏住呼吸，看着卡伦浏览屏幕。

　　卡伦皱了皱眉，接着大声把短信读了出来。

　　　　仔细找找我送来的礼物。好好思考，想象一下你女儿现在的样子。

　　卡伦看着她，仿佛在寻求解释。"这是什么……"

　　她的声音突然停了下来，仿佛意识到自己在和谁说话。

　　卡伦拿着手机冲了出去，留下伊丽莎白麻木地待在原地，满心疑问。

　　这条短信到底是什么意思？

她拿出自己的手机。没有提示灯，没有小信封标签，绝没有收到任何短信。

为什么短信只发给了卡伦？

她的丈夫到底在哪里？

第四十三章

"有人往我们房子里送来了东西。"金把卡伦轻轻推出房间后说道，"对象一号不会胡乱用词，既然他写的是'我送来的礼物'，那说明现在房子的某个地方必定多了某样东西。"

卡伦没有把手机留下，但金已把那条短信印在脑海里。

她站在桌子一端。"'礼物'必然在房子的外面，对方绝无可能把东西送进来。"她环视了房间一周，"布赖恩特，凯，斯泰茜，跟我来。艾利森，帮海伦安抚好房子里的几位父母。"她的目光落在新的成员上，"沃德先生，请你守好我们的大本营，绝不能让任何人进入这个房间。"

他点点头，表示明白。金走出房间，右转朝杂物间走去，来到房子的后花园。

清晨的薄雾凝成一阵凄凉的细雨，迅速洒遍全身。

他们要搜索的范围有一个足球场那么大。如果她把足球场分成四个网格，那他们搜索起来就能更有效率。

一条棕色的树篱路将宽阔的草坪分成相等的两块，花园也一分为二。其中一块草坪上有秋千和沙坑，另一块草坪地势较高，是一座百草园。

草坪的边缘种满了古老而粗糙的橡树，他们面前摆放着一系列的户外工具贮存容器，他们右边是一个游戏屋，游戏屋后则是一座装饰花园的假山。

房子两边都是沙砾路，垃圾桶和储存箱散布其间。

金擦去眼前的雨水。"好了，斯泰茜，你负责搜索房子的左边。凯，你右边。布赖恩特，你搜索花园的右边，我负责左边。"

大家四散开来，一边走一边搜索。金什么都没有找到，朝储存箱走去，就在此时，细密的雨点落得越来越快，越来越大。

"老爹，我找到一件夹克。"斯泰茜在树中间喊道。

"把它放到房子的角落里，别让父母们看到，"她指示道，"肯定不止这一件。"

几个人均没有穿大衣，雨水将他们打得浑身湿透。

她掀开第一个储存箱的盖子，里面放着一台割草机和一个草坪修剪器。她把两样东西都拿出来，确认箱子里没有多余的物品。

第二个储存箱只有齐膝高，看样子装着园艺工具。她掀开盖子，拿起一台吹叶机。

"我找到一条裤子。"道森在房子一边喊道。

"我也是。"金喊道，从吹叶机下抽出一条女式紧身裤。

布赖恩特跑了过来，手里拿着一件 T 恤，两人都知道这是埃米的衣服。雨水将他身上的天蓝色衬衫淋成了深蓝色，衬衫紧贴他的肌肤。

"老爹……"

"我知道，布赖恩特。"

两人脑海里同时出现了一幅画面。

"游戏屋里有一件套衫。"斯泰茜说着，跑回草坪的角落里。

众人望着眼前的一堆衣服，道森此时拿着第二件夹克回来了。

"他们是怎么在没被房子里任何人发现或听到声音的情况下跟我们玩了一场该死的捉迷藏游戏的？"金环顾四周问道。

无人作答。

金数了数他们搜集到的衣服，暗暗将这些衣服和监控录像里两个女孩穿着的衣服对上号。她又看了一圈花园，忽地升起一个恶心的念头。

"有人检查过假山吗？"她问道，祈祷有人说"检查过"。

"我现在就去，老大。"道森说着，朝假山跑去。

"我们在监控里看到她们穿的就是这些衣服。"布赖恩特一边说，一边抹去眼前的雨水。

金没有回答，她只顾着看道森耸动的肩膀。他的目光落到了岩石上某处，背部一僵。三人站在原地，等他们的同事回来。

"该死。"她说着，心里涌起怒火。她知道他找到了什么。

他缓缓走到众人站着的地方，摊开掌心。他手里拿着两条内裤。

他们盯着眼前的衣物，绑匪想要传达的信息再明显不过了。

此刻，查利和埃米已经赤身裸体。

Chapter Forty-four

第四十四章

因加感到强烈的挫败感。她浑身疼痛，确信自己全身都是污秽。

她已记不起自己上一次洗澡是什么时候了。她曾跑进公厕快速梳洗了一番，出来后却感觉比进去时更脏了。

她已无法回想起星期日之前发生的任何正常的事情。她知道今天是星期二，只是因为她听到有人这么说。

有一天——她几乎可以肯定那就是昨天——她走了好几英里路，只在集市货摊上停了下来，买了杯便宜的茶喝，摊主允许她坐下来休息休息。因加知道，今天她顶着这么一副样子，恐怕连那样的运气都没有了。尽管她临时以指作梳理了理头发，但它们依然乱成一团。她的脸上沾满污垢，用水洗不掉。她的黄色牛仔裤也满是污垢。

无法抑制的哭泣冲动吞没了她，可她却一滴眼泪都流不出来。

她的目光所及之处都是赛姆斯：矮个的赛姆斯、肥胖的赛姆斯、高大的赛姆斯……每一个男人在她眼里都变成了赛姆斯，直到他们从她身边走过。

他们永远不会原谅她打乱了计划。她本应待在医院，等她的"丈夫"过来把她接走。然后，他们会把她带去安全屋，照顾两个小女孩，直到交易开始。但她做不到，埃米会发现因加其实和这一令她和查利极度恐惧的事件牵连甚深。即便埃米没有发现，查利也肯定能看出来。那样，因加将不得不亲眼看着埃米的表情由宽慰与快乐变成怀疑与不信。她知道两个孩子将永远恨她。

因加觉得自己的一辈子仿佛浓缩成了过去这几天。她的生活每一刻都充满恐惧，她的手脚每一刻都在颤抖。

她很清楚停止逃命的下场将会如何。她遇见过赛姆斯一次，她再也不想见到他。他举手投足间没有丝毫感情，仿佛一个机器人。

他曾对她露出过笑容，但那笑容里没有温暖，只有威胁，仿佛他知道一些她不知道的事情。他的眼睛在巡视咖啡馆的时候，她听到他的指关节在桌子底下咔咔作响。

她有一种感觉，仿佛从他们见面那一刻起，他就想用手掐住她的喉咙。当她有用时，那双手并不会朝她袭来。而现在，她成了他们的威胁，成了他们尚未了结之事，她失去了所有保护。

恐惧在她空荡荡的胃里打转。如果赛姆斯抓住了她，那迎接她的礼物便是死亡。这个男人不会对她施以仁慈，他只会折磨她，而她信任的人什么忙都帮不上。

她已孤身多年，但从未感觉如此孤独。

此刻，她筋疲力尽，精神接近崩溃。

因加知道她该做什么。

Chapter Forty-five

第四十五章

威尔怒火中烧。

自记事起，一旦他大脑中的秩序被打乱，他就会出现严重的昏厥。

当一切按计划行事，他的思绪能保持平静沉着，仿佛温柔的旋律在背景中演奏，但一旦出现意料之外的事情，交响乐便开始在他脑中轰鸣。不合拍的打击乐和痛苦嘶鸣的弦乐汇聚成喧嚣的噪音，而他却无处可逃。

他把椅子往后一推，金属凳脚在石头地板上刮擦的声音如尖刀般扎进他的心窝。他踱着步子，从房间一端走到另一端。

每一段路走十步，他来回走了四次，噪音渐渐减弱。他又来回走了六次，思维和内心的噪音才逐渐分离。

他实在不该答应让外人参与进来。他不喜欢被人命令做什么事。他独自一人反而能更好地完成任务。

选中这个家庭的人是他，调查他们生意的也是他。难道人们意识不到找到合适的候选人，找到能用来竞争并毁灭的家庭要花多少个星期吗？

第一次行动本来能成功的。如果不是发生了某些不在他控制范围之内的事情，他早就成功了。

让赛姆斯参与这次行动的人是他。他知道这个人身上有他所需要的技能，但他也选择了接受他人的帮助，而现在，那个"帮手"却让他变得像热锅上的蚂蚁。

他仍无法完全控制压力的源头，只感到越发暴躁。参与进来的人实在太多了。

作为中间的孩子，他的两个兄弟自然会排斥他。他是年长与年幼间的障碍物，找不到容身之处。他既是笑柄，又是出气筒。而他只能默默忍受，因为他没有选择。他的母亲只会说："男孩子就是男孩子，难免会淘气。"

他在策划报复中寻到了慰藉，他在这个过程中找到了安慰，找到了宣泄口，而他的兄长拉里——非常恶毒的折磨者，也在其中找到了同样的东西。

他不得不承认，自己和赛姆斯是极为相像的两个人。他知道赛姆斯自幼就被母亲遗弃到一个残忍无情的男人手中，这个男人就是经常对赛姆斯施加毒打的军人父亲。

尽管他身边有兄弟，他却感觉和赛姆斯同样孤独。他们都在复仇中找到解脱，他是从精神折磨中解脱，而赛姆斯则是从肉体折磨中解脱。

他不喜欢赛姆斯，但他理解赛姆斯。

他又走了五步，身体里的紧张开始消散。

他已经把衣服送到了该送的地方。这是计划的一部分，他已经完美执行。现在，父母们必定在想象自己的小女儿赤身裸体的场景，这是他们的催款方式。赶紧把银行卡里的钱打过来。

可现在却有一个愚蠢的婊子找他要两个女孩还活着的证据，他打算忽略这条短信。若不是父母发来的短信，他们绝不考虑回复。

这本是计划。

而他现在决定改变计划。

因为这是"老大"的命令。

第四十六章

"卫星导航说我们还有一点二英里远，老爹。"布赖恩特在她身旁说道。

金一个左急转，驶入一片住宅区。这是一条捷径，能让他们少走半英里路。

布赖恩特把卫星导航举到面前，说道："请别见怪，她谁的话都不肯听。"

金没有理会他。

"那么，那就是你要的女孩活着的证据吗，老爹？"金驶向一座小小的安全岛时布赖恩特问道。她没法从安全岛旁边绕过去。

"不是，那是计划的一部分，而且也无法证明两个女孩还活着。"她说道，直接从安全岛上面开了过去，"这是给父母的催款通知。他想让他们离开屋子寻找，他想让他们找到那些衣服，他想让他们想象自己女儿赤身裸体的样子。"

"啊，但这下就有些事与愿违了。而且为什么只发给一对父母？"

"这是游戏，布赖恩特。我们的对象一号很享受这其中的心理因素，他想让父母们在这场恶心的游戏里好好品尝每一丝痛苦。"

"啊，不过，他也没料到你会从中插一脚吧，对不对？"

她希望如此。他们把衣服装进了一个袋子里，并由道森秘密转交给法医。他们或许有一星半点的机会能在衣服里发现一些线索，但它们终究无法被当作法庭物证。这些衣服沾满了泥土和青草，天知道还被什么污染过。

"你觉得你应不应该把真相告诉父母们？"布赖恩特——她外在的良心——问道。

这是她第一次对父母们撒谎，她也希望这是最后一次，但在这件事上，她甚至不敢拿巴尼的下一顿饭做赌注。

她和父母们说他们只找到了夹克，光是这句话就已经让父母们悲痛欲绝。他们不需要知道他们找到的其他东西。斯蒂芬为确保万无一失，坚持要亲自确认埃米的大衣，但那个时候道森已经离开了。金向斯蒂芬解释说，她可以确认在闭路电视的监控录像里，埃米穿的确实是那一件大衣。

"有什么必要呢？"她问道，"他们想象中的画面已经足够可怕了。"

金看到了她一直在寻找的门牌号，不再和布赖恩特解释。她快速把车停在门旁，走下车敲了敲门。

对来应门的女人来说，今天不是什么好日子。

金知道珍妮·科顿今年三十六岁，而她人生中的第三十六年毫无疑问要比前三十五年残忍得多。

她把浅棕色头发扎成一团凌乱的马尾辫，露出太阳穴两边本不应在这个年纪出现的白发。她嘴角下弯，两边浅浅的皱纹清晰可见。

"科顿夫人，您好，我是斯通警探，这位是布赖恩特警探。我们能和您聊聊吗？"

科顿夫人疲惫的双眼中顿时迸发出一丝希望。

金摇了摇头。"苏西的案子没有新进展。"她快速地说道，早早将科顿夫人的希望之火浇灭。

在他们把苏西带回家之前，她的案子都不会结案。

科顿夫人退到一旁，让两人进屋。

金穿过屋子，走到和房子同宽的小厨房里。金立刻感觉到房子里缺少生气，没有任何个性可言。诚然，它被打扫得很干净，功能齐全，还面朝着一个被灰色石板覆盖的小花园。但花园里没有树，没有花，也没有盆栽。

他们走进的是一栋生活陷入停滞的房子。

珍妮·科顿站在门廊外。她松垮垮地穿着一条八码大的浅色牛仔裤，身上套着件灰色长袖运动衫，在脖子处显得分外宽松，衣服的肩缝滑到了上臂中间的位置，脚上穿着人字拖。

金觉得珍妮还肯花力气穿衣服，已经算是一场不小的胜利了。

她突然憎恨起自己冷冰冰的造访。这个女人失去了她的女儿，可金不但没法给她提供任何安慰，还想从她这里获得信息，甚至不惜逼她回想起她这辈子最可怕的一段时光。

但眼下，她还要把两个女孩救回来，那是她的头等大事。每一天她都热爱自己的工作，但有些时候，她又没那么喜欢。

"科顿夫人，我理解这对您来说十分艰难，但我们要问一些和去年发生的事情有关的问题……"

锐利的目光穿透了她。"为什么？"

"科顿夫人，我不能——"

"你当然不能告诉我任何事情，"她愤愤地骂道，"因为我没有权利知道，对不对？"

金一阵沉默。面前这个女人有理由愤怒，她的孩子没能回家。金不能对她透露任何现有调查的信息，但当金望向那双悲伤、凄凉的眼睛时，她希望珍妮·科顿能理解她的苦衷。

那女人倒吸一口冷气，闭上眼睛，噘起嘴唇。

她理解了。

"你想问什么就问吧，但不要假装你理解我的感受，因为你理解不了。"

"您说得对，我确实理解不了，"金轻声说道，表示同意，"但如果您肯从事情第一天开始，回忆一下您的经历，我们将感激不尽。"

珍妮·科顿点了点头，在圆木餐桌旁坐下，示意他们两人也坐下。

"别指望我能记起哪一天发生了什么事，因为我已经记不起来了。我只记得一片混乱、迟钝和眼泪。我唯一记得很清楚的是两个孩子都是星期一早上失踪的，他们在星期三下午找到了埃米莉。上帝，那感觉比两天长多了。"

金每分每秒都在恨自己逼这女人回忆一切，但如果她面对的是同一帮绑匪，这女人能提供的信息将会是无价之宝。调查第一起绑架案能提供极为关键的线索，因为调查方法会随着调查次数的增多而改善，所以调查要素能趋向完美，调查人员也能学到教训。找出第一次调查中可能犯下的错误能让他们对案情有更深刻的理解。

"苏西是在家和学校之间的商店里被绑走的，埃米莉则是在离家五十米的地方被绑走的。我和朱莉娅在十一点同时收到短信。"

"你们知不知道绑匪是怎么选中你们的女儿的？"

她点点头。"她们曾一起在电台上呼吁人们参与'帮助有需要的孩子'的活动。她们靠帮别人洗车，筹到了五百多英镑。我的丈夫被写进了新闻报道里，他拥有一家豪华轿车出租公司，据我所知，他现在还在做这个生意。"

她苦笑一声。"都不像是这辈子发生的事情，感觉像是前世了。朱莉娅的丈夫艾伦拥有一系列房地产中介机构。这不是一场公平的竞争。

"事情发生后，我立刻报了警，警察在我们家采访了我们两家人。我们那时是多么亲密的好友，我们几乎每个周末都一起度过，还一起度假。

"我和朱莉娅曾死死地相互支持，直到我们收到了第三条短信。"

"调查人员有建议您不要和绑匪进行联系吗？"

"有。"

"那您有联系绑匪吗？"

"警探，如果你有孩子的话，你根本不会问出这种问题。我们当然有。

"霎时间，我的目光所及之处，每个人似乎都在窃窃私语。甚至连警察都躲在角落里小声地说话。"

"你们的最后期限是什么时候？"

"星期三下午。"

金留意到这个时间离绑架才刚刚过去四十八小时。此刻，他们离这个时间点还有一小时。

"您做了什么？"

"我们把我们的报价发了过去。那是我能弄到的所有钱：储蓄、二次抵押贷款、亲戚帮补。我们立刻收到回复，说对方出价更高。

"我们又报了好几次价，一直到星期三早上。那时，我们报出的价格是我们根本凑不到的，但当拍卖的是你自己孩子的生命时，你根本没有选择。"

金往前坐了坐，她极其反感这种情况下的冷酷。普通的绑票案会引发各种各样的情绪，但在这种交易里，绑匪却给了父母控制权：只要能弄到足够多的钱，他们就能影响最终的结果。而如果他们不能的话……

"当苏西没能回家时，我崩溃了。我失去了一切。我无法再正视自己的丈夫，因为我总是想着，如果他有一份更好的工作，我们就能把我们的女儿救回来。"

金没有打断这个女人的话，这是她所能做的最微不足道的事情。

"不同的人悲伤各异。事后，当我第一次听到皮特的笑声时，我对他的最后一丝感情也死了。我理解那是身体的自然反应，是身体的防御机制所致，但我没有这样的反应。"

金猜她还在等女儿回家。这个女人变成了时间里的阴影，当其他人的生活在往前走时，她的生活却没有再前进。

金突然想起一件事。"科顿夫人，您还有当时那部手机吗？"

珍妮·科顿把椅子往后一推，走向烧水壶。"没有，警探，你们警方把它当证据拿走了。"

金望向布赖恩特，他把这句话记了下来。如果警局依旧把手机当作证据保存好的话，它或许能派上用场。

科顿夫人盯着窗外，热水从壶嘴溢出。

"我曾想过去度假，再要一个孩子。"她停了下来，手悬在水龙头上方，"现在，我唯一的梦想就是能埋葬我的女儿。"

她转过身，紧紧盯着金。"您能帮我吗，警探？"

金回望着她，但什么都没说，她不会许下无法信守的诺言。

"科顿夫人，您觉得是什么让绑匪提早释放了埃米莉？"

"我以为原因已经很清楚了，朱莉娅和艾伦支付了赎金。"

Chapter Forty-seven

第四十七章

金还没走到车前，就按下了通话键。

"斯泰茜，抓紧找到比林厄姆的家庭地址。他们可能比我们最初设想的还要重要。"

"我已经开始找了，老爹，"斯泰茜答道，"但我觉得这家人或许不想被人找到。"

金并不惊讶。"继续找下去，斯泰茜。我们还不确定，但他们很可能支付了赎金。"

她听到电话那头传来吸气声。

"文件里从没提过——"

"文件里几乎什么都没提到，斯泰茜。"

"收到，老爹。"

金结束通话。"目前，我们一直假设的是绑匪因事情被媒体曝光而慌了阵脚。我们从未考虑过其中一个家庭支付了赎金的可能。"

布赖恩特点了点头。"如果他们真的支付了赎金的话，那他们肯定和绑匪有进一步交涉：指示和放人地点之类的信息。"

不论这个想法多么可怕，金必须考虑到有可能是另一个家庭的行为导致了苏西·科顿的死亡。

第四十八章

赛姆斯笑了。今天没有事能毁了他的好心情,他找到了未了结之事的线索,很快就能把它了结。

没错,他大可以到处跑,追捕因加,重走她的逃亡路线,毫无目的地消耗能量。但他也可以停在这里,等她自己找上门来。她会的。

那愚蠢的婊子已经跑了差不多四十八小时了。她又累又脏,都快他妈的被吓疯了。

她的身体会因不断躲避危险而筋疲力尽,她的思维会失去理智,自我保护的欲望会慢慢减弱。

要抓住她,就要理解恐惧。

赛姆斯去过阿富汗两次,他深知人在极度恐惧下会做出怎样的选择。那不是一种人每天要面对的恐惧。只有在逃命时,那种恐惧才会出现。

在蹦极之前,恐惧会充盈身体,随之而来的还有兴奋和肾上腺素。但真正的恐惧不会给其他情感留下任何余地。它从皮肤渗入,往你身体里钻,直入骨髓。

恐惧不会成为你的一部分,它会成为你。你的每一次呼吸、每一次扫视、每一个动作,都会被恐惧占据,不管你做多少次深呼吸都无济于事。

　　在军队里，这样的恐惧日日常在，所有人都要接受它，但赛姆斯选择骗过自己的潜意识。他并没有每天都把力气花在逃命上，而是每天早上用一分钟的时间准备迎接死亡。

　　每天外出行动时，他都会告诉自己今天就是他的赴死之日。每天早上，他会想象自己的死亡，而每晚刷牙时，他会万分庆幸。

　　如果因加既怕他，又怕警方，那她最后的选择便会取决于她更怕谁。而赛姆斯早已知道答案。

　　他笑了，把指节打得噼啪作响。

Chapter Forty-nine

第四十九章

因加抱着一丝希望，一步一步地往前走。

体内的恐惧正在蚕食她的皮肤。不管走到哪儿，她觉得人们都在看她。每一个男人看起来都像威尔和赛姆斯，每一片阴影都是他人精心设计好用来恐吓她的。

世界正越变越小。她的四周只有直角和危险的形状，随时准备扑上来，将她撕碎。

她感觉过去的这几天便是自己的一生。她记不起曾经的周末和年月，她记不起未曾被恐惧侵蚀每一寸肌肤的日子。

威胁匍匐在四周。

她已经跑了四十八小时，但这最后的时刻才是最危险的。

她的目标离她不到一百英尺。她已经能望见它。挡在她和理智之间的只有熙熙攘攘的出来吃午餐的人群、一条自控人行横道①和一个繁忙的十字路口。

她任由拥挤的人群将她推过马路。

七十英尺。她直视着那座建筑，不敢把目光移开，唯恐建筑会消失。

_____

① 英国由行人控制红绿灯的人行横道。

她会把一切都告诉他们。她会从自己做过的事情开始讲起，然后把他们带去女孩被绑架的地方。到下午茶的时间，她们就能安安全全地回到家，和家人待在一起。她会很乐意接受惩罚。

还有三十英尺，她绊到了一块凸起的路缘石。她稳住身子，几个男人在她身后窃笑。

她并不关心，再往前走二十英尺，她就会和他们一起放声大笑。

警局安全的拘留室在向她召唤。不管惩罚如何，她都会心甘情愿地接受。事情不会再比这更糟了。

离入口还有五英尺，她的身体放松了下来。

抓住她后颈的手强而有力。警察局的门近在咫尺，可那双手却将她转了个向。

"想法不错，小婊子，但还不够好。"

因加感觉他强壮的臂膀将她提了起来，她的脚几乎碰不到地面。

"敢发出一点声音，我当场就把你喉咙割开。"

那肌肉发达的手臂环住她的肩膀，因加什么话也说不出来。她想尖叫，但嘴巴已经干涸。

赛姆斯趁她因恐惧而无法发出任何声音的间隙，把她拖进了警察局后的一条小巷里。

她离警察局是那么近。

在行人看来，他们不过是一对在甜蜜拥抱的情侣。只是他们感觉不到他手指嵌进她肩膀骨头里的力量，也不知道她的脚几乎碰不到地面。

大街上的喧嚣在她耳中消失。

"我们要好好聊一聊，让你脑子清醒一点。"

"不，不要。"她哭喊道，竭力想站到地上。

她用尽最后一丝力气，拼命摆动双臂。他的手移到了她的脖子上，痛楚登时传入她的大脑。她知道他只需要动动手指就能把她的脖子捏断。

"求你了……不要……伤害……"

"在做那件事之前，你真应该好好考虑一下后果。"

因加太过傲气，无法求饶，但现在是她活命的唯一机会。

"赛姆斯，我很抱歉。我不应该……我只是……害怕了……"

他一边咯咯笑，一边拉开面包车的车门。"待会儿有你害怕的，现在还太早。"

他砰地把门关上，快速走到车的另一边。他按下一个按钮，锁起两边车门。

因加强忍住哭泣的冲动。霎时间，她所剩无几的时间变得极为珍贵。她知道她要死了，而此刻，她只关心一件事情。

"她们在哪儿？"

他转向她。他的眼里满是激动，嘴里似乎有话要冲口而出。他的目光像出神一样。他身上的每一寸肌肤都变得极度兴奋，随时准备夺走她的性命。

"女……女孩们。"她结巴道。

他把头往后一仰，放声大笑。"因为你，她们死了。"

第五十章

    道森把车停在霍利特里住宅区的一排商店前面，此处是这座庞大地产的入口，散发着鬼魅般的寂静。

    穿过这排商店就进入了住宅区"里面"，这是众人皆知的事情。虽说这感觉像走进另外一个国度，但这个国家的护照并不能保证你安全通行，只能让你遇上各类反社会行为、监狱服刑犯，以及持有非法物品的人。

    黑乡其他的地方政府所属住宅区都因霍利特里住宅区的存在而变得更加干净、健康且快乐。

    每当一个住宅区里的问题家庭被驱逐出去，住在那里的人们都会松一口气，但这些问题家庭总得被送去某个地方，而把所有问题家庭安置在一起绝不是一个好主意。于是，一个不受当地政府管辖，而受黑帮统治的住宅区就这样诞生了。

    道森知道杜文·赖特就住在这些商店上方的公寓里，这颇具讽刺意味。他就住在住宅区的边缘，是最容易逃离的地方，而这正是那可怜的孩子一直想做的事情。

    黑帮规则对道森来说并不新鲜，他甚至不想承认他对它们非常熟悉，尽管并不是霍利特里的这种黑帮规则。

    当他还小时，他是一个胖墩。造成他过度肥胖的原因并不是什么荷尔蒙失调或者医学难症，只是他的单亲妈妈工作繁忙，在烹饪时过度依赖使用方便的煎锅。

十五岁时，为了能融入一个团体，他愿意做任何事情，什么团体都行。他差点就做到了。

回想起那段年少时光，道森不免羞愧，现在也一样，但那是一段他永远都不会忘记的时光。

十六岁时，他报名加入了健身房，自己准备食物，严格控制饱和脂肪。他永远不会再回去那个地方。

道森穿过后面的楼梯，走进大楼。尽管这里应被归为公寓住宅区，但其实整个地产被分成了两部分。每家每户的阳台都用金属栏杆隔开，面向一片错综复杂的租赁车库，这些车库很少用来停车。屋外的地上丢弃了两个生锈的烧烤架，一堆风格不搭的休闲椅随意乱放。他绕过这片障碍重重的地带，一辆没人要的婴儿车停在门的右边。

他敲了两下门，眼前的压花玻璃顿时变暗，出现了一个黝黑的人影。

一个女孩打开门，道森猜她十八九岁。道森在照片上见过她，知道她是杜文的姐姐肖纳。她有一头紧致光亮的鬈发，面容姣好，正对他怒目而视。

"你要干吗？"她问道，显然对他的到来不甚欢迎。

"我是侦缉警探道森。"他说道，亮出了自己的警证。她看都没看一眼，仍然紧紧地盯着他的脸。他知道霍利特里住宅区里流传的假证件看起来大都比他的还真。

"我能和你父亲聊聊吗？"

"为什么？"她问道。

"有关你弟弟的事。"他耐心地解释道。不管她的态度有多愤怒，这个家庭遭受了损失，而警方没能阻止那样的事情发生。"案件有进展。"

"怎么，他又活过来了吗？"

"你的父亲在家吗，肖纳？"他语气坚定地问道。

"你等等，我去看一下。"她说道，砰地把门一关，差点砸到道森脸上。公寓里只有两间卧室，一间客厅，一间厨房，还有一个厕所。他觉得她很清楚她的父亲在不在家。

几秒钟后，门又被打开了。

道森见到了维恩·赖特的脸。他的表情既不愉快，也没有敌意。只有平静。

"你想做什么，孩子？"

被人唤作"孩子"让道森一阵恼火。他自己的父亲都没有这么叫过他，甚至在他父亲离家出走去苏格兰高地寻找自我的那一晚都没有这么叫过。就道森所知，他仍在寻找。

但他不喜欢这个称呼不仅仅是因为这个。他是一位警官，是英国刑事调查局的一员，不是眼前这个男人的"孩子"。

"赖特先生，我来是想和您说一下杜文案子的进展。我能进去吗？"

维恩·赖特犹豫了一阵，接着往后踏了一步。

道森知道房子里没有赖特夫人，自她产下第四个孩子，出现并发症逝世已经过去十二年了。

道森走进狭窄的厨房，肖纳正忙着把罐子和包装袋塞回橱柜里，一卷塑料食品袋放在一旁。道森猜维恩正在打扫两个年轻女儿留下的盒装午餐垃圾。

水壶前散落着一堆资料，上面印着墓碑和鲜花的图案。这个男人正在为自己儿子的葬礼做准备。

维恩站在门廊里，只想在那狭小的空间里和他谈话。道森猜自己并不会在这里停留太久。

道森并不介意，因为他一刻都不想再延长这个男人的痛苦。

"赖特先生，将您儿子还活着的信息泄露出去的并不是那个记者。"

一个碟子啪的一声落入水槽，道森和维恩同时看向肖纳。她并没有立刻转身，眼睛只是盯着失手摔落的碟子。

维恩又看了女儿几秒，才把目光转到道森身上。

"我不明白，很明显——"

"时间对不上。我们已经确认过了，在杜文死亡时，报纸才刚刚印出来。一切都发生得太快，我们觉得……"

道森的声音越来越弱，因为他感觉自己的声音慢慢融入了歉意。

维恩也听了出来。他的眼里没有谴责，只有无尽的悲伤。"我们都很难过，孩子。"

"这说明有别的人把信息泄露了出去。"

维恩点了点头，表示理解。他已经想到了这一点。

"我需要问问您，除了您的家人，还有谁知道杜文还活着？"

维恩挠了挠头上短短的细发。"我不知道，都记不清了。上个星期的这个时候，我的儿子还……发生得实在太快了。上班的时候我接到了一个电话，我打给了那孩子，然后……"

"劳伦。"肖纳静静地说道。

道森等着。她终于转过身。

"我们打给了劳伦。她是……以前是杜文的女朋友。我给她发了一条短信，但她一直没有打给我。"她望向她的父亲，"记得吗，爸爸？她根本没有来过医院。"

道森感到胃里一阵翻腾。警方只给杜文的近亲打过电话，他知道他们曾指示过家人，在杜文的状况稳定下来之前，不要把他还活着的事实告诉任何人。

"你知不知道我在哪里能找到——？"

"我写下来给你。"肖纳说道，几乎是跑着离开了房间。

道森转向维恩，后者看着自己的长女离开了房间。

"自从杜文死后，黑帮来骚扰过你们吗？"

他摇了摇头。"你们警方逮捕了莱龙之后，卡伊便上位了，他比莱龙好一些。我觉得他指示了黑帮不要来骚扰我们。"

不知为何，道森有点怀疑这句话。维恩的家里有人死在了黑帮手里，这并不能保证他三个女儿的安全。黑帮不是这样行事的。除非维恩一家离开霍利特里住宅区，否则维恩·赖特都要好好守护自己的女儿。

肖纳回到厨房，将一张纸塞到道森手里。"这是她的地址。"

"谢谢，我很感谢——"

道森的话还没说完就被自己的手机铃声打断了。

"抱歉。"道森说道，转过身去。

是调度员。

"终于让我联系上一位警探了，"电话另一头的声音说道，"我联系不到你的上司，也联系不到布赖恩特警长，我只能把信息传给你了。"

他知道自己的警衔在四人团队里排行第三，但他不喜欢一直待在这个位置。

"等一等。"他说道，手掌盖住麦克风。他转向维恩·赖特。"耽误您时间了，我一定会和您再联系。"

维恩悲伤地点点头，帮道森拉开门。

"什么事？"绕过花园里的废墟后，他问控制台。

电话那头传来的声音让他僵住了，那句话他已经等了六年。

"我们找到了一具尸体，在联系上你的上司之前，案子就交给你了。"

终于——哪怕这段时间再短暂——他也是主管警官了。

第五十一章

"说吧，凯。"金在电话那头应道。

"老大，我现在离一具二十多岁的女性尸体有六英尺远，我不确定这是不是我们——"

"她的裤子什么颜色？"

"呃……黄色。"

"那就是她。"金咬牙切齿地说道，闭上了眼睛。

她听着道森向她描述细节。

"我们这就来。"说完，她挂了电话。

她转向布赖恩特。"我们太他妈晚了。"

看过闭路电视监控上发生的事情后，金对这个女人并不存在多少个人情感。但是，因加是他们唯一实在的线索。

两个女孩都认识她，特别是埃米，但因加却用最糟糕的方式背叛了她们。如今，她为此付出了生命代价。尽管金更想看到她局促不安地坐在证人席上，她依然无法对这个女人的死产生任何同情。

"或许她没得选，老爹。"布赖恩特说道。

她欣赏他的宅心仁厚，但无法苟同。

"人永远都能做出该死的选择。她明明认识这些孩子，却还是欺骗了她们。"

"出于某些原因,她还是逃走了。或许她的良心——"

"成熟点吧,布赖恩特。"她厉声说道。有时,他这副乐天派的态度会让她火冒三丈。"如果她真的有良心,那她就会先按计划行事,然后一有机会就把女孩们送走。她逃走只是为了自保。她害怕了。"

"但她现在已经死了。"布赖恩特说道,仿佛"死"这个字眼意味着什么,仿佛"死"字就能把罪恶洗清似的。对金来说,这没有任何意义。因为此刻往好了说,埃米和查利正经历着一场充斥恐惧的折磨;而往坏了说,她们可能正经历着痛苦的死亡。

"布赖恩特,劳驾你安安静静地开车吧。"

不,她的泪腺早已干得不能再干了。

第五十二章

金二话不说，冲进警戒带，亮了亮她的警徽，走进犯罪现场。这条小巷横贯一家超市和布赖尔利山主干道边缘的一家五金店之间。

道森挡住她的去路，他的脸上毫无血色。

"老大，里面真的是一团糟。"

"我不是小女孩，凯。"她厉声说道，将他从面前推开。

"哎哟，督察，我就说是谁的声音那么柔和、那么温暖呢。"

基茨是一位常驻病理学家，才刚及金的肩膀高。他头顶的头发所剩无几，脸上唯一的毛发就是干净的小胡子，还有下巴上尖尖的胡须。

她接过他递来的蓝色医用手套，和他的手套是一样的。

"基茨，相信我，我没有心情开玩笑。"

"哦，天哪，该不会是布赖恩特——"

"基茨，听我说一句，"布赖恩特出现在她身旁，说道，"她真的没心情。"

金已经在审视面前的死亡现场。她绕过一位法医摄影师，好让自己看得更清楚些。

尸体似乎被扭曲到了某种不可思议的角度，金想起了"周末谋杀奇案"活动 [1] 里用来代表受害人的缠着白色胶带的人偶。

尸体的右臂举在头顶,手腕却被拧断了,左臂贴在躯干侧面,肩膀严重错位,手心朝上。

因加的脸浮肿发胀,前额和脸颊上的肉完全遮住了左眼,右眼盯着天空,一缕血迹从她脸中间流向下巴。金猜因加断了的鼻梁可能陷在了其中某处。

几簇金发散落在尸体周围,仿佛她是一条脱毛的狗。

"督察。"基茨说道,示意她随他站到尸体的脚部看看。

"我们粗略检查了一遍,尸体有多处骨折。我认为至少有四处。"

"四肢吗?"金问道。

他点了点头,指向尸体的右脚,脚踝被拧了一百八十度。

她又走近了一步,望着从尸体鼻子里流出来的血迹的尽头。

一条细线从尸体的喉咙穿至两边耳朵。从伤口的宽度判断,金猜那应该是某种花园里用的麻线。

她立刻意识到眼前并不是犯罪现场,因加死前被折磨过。如果案发现场是在这里,她发出的尖叫必定会惊动到周围行人。一定是有人开车将她抛尸于此。

"死亡原因?"金问道。

基茨耸了耸肩。"很难说,我得回去进行一次详细的尸检才能告诉你,但我觉得你可能会想看看这个。"

基茨沿着尸体走了两步,他轻轻拉开盖着尸体脖颈的夹克。

"上帝啊。"金一边说,一边摇头。

---

[1] 国外常见的聚会派对游戏,其中一个参与者暗中扮演杀人犯,而其他参与者必须确定谁是罪犯。

她往前走了一步，仔细数了起来。尸体的脖子上有七八个额外的环状伤痕。

布赖恩特出现在她身旁，顺着她的目光望去。"她死前挣扎过吗，老爹？"

金摇了摇头。这些伤痕太过整齐了，若受害人死前挣扎过，那么因蠕动而留下的伤口绝不至于如此之深。

道森在尸体的另一旁出现。

"你怎么看，凯？"她问道。

道森望着那些环状伤痕以及尸体的余下部位。"他折磨过她，老爹。他先将她勒到失去意识，再施以殴打，让她清醒过来。"

金点点头，表示同意。"在死前，她能清楚地感受到每一处痛楚。"

"邪恶的浑蛋。"布赖恩特喃喃道，远离了尸体。

金也是同样的想法，但看着面前的犯罪现场，她心里却升不起多少波澜。这是因加自己做出的选择，她参与了无辜孩童绑架案。没错，这个可怜的人曾被恐惧折磨，但现在，她已经摆脱了恐惧。可对那两个小女孩来说，恐惧还在继续。她希望她们的恐惧仍在继续。

此刻，两个小女孩正身处某地，迷惑、恐惧又孤独。在家中，四位父母被迫参与一场残酷的游戏，为自己孩子的生命竞价，理智已接近崩溃。这个死去的女人对这一切的发生负有不可推卸的责任。

金最后看了一眼尸体，用相机般的记忆力将画面记了下来。她的目光停在了被扭断的脚踝上，那条腿上的黄色牛仔裤裤脚比另一条腿上的裤脚要高一英寸。

她蹲了下来，小心翼翼地将裤脚推得更高了些，里面漆黑一片。她把牛仔裤又往上推了一些，发现因加的小腿上有一块长方形图案，一条直线从中间横穿而过，线的两边各有一点。

金朝摄影师打了个手势。"给这里拍个特写。"她说着，站了起来。

"很粗糙,应该是自己弄的。"基茨说道。

金点了点头,此时,布赖恩特俯身过来,看了一眼。

"是谁报的警?"她问道。

"给酒吧送小吃的一个家伙,"道森在身后喊道,"他正在等下一单的电话,躲进这里想撒泡尿。他这会儿应该吐完了,我猜他胃里也没剩多少东西了。"

"然后呢?"

"我最后能确定的是,酒吧老板十一点左右来这里倒了一回垃圾,那时候尸体还不在这里。"

"不打算像平常那样缠着我要死亡时间了吗?"基茨问道。

"哦,你又想说'两小时以内'了,是吗?如果你能给出一个比这更准确的数字的话,请便。"

"要我说应该不是'以内',而是'接近'两小时。"基茨说道。

金点了点头,就在这时,她后裤兜里的手机振动了起来。她认得这个号码。

"我是斯通。"她答道。

"是她吗?"

伍迪的社交技巧似乎已跟她不相上下。

"是的,长官。是她。"

"这么说,这已经是第二个死者了,斯通?"

她悄悄地从围在因加尸体周围的人群中挤了出去。

"我们一直在找她,自从——"

"但你们没有找到,对不对,斯通?负责追查她下落的人是谁?"

金知道道森已经做出一切可能的努力追踪因加的下落。她绝不能让那件事发生,她绝不能让伍迪把道森拉出去当替罪羊。

"长官，我们没有找到因加是因为她既不想被我们找到，也不想被绑匪找到。她参与了这次绑架，而如果要我从见到她的尸体还是见到查利以及埃米的尸体中二选一话，我会毫不犹豫地选择她的尸体。"

金听到电话那头吸了一口气。"斯通，负责追查她下落的人，是谁？"

老天，他就像只找到了骨头的狗一样不依不饶。拿不到名字，他是不会放弃的。

"我，长官。我是主管警官，出去追查因加的人也是我。"

她能感到他把左手中的减压球握紧了。

"当然是你。"

电话挂断，金发了声牢骚。

她回到因加的尸体旁。

基茨肯定听到了她和伍迪的部分对话。"你在找这个女孩？"他问道。

金点了点头。"在调查的案子。"

基茨等着她继续解释。

金什么都没说，只是又看了尸体最后一眼。

一般来说，引发如此暴戾殴打的都是病态的狂怒——凶手的双手必定承载着无可抑制的愤怒——但金又确凿无疑地觉得，凶手这么做纯粹是为了找乐子。

他们转身朝车的方向走去。

"哦，布赖恩特，请别告诉我有一辆奥迪停在了这里。"她说道。

"没错，猎犬来了。"

一堆对狗的评论涌入了她的脑海，但她紧闭双唇。

"想都不要想。"金对走近的特蕾西举起双手，说道。

"我的耐心已经消磨殆尽了，督察。"特蕾西将长长的金发一甩，说道。

"真巧，我也是。特蕾西，你已经在严重挑战我的底线了。"

"你对我的威胁也不过如此。"她的话中暗含警告。

"哪个威胁?"金坦率地问道。她耸了耸肩。"算了,我相信我能想个新的出来。"

特蕾西一直跟在他们身后,走到车那里。"你肯定知道吧,别的警官可愿意和媒体合作了。我们可以帮上很多忙,你知道的。"

这个笑话金可不愿意错过。"赶紧给我找一个能帮上忙的记者来,我要跟他好好聊聊,但你除外,谢谢。"

"那两个女孩已经失踪多久了?"特蕾西问道。

金顿时转过身,朝特蕾西逼近。

"老爹……"布赖恩特出言警告。

金没有理他。"如果你敢把刚刚那个问题向其他任何人再说一遍,我向你保证,这件事马上就会变成我俩之间的私事。只要能封住你这张嘴,我就是丢饭碗都乐意。"

金很谨慎,没有和特蕾西有任何肢体上的接触,但如果这个女人敢以任何方式威胁到查利和埃米的安危,金保证她下半辈子不得安宁。

她从特蕾西身旁走开,向着车走去。

"老爹,你有点太——"

"布赖恩特,如果你要说的内容和案子无关的话,那就请你闭嘴。"她现在不需要别人对她的行为进行评估。

他重重叹了口气,回头朝警戒带扫了一眼。"如果那个家伙现在就在两个女孩身边的话——"

"得了,你还是直接闭嘴吧。"她打断了他的话,走进车里。

她已经能想象出那幅画面了。

第五十三章

"小查，"埃米在她身旁说道，"你在发抖呢。"

查利努力想停下无从控制的颤抖。她已经无法分清自己是因为害怕还是因为寒冷而颤抖。她只知道自己的牙齿会时不时地咯咯作响，而她根本没办法让它们停下来。

"我没事，小艾，就是有点冷而已。"她说道，匆匆转了个身，赤裸的大腿和埃米赤裸的肌肤相触。

她昨晚身披的湿浴衣此刻已干，却寒入骨髓，冷得她直打战。埃米的浴巾比她的浴衣小，虽然垫在身下，寒意却仍钻过床垫和衣物朝她们袭来。她把自己的浴巾紧紧披在她俩身上，仿佛共围一条披肩。埃米抓住一角，她抓住另一角。

钥匙孔转动的声音吓到了她。这一次，她没有听到脚步逼近的警告声。渐渐地，她越发难以注意到周围发生的事情。她退进墙角，紧紧地握住埃米的手。埃米盯着门口。

那个身影走进敞开的门口。

门廊外刺进耀眼的光线，查利挡住了眼睛。又是那个大个子男人，那个脱光了她们衣服的男人。

埃米靠得更紧了。"小查，他要……"

"嘘……"查利说道。

那男人将一只手藏在身后，两脚分开站立。

他伸出左手，那是一只黑白相间的小猫咪，猫咪的眼神困倦而温顺。

查利顿感温暖。她的目光停在那团毛茸茸的小东西上，它睁开了眼睛，四处张望。

她的胃里升起某种预感。

查利抬头望向那人，虽然她看不全。他的眼角有皱纹，他在笑，但她感觉不到温暖。他的眼睛甚至没有看着猫咪，他正看着她。

她感到胃里的恐惧越来越深，仿佛她正走在看牙医的路上，但此刻的恐惧却远甚于它。她能听到自己胸腔中的心跳声。她想跳起来，将他手中的猫咪抱走，但她浑身上下都在发颤。

她咽了一大口唾沫，想控制住自己无法控制的身体。她口干舌燥。恐惧将她的喉咙封住，她害怕得说不出话来。

查利望着那人将右手环到猫咪的脖子上。

霎时，猫咪的头被拧了一百八十度。

她和埃米齐声尖叫。

第五十四章

金把录音听了第二遍。房子里的一切活动都陷入停滞，每一双眼睛都盯着手机。那声尖叫听起来无比恐惧，金觉得自己可能要吐了。

她一把将手机扔到桌子对面，气呼呼地冲出房间。

二十步后，她冲入了夜间凉爽的空气中。她绕着庭园水景踱步，双手在身体两侧紧紧攥成拳头。她几乎忍不住想要打自己几拳。她向绑匪索求女孩活着的证据，却给女孩们造成了痛苦，而这种事不是她的职责，保护好两个孩子才是她的职责所在。她现在本应把她们带回家了。她们还只是孩子，惊恐、浑身赤裸，现在又饱受痛苦。

"真他妈该死。"她吼了一声，伸脚往前踢去。

"这可不公平，树可没做什么。"

金转过身，马特·沃德正斜倚在房子的墙上。

"你来干什么？"

他耸了耸肩。"来看你生闷气而已，我见过更夸张的。"

"我不想在团队面前表现出沮丧，那样对士气不利。"

"哦，所以你觉得他们刚刚是在房间里放派对烟花。他们没有，他们听到的东西和你听到的一模一样。"

"谢谢你提醒我。"

"但他们没有像一个被宠坏的小孩那样冲出房间。像您这种支持团队的方式真是完美呢，督察。他们还在房间里盯着手机。"

金转过身。此刻，她身上的每一股怒气都找到了发泄的出口。"你对我和我的团队一无所知，所以滚开吧。"

他的表情没有丝毫变化。"你到底怎么回事？"

这毫无情绪的回复让金一怔。"你没听到我刚刚说的话吗？你这个冷血的浑——"

"我听到了，然后我又听到了一次。"

"那么你应该知道，因为我向他们索要女孩活着的证据，她们被折磨了。"

他翻了个白眼。"哦，你省省吧，我可没想到你是这种爱向别人博同情的人。没错，你向绑匪索要了人质活着的证据——如果我早点到的话，我也会做同样的事情。放下你的坏脾气，好好听我说，虽然我从不擅长安慰别人，但那两个女孩并没有受到伤害。"

"你什么意思？"

"那是一声出于恐惧，而不是痛苦的尖叫。两者之间是有区别的。"

"你怎么知道？"

他毫不畏缩。"相信我，我知道的。"

她满脸狐疑，看到他的后背撑了下墙，站直了身子。

"但你还忘了一件最重要的事情。"

她连那是什么都懒得问，因为他反正也会告诉她。

"你现在知道她们还活着。两个都活着。"

马特转过身，朝房子走去。她望着他离开。

她早已打定主意绝不会对他这种人有好感，他那冷冰冰、毫无情绪的态度令她深感不安。在刚刚的对话中，他的表情一次都没有变过。

她不喜欢他，也不相信他，但该死的，她真希望他是对的。

第五十五章

珍妮·科顿把微波炉里的千层面残渣扫入垃圾桶。她机械地把盘子放进水槽，迅速将它洗干净。一抹苦笑爬上嘴角。以后她不用洗碗了，再也没必要了。但她还是伸手去拿茶巾。

这个动作代表了她过去十三个月的生活——一切事情都毫无意义，但她的身体还是那样去做了。

每一天，她都用意志驱使自己的身体行动起来。每一天早上，她都努力让自己感受到希望。或许就是今天吧，她自言自语道，自欺欺人地让自己的四肢动起来。

她踏进客厅，收拾好从来都只是放在大腿上、看都没看过一眼的杂志。她关掉无人欣赏的电视。她拾起几个星期未曾响过的手机，旁边还放着另一部手机。那部手机是她跟女儿最后的联系，是那部她和督察说已不在她手里的手机。

当时，警方确实要求她上交那部手机，而她却称自己把手机弄丢了，这么一个无从辩驳的说法甚至引起了警方的敌意。她允许他们搜查房子且毫不担心，因为她把手机藏进了外墙的鸟舍，他们绝对找不到那里。

那些短信还在手机里，她还会经常拿出来读，坚持不懈地搜寻线索，但短信的词句从未变过，苏西也再没有回家。

她感到一丝丝宽慰，不用再装模作样了。她再也不用每天早上拖着自己起床，融入这个世界。她再也不用穿衣服、梳头发。生活再也不用继续了。

因为她已经知道真相。

那两位警探的来访让她知道，她最恐惧的事情还是发生了。绑架案又发生了。她能从那女人的眼睛中看出来。如果是同一批人又抓了另外两个女孩，那真相就再明显不过了。

苏西永远都不会回家了。

她缓缓走上楼梯，房子里只剩下她的脚步声。这一次，珍妮没有介意。环绕着她的宁静充盈着她的身体。她接受了。这便是她的终点。

在生命的最后时刻，她没有任何想法。她并不想在最后的时间里享受任何人间的乐趣。乐趣在于生命的终结。

她脱下衣服，叠好，放在床上。她停下动作。她要不要写一封解释信？写给谁？了解她的人对她做出这样的事都不会感到意外。朋友和家人对她的关心只剩下出于愧疚和责任才偶尔打来的几次电话。他们曾催促她、试探她、拉着她，让她继续生活下去，在她做不到的时候，他们却还在坚持。

珍妮希望他们能理解她不是在逃离，而是在逃向。现在，她内心仅存的最后一点希望也破灭了。

她沉入浴水，闭上眼睛。只有几丝疑惑让她犹豫。如果她在来生找不到苏西，那怎么办？如果她的行为把她带到了一个更加黑暗、迫使她只能生生世世寻找的地方，那怎么办？

她摇了摇头。恐惧来得快，去得也快。为此，她必须相信有比人类更高的存在，而她不相信。她再也不会相信了。

她拿出剃刀刀片，做好准备。她知道她要纵切，不能横切。她感到了女儿的召唤，嘴上浮现出微笑。

　　"我来了，苏西，我来了。"她轻声说，握着剃刀慢慢往手腕划去。

　　然后，手机响了。

　　是那一部手机。

第五十六章

"好了，孩子们，该回家了。"

团队里传来几声抗议式的抱怨，但金举起手，打断了他们。"不，我需要你们好好休息。明早我会列一张优先项目清单，六点在这里见。"

众人陆陆续续地离开餐厅。

"包括你，沃德先生。"她对埋头苦干的谈判专家说道。

"嗯，我先搞定这个。"他头也不抬地回道。

等房间里的其他人都离开后，她在他身旁走来走去，把椅子推回原位，把文件夹合上。她从椅子下面拿出她的过夜包。

"咳咳，我很确定，不管你在读什么，现在也该读完了，所以如果你愿意——"

"嗯，我今晚不走了。我只是不想当着你团队的面和你争执。"

她长叹一口气。"你非得现在跟我来这一出吗？如果这是一场争执的话——"

"不是，我只是在做自己的本职工作而已。"

金砰的一声将拳头砸在桌子上，马特依旧没有抬头。

"作为团队的高级警官，我命令你——"

"啊哈，这就是你的第一个问题，"他终于抬起头望着她，说道，"我不是这个团队的一部分。我甚至不在警队服役，所以别用'我会让我的上司联系你的上司'这种话来威胁我，因为你眼前的人就是我的上司。"

金感到怒气上涌。"我的仗我自己打，不劳烦您，谢谢。这个房间此刻隶属于西米德兰兹警局，既然你不是我团队的一部分，那就请你离开——"

"你要用武力让我离开吗？"他问道，脸上带着一丝笑意——这是她第一次见到。

"如果我必须这么做的话。"她回击道。

两人隔着临时办公桌相互瞪视。

她绝不会退缩。

他举起手。"行吧，我信你了。"他站起来，随意挑了三份文件，拿了起来，"好的，那我去厨房，但在两个女孩安全回家之前，我是不会离开这栋房子的。"

金点了点头，放下手臂。很棒，这样他们就能一起吃饼干，互相当对方的眼中钉了。

马特用自己的行动证明，他是金见过的最叫人恼火的男人。他不仅傲慢，还极为固执，而他毫无情感的特质，更是让他像死人一般固执。

他在门口停下，转过身。"你总是爱一意孤行吧，督察？"

她想了想，点了点头。"没错。"

"啊，那或许你是时候改一改了。"

"沃德先生，我很希望能坐下来和你聊聊我多么重视你的观点，但现在只能礼貌地请你离开此刻已经是我的卧室的餐厅。"

"哦，也对。"他说着，从门口走了出去。

她下巴处的紧张感渐渐消失。

门口响起一阵轻柔的敲门声。

"你到底要干什——"

"长官，我来跟您说一声，我先走了。"

金立刻感到一阵愧疚，她总是忘记海伦的存在。

"抱歉，我今天没能抽出时间向你询问情况。"

"我也没多少要报告的，长官。两家人依旧在保持距离，但表面上却装作一片和气。"

金点了点头，他们的关系破裂不是她要关心的事情。

"你觉得会不会已经有父母和绑匪联系了？"

海伦摇了摇头。"还没这么快。他们还在期待奇迹发生，希望你能把女孩们救回来。"

是吗？她自己也希望。

金把头一歪。"你知不知道上次有没有家庭支付了赎金？"

海伦又摇了摇头。"我觉得没有。两家人都和绑匪联系了，并且来回报价，但我认为他们绝没有进行赎金交易。当埃米莉被找到时，两家人都同样震惊。"

这就是金怀疑的地方。她想找到第二个家庭，亲自确认这一点，但她的直觉告诉她，出于某些原因，这已经做不到了。

"珍妮·科顿很确定另一个家庭向绑匪支付了赎金。"金说道。她也能理解为什么，因为他们的女儿活了下来，而她的女儿没有。

海伦并不相信。"如果真的有家庭支付了赎金的话，我肯定能看出来。他们的精神面貌绝对会大变。有希望出现的时候，人绝对没办法忍住不表现出来。"

金在椅子里转了个身。"那你觉得为什么绑匪提前释放了一个孩子？"

那女人一阵犹豫。"高级调查官认为——"

"海伦，"金说道，眯起了眼睛，"我问的不是高级调查官的看法。就算他告诉我我是个女人，我都会去洗手间亲自检查一遍。我问的是你的看法。"

"我觉得应该是绑匪那边出了问题。我搜肠刮肚都想不起房子里发生过什么不对劲的事情。"

"行，谢谢，海伦，我们明早再做详细的情况汇报。去休息吧。"

连续十六小时的工作已经让她们的蓝眼睛失去了光泽。

"会的，长官，您也休息一下。"说着，她退出了房间。

"对了，海伦，只是有点好奇，你觉得哪对夫妻会先崩溃？"

海伦回到了她的视线里。"伊丽莎白和斯蒂芬。"她毫不犹豫地说道。

金并没有问她是凭什么做出这番断言的。

她不需要。她的直觉也是这么告诉她的。

金朝她摆了摆手，示意她可以走了。"明早——"

她话还没说完，手机就响了起来。她并不认得来电号码。

海伦停在门口处。

"我是侦缉督察斯通。"

一阵寂静。她又朝海伦摆了摆手，叫她离开。

"喂，有人吗？"她问道。

沉寂。

天哪，她最讨厌稀奇古怪的来电者。"如果你们这么喜欢浪费时间的话，我建议你们去——"

"督察。"一个小小的声音说道，她认得这个声音，却一下子想不起来声音的主人。

"是谁？"她问道，眯起了眼睛。

"我……我是珍妮·科顿。我……呃……我觉得……"

金已经站了起来。"科顿夫人，有什么事发生了吗？"

"我的手机，另一部手机……我收到了短信……"

"科顿夫人，什么都不用做，"金说道，"我现在就来。"

Chapter Fifty-seven

第五十七章

伊丽莎白坐在床边，精疲力竭。

她紧张了一天，从脚趾到脖子都在酸痛。但她的思绪还在飞转，各种情绪像改装车大赛上的赛车般失控撞击。

她深深地思念着自己的孩子。她想念埃米暖心的温柔，想念尼古拉斯顽皮的恶作剧。她感觉自己同时失去了两个孩子。

斯蒂芬从套间里走进房间，他把衣服挂在行李箱旁的椅子上。

她绕过床，捡起他的牛仔裤。

"我们至少要讨论一下这件事。"她静静地说道。

斯蒂芬摆弄着自己的手表，但什么都没有说。

她捡起天蓝色衬衫。"斯蒂芬，我们不能假装事情没有发生。我们已经逃避了二十四小时，但总归要讨论一下这件事。"

她把衬衫贴在身上，将它叠好。每说一个字，她都清楚地感觉到自己的背叛。

他叹了口气。"咱们住他们的房子，吃他们的东西，睡他们的床，然后还要讨论给多少钱杀掉他们的女儿？"

伊丽莎白紧紧握着手里的衬衫。"你读过那条短信。要不就是他们女儿死，要不就是咱们女儿死。"

她认识查利的时候，查利才四岁，她就像爱外甥女一样爱着这个孩子，但她终究不是自己的女儿。伊丽莎白对自己女儿的爱始终更胜一筹。

她知道自己的孩子性情比较冷淡。埃米的可爱之处在于她的镇定和沉着，她什么事都让查利带头，也很满意她们俩能开开心心地在一起。

不论两个女孩现在在哪儿，伊丽莎白都祈祷她们还在一起。她承认，这两个孩子中，查利更加坚强。上个星期在一个球池里，一个年龄大一点的男孩撞到了埃米身上，把她整个人都撞飞了，摔在了地上。尽管伊丽莎白忙着处理埃米手肘上的一个小创口，但她也有留意查利接下来做的事情。

她等着那男孩站到滑梯顶上。他扮作人猿泰山，正捶打自己的胸脯。接着，查利猛地朝他冲了过去，将他头朝下地撞下了滑梯，然后她喊道："对不起。"

上帝原谅她，尽管伊丽莎白很希望查利仍像往常一般保护着埃米，但她还是要说出接下来的话。

"我们至少要讨论一下这件事，斯蒂芬。"她小声说，憎恶自己发出的每一个音节。

她想讨论的是扼杀一个孩子的命运来挽救另一个孩子。她自己的孩子。

但她没有选择。

"我需要知道我们能出多少钱。"

就是这句话，一直徘徊在她嘴边的话终于被她说了出来。话已出口，再也收不回来了。

"你在开什么玩笑，你真的肯对他们做出这种事吗？"

"难道你不想把埃米救回来吗？"

斯蒂芬对另一个孩子的过度担忧让她心急如焚。她爱自己的丈夫，却也不能对他的错误视而不见。为什么他们还没有给绑匪报价？

她转向他。"你打算让咱们的女儿死吗？"

他咽了口唾沫，别过脸去。

她扔下衬衫，朝他走去。

"难道你不觉得他们现在就在走廊另一头，谈论着一样的事情吗？"

斯蒂芬把头埋在手里。

伊丽莎白顿时被孤独淹没。他们本应齐心协力，他们本应一起为女儿拼命，可她的丈夫却不肯和她站在同一条战线上。

她不依不饶，对着埋头的丈夫继续说道："罗伯特可能已经打给了他的银行经理、他的会计或者任何他能想到的人。说不定他已经报价了。"

斯蒂芬猛地从床上站起来，走到旁边。

她紧跟在他身后。"斯蒂芬，你到底怎么了？我们要努力救回自己的孩子啊。"

他转向她。"怎么救？杀掉另一个孩子吗？"

伊丽莎白往后退了一步。他说出了这句话，眼睛里却没有丝毫情感。

"斯蒂芬，我没有……我的意思是，什么……"

他又一次转过身。"我实在搞不懂我们要做什么，这是野蛮人才会做的事情。"

语气的软弱让他这句话听起来毫无力度。

"多少，斯蒂芬？"她问道，"为了救下我们的女儿，我们能筹到多少钱？"

斯蒂芬对现实的逃避没有起到任何作用。

他坐回到床上。他的目光在房间里游荡，每当生气的时候他都会这样。

"斯蒂芬，回答我。埃米的命对你来说值多少钱？"

他的眼里闪过光芒。很好，她希望能看到真实的、属于他的情绪反应。

"我不知道，这很复杂。"

"不，这一点都不复杂。你知道我们有多少资产。"

"伊丽莎白，现在已经很晚了。"他说着，避开她的目光。

"得了吧，斯蒂芬。我们还有储蓄账户。"

"利兹①，别说了，拜托。你对我们的财产一无所知。"他厉声说道。

她靠近了一些。"别把我当小孩。我们多快才能向银行筹到房子的第二笔抵押贷款？"

"利兹，别说了。这太荒唐了。"

"如果我们把车和珠宝也卖了，我们差不多能筹到——"

"利兹，这是我最后一次求你，不要再说话了。"

伊丽莎白僵住了，她意识到他根本没有正视她的问题。

她看着他站在窗边，肩膀僵硬，正努力压抑着心中的怒气。此时明智的选择应该是让他一个人待着，但她做不到。

她走到他面前，逼他看着她。他的眼里满是怒火。

"告诉我，斯蒂芬，我们的孩子对你来说到底值多少钱？"

有那么一秒，她看到他眼里的情绪失去了控制，然后他一拳打到了她嘴上。

———

① 伊丽莎白的昵称。

第五十八章

从佩德摩尔到内瑟顿五英里长的摩托车车道铺满了碎冰块，金不止一次差点失去对后轮的控制。骑上坐落在山坡顶的房子时，她觉得自己仿佛在爬滑雪道，但她依旧成功地在接到电话九分钟后到达目的地，关闭了引擎。尽管把自己的通信方式留给了珍妮·科顿，但她从没想到会真的接到电话。

那女人早已站在门口等她，披着一身白色毛巾浴袍，手里握着手机。她脸上寒冷僵硬的表情和寒冷的天气无关。

金脱下头盔，和她一起走进屋内，关上身后的门。

"谢谢你能来……我不知道还有谁……"

"没事的，"金说道，"你做了正确的事情。"

对于珍妮仍然保留着自己的手机这件事，金一点也不惊讶。说老实话，换作她，也不会把手机上交警方。

珍妮的动作犹如机器人，因震惊而陷入麻木。她跌跌撞撞，绊到了一张餐椅。

金伸出手稳住她的身子，让她坐下来。

她自己需要一杯甜甜的热饮，但眼前这个女人似乎比她更加需要。

金走进厨房，把烧水壶倒满。翻了几回后，她找到了马克杯、咖啡、甜味剂和牛奶。

"我已经很近了。"烧水壶被关掉时，珍妮低声说道。

金转过身。

珍妮盯着手中的手机，泪水从脸颊上无声滑落。

"离什么很近？"金问道，但她的直觉已经告诉了她答案。

"平静。"她抬起头，说道。

金把咖啡和马克杯放到桌子上，坐了下来。"这可不是答案呢。"她温柔地说。

"那是因为你不知道问题是什么。"

金记得阿尔伯特·爱因斯坦说过："只有为他人而活的生命才是最有价值的生命。"

她眼前坐着的正是这句话的最佳例证。这个可怜、挫败的女人曾尝试忘却自己的孩子，独自活下去，却无法找到生命的方向。

金把手伸了过去，轻轻碰了碰她的手。

"你读那条短信了吗？"

珍妮点点头，把手机紧紧握在胸口。

金伸出手。"能给我看看吗？"

她沉默地把手机递了出去。金从珍妮手里拿过手机，翻到最新的那条短信。

发短信的号码和之前的号码不一样。她把每个号码和对应的短信都贴在了作战室的白板上，这些信息均深深地烙印在她的脑海里。

这条短信十分简洁。

你想不想再玩一回游戏？

　　金闭上眼睛。最糟糕的情况是这是绑匪一个残忍的笑话，想从这个已经迷失在痛苦中的女人身上榨干最后一点金钱。而最好的情况是他们正在戏弄这个母亲，让她给自己女儿的尸体出价。

　　她的脑海里浮现出埃洛伊丝被扭住双臂、离开蒂明斯家花园的场景。她曾说过他还没有停手。这就是她预见到的事情吗？金迅速驱散了这个想法，就是疯子也会有交好运的时候。

　　金是一个警官，她只相信证据。

　　她站了起来，把椅子推到桌子底下。"我得请你让我把这部手机拿走。"

　　珍妮·科顿满脸惊恐。她的目光迅速移到手机上，金能感到她有把手机抢回来抱在怀里的冲动。

　　她十指绞在一起。"有没有可能，你把我女儿的尸体带回家？"

　　金从不喜欢许下自己不一定能履行的诺言，但她望着那张悲伤到极点的脸，内心深处仿佛被狠狠抓了一把。

　　"如果尸体在他们手上，我一定会找到她。"

Chapter Fifty-nine

第五十九章

金意识到，自己被困在了一个没有出路的困境里。

她很冷，咖啡杯已经空了，而她还有很多事情要想。她需要水，但现在厨房里却有一个浑蛋。

她并不想跟他再打一场嘴仗，但绝不能接受没有咖啡的生活，特别是午夜之后。她能忍受生活里缺少很多东西：爱情——没错，性爱——可以，食物——经常，但是咖啡——绝对不行。

她用力拿起咖啡杯，大踏步走出了作战室。该死，她可没有怕过谁。

她摆好了表情，走进厨房时，却顿时停了下来。马特的头埋在臂弯里，呼吸深沉而均匀。

她轻手轻脚地走向水槽。她把水龙头开到最小，把杯子放在水龙头下面接水。

"谢谢你这么体贴，其实我没有睡着。"

金的内心在怒吼，她转过身去。"我觉得你的鼾声并不同意你的话，真的。"

"我在练习深度冥想，这能让你的意识保持警觉，同时让潜意识休息。在和难相处的人打交道的时候，这种冥想法特别管用。"

"对啊，跟自己生活肯定给你造成了很大创伤吧。"

"哎哟，这句话回得不错，督察。"

金走出厨房。

"上个案子里负责谈判的那个浑蛋应该被拖出去枪毙。"马特在她身后喊道。

金回到厨房里。"为什么？"

"因为他的谈判技巧就像市场上的小贩，毫无战略可言，只会装腔作势。"

金又走近了两步。"继续。"

马特叹了口气，揉了揉鼻梁。

"几年前，玻利维亚出过一桩老虎案。"

"老虎？"

"抱歉。这种案子被叫作'老虎绑架案'，绑匪绑架人质后，逼迫人质劝说他们的爱人或者家人去做某些事情。"

金坐了下来。

"绑匪绑架了一个五岁的小男孩，逼他去劝说他的父亲——一位法官——释放绑匪被关在监狱里的一个兄弟。他的兄弟是一个政治活跃分子，制造了一起导致一辆城市公交车上十七人死亡的谋杀案。这是一起以命抵命的绑架案，和金钱无关。这是一个没有答案、显然法官也无力定夺的抉择。"

"后来发生了什么？"

"两天后，人们在一条河岸上找到了男孩的尸体，而导致死亡的根本原因是负责谈判的专家缺乏对谈判这个过程应有的尊敬。如果我们处理的是一起明示案件的话——"

"明示？"金问道。她从没听过有人用这个词描述绑架案。

"'明示'案件是指那种小额赎金勒索案，人质的家人很快就能把钱给绑匪。双方一开始都清楚游戏规则，只要你给钱，我就会放你的孩子回去，唯一需要谈判的就是价格。"

"这帮罪犯从来没被抓到过吗？"

马特摇了摇头。"很少，他们深谙此道。只要你谈判技巧够好，双方都是赢家。"

他话中的某些东西引起了金的注意。

"有没有谈判决裂的时候？"

他站了起来，转向水槽。"时不时吧。"

金第一次在马特身上感受到了情绪的变化，但这个案子的一些地方依然让她迷惑不解。

"他们并没有告诉我们目标金额是多少，你打算怎么开始谈判呢？"

他转过身，手里拿着一杯水。

"在这个案子上，我不打算就钱讨价还价。我根本不管谁会出多少钱，我们谈判的是生命。虽然短信上说只有一个孩子能活下来，但我要她们两个都平安回家。"他坚定地说道。

"你之前遇到过这种情况吗？"金问道，"绑匪把人质的生命拿来拍卖？"

他摇了摇头。"没有，我以前遇到过一起双重绑架案，那是两兄弟，但绑匪很明确地给出了赎金金额。"

这句话并没能让金打起精神。"那你打算怎样——"

"我要做的第一件事就是衡量绑匪的期望值。虽然没有提出一个确切的数目，但他们肯定也有一个期望金额。我还要看看他们有没有特别偏爱某个家庭。他们可能对汉森家庭更感兴趣，而蒂明斯一家只是负责抬价，反之亦然。绑匪的每一次回复都能告诉我一些事情，并帮我决定接下来的行动方向。"

"这么说，这是一个随时会改变的计划？"

"在我得到回复前，一切都会随时改变。"

"哇哦，你差点笑了呢，"她说道，"小心哟，你可能会让我以为你还是能表达一定程度的情绪的。"

他恢复到一脸严肃的表情。"你的观点对我来说毫无意义，我也不会因此失眠，但为了回应你的看法，我必须说明如果我在绑匪面前流露出情绪，很可能就会置两个女孩于死地。"

"但你时不时地笑笑也肯定不会影响工作吧？"她问道。

"可能吧，但如果我情绪好的话，我可能会单纯因为阳光灿烂或在外面度过了一个愉快的夜晚而在某些不该让步的事情上让步。同样地，如果我情绪不好的话——比如，你在我身边晃悠——我可能会做出不必要的非理性行为。事实上，一个被激怒的谈判者会更倾向于用竞争策略，而非合作策略。"他抬起眉毛，"所以，你还是不要管我的好。"

金站了起来。"相信我，我绝对不会打扰你。"她朝门口走去，"哦，给你加一点压力，珍妮·科顿，她是——"

"我知道她是谁。"他简短地答道。

"她收到了一条短信，问她想不想再玩一次游戏。"

他靠到椅背上，揉了揉下巴。"你在开玩笑吗？"

金摇了摇头。"我有她的手机。"

"你不会觉得那女孩还活着吧？"

金深吸了一口气，摇了摇头。那种恶心的感觉还在她胃里萦绕，因为她知道，在这种情况下和绑匪联系或许能帮他们找到那两个还活着的孩子的下落。她正在利用一个家庭的死亡与痛苦来拯救另外两个家庭。

"你必须回复这条短信。"他说道。

她张嘴想说话。

"说'想'就好了，看看对方会如何应答。"

这正是她打算做的事情。

金拿着咖啡杯走出房间。走到门口，她停了下来。

"对了，单纯好奇一下，你的开价是多少？"

"这正是你走进我卧室的时候我在思考的问题。"

"哦，你什么时候告诉我都行。我也不想用眼下还有两个孩子失踪这个事实催得你火急火燎。"

"督察，请你放心，我从来不会火急火燎。但我也单纯好奇一下，如果你能打给绑匪头子，你的开价是多少？"

金不假思索。

"把她们毫发无伤地送回来，我就饶你一条狗命。"

他盯着她看了整整十秒，她毫不畏缩地回望他的目光。

"好了，我总算知道他们为什么要把我派来了。"

Chapter Sixty

第六十章

　　"小查，我有点不舒服……"埃米捂着肚子说道。

　　查利知道她为什么不舒服。她们之前吃的那块三明治是温的，闻起来有点怪。她们两个都没有把三明治吃完，因为一想起那只跛脚小猫被扭断脖子的场景，她们就会无比恶心。那个男人弄死小猫后就关上门走了。

　　每次闭上眼，她都会看见那张直视着她的美丽的黑白色脸庞。如此安静，如此温暖，如此信任。

　　查利突然想吃炖菜。她妈妈以前经常弄炖菜，查利每次都不喜欢吃。那炖菜说白了就是一锅杂乱的蔬菜和肉块，肉汁里有白色小珠子一样的东西，妈妈和她说过那个小珠子的名字，好像叫珍珠大麦还是什么来着。这也是每次冬天一结束她就很开心的原因之一。她再也不用吃炖菜了。

　　可现在一想到炖菜，她就想流泪。

　　"我觉……觉得我们已经在这里待了三……三天了，"查利一边数着墙上的刮痕，一边说道，"所以我觉得，今天是星……星期二……"

　　"小查，你又口吃了。"埃米说着，把手放在查利的手臂上。

　　"我只……只是……冷……冷而已，小艾。"查利说道。

　　埃米脱下围在身上的毛巾，披在查利身上，快速地搓着她的手臂，让她暖和起来。

这个动作终于让藏在查利眼内许久的泪水夺眶而出。

"我很害……害怕，小艾。"她说着，用毛巾的一角擦了擦脸。

"我也是，小查，但我不会让任何东西伤害你。我保证。"

查利泪水涟涟，止也止不住，呜咽从她的腹部爬到了她的喉咙。她一直为了自己的朋友而坚强，可现在，她却让自己的朋友失望了。

埃米搓了搓她的大腿，让她暖和起来。"我们会没事的，小查。只要我们在一起，一定会没事的。爸爸妈妈会找到我们的，我知道他们肯定会。"

"你要披……披上毛巾。"查利咳着说道。在这样的寒冷下，没有毛巾保暖，埃米绝对经受不了太久。她们的浴衣根本无法抵御这潮湿又冰冷的房子。

埃米快速挤到她身边，两人在毛巾下紧紧相拥。

"你觉……觉得他们能找到我们吗，小艾？"

埃米轻笑一声，这笑声让查利停下了眼泪。

"你不记得我们去大雅茅斯那次发生的事情了吗？"

查利想了一分钟。

埃米推了推她。"我们看到了一个小丑，他手里拿着雪宝①气球，所以我们一直跟着他，结果跟着跟着，我们就迷路了。我们找爸爸妈妈找了好久好久，还是没找到，于是我们就原地坐了下来，等他们来找我们。那时集市已经收场了，天色也慢慢暗了下来，但他们最后还是找到了我们呀。"

查利知道这不是一回事。"但……但那时候他们知道我们在哪里，他……他们知道去哪儿找我们。"

埃米耸了耸肩。"他们肯定不会丢下我们自己回家的。"她简短地

---

① 美国动画电影《冰雪奇缘》里登场的一个雪人角色。

说道。

查利好奇埃米有没有意识到她们已经角色互换了，现在埃米才是更坚强的那个人。

就在她张嘴正打算说些什么时，她听到了熟悉的脚步声。

"小查……不……不要又是……"

"晚上好，小妞们。"他说道。

两人听着门上钥匙孔转动的声音，一言不发。

"我今天见了你们的一个朋友。你们都记得因加吧？"

埃米的身子僵住了，朝门口点了点头。

"回——"

"记得。"查利喊道。目睹过他如何对待一只可怜的小猫后，她不敢再惹他生气。

埃米放开了她那一边的毛巾，想握住查利的上臂，查利抓住了她的手。

"捂住耳朵。"她低声说道，可埃米却摇了摇头，只是盯着门口。

"那么，小妞们，很高兴地告诉你们，她已经死了——"

埃米的尖叫打断了他的话。查利可以想象到他正在门口另一边微笑。

"小艾，别听了。"查利再次说道。她想用手捂住埃米的耳朵，可埃米却把她的手推开了。

"没错，她已经是个死人了，我对布拉德施加的折磨和她遭受的折磨比起来，简直是小菜一碟。我先把她好好揍了一顿，小妞们，最后才把她的脖子扭断。"

埃米开始摇头。

"每次我拿皮带抽她，她就一个劲地哭，一个劲地哀求，一个劲地尖叫。她真是可悲，但你们也知道她为什么得死吧，对不对，小妞们？"

她们沉默了，空气中只有埃米的指甲抓挠手臂的声音。

"她必须死，因为她让我们失望了。你们瞧，其实她也是计划的一部分。她帮我们抓住了你们两个，她跟我们说了有关你们的一切，还跟我们说了你们会在哪里出现。她这么做，是因为她从来没有关心过你们。"

即便是在一片昏暗中，查利也能清楚地看到埃米的脸颊已完全失去了血色。她空出来的手揉着肚子，圆睁的眼睛一动不动地盯着门口。

"他在骗人，小艾。别听他说。"查利说道。她自五岁起就认识因加，她也不想相信这是真的。但如果不是这样的话，他们怎么可能知道她和埃米？

"而且，你知道在我杀掉她之前她对我说了什么吗？她说她从来没有喜欢过你们，她宁愿你们死掉。"

就在这一刻，埃米吐了。

第六十一章

寒冷的空气和她的团队一同进入作战室。一夜之间，一层薄薄的雪冻成了一块薄脆的冰地毯。

"这天气是在报复我们啊。"布赖恩特从她身旁走过时叫嚷道。他们度过了一个暖暖的二月，而现在，天气正用寒冷报复他们。

"弄些咖啡，咱们开工吧。"金说着，把大衣脱了下来，放到安乐椅上。

斯泰茜站在咖啡机前。"马特，你要不要……"

"不用了，谢谢，斯泰茜。"他朝桌上的马克杯扬了扬头，自从金允许他进房间以来，他已经照看这个杯子十五分钟了。两人一句话都没说过。

"好了，伙计们。新的一天，新的能量。"金望着团队成员在桌子旁就位，说道。今天是星期三，她知道她的队员们心里都很清楚，此刻离绑架发生的星期日已经越来越远了。

"斯泰茜，你先。"

斯泰茜刚想说话，餐厅门却打开了。金立刻站了起来。没人能不经她允许就进入这个区域。

六英尺高的侦缉总督察伍德沃德站在门口。金的血液顿时冷却，她双手放在桌上，撑着身子。

拜托了，上帝，可别是他们找到了尸体。

"我只是来听听例会，斯通。你们继续。"

随之而来的宽慰几乎让金瘫倒在椅子上，但她还是尽力站直身子，向自己的上司介绍了马特和艾利森。两人均和他握了握手，并点头致意。

伍迪退到房间角落里，倚门而站。他身子站得笔直，双臂交叉放在胸前，盖住了他天蓝色 T 恤上的运动商标。感谢上帝他没有穿着制服进来。尽管休闲装穿在伍迪身上有些别扭，却和此刻的环境很匹配。她毫不怀疑他待会儿去警局之前会先回家换一套衣服。

她转身背向他，朝斯泰茜点了点头，示意她继续。

"我找到另一个家庭的地址了，老爹。实在不简单。"

"发到布赖恩特的手机上。"她说。

斯泰茜继续说道："手机网络运营商那里还是没有消息。其中一家已经把我的邮件列为垃圾邮件拒收了，所以我猜他们给不了我们多少信息。我在那个通灵师身上也找不到多少线索。她收到过一些差评，但见鬼，就是滚石乐队也会有差评。当地人很喜欢她在市政大厅的表演，但除此之外，我找不到她的其他收入来源：她没有在亚马逊上卖书，没有卖有声书，也没有卖 CD，什么都没有。演出门票五英镑一张，她把一半都捐给了皇家防止虐待动物协会。她没有脸书，没有推特，也没有任何社交软件。我没有找到任何可能的恶意——"

"等一等。"金的手机突然振动起来。是基茨发来的邮件，今天他似乎也变成了早起的鸟儿。难以想象，他们昨天才一同探查了因加的死亡犯罪现场。

"凯，九点尸检。"

他点了点头，表示收到。他也会参加尸检。

"还有别的吗，斯泰茜？"

斯泰茜摇了摇头。

邮件的附件是犯罪现场的照片。她打开第一张照片，把手机递给艾利森。"翻到刺青那张照片。"房间里肯定有人知道那是什么意思。

她把注意力转回到团队上。"珍妮·科顿昨晚打来了电话，她也收到了一条短信。"

房间里的众人一阵惊讶。

"以防日后收到更多短信，她的手机现在交由沃德先生保管。她收到的短信很短也很直接，问她想不想再玩一次游戏。"

"老天爷，太残忍了。"布赖恩特一边摇头，一边说道。

"这是什么恶作剧吗？"道森问道。

金耸了耸肩。"说不准。发这条短信的手机和之前的都不一样，但鉴于绑匪每发一次短信都会换一部手机，这个发现也帮不上多大忙。"

斯泰茜靠了过来。"你觉不觉得是同一批人？"

金叹了口气。"她已经保管那部手机十三个月了，只是希望它能再响一次。而它恰好在两个女孩失踪的时候又收到了短信，这绝不是巧合。我也不相信这是恶作剧。没人知道查利和埃米的事情。"

道森看着她。"老爹，我们能不能认为——"

"不，凯，我们不能。如果苏西·科顿在这个案子里也是要素之一的话，那么在最好的情况下，我们也只能收回她的尸体。"

房间里一片寂静，他们都理解她的意思。对珍妮·科顿来说，即便只是收回尸体，也算是了结了她的心愿。

"太可怕了。"艾利森一边说着，一边把手机递回给金。

金点点头，表示同意。"我们有把握确定，这是对象二号的行为。有什么想法吗？"她问行为学家。

"如果这个人在警方的视线范围内，那肯定是因为他有过残忍和暴力的犯罪行为。他可能是杀人犯，也可能是某种职业杀手，甚至可能是退役军人。"

"士兵吗？"布赖恩特问道。

"继续。"金鼓励她继续说下去。

艾利森点点头。"目前，我们有充分的文件可以表明，武装部队中最有效的武器是仇恨。对敌人的仇恨被灌输进士兵体内，他们能毫无顾虑地夺去他人性命。如果你仇恨敌人，那你就更容易摧毁对方。

"愤怒和侵略是军事生活的常态，但要制造出一台高效的杀人机器，你必须将一个人去人性化。你要把一个人身上的同情、理解和宽恕全部抹去。不然，面对敌人乞求饶命时，士兵可能会有片刻的犹豫，而犹豫的瞬间，敌人完全有机会抓起武器，甚至摧毁一支小队。

"这种做法非常聪明，但当士兵重新进入社会时，副作用就出现了。他们被灌输的心态不是暂时的，而是一整套信仰的改变。可突然间，敌人去哪儿了？命令去哪儿了？齐心协力、朝同一个目标进发的队伍去哪儿了？

"而社会却告诉这些士兵，他们的所作所为是错误的。暴力是错误的，杀人是错误的。

"你不能为了让这个人生活在'正常'的社会里就一下将他的思想转变过来。仇恨是不会离去的，它只是找不到明确的目标而已。"

金环视了房间一周。这一次，艾利森终于吸引了所有人的注意力。

"把你的假设继续说下去。"金说道。这个男人享受杀戮，布拉德和因加的尸体便是最佳例证，而他的一身本领是从别处习来的。

"如果对象二号曾在军队服役，那他一定如鱼得水，而且他自己的意志很可能一丝不剩。"

"我们在和一台他妈的机器打交道。"道森说道。

艾利森耸了耸肩。"不一定。他肯定会有弱点，只不过这弱点应该埋得很深，而且只和他自己的情感有关。文明社会对这个个体来说是一片陌生的领地，他可能会迷惑、不知所措，感到被抛弃。不幸的是，这些都会给他火上浇油。"

艾利森转向金。"如果我是对的，女孩们对他的恐惧会更大。"

金不需要她来确认这一点。

"难道伤害无辜的孩子不会让他有任何感觉吗？"

哦，保佑布赖恩特永远乐观。他总是觉得每个人都有不可越过的底线。至于他为什么能在工作中保持天真，金一直觉得是个谜。

艾利森摇了摇头。"不会。"

金转向道森。"尸检完成后，继续进行其他调查。"

道森点了点头，抓起夹克，朝门口走去。伍迪站到一旁，但没有关上门。

"督察……出来说句话。"伍迪说着，走到房间外。

布赖恩特嘟哝了几句葬礼上抬着灵柩走向墓地时说的话，望着她离开房间。

总督察走到了他停在庭园水景另一边的车旁边，金追上了他。

"你知道，鲍德温现在一小时一通电话地追着我，要我向他汇报最新情况。"

她几乎忍不住想说"我会向绑匪传达一下他的迫切心情"，但在最后一刻忍住了。

"你知道这案子的赌注是什么吗？"他问道。

"两个名叫查利和埃米的九岁女孩的生命。"

"还有呢？"

"长官，恕我直言，您正在浪费您宝贵的时间，也在浪费我的时间。对我来说，能看到两个女孩平平安安地回家就是我最大的动力。没有什么比这件事更能激励我快速、认真、仔细地工作，而如果——"

"我看得出，斯通。我能感受到你的决心和胆识，让你来领导这次调查，我已经没有什么建议能补充了。"

她露出一副和解的微笑。"长官，您来担心政治，我来担心两个女孩。"

他犹豫了一阵，拉开了驾驶座的门。"把她们带回家，斯通。"说完，他关上了车门。

她转身离去，回到作战室里，拿起已在房间里传阅了一圈的手机。

她用拇指点了点屏幕，屏幕亮起，上面是犯罪现场的最后一张照片。金把照片放大到全屏，歪了歪头。

她停了下来。"斯泰茜，你这封邮件是基茨发来的吗？"

"对的，它附在——"

"把照片投到屏幕上。全屏。"

金按了几个键，站到斯泰茜身后。

"翻到最后一张照片。"

斯泰茜遵命照做。

金指着那个填满了整个屏幕的汉字。"看到了吗？"

斯泰茜凑近看了看，摇了摇头。

"放大。"

字变大了。

"到处都是线条，"斯泰茜凑得更近了，注意到了这个细节，"老天爷，线条真多。"

"留意右上角。"

布赖恩特也站到了她身后，看着屏幕。

"这是干涸的血迹，"布赖恩特挠着头，说道，"我不懂……"

"这个汉字是'母亲'的意思。"马特在她左边说道。

金掩饰住了自己对马特看得懂中文的惊讶，她凑近了些。"血迹是干的，是不是说明这是她临死前写下来的？"

众人往后退了一步，盯着屏幕上的照片，金打破了众人的沉思。

"斯泰茜，我要你把全部精力放在对因加的调查上。我要知道关于她的一切。我觉得这个死去的女人还有一些东西要说。"

第六十二章

　　卡伦捡起一只棕色的泰迪熊，这只泰迪熊是罗伯特在查利出生那天带到医院去的。这些年来，这只毛绒玩具受尽了折磨。它曾被呕吐物覆盖，被人牵着耳朵到处走，身体里的填充物也被尽数扯了出来。

　　近几年，九岁孩子的必需品已经不再包括一只毛绒小熊，它的地位也因此被贬到了书架顶上，但至少没有被藏起来。

　　三个星期前，查利因为喉咙痛外加咳嗽而不舒服。不知怎的，这只小熊居然从书架顶上跑到了枕头旁边。

　　此刻，卡伦正坐在床边，紧紧地把小熊抱在怀里。

　　这个房间是她的安全之地，房间里有查利，还有查利所有的珍宝。房间里的每一样东西都带着一段回忆：从牙买加带回来的一个贝壳相框，梳妆台上的一面内置电池灯的镜子，还有在伦敦游玩一天后带回来的刷子和梳子。

　　在这个房间里，她能感受到女儿的存在，仿佛查利只是在楼下浴室里洗澡，从未远去。

　　这里是整座房子仅有的未受陌生人入侵的地方。她的家仿佛已不再是她的家。她的家已经变成一片战场、一家酒店、一座堡垒；但让她感到生活错位的，并不是房子里不同寻常的活动，而是房子里缺少的某样东西。是她的女儿。

她紧紧抱着那只小熊，一阵疼痛贯穿全身。她此刻才发现，原来悲伤能转变成肉体上的疼痛。从她的童年、寄养家庭、孩子之家、殴打、虐待一路走来，这是她人生中第一次感受到这种穿透身体的疼痛。

"我爱你，我的天使，"卡伦低声道，"你一定要坚强。妈妈很快就能把你接回来了。"

泪水滑落前的灼热感刺痛了卡伦，尽管只有一点点，却也缓解了卡伦想要大声呼喊查利的痛苦。

"嘿，甜心，我就知道能在这里找到你。"

门口站着唯一能和她共同分享这个房间的人。

她拍了拍身边的床，罗伯特坐了下来，抱紧了她。

她知道外人第一眼看到她丈夫时会想什么。一个高大健壮、人过中年的男人。他鼻子很尖，耳朵有点外凸。他们在他的手上能看到衰老的迹象，而她的手却青春依旧。

但他们看不到她能看到的东西。如果他们仔细看看他的眼睛，他们就会明白。他的眼睛里有爱意、有力量、有同情，还有宽厚的禀性。她每天都能看到它们。

"我们会把她带回来的，甜心，我保证。调查队每时每刻都有进展。"

他的声音轻柔，温暖，令人心安。她闭上眼睛，抵着他的胸膛，让自己的这一分钟沉浸在安全之地里。

"可怜的小熊，"罗伯特说着，抓着它的左耳，把它拎了起来，"你还记得那次，她给它喂果酱三明治，然后我们把小熊拿去洗了吗？"

卡伦抵着他温暖的胸膛，点了点头。

"我们想尽办法，想从她手里拿过那只小熊，当她知道我们要做什么时，反而更不愿意松手了。"

卡伦笑了。

"最后，我们决定和她玩'扭扭乐'游戏，因为那样她就不能一直拿着小熊。游戏玩到一半，你偷偷把小熊拿走，赶忙把它放进了洗衣机里。

"半小时之后，她走进了厨房，从洗衣机门那儿看到小熊在里面上下滚动，她放声尖叫。她以为我们想杀掉她的小熊。"

"我还记得。"

罗伯特叹了口气。"那天晚上我没睡着，一直在想，看到自己的小熊被我们如此对待，她会不会留下永久性心理创伤。"

和往常一样，她的丈夫减轻了她的痛苦。

"你还说我过度保护呢！"

"你们是我的家人，我爱你们。"

她感到她靠着的身子僵住了。他的观念很传统，总觉得保护她们俩是他的责任。他感觉自己辜负了这份责任。

卡伦握住他的手。"你阻止不了这件事的发生，罗布。我们都阻止不了。"

她的拇指摩挲着他的掌心。

他抚摸着她的头发。"我们一定要把她带回家，卡兹。"

她点了点头。她知道要发生的事情。

他们彻夜长谈。他们的想法一环扣一环，谈得口干舌燥。失去和背叛做斗争，友谊和当务之急做斗争，生存和正直做斗争。凌晨四点十分，他们做出了决定。

是时候发短信了。

Chapter Sixty-three

第六十三章

一路上，金都在思索进行媒体封锁到底是不是一件正确的事情。

她知道他们能继续封锁消息的时间已经不多了。大人失约，孩子长期离校，这些迹象很快会引起人们的注意。特蕾西·弗罗斯特的威胁已经无关紧要，人们会传出风言风语，朋友会打电话，亲戚会前来拜访。他们可能还没反应过来，就已经上了天空新闻的头条报道了。

尽管她知道媒体封锁是她接手这个案子前就已经做下的决定，但如果这是一个错误的决定的话，她的职业生涯就完了。

大部分侦探都知道莱斯莉·惠特尔的故事，不仅仅是因为发生在那个十七岁女孩身上的事情有多么恐怖，还因为这个案子告诉他们，如果你做了错误的决定，事情会变得多么糟。

1975 年，莱斯莉在什罗普郡的家中被劫走。绑匪被警方称为"黑豹杀手"，因为他以前在袭击邮局的时候总是戴着黑色的巴拉克拉法帽①。

在绑架这个女孩前，尼尔森曾犯下四百多起盗窃案，还有三起致命枪击案，他把女孩藏在了斯塔福德郡一座公园的排水井里。

起初，警方进行了媒体封锁，但调查出师不利，警方曾两次尝试支

———————————————

① 一种几乎完全包住头和脖子，仅露出眼睛和口鼻的兜帽。

付五万赎金，均告失败。

莱斯莉的尸体最终被发现时，她的头上罩着兜帽，被人用钢丝绳吊在排水井里。警方无法证明是她自己从井旁摔下去的还是尼尔森将她推下去的。她的尸体仅有九十八磅重，胃和肠子空空如也。

领导这次调查的总警司事后被降职为制服巡警。

如果连总警司都要受到这般待遇的话，金知道自己能在垃圾场找到一份夜班工作都要谢天谢地了。

警方之所以进行媒体封锁，是不想为了引起公众对案子的关注，而去冒获得虚假线索的风险。新闻界的人若听说有两个小女孩被绑架这么一桩爆炸性案子，必将蜂拥而至，无数记者将深挖故事，采访父母，调查他们的背景和过去。金知道这样的事情若是发生，不说别人，卡伦定会极为煎熬。

但把这案子公之于众并不能给他们多大帮助，媒体介入并不能给案子的任何一方面助一臂之力。

"还有多远啊？"金越发焦躁。坐在车里并不能解决这个案子。

布赖恩特扫了一眼卫星导航。"只有两英里了。"

他们早已将楼房林立的工业城镇建成区抛在身后，穿过第一层城市绿化带。在那里，成排的房屋挤在一起，不时被古怪的商店和酒吧打断排列，后花园朝向田野。现在，他们正在穿过金最可怕的噩梦。

马路两边是长长的草地，手机信号时断时续。

她的胃里蔓延出不安。远离文明社会的感觉令她紧张，杂乱的住宅区和废弃的炼钢厂让她感到舒适。她享受呼吸混有污染物的空气，因为她清楚正有成千上万人为在这里争得一席之地而奋斗。她习惯了在汽车喇叭声和引擎加速声，而不是鸟鸣声中醒来；她习惯了被塔式大楼，而不是树木的阴影笼罩。

卫星导航提醒他们目的地在右边。

"她刚刚是不是在嘲笑我们？"金问道。正常来说，一个邮政编码会覆盖十二栋房子。而在这里，十二栋房子可能会连绵数英里。

"我们要找的是拉克斯福德路 4 号。"布赖恩特说道。

他们经过了一扇大门，上面标着数字 5。

"我不知道数字往哪一边是增大，只能这样找下去了。"

开了四分之一英里后，他们看到了数字 6。

布赖恩特从旁边开了过去，然后掉了个头回到铺砌的车道上。他开得不急不慢。毕竟，他们已经几英里没见过一辆车了。

他开回到 5 号，把速度降到了每小时十英里。人行道旁是六英尺高的树篱。

最后，他们见到了一栋双门房屋，耀武扬威似的宣布自己是 3 号。

"好嘛，让我在十分钟之内从'感觉有点好笑'变成了'极为愤怒'。"她说着，布赖恩特又掉了个头。

这一次，他们缓缓而行。金审视着树篱的每一英寸，她清楚他们在找一个不想被别人找到的家庭。他们搬了家，把姓氏从比林厄姆改成了特鲁曼。

"在那儿。"金用手一指。

那是一扇齐腰高的门，不超过三英尺宽，将树篱分隔成两块方形区域。门边没有邮箱，也没有门牌号。

布赖恩特开车上了人行道，把车停好。

穿过大门，女贞树篱将他们紧紧包围，仿佛要将他们裹住。金感觉自己宛如置身迷宫。

走了十英尺后，他们见到一扇锻铁门，铁门两边是两堵砖墙。每堵墙上都插满了碎玻璃，看起来就像彩色的马赛克。若有人想从墙头爬过去，那无异于用平面砂轮机①刮自己的手。

锻铁门上安着一英尺高的尖刺——这些尖刺经过精心雕琢，和大门的设计保持一致，但尖刺毕竟是尖刺。

"热爱社交的一家人。"布赖恩特说着，按下了固定在右边墙上的对讲机按钮。

"特鲁曼夫人？"布赖恩特说道，一个如静电般清脆戒备的声音回应了他的呼叫。

"你是谁？"那个声音答道，既没有肯定，也没有否认。

"我是侦缉警长布赖恩特，我旁边这位是侦缉督察斯通。"

"请把你们的证件举到摄像头前面。"

布赖恩特从口袋里拿出 ID 卡，环顾了一周，没找到摄像头。

"那该死的摄像头到底在哪儿呢？"他怒气冲冲地说道。

那怪异的声音说道："就在对讲机按钮旁边。"

布赖恩特凑近了去看。"老天，这真小。"

金顺着他的目光看去，那个微型闭路电视摄像头看起来就像一个螺钉孔。

"另外那位也要。"那声音说道。

金把她的卡递给了布赖恩特，布赖恩特把卡举到镜头前。

"行了，你们有何贵干？"

"我们想进去和您聊一聊。"布赖恩特简短地说道。

和她一样，这种捉迷藏的游戏渐渐也让他失去了耐心。

"我想知道这是怎么一回事，督察。"

金俯身向前。"此事关乎您的女儿，特鲁曼夫人，所以我们希望您能把门打开，让我们和您好好聊聊这件事。"

———————————

① 一种用于切割或打磨金属的机器。

大门中间传来一声清脆的咔嗒声。布赖恩特推了推门把，铁门纹丝不动。

"老爹，我是真的要失去耐——"

大门顶端传来一声闷响，接着是底部。

"三重电子锁定插销？"布赖恩特说道，"怎么——是鲁肯伯爵 [①] 戴着希望蓝钻，骑着舒加 [②] 在她家里晃悠吗？"

金叹了口气，重重关上身后的门。"不，布赖恩特，那只是因为家里住着她的女儿。"

三道锁滑回原位。

他们踏进了这座大约两英亩 [③] 的庄园。从大门处延伸出一条小路，两旁是对称的草坪。

草坪左侧是一扇厨房窗户，窗户前有一个单人秋千。房子四周围着围墙，围墙上也插着玻璃。

走到房子前面时，一个身着牛仔裤和男式 T 恤的娇小黑发女人拉开了沉重的橡木门，她的衣服上溅有石灰绿色的油漆。

"特鲁曼夫人？"布赖恩特问道，伸出手。

她握了握他的手，以示回应，但脸上没有笑容。她往后退了一步，让他们进屋，谨慎地观察了一下屋外环境，才把他们身后的门关上。

金发现他们站的地方有五扇门，还有一个楼梯，但那女人并没有给他们指方向。

"你说这件事和我女儿有关？"

金往前走了一步。"特鲁曼夫人，我们要和您说说埃米莉被绑架的

[①] 发生在 1975 年的英国悬案"鲁肯伯爵失踪案"的主角。

[②] 著名爱尔兰纯种赛马，于 1983 年失窃，绑匪曾提出过两百万英镑的赎金。

[③] 1 英亩约合 4046.86 平方米。

案子。"

"你们抓住绑匪了吗？"她双手一合，问道。

金摇了摇头，那女人的脸登时沉了下来。

她双手扭绞在一起。"那你们来干吗？"

"我们在重新审视这个案子，特鲁曼夫人，我们希望能得到您的帮助。"

金绝不能让这个女人怀疑同样的事情已经再次上演。朱莉娅·特鲁曼身上散发出的焦虑会把她粉碎成成千上万块碎片。

埃米莉的母亲朝一扇门指了指，他们的脚步声在走廊里回响。这栋房子里没有房子应该有的声音：没有电视声，没有收音机声，没有说话声。房子里的寂静厚重而压抑。

门后是一个小客厅。壁炉明火前摆着松软的沙发，后面的墙上堆满了书。大型落地窗面朝着房子后面，窗外有一条沙砾车道，车道的尽头是一扇和围墙同高的厚重木门。

金猜那条车道通向一条小路，小路和几英里外的文明世界相连。

特鲁曼夫人在一张单人椅的边上坐下，他们在沙发上坐下。

"我们昨天和科顿夫人聊过，她——"

"她近来怎样？"那女人快速地问道。

"我猜你们应该没有再联系了？"

"我们怎么可能会有联系？"那女人问道，"我的女儿回来了，她却失去了她的女儿。我以后怎么能正视她？我们以前就像亲姐妹。我想她。我想她们。"

她的视线从他们身后扫到了带门的墙上，那面墙正对着单人椅。

金的目光停在了一张放大的镶框照片上，照片里，六个人围桌而坐，桌上放着一大盘西班牙杂烩菜饭。他们的脸被阳光晒得通红。

"那是我们最后一次共同度假，"特鲁曼夫人静静地说道，"苏西是一个美丽的孩子，我还是她的教母。我和珍妮弗①在读书时就是朋友，但那几天毁灭了一切。"

金正想问问赎金的事情，那女人却紧紧盯着她。

"督察，你知道自己是一个怎样的人吗？我的意思是说，你真的知道吗？"

"我倾向于认为自己知道。"

"我也是这么想的，但收到那条短信后，我开始怀疑一切。那些人犯下的是不可饶恕的罪孽，我们都变成了自己最可怕的噩梦中的生物。绝望和恐惧会对一个人做出可怕的事情。"

金想问那个对她而言至关重要的问题，但又觉得她们的谈话迟早会引到那个方向上。

"在我们孩子的生命面前，我们的友谊一文不值。我的挚友突然就变成了我的死敌。我们被迫参与了这场离奇的斗争，这场斗争中只能有一位赢家。"

"您付了赎金吗？"金静静地问道。

那女人望着她，毫无掩饰。她的眼睛里还藏着那时的恐惧，还有羞愧。

"不，我们没有。但我们本来已经准备支付了。"她诚实地说道。

金和布赖恩特交换了一下眼神。

"那为什么埃米莉被释放了，苏西却没有？"

特鲁曼夫人耸了耸肩。"我们也不知道。这个问题，我们已经问过自己上千万遍了。"

金想知道到底是谁，出于什么原因，做出了那样的决定。

房间的门轻轻地开了，一个头探了进来。

埃米莉的样子比她在墙上照片里的样子稍稍长大了一些，肤色也更

---

① 珍妮的全称。

加苍白，但金立刻认了出来。她望着房间里的陌生人，闭上了嘴巴。她顿时迷惑地望向母亲。

特鲁曼夫人站了起来。"没事的，埃米莉。你做完历史作业了吗？"

女孩点了点头，目光回到了金身上。

特鲁曼夫人想挡住女儿的去路，但埃米莉却缠住了母亲，走进了房间。

"埃米莉，没什么好担心的。回楼上去——"

"你们找到苏西了吗？"女孩满怀希望地问道。

金咽了口唾沫，摇了摇头。女孩的眼里满是泪水，却勇敢地忍了回去。

她遭受的那场折磨已经过去了十三个月，但很明显，她从来没有忘记自己的朋友。

"埃米莉，请回楼上去。我待会儿就上去给你改作业。"

埃米莉犹豫了一会儿，但她母亲拉住她的前臂，催促她照做。

"她不上学吗？"布赖恩特问道。

特鲁曼夫人关上门，摇了摇头。"不上，埃米莉在家里上学。这样更安全。"

"我们能和她聊几分钟吗？"金温和地问道。

特鲁曼夫人坚决地摇了摇头。"绝对不行。我们从不会说起这件事，不管是对她还是对别人。如果她能忘记这件事，那就最好了。"

是吗？那看起来这个方法成效并不怎么好。为什么？因为埃米莉醒着的每一分钟都被关在一座和外人没有接触的堡垒里，这一切时时刻刻都在提醒她发生过的事情。

"埃米莉接受过心理咨询吗？"

特鲁曼夫人摇了摇头。"没有，我们认为让发生过的事过去就好。孩子适应能力很强，经受一些挫折也很快能恢复过来。我们不希望让什么心理治疗师把愧疚感注入她脑海里，告诉她应该如何感受。这对任何人都没有好处。"

金没有什么目的，只是好奇这女人到底是想埋葬谁的愧疚感。

"所以，我很抱歉，但我不会允许你们靠近她。你们有什么想问的，就请全数带回吧。"

这一刻金明白，一切都还没结束。对他们所有人来说。

特鲁曼夫人站在门边。"失陪了，两位，我还有事要做。"

金站了起来，突然想起了一件事。

"他们有告诉您交付地点吗？"

如果这家人曾试图支付赎金的话，那他们肯定知道交付地点在哪里。

特鲁曼夫人犹豫了。

"拜托了，希望您能理解，我们现在十分需要您的帮助。"

"我也希望你能理解，绑匪仍在逍遥法外。"

"我明白，但他们不会再把埃米莉作为目标。"

"我听得懂你的意思，但我不相信。你并没有给我任何我能接受的保证。"

金重重地叹了口气。

"但如果你向我保证，从今以后，你们都不会再来打扰我们的生活的话，我会告诉你。"

金知道她永远没有机会单独和埃米莉说话，她只能抓住现在的机会。

她点了点头，表示同意。

"按计划，我们要在星期三中午十二点把钱扔进沃兹利大街上的一个盐箱①里，"她皱了皱眉头，"但你应该知道吧，我的旧手机还在你们

---

① 在英国等冬天较为寒冷的国家十分常见。它们通常被放在路边，里面装着盐和沙砾的混合物，供融雪用。

那里。"

该死，金这时才发现自己疏忽了，但为时已晚。如果她真的按照自己刚刚所说的在重新审视这个案子的话，那她肯定已经把这个证据检查过一遍——案子没有结案，所以她的手机还在储存室里。

"我只是想确定这是您和绑匪的最后一次联系。"金快速地说道。

特鲁曼夫人点了点头，以示确认。

等金一离开房子，她会立刻通知道森把特鲁曼夫人的手机取来。

金抽出名片，把它放到走廊的桌子上。"如果您想起任何可能有帮助的事情，请您打给我。"

"珍妮·科顿希望能安葬自己的女儿"这句话就在金的嘴边，可她还是没有说出来。

布赖恩特朝着车走去，但金又转身走了回去。

"听着，我理解您想保护自己的孩子，但您已经保护过度了。您正在扼杀她。她需要和同伴相处，她需要和自己的同龄人一起跑、一起笑，她需要构建起美好的回忆，才能忘掉不快的过去。"

那女人不为所动。"谢谢，但我觉得我很清楚什么才是对我女儿最好的。"

金摇了摇头。"不，这只是对您最好罢了。她只会变成一个紧张、焦虑的孩子，遇到谁都会害怕。"

"督察，我只是想让自己的孩子活下去。"

金望了望四周，屋子里没有一丝活力。

"是，但这样的活法难以称为生活，对不对？"

沉重的橡木门在金的眼前合上，但在木门完全关上前，金看到一道阴影在楼梯顶上闪过。

第六十四章

埃米莉静悄悄地关上卧室门，坐到床上。

她本应翻开身旁的地理课本，但她不想看到它。

虽然她在家上学，她的母亲却坚持要她按照学校作息进行学习。她每天早上九点要准时坐在书桌前，一天四节课。

她最想念的是学校里的喧闹声：同学们的闲谈声、叫喊声和欢呼声。

在这座新房子里，什么都没有。

墙壁和树篱隔绝了马路上所有的交通噪声。她从未听过邻居家的声音，因为最近的房子离她们也有十分钟的路程。她也不知道周围是否有和自己同龄的孩子。

甚至连房子里都只有寂静。工作日，她的母亲会在楼下打扫卫生，但没有任何背景音。没有收音机声，没有电视声。仿佛她的母亲在随时监听着房子里的一举一动，留意着不对劲的地方。

只有沙砾路上传来震耳欲聋的轮胎摩擦声时，屋子里才会恢复一丝生气。当父亲下班回家时，母亲才终于放下焦虑，每天晚上的那几小时，他们会假装一切都很正常。

埃米莉思念着从前生活中的许多东西，但最思念的还是她的朋友。

她把手伸到床下，拿出那本填了一半的剪贴簿。剪贴簿的第一页是埃米莉和苏西的合照，两个女孩笑容灿烂，合照下的标题是《我们的旅途》。

剪贴簿里是一页又一页两个女孩一起度假的照片，在卡丁车上、在游乐场过山车上、在海上，最后一页是在贾斯汀·比伯的音乐会上。

她望着另一边空白的一页，仍旧无法相信这本剪贴簿将不会再有后续。这就是她所拥有的有关她们的全部记忆。

她盯着她们的最后一张照片，苏西穿着印有"Belieber"①的 T 恤，一脸骄傲。从伯明翰的 NEC 体育馆回家的路上，她们欢笑，她们狂喜，为谁能嫁给偶像而争执不休。她们最终决定两人一同分享偶像，坐在前排的两位母亲乐不可支。

三天后，她们被绑架了。

埃米莉望着朋友的眼睛，那眼神里满是欢乐与顽皮，和最后一次她们被拉开时的眼神是多么不同。埃米莉的手指抚摸着那张只存在于梦中的苏西的脸，眼前逐渐模糊。

她总是回想起她们遭受过的折磨，仿佛那只是上星期的事情。白天，她承受着她活了下来而苏西却死去的愧疚；晚上，那些恐惧又回到她的梦中，特别是被绑架的最后一天所经历的恐惧。

她还记得那个男人的手臂环着她的肚子，将她从她朋友身边拉开。她还记得他拉着她穿过房间时，后脑勺抵着他瘦骨嶙峋的胸膛的感觉。她也记得她想抓住苏西冰冷的手时的感觉。她曾以为，只要她们的手紧紧握在一起，就没有任何力量可以将她们分开。但她想错了。

苏西的头遭到那人的一拳重击，她倒在了地上，埃米莉无法再抓住她。转瞬之间，她感觉自己被人拦腰抱了起来。她大声尖叫，想把苏西

---

① 贾斯汀·比伯粉丝的称呼。

叫醒，但她只是静静地躺在原地。她再也没见过自己的朋友。

　　脑海中的画面似乎又给了她肚子重重一击，她流下泪水。

　　她擦去落在朋友脸上的一滴泪珠，把剪贴簿抱在怀里，身子随着啜泣而颤抖。

　　"哦，苏西，我对不起你，我很对不起你，我对不起你。"

第六十五章

"在烦心什么呢，老爹？"布赖恩特问道。他们离开了特鲁曼一家的屋子，回到了车里。

"得了吧。"金着恼地说道，他很清楚她在想什么。

"你看起来就像一个在圣诞节早晨发现自己的长袜里装满了煤块的孩子。事实上，那很可能不是……"

他发动了车子，声音渐渐弱了下去。

"一切不外乎逻辑二字，"她说道，"只要我认清了某件事情的逻辑，我的大脑就会很乐意不去再想它，但我总是忘不掉一件事。"

"什么事？"他问道。

"或许我应该听听别人的话。"她盯着窗外说道。

"哦，这可是第一次，但你也不能谁的话都听。"

"埃洛伊丝。"

他关掉引擎。"你是在开玩笑吧。你打算为了一个疯子、通灵师、灵媒……不管她是什么人，而改变自己的终身习惯？"

金知道这听起来有多荒唐，但斯泰茜在这个女人身上发现的东西却在她的意料之外。她本以为这个女人是一个自私自利、利用他人的弱点操纵对方的江湖骗子，至少出过一两本书。

"她和我说过这么一句话：'他还没有停手。'然后就在昨晚，珍妮·科顿收到了短信，问她想不想再玩一次游戏。"

"巧合罢了，"他满不在乎地说道，"她还说过别的东西吗？"

"有，数字278。她把这个数字重复了一遍，要我记住。"

"还有别的吗？"

金摇了摇头。她并不打算把埃洛伊丝提到米凯伊的第三句话说出来。

她还记得海伦把埃洛伊丝拉走时埃洛伊丝说过的话。"她还提到了跟案子关系密切的某个人，就是——"

"我觉得你想太多了。她就是个骗子，我们只是在等她抖包袱而已。"

"但她这样做能得到什么好处？"

布赖恩特耸了耸肩。"参与关注度高的案子能让她的入场门票卖疯，或者她想在《今晨》栏目①上露个脸。谁知道呢？"

"这就是问题所在。为什么她从来没有上过报纸或电台，从来不到处宣扬自己？为什么她没有任何赚钱计划？除非我能找到这背后的答案，不然我根本无法忘记这件事。"

他望向一边。"你真是从来没变过。"他叹了口气，"你不会真的以为她能说出什么有用的东西，帮我们找到查利和埃米吧？就算她有东西要说，你能诚实地告诉我，你会相信她的话吗？会按照她说的来行事吗？"

金数了数，一共三个问题，每个问题的答案都是"不会"。可埃洛伊丝却说另一场游戏还没有结束，她还提到了米凯伊的事情……

该死，没人知道那件事。

---

① 英国ITV电视台的一档电视节目。

Chapter Sixty-six
第六十六章

道森检查了一下纸上的地址。没错，这上面清清楚楚地写着"罗斯玛丽花园 42 号"。这正是他眼前的地址。房子藏在布赖尔利山安布尔科特路分岔路的一个死胡同里，这个地方和霍利特里住宅区的区别远远比它们之间相隔的一英里要大。相对来说，眼前这栋房子似乎坐落在另一个星球上。

道森好奇肖纳是不是在嘲笑他白费力气，她将让他无功而返。这是因为住在罗斯玛丽花园里的女孩不会无缘无故跑去霍利特里住宅区，如果她们敢那么做的话，她们会被锁在自己的房间里。

和杜文一家聊过后，这是他合乎逻辑的下一步。他希望能在这儿找到是谁将杜文还活着的消息透露给莱龙的线索。某人把这个信息泄露给了黑帮老大，而他的上司把找出这个人是谁的任务托付给了他。

他以前也自己办过案子，但这个案子不是武装抢劫加油站，也不是严重伤人案，甚至不是家庭暴力袭击。这是一个对他的上司产生了深深影响的案子。他听说她甚至把特蕾西·弗罗斯特摁到了体育馆的墙上。他不知道这是不是真的，但知道他从没听她说过这件事。即便这是真的，他也不会惊讶。那孩子身上的某样东西和她产生了共鸣。他完全不知道那是什么。

当他们站在杜文的床边，看着他的胸口在人工按压下起伏时，他望着她的右手轻轻地抚摸着男孩的手腕，那手腕一动不动地放在纯白的床单上。

若不是要拯救埃米和查利的生命，这个案子她必会亲自出马，而她把这个案子交付给了他。他不能辜负她。他不会辜负她。

他走到一个宽敞的前廊，前廊旁摆放着各种各样装在花盆里的绿色多叶植物。门铃在他耳边唱起歌。

前门打开，一个十八九岁的年轻女孩出现在眼前。她穿着一条黑色短裙，裙下是印有费尔岛杂色图案的女式紧身裤，一件淡粉色的 T 恤松垮垮地挂在她的左肩上。一阵 Roja Parfums[①] 的 Reckless 香水味扑面而来。他立刻认出来，这是他在未婚妻生日那天送给她的香水的味道。她曾开玩笑说他只有在做错事的时候才肯给她送昂贵的礼物。那支香水可花了他不少钱。对一个年轻人来说，这真的太奢侈了，他暗暗想。

"劳伦·凯恩？"他举起警徽，问道。

她并没有去看他的身份证明，只是一直盯着他的脸，接着把门拉开，往后退了一步，站在门口。

"进来吧。"她笑着说道，歪了歪头。

道森走进屋子，小心翼翼地不和她有任何接触，当她把门关上时，他也只是站在玄关处。他突然有一种说不清的冲动，想把门再次拉开。

"进去吧。"她往右一指，说道，举止无可挑剔。

他走进一间和屋子同宽的客厅。一个宽阔的花园俯瞰着利埃[②]的盆地，远眺科兰特山。

---

① 香水品牌，由英国著名调香师罗亚·多夫创立。
② 西米德兰兹郡的一个小城镇。

"坐吧，警官。"她歪着头说道。

道森坐下之后，她不加掩饰地将他上下打量了一番。

他快速审视了她一下。劳伦的鼻子有些方，这令她美色稍减，但她是那种会充分展现自己美貌的女孩。她染了一头诱人的金发，妆容完美。比她的香水味更明显的是她的性魅力。

尽管面前有数把椅子，她却坐到了他身旁的沙发上。她用膝盖抵着他的膝盖。他把膝盖移开。

"我要和你聊聊杜文的事情。"

她的眉毛短暂地垂了下来，脸上带着一种算计、质疑的神情。

道森一阵恼火。"杜文·赖特，你的前男友，上星期死掉的那个男孩。"

如果她听出了他话里的愠怒，那她选择了不做理会。

她捏了捏他的上臂，仿佛他是一个她不知如何玩弄的玩具。

"肌肉挺发达嘛。"她说着，把头歪向另一边。

"谢谢。"他说着，把手移开，身子尽可能往左靠，"你能告诉我在杜文死的那一天，你还记得什么吗？"

他故意问了一个开放式的问题，想看看她是否承认收到了肖纳的短信。

她靠到沙发背上，双腿交叉，她的脚踝轻轻摩挲着他的小腿。

道森站了起来，朝壁炉走去。他绝不能让这个女孩得到任何错误的暗示。

"我真的记不清了，抱歉。你结婚了吗？"

"不好意思，这不关你事。"他简短地答道。他只打算问他应该问的问题，至于这女孩的小乐子，就让她自己去找好了。"你是怎么知道关于袭击的事情的？"他逼问道。

她耸了耸肩。"我真的不记得了。"

道森从她的表情中看出她连借口都懒得编了。

"劳伦,我需要你——"

她站了起来。"我没有男朋友,你知道吧。"

"你知道他在黑帮里吗?"他问道,忽略了她话里的暗示。

她翻了个白眼,朝他走了一步。"哼,当然喽。"

道森往后退了一步。"这是他吸引你的地方吗?"他直率地问道。

她耸了耸肩。"我真的——"

"不记得了。"他替她把话说完。

她的表情没有变。她羞答答地望着他,歪着头,仿佛他们正在操场上玩追吻游戏。

"有没有人跟你说他在持刀袭击事件后就已经死了?"

"有,"她点了点头,"没错,是有人跟我说过这件事。"

感谢上帝,她的脑子毕竟还记着一点东西。

"然后你收到了肖纳的短信?"

"嗯,她给我发了些东西,好像是一两个小时后吧。"她又往前走了一步,玩弄着自己的头发,"我爸妈几小时之内都不会回家哟。"

曾几何时,道森也是一个荷尔蒙涌动的青少年,但他不记得有女孩会如此做作。从前的他或许会很吃这一套,现在,他只觉得恶心。

"劳伦,我有一个未婚妻,还有一个孩子,我需要的是你的回答。"

"那就别来烦我。"她耸了耸肩。道森后知后觉地发现,谈话的方向已经从杜文的死亡转到了别的地方,但那女孩目光中的坚定开始让他不安。

"短信里告诉你杜文还活着吗?"

她耸了耸肩。"好像是吧。我一直在服避孕药的。"她脱口而出,往他身上靠去。

好了，到此为止了。他的脑海中响起警钟，眼前的状况或许会对他的职业生涯造成极大危险。

他绕过她，朝前门走去。

她紧紧跟在他身后。"我会告诉我父母哟，你知道吧。"她带着不悦的嘶嘶声嚷道。显然，劳伦终于明白他的意思了。她这突然的情绪变化，更像一个没能拿到糖果的小孩。

他并没有忘记情境的凶险。他正和一个就差直接把他压在地上的孩子独处一室，而他一直在按照规章行事。她已经十九岁，他并不需要征得她父母的同意才能对她进行询问，但需要有证人才行。为他自己的安全着想。

道森一直走到门外才转过身去，问出了那个唯一重要的问题。

"告诉我，劳伦，你有没有跟任何人提过，杜文还活着？"

她朝他羞涩一笑，而他不用等她张嘴，就已经能背出答案。

她该死的不记得了。

Chapter Sixty-seven

第六十七章

卡伦放空了水槽里的水，伸手去拿清洁剂。她美丽的厨房一直保持着实验室般的清洁，但她现在觉得，医生可以直接在她的工作台上进行心脏直视手术，根本不用担心感染的风险。

房子里的活动早已进入了下午的常规工作，一切迅速凝固。警员坐在前门，无所事事。海伦在房子里闲逛，看到有谁动一动，就想上去帮忙打杂。

有时看到海伦出现，卡伦会感到恼火；不是因为她这个人恼火，而是因为她时时刻刻想帮忙干活。她不希望海伦把能让她分心的事情做完。她想要整理盘子、马克杯、玻璃杯。她想做一切能占据她思想或身体的事情，哪怕一秒也好。

她喜欢头脑中冒出疑问，因为这能让她分心。她知道斯蒂芬认为媒体封锁是一个错误的决定，而伊丽莎白在某种程度上也认同他的观点。到目前为止，她已经设法说服他们两个相信金，但不知道她能说服多久。斯蒂芬不是一个容易被说服的人。

卡伦还是觉得，他们要相信金的判断。她们的童年曾有过交集，那个乖戾的黑发女孩对他们来说一直是个谜。她不需要朋友，事实上，她主动避免和任何人建立关系。

　　就像在监狱里一样，住在看护中心时，也很少会有人愿意分享自己的个人处境以及为何在此，卡伦也是很久很久之后才了解金悲惨的过去。年轻的金居然能背着这么沉重的包袱前行，这令卡伦无比惊讶。

　　但让卡伦相信这个直率女人的另有原因，而这个原因甚至连金自己都不知道。

　　十二年前，卡伦住在伍尔弗汉普顿郊区的一个空房里。她已失业两年，连公寓也没了。这是一个被遗弃的酒吧，有一天，酒吧遭到了十二名警察和三位社会工作者的突袭搜查，因为酒吧里住着七个孩子。她立刻认出了金，用手挡住了脸。

　　一个名叫林达的女人砰的一下关上门，拒绝开门，并威胁如果谁敢进来，她就把自己两岁的儿子扔出窗外。尽管其余警官已经清空了大楼，金却仍站在门口，努力和林达沟通。

　　她向林达保证，在他们给她的孩子做健康检查前，没有人会碰她的孩子，他们会一直在一起。

　　最终，当大楼清空时，整支队伍都聚在了门外。卡伦听到别的警官催促着金叫她让开，好让他们能闯进房间，金却不肯让步。

　　过了四十分钟之后，林达终于放下心来，打开了门。两个社会服务部的女人冲了上来，要带走孩子，金却挡在了她们身前。

　　"我向她保证过。"她这么说道。

　　卡伦亲眼看到、亲耳听到了全过程，因为当林达锁上门时，她也在房间里。在房门打开后，她悄无声息地溜走了。

　　看着那女人的成功，卡伦羞愧地反思起自己的生活。金已经是一个警官了，而她却只是空房里的一个渣滓。

　　第二天早上，卡伦走进了就业中心，一直缠着对方给她找了份像样的工作后才肯离开。

"哦，抱歉，我不知道你在这里。"

尽管卡伦认得这个声音，她还是转过了身，看到伊丽莎白正走出厨房。

"我们现在连待在同一个房间里都不行了吗？"卡伦悲伤地问道。

曾几何时，她们站在这里，互相拥抱、安慰着对方。她们分享着只有对方能理解的痛苦。

"只是……"

伊丽莎白的声音弱了下去。只是什么？不过几天前，她们还亲如姐妹。此刻，她们却在竞争着自己孩子的生命。

这离奇的处境给了卡伦重重一击。不论结果如何，她们再也回不到过去了。

她们永远不会再有温暖的星期六晚餐这样美好的回忆了。

她们站在厨房对角，把她们隔开的不仅仅是一个早餐吧台。

卡伦想说点什么，什么都行，只要能把她们带回那个她将她最大的秘密托付给伊丽莎白的夜晚就行。只有伊丽莎白知道，罗伯特不是查利的亲生父亲。

她第一次仔细看了看自己的朋友。

"你的嘴唇肿了。"她说道，转了转头，想看得更清楚一些。

伊丽莎白转了转身。"哦，我在洗手间里摔倒了。"

"摔到哪儿了？"卡伦问道。她甚至懒得掩饰声音里的怀疑，她们认识对方太久了。

"我只是滑倒了……"

"你以前也在洗手间摔倒过，伊丽莎白。我记得。"

伊丽莎白往后退了一步。"没……我哪有……"

"你说过你不会再让他打你的。"

"只是形势所迫而已。我推了他一下，然后……"

"我和罗伯特的焦虑一点不比你们少，但罗伯特从来不会打我。"

卡伦的本意并非如此。在酝酿这句话的时候，它听起来并不是这个意思。可是当她把这句话说出口时，它听起来却像在攀比谁更焦虑、谁更开心。

她们终于四目相对，卡伦看到伊丽莎白的眼里泛起泪水，手缓缓地碰了碰嘴唇。

通常来说，她会走过去安慰自己的朋友。可现在，这么做似乎是对女儿的背叛。她怎么可以和敌人交往？这个想法如利刃般刺入她的心窝，但不论结果如何，她们永远都无法再直视对方，也不会知道对方内心最深处的想法了。因为她们的内心所想均是为了挽救女儿，自己愿意牺牲多少。

她亲爱的查利是她的全世界。为了救自己的孩子，卡伦愿意献出自己和任何人的生命，包括埃米的生命。她知道，伊丽莎白亦复如是。没有友谊经得起这种真相的考验。

当隔着餐桌对望时，她们都知道这个真相。

卡伦转过身，面向水槽。

她们之间已经无话可说。

Chapter Sixty-eight

第六十八章

金把沃兹利大街上下打量了一番，盐箱就摆在街角。

"现在几点？"她问道。

"十一点五十五分。"

金沿街而行。街道左侧是一连串商店，包括咖啡馆、肉店、珠宝店和小型超市。

马路对面是一排新建的住宅大厦。

她回到路中间，继续看向街道两边。她从自己这边街道上的人群中挤了出去，在商店间进进出出。

是什么让绑匪觉得这条路对他们有利？

"布赖恩特，那些房子是什么时候建的？"

"最近吧，它们大部分都是工作室公寓。"

金脑海里的画面慢慢清晰了起来。"这么说，以前这里是一块空地？"

"我觉得应该是。你想到了什么，老爹？"

"我发现在街道的那一边，没有任何可供人埋伏等待的地方。对面没有任何掩体，如果有人出现在那儿，肯定会十分显眼。唯一的观察点只能在这里，所以我肯定漏了一样东西……"就在此刻，她的声音弱了下去，因为她看到了最后一块拼图，"……说到就到。"

布赖恩特望向左边。一辆双层公交车缓缓驶进街道，刚好停在了盐箱前。

"老天爷，这下没人能看到他在做什么了。他只要在街角等车来就行。他还能听到公交车开过来的声音。"

金点了点头。"让几个人下车买东西就能掩饰过去，他们至少有一分钟的时间打开盐箱，然后把赎金拿走。"

"简单又聪明。"

金往前跑了二十英尺，来到路的尽头。在公交车转过街角时，她看到了线路编号。

"该死，老爹，跑那么急干什么呢？"布赖恩特追了上来，问道。

"我要看看公交车的前面。该死，那是 278 路公交车。"

Chapter Sixty-nine

第六十九章

"上帝啊，赛姆斯，你一定要弄出这么大的动静吗？"

威尔把新闻报道读了两遍，里面的内容比电视报道详细得多。

赛姆斯耸了耸肩，笑了。"我把任务完成了，而且也乐在其中。你他妈有意见吗？她死掉了，对不对？"

威尔摇了摇头，转过身去。他没必要和一个白痴解释他在冒不必要的风险。犯罪现场越暴力，他就越有可能给警方留下可供分析的线索。这个白痴没有强奸那个女人已经让他谢天谢地。根据网上的新闻报道，赛姆斯只用脚就把休闲中心的那个年轻人解决了。他的乐购运动鞋很常见，所以警方也难以追踪。但不管怎么说，这是不必要的。

他推着轮椅，来到放着手机的桌前。

他打开一号手机，看到有一个未接来电，毫不惊讶。

他打开二号手机，又是同一个号码的未接来电。

他打开三号手机，上面是一条语音信箱的留言，还有一条短信。

他打开手机扬声器，按下播放键。

声音冷静而轻快。

"我是马特·沃德，谈判专家。请给我打电话，我们能一起解决这件事。我能帮你拿到你想要的东西。"

威尔删掉了这条信息。他不需要和任何谈判专家说话。他已经摆出了自己的条件，至于责任，他们自己承担。

"你不会考虑的，对不对？"赛姆斯问道。

"考虑什么？"

"改变计划，跟他做一笔交易——因为我们已经有一笔交易了，记得吗？"

威尔当然记得。他同意了这笔交易，赛姆斯就不能对两个小女孩下手。暂时。

在他们拿到钱之前，他不能冒让这个白痴毁掉货物的风险。但在拿到钱之后，那就……

"我们是有一笔交易。"威尔表示同意。

他滑到了唯一一条他感兴趣的短信。那是其中一对父母发来的。

游戏终于开始了。

他微笑着，点开短信读了起来。他因惊讶而睁大双眼，把短信又读了一遍。

他转向急不可耐的赛姆斯。

把手机递过去时，他说："哦，这可是意料之外呢。"

第七十章

"我们这么做真的好吗,老爹?"布赖恩特停下车,问道。

"布赖恩特,我不知道。"她诚实地答道。她只知道,有某样东西正催促着她和那个女人说话。

这所住宅是一座毫不起眼的、坐落在一个小住宅区斜坡顶上的平房,一辆十年车龄的蓝色福特嘉年华停在整齐的车道上。

"如果你想的话,在这儿等着。"金拉开车门,说道。此刻是下午三点,就金所知,那个女人可能正在星期三的鱼市上拖网捕鱼。

不管怎么说,她也不知道自己要说什么。布赖恩特的猜测或许是对的,那个女人说的话她很可能一个字都不会信。但她还是来到了这里。

"无意冒犯,老爹,但上一次我在车里等你的时候,你打算擅闯一家休闲中心,所以我觉得这次我还是跟着你比较好。"

他们一前一后走过嘉年华,敲了敲门。

"如果我们好言相询,你说她会不会告诉我星期六的彩票号码?"

"闭嘴吧。"金打断了他的话头。

她仔细留意有无任何动静。没有。她又敲了一次门,然后俯身打开信箱。前门通往一条走廊,从走廊那里能看到几扇纯白的门,但再远的地方就看不到了。她仔细留心房子里有无声音。一片寂静。

她更用力地敲了敲门，接着走到门口左侧。她把脸贴在窗户上，但厚厚的网眼窗帘挡住了她的视线。

"再敲一次门，布赖恩特。"她说道，往后退了一步。门口另一边的窗户同样被厚厚的网眼窗帘遮挡着。

金望向布赖恩特，然后两人一同望向了车。

"我要绕到房子后面，敲敲邻居的门。"她说着，朝毗连的房子扬了扬头。

"老爹……"

"去做就是了，布赖恩特。"金怒吼道。

房子侧面畅通无阻，一排一英尺高的原木把房子和左边的住宅隔开。

后门是一块变了形的玻璃。金只能看出房子里的大概形状，此外什么都看不清。窗户没有遮挡，窗后是一个小小的、明亮的厨房。

金顿时感到一阵沮丧。"得了吧，埃洛伊丝，你到底在哪儿？"

"老爹，邻居说他们昨天下午还见到她拿着几个奥乐齐①的袋子。"

"从窗口望进去。"她说道，往后踏了几步。他比她高几英寸，或许能看到她看不到的地方。

布赖恩特从窗口望进去，扫了一眼。他刚摇了摇头就停了下来。他调整了一下位置，然后把脸抵在玻璃上。

"等一等，可能……"

"怎么了？"她问道。

他招手让她过来。"我要把你抱起来，你贴在玻璃上，尽量朝左看。"

金四处望了望，想找一个落脚处，结果却没有找到。

"来。"她说道。

---

① 德国连锁超市。

布赖恩特的手臂环成一个圈，抱住她的大腿，把她举了起来，这样，她就比他高了十二英寸。她依言照做，看到了靠背座椅的一小部分。椅背上露出了一小抹灰色。

"把我放下来。"金说道。

她直接走到门口，大力地敲门。"注意观察她有没有动。"

她又敲了敲玻璃门。

布赖恩特摇摇头。

"行，我们必须进去了。"金说道，环顾了一圈花园，想找些重物。

"等等，老爹。"布赖恩特说，从口袋里拿出一条手帕。

他扭了扭门把手，门开了。

布赖恩特朝她耸了耸肩，面露得意之色。

"什么声音都不要出。"她简短地说道，从他身边走了过去。

金三步就跨过了小厨房。靠背座椅在一张小圆桌旁，圆桌上是一个马克杯，杯中物已冷，还有一本《傲慢与偏见》，杯子旁的碗里装着颜色各异的水晶。

金走到椅子前。那女人眼睛闭合，嘴巴微张。

她穿着厚羊毛衫，体格看起来不是很胖，腿上盖着披肩。金轻轻推了推她。

"埃洛伊丝。"她喊道。

没有回应。

金又用力推了推她，更大声地喊她的名字，但埃洛伊丝的头只是懒洋洋地侧到一旁。

"她这样子不像是在睡觉，老爹。"布赖恩特在她身后说道。

"该死。"金说道，往后退了一步。

"看起来很平静，"布赖恩特说着，歪了歪头，"或许是睡觉的时候中风了吧。"

金摇着头。"我真该好好听听她的话的，听了又能有什么坏处呢？"

她走到一旁，重重地叹了口气。仅仅是几天前，这个女人还努力想告诉她一些事情，可她却太过固执，根本听不进去。

她转过身，面向尸体。"还是叫一辆救护车吧。"她说，布赖恩特拿出了手机。

她端详着眼前这个孤独死去的可怜老妪。她的身后立着书柜，仿佛书是她的伴侣。金在埃洛伊丝的书架上瞥见了托尔斯泰和几本简·奥斯汀的小说，还有狄更斯全集，她显然是一个热爱经典文学的人。两只小狗的照片装饰着窗台，但金没看到屋子里有狗。

"看起来她挺……"

她仔细望着眼前的场景，声音渐渐弱了下去。这幅景象有点不对劲。

布赖恩特打完了电话，救护车正在来的路上。

"站到这里。"她说道，歪了歪头。

他依言照做。

"觉不觉得有点奇怪？"

他从埃洛伊丝灰白的鬓发一直望到她从毯子底下露出来的花拖鞋。

他摇了摇头。"在我看来，她死得很安详。"

"没错。"金说道，往前走了一步。她看了看这女人的右边，又看了看左边。

"看看她的披肩，布赖恩特。披肩盖住了她的手。"

布赖恩特看向埃洛伊丝的手，两只手都放在披肩底下。

他不解地望着她，然后又看了看老妇人的手。"我不明……"

布赖恩特突然停了下来，他明白了金的意思。

"该死，对，我懂了。这看起来好像是有人刻意把她的手放到披肩下面的。"

金也是这么觉得。披肩披在她的身上，两边均塞在臀下。或许她是自己披在身上，然后把臀后的织物弄平，再把手放在底下的，但如果她既有东西要喝，又有书要读，她不大可能会这么做。

金走到埃洛伊丝身前，横跨在她双脚两边。她用手撑住椅子把手，俯身靠向埃洛伊丝。

"该死。"金看到那女人嘴唇上有一小块斑点，"布赖恩特，她的嘴唇上有一块深蓝色纤维。"

那块披肩是藏红色的。

她俯身向前，轻轻碰了碰她的下唇。

"我的天。"金尖叫一声，往后一跳。

"怎么了，老爹……"

金迅速从震惊中恢复过来，思绪飞转。她又靠了过去，将两根手指放到埃洛伊丝柔软的颈部。

她惊讶地转向她的同事。"布赖恩特，催那辆救护车快点，我们的受害人还活着。"

布赖恩特犹豫了一秒，然后立刻拿出了手机。

"埃洛伊丝，如果你能听到我说话，放心，你会好起来的。救护车正在来的路上，我们不会抛下你不管。"

没有回应。

金轻轻将手掌放到她的肩膀上，她的心跳还有力量。

布赖恩特打完了电话。

"他们两分钟就到。"他摇着头说道。

尽管金从未亲眼看见，但她知道窒息的受害人可能会在死前陷入昏迷。那些意图将她掐死的人或许以为他们的工作已经完成了，但这个女人此刻尚存一息。

"所以，你觉得会不会是那台杀人机器发现了埃洛伊丝，然后担心她会走漏风声？"

"没可能，布赖恩特。对象二号正在外头大开杀戒，而对象一号要陪着查利和埃米。我觉得，这是对象三号干的。"

金听到远处传来的警笛声，她意识到，埃洛伊丝喊的东西和什么蓝色大门并没有关系。她只是想警告她，现在可能已经太晚了。

金不知道这是对埃洛伊丝自己而言已经太晚了，还是对两个女孩而言已经太晚了。

第七十一章

他们望着救护车远去。

金有种想开车跟在救护车后面的冲动，因为没人这么做。

救护车离开车道后，一辆警车开了进来。警官保护好房子后，他们就能离开。

她已经把现场情况报告给伍迪，后者向她保证会派一个法医小组奔赴现场。她向他汇报了调查的最新进展。汇报完之后，电话另一头的沉默格外沉重。

但与金的失望相比，伍迪的失望相形见绌。

两小撮邻居聚在狭窄的街道上，但没有人过来问问发生了什么事。

"看看那些人，"布赖恩特说道，"一个个都在庆幸出事的不是自己呢。"

和离家时一样，埃洛伊丝也将孤孤单单地到达医院。

"伍迪有提供什么有用的信息吗？"布赖恩特走下路缘石，问道。

她摇了摇头。"这不怪他，"金说道，"查利和埃米现在应该已经到家了才对。"

"该死，老爹，让自己喘口气吧。为了能让两个孩子回来，大家都已经拼尽全力了。你也已经付出了很多心血——"

"她们只是孩子，布赖恩特。她们只是小女孩。不管现在在哪儿，她们肯定又恐慌又迷惑，很可能还受伤了，但愿她们没有遭受别的折磨。"她想起两个小女孩的衣服，"我需要把她们带回来。我要保证她们的安全。"她说道。

"'保证'，老爹？"

她这才意识到自己说了什么，米凯伊的样貌浮现在她的脑海中。"我的意思是，让她们平安归来。"她说着，眨了眨眼睛，把米凯伊的身影从脑海中抹去。

"你知道，我们会找到她们的。"布赖恩特眼望前方，说道。

"你怎么这么确定？"

"因为你一定不会善罢甘休。"

金没能掩饰住爬上嘴角的一抹微笑。没错，这简简单单的事实，盖过了所有犹疑。

"好了，布赖恩特，立刻把我带回房子。"

Chapter Seventy-two

第七十二章

"所以，这能告诉我们什么信息呢，医生？"金盯着艾利森，问道。一张从空中拍摄的黑乡的俯瞰图被贴在了墙上，图上标着绑架地点、公交车起点和终点，以及赎金交付地点，全用红色大头针标了出来。

今晚女孩们还是回不了家这个事实给她的语气里添上了一丝不耐烦。

她已经把自己的时间线搞混了。她总觉得上一次例会并不是在今天早上，而已经是至少三天前的事。她提醒自己，今天还是星期三。

她无法忘掉埃洛伊丝离家远去的场面。金狠狠咒骂自己为什么就不肯给这女人一分钟的时间。她决定晚些时候给医院打个电话，好让自己的内心平静下来。如果当时她肯给埃洛伊丝一个说话的机会，或许她就能阻止现在发生的一切。

这个案子影响着他们所有人。她的团队围在桌旁，各自衣衫凌乱。布赖恩特的领带系得松松垮垮，道森的衬衫上满是褶皱，斯泰茜眼睛里的血丝看起来像一张地形测绘详图。

但今晚，他们还有更多的事情要做。

蓝色大头针标出了苏西和埃米莉的两处绑架地点，以及埃米莉被发现的位置。

黄色大头针则标出了因加的尸体被发现的位置。

艾利森站起身，端详了地图一分钟。

"我并不是地理侧写方面的专家。地理侧写的大部分信息均来源于凶手和犯罪现场的交互关系，或者凶手会在哪里以及如何处置尸体的假设前提。

"假设抛尸地点和犯罪地点不一样，那么凶手很可能就住在案发地点附近。又或者，如果尸体被留在了犯罪现场，那么凶手很可能并不住在那里。"

她用手捂着嘴巴，暂时忍住了一个哈欠。深夜也会让她困顿，金心想。

"如果犯罪现场离主干道很近，就表明凶手对这块地方并不熟悉。如果犯罪现场离主干道超过一英里，那说明凶手很可能是本地人。"

艾利森盯着地图上的标记位置，继续往下说。

"但有一些事情依旧是安全的假设。其中一个假设便是每一个凶手都有自己偏好的抛尸位置。有条理的凶手，其犯罪地点都会相对接近，但毫无章法的凶手，其犯罪地点会相对分散。大部分人都有自己的'锚点'。"

她转身面向金。她的表情在说，我就讲这么多。

"谢谢，医生。"金说道。她提供的信息不多，但这并不是她的错。这里面肯定有某种模式，他们要做的就是把这种模式找出来。

"马特，有和绑匪进行交涉吗？"

"尝试中。"他答道，看都不看她一眼。他的注意力全在地图的标记点上。

"要说明一下吗？"

"不。"

金感到愤怒在身体里滋长，她对团队的定义并不包括"特立独行"。显然，马特并不把她的定义当回事。

"斯泰茜,画一个把这些点全部囊括进去的圆,研究一下那个区域里最近发生过的犯罪活动,或许能有什么发现。我还是想知道上一个案子到底是怎么结束的。为什么绑匪在没收到赎金的情况下就释放了埃米莉,而没有释放苏西?眼下,我们有两起谋杀案,另一起显然是由另一个人实施的谋杀未遂案。对象三号到底是谁?"

大家均点了点头,表示同意。

"我希望大家能好好思考一下这个第三人会是谁。"

"这很困难吧,我们连第一个人和第二个人是谁都不知道。"布赖恩特说道。

每次想到这个问题都会让她头疼。哪怕只知道一个绑匪的身份,他们都能根据现有的信息推测出一些联系,但他们连一个身份都不知道。

"凯,因加的尸检有没有提供什么有用的信息?"

"衣服上留下的痕迹太多了:机油、木材保护剂,还有啮齿动物的粪便。尸体总共有十七处骨折,三十八处遭脚踢或拳击的伤痕,脖子上还有九处环状伤口。"

金注意到,道森没有看笔记就将这些数据报了出来。

这些数字告诉她,这个女人曾奋力反抗无可避免的命运。

杀害她的凶手是不会同情人类苦难的怪物。他的性格极端不稳定,毫不尊重人的生命。他愿意承受不必要的风险,而在团队里招募这样一个人只会有一种原因。

真相在她肚子上重重一击。

"她们回不来了,"她小声说,环顾了一圈房间,"这就是对象二号的目的,他的任务是杀害两个女孩。"

所有人都望向她。她的直觉告诉她,她是对的。这是唯一一个要在团队里安排这么一个负担的原因。对象二号肯定是一个必要的存在,他的职责就是收拾残局。

"我同意。"马特说道。

"如果是这样，那么拍卖的意义在哪里？"布赖恩特问道。

"为了抬高价格，"金说道，"为了救回自己的孩子而奋斗，和为了抢在别人前面救回自己的孩子而奋斗，两者是不一样的。后者会催促你加快动作，令你心生绝望。"

马特转向布赖恩特。"想象一个人独自跑完一万米，他很清楚他最终会夺得第一，他会跑完全程。而如果把另一个求胜心切的人也放进比赛里，那这个人就会竭尽全力，他会爆发出连他自己都不知道的力量。"

"这么说，他们这么做单纯是为了抬价？"斯泰茜问道。

"这样他们就能收到两笔赎金，"金说道，"他们会给双方父母提供不同的交付地点和交付时间，他们会把赎金拿走。"

马特点了点头，表示同意。

"这叫什么假设？"艾利森怀疑地说道。

"侧写师如是说。"金说道，就在这时，马特的警用手机响起了收到短信的提示音。

房间里一片寂静，所有人都盯着他。

"是他们。"他说道。

马特浏览了一遍短信，金顺着他的目光望去。

他抬头看向她。"该死，这可不妙。"

Chapter Seventy-three

第七十三章

金强忍怒火，把双方父母召至客厅。海伦站在窗边，马特倚着门框，团队剩下的人则留在作战室里。

她扫视了每一个人，她的目光在伊丽莎白的嘴唇上停留了几秒，伊丽莎白垂头望向地板。

"谁和绑匪联系了？"

伊丽莎白和斯蒂芬脸色一沉。他们先对视了一眼，然后带着谴责的目光望向他们的朋友。

"是我。"罗伯特冷静地说道。他的声音里没有歉意，他只是在陈述事实。

"你怎么能这么做？"伊丽莎白尖叫道。

他转过身，直视她的目光。"我怎么不能？"

斯蒂芬猛地朝罗伯特冲去，但马特迅速挡在了他们中间。

罗伯特毫不畏缩。

"你这个奸诈的浑蛋，"斯蒂芬越过马特的肩头骂道，"你怎么敢这么做？你他妈明明知道——"

"斯蒂芬，冷静一下。"罗伯特打断了他的话，说道。

罗伯特知道什么？金暗暗好奇。从伊丽莎白迷惑的表情来看，她也在思考同样的事情。

马特把斯蒂芬轻轻推到房间另一头，斯蒂芬没有反抗，卡伦转向他，眼里燃烧着熊熊怒火。"如果你不能控制自己的脾气，那就请你离开我家。"

金看得出斯蒂芬还没发泄完他的怒气，于是她赶紧说道："如果大家现在都能冷静下来，那么问题不过是绑匪不会和谈判专家谈判而已。我们刚刚收到了一条短信，绑匪称他们更愿意回复父母的要求。"

罗伯特点了点头，表示理解。"我很抱歉，但我只是——"

金举起手。他的道歉很真诚，但不会帮上任何忙。他们现在只能根据已掌握的情况行事。唯一让金感到惊讶的是，首先和绑匪联系的居然是罗伯特，而不是斯蒂芬。她的直觉告诉她这背后肯定有原因，但她打算先把这个问题放一放。

"你收到回复了吗？"

罗伯特点了点头。"十五分钟之前。"

"内容是？"

"这不是一个选项。"

金迷惑不解，她以为罗伯特给出的是一个金额。

罗伯特直视着她。"我问把两个孩子都赎回来要多少钱。"

伊丽莎白轻轻啜泣了一声，斯蒂芬的头顿时垂了下来。卡伦没有反应，只是直勾勾地盯着前方。她早已知道。

大家相互对望了一会儿。

"行了，"金说道，"马特会和你们合作，教你们如何跟绑匪沟通。他会通过你们两人和绑匪进行谈判。"

"这是我听过最荒唐的事情了。"斯蒂芬爆发了。

一阵愤怒的叹息传遍房间。

"为什么全部事情都要压在我们身上？为了把我们的女儿救回来，你们到底做了什么？”

金已经厌倦他这些问题了，伍迪都不会朝她发这么多牢骚。

“汉森先生，我的团队和我——”

“我不想听你说你的团队工作得有多么多么努力，我想知道你们的调查到底进行到了哪一步，我想知道你们什么时候才会承认失败，把事情曝光给媒体。是不是非得等到她们被装在运尸袋里回来时你们才——”

“出去，现在。”金吼道。

所有人猛地扭头望向她，她甚至感到了空气的涌动。

她怒气冲冲地从卢卡斯身边走过，猛地把门推开。斯蒂芬紧紧跟在她身后，寸步不离。

她还没停下脚步，他就开始说话。她本想走得离房子尽可能地远，这样声音也不会传回屋子里。但看样子，她只能在这里停下了。

“督察，我并不欣赏——”

“我根本不在乎你欣赏什么不欣赏什么，但永远不要再像刚刚那样提起你的或他们的女儿。”

“我的想法——”

“最好全部留在你的脑子里，不要说出来。现在，我要你仔细听我说。我已经受够了你每时每刻都要揣测我在这个案子里的每一步动作，这会分散我的注意力，而我绝不会像某些女人一样随便被人呼来唤去，汉森先生。我们达成共识了吗？”

他一脸挑衅。“不，督察，我们没有。”

她朝他走近了一步。“那就让我跟你说清楚。我不是你的老婆，我也不打算容忍你的废话。如果你敢做出任何干扰本次调查的行为，包括殴打你的老婆，那卡伦将不会是唯一一个请你离开这栋房子的人。”金走得更近了，“只不过，我会给你铐上手铐，再派一个警官护送你离开。”她停了下来，她的脸离他的只有一英寸，"现在，我们达成共识了吗？"

他往后退了一步，他的表情已经给出了回答。

她曾尝试设身处地地感受他所处的困境，但斯蒂芬的不断纠缠已经超越了她的忍耐极限。

"督察，你应该知道，我并不认为你有能力领导这次调查。"

金想反唇相讥，话到嘴边又咽了下去，跟在他后面走到前门。

斯蒂芬回到客厅里，他的身影从她眼前消失了，布赖恩特挡住了她进屋的去路。

"老爹，出来聊聊。"他说着，关上了身后的门，走到外面。

"布赖恩特，不管是什么事情，晚点再说。"

"不，这绝对不能等。"

"什么事？"她厉声问道，只想着赶紧回到作战室。

"你快失去控制了，老爹。"他说着，转身面向她。

"你到底以为你——"

"行，我换个说法。你快失去控制了，金。我这么说，是因为我当你是朋友。你不吃不喝不睡，逮着谁就开骂，而你刚刚把其中一个女孩的父亲叫到外面痛斥了一顿。跟我好好聊聊。"

她对他怒目而视。"你应该知道，我是有底线的，而你现在已经离越线很近了吧？"

布赖恩特耸了耸肩。"行啊，你大可以晚些时候再来处理我，但你能不能现在就把情绪发泄出来？"

"我不用发泄任何情绪，你现在要做的就是让开。如果你胆敢坏我的事——"

"绝对不会，这你是知道的——但如果能帮上你的忙，那就把你的坏情绪朝我身上招呼吧，来，我受得了的。你一定要把情绪发泄出来。"

"我没有——"

"你他妈到底想怎样，金！"他吼道。

金呆住了。布赖恩特很少骂脏话，几乎从来不大吼大叫。他以前既没有对她骂过脏话，也没有吼过她。

"我很清楚你在做什么。你把每个人的沮丧情绪都转移到自己身上。你觉得自己要为每一丝负面情绪负责，因为两个小女孩直到现在都还没回家。你想承担起十几个人的所有恐惧，但不管你有多么坚强，那都是做不到的事。"

熟悉的怒火在她体内积聚。"让你的分析见鬼去吧，你怎么敢假设——"

"我敢是因为其他人都不敢，但需要有人告诉你，这不是你的错。"

金知道，此刻她有机会告诉他自己的真实感受。布赖恩特总会让她好受起来，他总能做得到。

但他不仅仅是她的朋友，也是她团队的一员，她绝不能让他们中的任何一个人看到她的恐惧。已经有两个人死了，第三个正在死亡边缘挣扎。查利和埃米还在外面某个地方，既惶恐不安又身处危险。

她不能让自己好受起来。

在她把女孩们带回家之前，绝对不行。

第七十四章

伊丽莎白等到卧室门在他们身后关上才开始说话。

"刚刚那到底是怎么回事？"

斯蒂芬避开她的目光，从她身旁走过。

"她只是想提醒我一下——"

"不是那件事，斯蒂芬。我知道刚刚发生了什么，她把你带到外面，然后骂了你一顿，而且还骂得挺好的，但这不是我想说的事。"

他摇了摇头。"那我不知道你想说什么。"

伊丽莎白坐在床的另一边，她很乐意背对着他。

"为什么我们还没有给出报价，斯蒂芬？"

她的心脏在胸腔里狂跳，但她绝不会放过这次谈话的机会。她害怕的不是再挨一次他的拳头，她真正害怕的是脑海中逐渐清晰得令她绝望的一件事。

"我们还没敲定最终的数目……我们还在讨论……"

"罗伯特和卡伦聊过、讨论过，然后他们为了救埃米和查利付出了行动。为什么我们还没有这么做？"

"他只是装个样子而已，罗伯特知道他们不会接受——"

"你少来这一套，斯蒂芬。你别以为把罗伯特贬得一文不值，自己就能心安理得。他至少尝试过。"

"天哪，利兹，是个人都能发短信。"

"那为什么我们还没有发？"她简单地问道。

斯蒂芬的每句回复都像扎在她心上的一颗钉子——她已经知道这是为什么了。伊丽莎白不想听到他亲口承认，但她必须听到。

"我们的储蓄账户里到底还有多少钱，斯蒂芬？"

"利兹，我不知道，我要上网——"

"埃米已经被绑匪绑架三天了，而你一次都没检查过我们的银行账户。"

她感受到坐在床另一边的他焦虑不安。

"账户里一分钱都没有，对不对？"

"别傻了，当然有——"

"不要再撒谎了，斯蒂芬，我知道账户里一分钱都没有。房子呢？"

斯蒂芬一言不发。

"你给我们的房子办理第二笔抵押贷款了吗？"

"利兹，你听我解释……"

她站了起来，她感觉不到愤怒，她的心已经死了。

"这么说，我们破产了。我们分文不剩，而你没勇气告诉我，我们还没报价是因为我们报不了。"

"利兹，你先坐下，我们能——"

"罗伯特知道，对不对？他知道我们没能力参与这个游戏，救回我们的女儿——这就是为什么他想同时救回两个孩子。"

斯蒂芬站起身，朝她走去。他满脸绝望。

她举起手。"不要碰我。"

"我们能一起渡过难关的。"

伊丽莎白悲伤地笑了笑，走到一旁。在这一刻，她意识到她已经不爱她的丈夫了，却也无法恨他，因为她的心在为失去自己的孩子而悲悼。

　　他们在一起的这些年，她一直在顺从他。她曾答应为了他晚一些再考法学学位，她曾支持他的每一次升职，她曾独自度过每一个没有他的夜晚。

　　当他第一次犯错时，她谅解了他。那时，他的赌债花光了他们的积蓄。当他说这样的事情绝不会再发生时，她相信了他。

　　每一段伴侣关系都是一张资产负债表，伊丽莎白在婚后一直这么安慰自己。表的两边既有资产，又有负债，但现在当她把净值加起来后，她发现公司已经破产了。

　　"不，斯蒂芬，你错了，我不可能从这段经历里恢复过来了。不管最后发生什么，我们的婚姻结束了。"

　　他又朝她走了一步，她举起手，对上他的目光。她毫不掩饰对他的厌恶。

　　他往后退了一步。

　　"你想留在这儿也可以……埃米毕竟还是你的女儿，但请你睡在沙发上。"

　　他像只可怜的、被人遗弃的小狗般垂下了头。她没有任何感觉。

　　她伸出右手。"现在，把车钥匙给我，我要去接我的儿子。"

Chapter Seventy-five

第七十五章

朱莉娅·特鲁曼把所有碗碟装进洗碗机里。艾伦回家吃了个晚饭，洗了澡，换了身衣服，然后就去参加他房地产经纪公司地区经理的每月会议。

他每个月只有今天不和她们一起共度夜晚。

他们晚餐吃得很少。埃米莉似乎心烦意乱，沉默寡言。不管问她什么问题，她都"嗯嗯啊啊"敷衍了过去。

艾伦看了老婆几次，她只是耸了耸肩以示回应。她并不打算和丈夫说早上有警察来访一事，那件事已经结束了。绑架已经是过去的事情，她只想让它留在过去。

尽管遭受过痛苦的折磨，埃米莉却没有变成一个闷闷不乐的孩子。她的情绪一直保持稳定，不会大起大落，朱莉娅猜可能是警察的来访令她不安。她知道埃米莉仍在思念她的老朋友，她们两人一起做的剪贴簿从未远离过她的床边，她也几乎没有机会交新朋友。

朱莉娅知道，她和艾伦限制了女儿的社交生活。埃米莉不上学，他们也不允许她进入任何社交网站。人们可以在网站上追踪到他们的身份。朱莉娅知道。她上网查过。

尽管朱莉娅听到了那个女警官说的话，但她打算将它们完全忽略。

艾伦出了家门后，朱莉娅关掉电视，去检查厨房里的警报器。四盏扇形灯朝她眨着眼睛，四面显示屏上都没有异常活动。她松了口气，朝雅室走去。

这个小房间是整个屋子里她最喜欢的地方，不仅是因为她可以从这里监视前门。

她扫视着书柜，目光停在了薇儿·麦克德米德①的小说上。她刚想坐下来，身子又停住了，思索着要不要再去看看埃米莉。

她的孩子说今晚头疼，早早去休息了。

艾伦走后，朱莉娅已经去看过一次了。

房间里一片漆黑，但埃米莉的 iPod 发出的低沉音乐表明她已经伴随着那个设备里的两千多首歌睡着了。

朱莉娅从没想过要把 iPod 从她身边拿开。虽然歌放不完，但 iPod 的电总会用完。

不，她下定决心，她决定给自己的女儿留一些空间。

在绑架发生后的头几个星期里，朱莉娅一直睡在埃米莉的房间里。为了能快点出售，他们把房子廉价卖掉了。他们现在的房子是艾伦在他的房产目录上看到的，他把这所房子推荐给了她。他们均被这所房子的偏僻、私密，以及全新的闭路电视监控系统吸引，最终定下了它。

搬进新房子里后，她回到了自己的卧室睡觉，但几乎每小时醒一次，看看自己的女儿。同样地，闭路监控也要每小时检查一次。搬到这里之后，白天坐在监视屏幕前的感觉令她上瘾，在最初的一段时间里几乎成了她每天非做不可的事情。如今，她限制自己几小时后才能去看一次。

她坐了下来，翻开书。她的肚子里传来某种焦虑感，一直升到喉咙。

---

① 英国推理小说作家，1987 年出版第一部推理小说《谋杀报道》后一举成名。

她努力读了几页，但眼前的词语仿佛东一块西一块拼凑在一起的陌生语言。句子似乎毫无意义。

朱莉娅告诉自己，这是因为今天早些时候警察的来访。她合上书。她知道这不是原因。当她想起埃米莉时，那焦虑变得像被戳破的黄蜂巢般激烈。

她站了起来，焦虑没有减轻。她必须回去再检查一次，就算会看到孩子脸上无可忍耐的表情，她也要这么做。

她爬上楼梯，强迫自己保持镇定。明天她不会再这样。焦虑感提醒她，是时候"戒烟"了。抽完下一根之后，她一定会"戒烟"。但这一根，她不能等。

埃米莉的房门和她离开时一模一样。

朱莉娅轻轻把门推开。眼前的场景告诉她一切正常，但在她肚子里乱撞的黄蜂却提出异议。

走廊里射进来的光照亮了她女儿在被子下熟睡的形状。

枕头里传出贾斯汀·比伯的歌声。

她走近床，轻轻碰了碰女儿的臀部，触手处只有毛茸茸的被子。

朱莉娅的心脏在胸膛里疯狂跳动，心跳声淹没了音乐的浅唱低吟。

她伸手打开床头灯，房间霎时间被照亮，她看见了她已经知道的事实。

埃米莉不见了。

朱莉娅放声尖叫，声音传遍了整个屋子。

第七十六章

"好了,伙计们,现在差不多十点,我们已经工作十五小时了,今晚就到此为止吧。"

金揉着额头。在这个阶段,他们能做的事情实在不多。

大家开始收拾自己的工作台。

"放下吧,我晚点还要看。"

布赖恩特看了她一眼,但她忽略了他的目光。在今天的最后几小时里,他们一直在翻阅旧案卷,重读证人证词,努力想在案件中找出一些地理上的联系。

"你要走吗,马特?"布赖恩特在门口问道。

"不,我要被留堂了。"他说道。

布赖恩特笑了,犹豫了一阵。她知道他正望着她,但没有回应他的目光。

每个人都和马特道晚安,该死的叛徒。他开始慢慢骗取团队成员们的好感:给这个倒一杯咖啡,给那个带一份外卖。她没出息的团队或许会被打动,但她绝对不会。

"行了,你有什么战略?"她问道,两个人隔着桌子面对面看着,"别说这不关我事,因为这就该死的关我事。"

"行咯，既然你的态度这么友好，我就告诉你吧。"

"真的？"

"对啊，你需要一切你能得到的帮助。明天一早，我就要找斯蒂芬，让他给绑匪一个报价。"

"你知道他们已经没钱了吧？"

"你也发现了？"

"怎么能不发现，罗伯特显然也知道，这就是他想和绑匪谈判，同时赎回两个女孩的原因。虽然他在危急关头给你闹了这么一出，但就是我也没法反对他的做法。"

"你瞧，你又开始用情绪，而非逻辑处事了。"

金感到熟悉的愤怒在体内滋生。"我只是承认他的慷慨，又不是给他颁奖。"

马特耸了耸肩。"你和他们有点太亲密了，已经把自己卷了进去。"

"别他妈开玩笑了。"她疾言厉色地说道。

"真的吗？那你为什么要把斯蒂芬·汉森叫到屋外？"

"我不喜欢他在这么多人面前提起'运尸袋'这个词。"

"和他殴打自己的老婆无关吗？"马特问道。

"夫妻间的家庭琐事与我无关。"

他咂了咂嘴。"你知道，我也听到了他们的对话，但我感觉不到话中的不妥，而你却有了情绪。"

"我没有，而且就算我有，那又算什么坏事吗？"

他想了想，然后点了点头。"算。你把斯蒂芬带到了外面，因为他说错了话，这个做法没错，但斯蒂芬其实是一个很好安慰的人。他是个浑蛋，你不喜欢他。可如果说错话的人是罗伯特，你也会做同样的事情吗？"

"会。"她果断地说道。她知道这是真的，她绝不会和谁关系太亲密，手机里的联系人列表就是证据。

"嗯……那咱们先在这一点上持有异议吧。"

金嘲弄似的打了个哈欠。"我现在想上床睡觉了。"

她直直地看着门。

马特拿起他的文件夹，一言不发地离开了房间。

她并不喜欢他对她的评价，尤其是因为他的话和布赖恩特之前说的不谋而合。她并没有把自己的情绪带入这个案子。她动力十足，决心要把查利和埃米带回家。她绝不允许自己的思想有任何偏差。

餐桌就像一座炸开的印刷厂，她先开始整理布赖恩特的文件。

"呃……我们好像有问题了。"马特回到了房间里，说道。

她翻了个白眼。"我跟你说过了——"

"我的床上似乎多了个男人。"

"什么……"

马特关上了门，把文件放回到桌上，但依旧压低声音说："斯蒂芬·汉森正睡在沙发上，所以我猜他的老婆已经知道关于钱的事情了。"

她看了眼文件，接着把目光转向他，他继续说："我看到了四张沙发，五把扶手椅，还有一个巨大的豆袋坐垫①。我很确定——"

就在此时，她的手机响了，他的声音弱了下去。

她不认得来电号码，她的第一反应是这是绑匪用一部新手机打来的，但这个号码带有区域数字前缀。

"我是斯通。"她答道。

电话那头只有沉默。

金看了一眼马特，他已经停下了整理文件的动作。

———

① 用塑料或橡胶块填充的坐垫。

"我是斯通。"她又重复了一遍。

她还是没有听到任何回答，但对方并没有挂电话，沉默的背后是车流来往的隆隆声。

"哈喽。"她轻柔地说道。

"你是那位警察女士吗？"

这声音柔软、年轻而害怕。

"我是金·斯通。"

"我是埃米莉……埃米莉·特鲁曼，我从家里逃了出来。"

"哦，我的天。"金说道。马特紧紧望着她。"埃米莉，你现在在哪儿？"

"我上了一辆公交车，我觉得我现在应该在利埃。"

"告诉我你周围有什么建筑，你能看到什么。"

"我看到了一家名叫'铁道'的酒吧，三个男人正站在酒吧外面抽烟。街角有一家印度餐馆，还有一家比萨外卖店，在——"

"好的，埃米莉，我需要你走去比萨店，然后待在那里。"

金很清楚那家外卖店的位置，那家店灯火通明，坐落在繁忙的交叉路口。铁道酒吧虽然很小，却也是一家十分正派的酒吧。

"我没有钱呀。"埃米莉说道。

"你就跟他们说你走丢了，警察正要来接你。你能帮我这个忙吗，埃米莉？"

"可……可以吧。"

"听着，你一定要按照我说的去做，不要走出那家比萨店。我现在就来接你，但你一定要待在店里，明白吗？"

"明白。"

那声音又小又害怕，金意识到，尽管埃米莉经历过磨难，但她始终是一个生理年龄十岁、心理年龄却不到十岁的小女孩。仅仅在霍利特里住宅区，她就认识五个和埃米莉同龄但以反社会行为为荣的孩子，可此刻天色已暗，时候也不早了，这个女孩是几个月来第一次离开自己的母亲。

"别担心，埃米莉，一切都会好起来的。当我到了那里的时候，我们能把事情都解决。现在，快去比萨店，我几分钟之后就到。"

"好的。"埃米莉说道。

金挂了电话，转向马特。她的选项极为有限。

"你有车吗？你要跟我一起来。"

Chapter Seventy-seven

第七十七章

开车穿过住宅区的路上，道森见到了七群盯着他看的年轻人，他把车停到一栋塔楼旁，塔楼庄严地耸立在霍利特里住宅区的中间。

卡伊绝对知道他来了。

朝高地法院走去时，他扫了一眼从建筑物里伸出的摄像头。霍利特里住宅区里有二十七个精心放置的圆形摄像头，这些摄像头都已被人无数次地破坏，涂抹，捣烂。最终，委员会承认失败，不再对这里的闭路电视监控摄像头做任何维护或替换。

道森在离开蒂明斯家前毫不犹豫地穿上了防刺背心。可如果真的有人计划伤害他，这厚重的装备并不能提供什么有效保护，往他脖子或大腿上刺去的刀子一样能把他干掉。但不知为何，他感觉这样更好。

他怀着希望，却不抱期待地按下电梯按钮。卡伊·洛德住在十三层，顶层。

电梯门在他面前打开，他松了口气。今天真是漫长的一天。

走出电梯，道森见到另一群年轻人，他并不惊讶。他惊讶的是，他们居然站到一旁，让他过去。

和他沿途见到的其他小型帮派一样，这个帮派里也有肤色各异的会员。"霍利特里风帽帮"并不是一个种族歧视的黑帮，它有自己的领地，控制着住宅区里面和周围的区域。当道森从他们中间穿过时，他们身上的共同特征很明显。他们都穿着代表黑帮颜色的衣服，一些人头上缠着花色丝质大手帕，另一些人则把手帕缠在手上，还有一个人把手帕绑在牛仔裤腰带上。

敲门时，道森听到了"啧啧啧"的声音。他转过身，对上一个头发是姜黄色的矮个男孩的目光，他的站姿比黑帮还像黑帮。他脸上那抹沾沾自喜的坏笑告诉道森，他就是那不敬之声的源头。

道森摇了摇头，身子转了回去，就在这时，门开了。

和他预想的一样，卡伊·洛德的脸上没有丝毫惊讶。

道森迅速打量了一下眼前的男人，立刻想起了斯塔福德郡斗牛犬①。卡伊并不高，但体格强壮。他的牛仔裤稍稍下垂，露出了里面阿玛尼的短裤带。他赤裸着上身，道森知道为什么。他棕色的皮肤更能凸显他轮廓分明的六块腹肌和强壮的胸肌。

卡伊从门旁走开，既没有皱眉，也没有笑容。

走廊里很狭小，没有窗户，但客厅里漏出来的光照亮了走廊。

道森走进一片生活区，一台大得出奇的电视占据了房间里大部分空间。他数了数，地上散落着三个游戏操纵柄，操纵柄上还堆放着各式各样的手柄和控制器。

卡伊并没有选择传统的三座式套装，而是选了五张 La-Z-Boy 皮革椅，围着巨大的屏幕摆成一个弧形。

房间里弥漫着大麻的味道，但并不浓烈。

卡伊优哉游哉地坐进中间的椅子，靠到椅背上。"有何贵干，老弟？"

道森站在原地，他并不是黑帮老大的朋友。

①　英国一种毛短脖子粗、体格壮实的狗。

"你和杜文·赖特熟不熟？"

"一般般呗，懂我意思吗？"

"你知不知道他想离开黑帮？"

"知道点吧。"

"他有没有跟你们说他想走？"

道森知道离开黑帮圈子有好几种方式，最成功的一种叫"退休"。找个工作，找个女朋友，结婚，养个孩子。相对于黑帮的核心成员，大部分边缘成员会如此隐退，但杜文还只是个青少年，远没到"退休"的年纪。

"没有，但那孩子最近很不对劲，对不对？"

"不对劲？"

卡伊的手在空气中挥了挥，仿佛这是再明显不过的事情。"举止奇怪，面无血色，脑子转不灵。统统都是迹象，兄弟。"

"什么迹象？"

"想离开帮派的迹象。要走就走得隐蔽一点，这样别人就注意不到。"

道森知道这种离开帮派的方法，但这需要提前计划，而且得缓缓进行，得花很长时间。

"但莱龙注意到了？"

"如果注意不到，他还算哪门子老大。光 bang 是不行的，莱龙决定要shank 他。"

道森庆幸自己知道"bang"是"用拳头打"的意思，而"shank"则是"用刀子捅"的意思。

卡伊的坦率态度让他很惊讶。他猜这是因为莱龙因涉嫌谋杀被逮捕，很长一段时间都不会再回来了。

"你是什么时候知道杜文还活着的？"

卡伊耸了耸肩。"我可不知道，老弟。"

"你那时在医院吗？"他追问道。

卡伊又耸了耸肩。

"这么说，你是谋杀案的从犯吧？"他继续追问，"当时，你也参与了走廊斗殴，分散人们的注意力，好让你的'老弟'能进入病房完成任务？"

卡伊不为所动，还是耸了耸肩。

"老天，你们这些人真是坏得——"

"没有，伙计，你弄错了，"卡伊说道，这是他第一次在话里带上了情绪，"莱龙是一个信奉'血刀进，血刀出'的浑蛋。我可不是那种人，兄弟。"

道森知道"血刀进，血刀出"的意思是说，既然你犯下血罪进了黑帮，那你也得流着血出去，而杜文已经血偿了。

"杜文死了之后，你们的日子也过得不错嘛，不是吗？"道森问道。

在卡伊和蔼的外表下，道森看到眯成一条线的眼睛里闪过一丝愤怒的光芒。

"反正也没什么工作要做，对不对？"

"是谁告诉他的，卡伊？"道森问道，"是谁告诉莱龙杜文还活着的？"

卡伊一言不发。他既没有耸肩，也没有回答问题。

道森重重地叹了口气，摇了摇头，这么问下去毫无头绪。他扫了一眼窗外，已经有三群人聚集在了街灯下，旁边是他的车。

他转向黑帮头子。"所以，我能活着离开这里吗？"

卡伊笑了，耸了耸肩。"你不为我而来，我也不为你而去，懂吗？"

道森点了点头，表示理解，朝走廊走去。大麻的恶臭消散了，取而代之的是另一股更强烈的、他认得的味道。

当然是这样了，为什么他之前没有想到？道森咒骂自己的愚蠢。

他敲了三下走廊里唯一一扇关上的门。

"劳伦，你出来吧，我已经问完了。"

下楼时，他选择了走楼梯，想整理一下思绪。

不论卡伊表现得多么平易近人，道森还是无法忘记有人把杜文还活着的消息告诉给了莱龙。莱龙做了他该做的事情，结局就是蹲很久的号子。现在，卡伊成了城堡的新国王。多棒的晋升。

之前站在卡伊门外的四群人，现在正站在他的车旁，他们身上散发着某种他从未感受过的躁动的能量。他看了他们一眼，感受到了空气中的紧张气氛。

道森转头望向十三楼，窗户上勾勒出卡伊的轮廓。

那身影转身离开——就在这一刻，他的后脑遭到了第一下重击。

第七十八章

道森疼得倒抽气，想赶紧跑到车门旁。

第二拳正中他的右太阳穴，他的眼前顿时一片模糊，仿佛蒙上了一层薄纱，像夜空下的窗帘，布满了星星。

他感到右腰遭到猛击，对方用的不仅仅是拳头，他怀疑自己被指节铜环击中了，因为他感到身体四处都在疼。他疼得弯了弯腰，听到自己发出一声痛苦的呻吟。拳头如雨点般落下，但他依旧努力挺直身子。

道森知道，如果他屈服于身体的本能反应弯下腰，那他的攻击者就顺手多了。

另一拳打在了他耳后，他立刻用手臂护住头。"给我滚开。"他努力骂出几个字，辗转挪动，想避开拳头。

"闭你妈的嘴，猪头。"

"卡伊已经……命令你们……"

"去他妈的卡伊，这是对你闯进我们地盘的惩罚。"

有人一脚踹在了他膝盖后面，他摔到了地上。他再次想护住自己的头。

又有一脚踢到了他肋骨旁边，但防刺背心帮他减缓了冲击。

"这家伙穿了防刺背心。"踢他的人喊道。

"捅他，兄弟，拿刀捅他。"另一个人喊道。

他抬起头，看到某人正拿着一把刀。

真实的恐惧渗入他的胃里。他该保护身体的哪一部分？无力反击令他越发愤怒。他憎恶黑帮斗殴。他敢跟他们任何一个单挑，但打群架实在太不公平了。

他们朝他走来，脚步声在他身边逼近。

"他妈的给我让开，兄弟。"他听到一个人这么说。

拿刀的那个人想靠近他，但其他用拳头的人却挡住了那个人的路。

他左右扭动，上下跳跃，只想着对可能袭来的刀做好准备，他的四肢都在极力避免和刀接触。

他的大脑在尖叫，这里可能就是他的葬身之地，刀锋随时会刺入他的身子。

"喂，你们这些小浑蛋，离他远点。"一个女人喊道。

"滚开，婊子。"其中一个人讥笑道。

这个声音很熟悉，可道森却想不起声音的主人。但是，拳打脚踢停下了，他暗暗感激。他的身体为能有这个喘息的机会而欢呼。

一道光照向他们，那女人又说话了。"三秒之内，我能辨认出你们所有人的身份。"

那声音既坚定又自信。

"杰克波特，我知道你就站在后面。"

道森听到大家匆匆转身、仓皇而去时衣服发出的沙沙声，某人匆忙离去时还慌慌张张地把脚踩到了他的手上。

他忍不住大声呼痛。

一只手放在他的肋骨上。"嘿，你还好吗？"

道森的目光顺着一双高跟鞋往上望去，来者穿着一条凸显苗条身材的紧身牛仔裤，还有一件厚夹克。

"哦，我的天，可别是你。"他脱口而出。

特蕾西·弗罗斯特歪了歪头，挑起一边眉毛。"不客气。"她说着，把他拉了起来。

他立刻意识到自己出言不妥，他其实很感激特蕾西出手相救。

"抱歉，我不是故意让自己听起来像个浑蛋的，谢谢你帮我把他们赶跑。"

"嘿，这叫善有善报嘛。我记得上一次我也很感谢你的帮助，还有你的谨慎。所以，咱们算是扯平喽。"

"我觉得你刚刚救了我一命。"

她喷喷道："别傻啦。如果他们真想要你命的话，我现在应该在帮你叫救护车了。"她将他转了个身，让他面向她，把他上下打量了一番，"不过，我觉得你性命无忧啦。"

尽管疼痛在他身上肆虐，道森的大脑依旧在正常运转，他意识到这个该死的记者在跟踪他。虽然他很感激她的见义勇为，但也绝不会告诉她任何事情。

"听着，特蕾西，我不管你刚刚帮了我多大忙，我是不会告诉你任何事情的。"

这句话让她吃了一惊，但她很快恢复了镇定。"好吧，看来我浪费了一晚上的时间跟踪你，对不对？"

"你来这儿可不是为了我，是不是？"他问道。他的脸上不禁浮现出一抹微笑，但下巴处的疼痛却把这微笑生生打断。

他立刻用右手揉了揉作痛的地方。

"对啊，我只是觉得，你比'珍珠'更好打交道。"

他皱起了眉。"'珍珠'？"

　　特蕾西耸了耸肩。"我们办公室的人用这个外号称呼你的上司。你知道吧，冷淡、封闭、无法透视。说实话，给她这个外号已经算好听的了。"

　　"嘿，等等，"道森说道，感觉自己的身体僵住了，"你又不认识她，她其实——"

　　"行啦，"她说道，举起手，"我可没打算相信你说的任何一个字，你还是省点力气，别白费口舌了。"她说着，转过了身。

　　道森暗暗承认了这一点，但他突然明白了一件事。"行，那我帮你保守秘密。"

　　"什么秘密？"

　　"你来霍利特里住宅区不是为了我，"他说道，"你来这儿是因为你想知道杜文身上发生了什么，因为你真的关心他。"

　　她重重地叹了口气。"行，你说对了一半。我确实想知道杜文身上发生了什么，但你可别误会了我的意思，我只是想拿到他的故事。"

　　这句话说得有些生硬了，她好像刻意往话里添了一丝冷酷。

　　看着她走入黑暗，他努力地想再挤出一丝笑容。

　　他在她身后用她听得到的声音大声喊道："我说过，特蕾西，我会帮你保守秘密的。"

　　特蕾西来这里是为了什么，其实并没有多么重要，他只是感激她来了这里。他感觉，自己刚刚在鬼门关走了一遭。

第七十九章

在金接到埃米莉电话的六分钟后，马特把车停在了比萨店外的双黄线上。

车还没停稳，金就从副驾驶座上冲了出去。柜台处有三个人在排队，已经拿到餐的人则在旁边漫无目的地转悠，嘴里啃着烤羊肉串。

金不顾旁人不满的抗议声，推开了前面几个人，挤了进去。

"我是警察，那个小女孩在哪儿？"她问经理。

"那儿。"他说着，朝一台老虎机点了点头。金朝他指的方向望去，两个女孩正看着机器吐出两英镑硬币，欢声尖笑。

埃米莉不在那儿。

"她在哪儿？"她吼道。周围所有人都转过头来看着她。

经理看向等着拿餐的人，耸了耸肩。

"该死，她不见了。"金说着，从马特身边冲了过去。他走出比萨店，跟在她身边。"该死，她在哪儿？"她喊道，往右看了看，又往左看了看。这家外卖店坐落在利埃主干道的尽头，旁边是他们从佩德摩尔开过来的路。如果她从那条路走过的话，他们肯定会看到她。但金刚刚并没有仔细观察，因为她只想着埃米莉会在外卖店等她。

另一条路通往梅丽山购物中心，对面的路则笔直地通向斯陶尔布里奇环形路。

"该死，我要去哪儿找才好？"她问自己。面前有四个可能的方向。

"冷静下来。"马特用命令式的语气说道。

"现在有一个十岁小女孩失踪了，我怎么可能冷静得下来？我要打给她的母亲，如果她被带——"

"用逻辑思考。她已经到了能自己走那么远的路，还能想办法打电话给你的年龄了。所以，如果她自己跑走的话，她会想去哪里？"

她站在原地，望向各个方向。埃米莉之前在外卖店里，经理见到过她。是什么促使她离开了？而她又去了哪里？

金看向马路对面的铁道酒吧，两个男人正站在门外抽烟。在金的目光所及之处，照亮远处马路的只有路灯，还有动物诊所旁边的加油站。

马路另一边是一家印度餐馆，里面灯光昏暗，更远处已没有灯光，所以金排除了埃米莉往那儿走的可能。

沿利埃主干道的方向望去，几个商铺里面灯火通明。

"你去加油站看看，我去那里。"她指示道。

幸运的是，马特并没有和她争论，朝加油站走去。

金沿着主干道缓步而行，每经过一家商店就走进去看看。每走一步，她的心就跳得越厉害。她知道之前挂了埃米莉的电话之后应该立刻打给埃米莉的母亲，但她那时很确定自己几分钟之内就能见到她。

如果她的行为伤害到了埃米莉，金永远不会原谅自己。

她走到主干道对面，检查另一边的商铺。她经过一条黑暗的街道，这条街道通向商铺后面的一个停车场。金确定埃米莉绝不会走去那里，就是她都不会跑去那样的地方。

她身后便利店的门口隐隐约约冒出一个影子，她转过身，原来是店主在关门。

"您见过一个小女孩吗？"她问道，目光越过他，落到店里。

他摇了摇头，从她身边走开。

两个男人在自动取款机旁咒骂，她走向他们。

"嘿，你们有没有在附近见到过一个小女孩？"

她看得出，他们才十八九岁。其中一个把她上下打量了一番，另一个则摇了摇头。

一辆车停在双黄线上，车里坐着一对夫妻，他们好像正在为家庭琐事争吵。金重重地敲了敲车窗，把他们俩吓了一大跳。

坐在驾驶座上的女人摇下车窗，嘴里已准备好了污言秽语。

"你他——"

"你们见没见过一个独自走路的小女孩？"

那女人的怒气消了，摇了摇头。

该死，这件事肯定是在过去几分钟里发生的。这么晚了，怎么可能没人留意到一个独自走夜路的十岁小女孩？

埃米莉，你在哪儿？金的内心在尖叫。

她深吸一口气，继续往前走。走了几英尺后，一道亮光穿过马路，照到她的靴子上。

她心中涌起一线希望，迷你市场热情的霓虹灯光从双层玻璃窗中照了出来。

金立刻知道，如果逃走的人是她，她也会跑来这里。

她冲过马路，朝窗户里扫了几眼，收银员不在前台。

求求你一定在这里，埃米莉。她暗暗祈祷，推开了门。

商店后面某处，铃声响起。

一个五十岁出头的女人走了出来，她穿着海军蓝裤子，还有带黑色拉链的羊毛夹克。

"您见过一个小女孩吗？"金不假思索地问道。

"你是谁？"那女人问道。

金如释重负，几乎想放声欢呼。埃米莉肯定在这里，不然这女人只会简单地回一句"没有"。

金从来没有像这次一样这么开心地拿出警徽。

"我是侦缉督察斯通，那个女孩早些时候给我打了电话要我来接她。"

"跟我来。"她说道。

金朝商店后面走去，穿过一扇标着"员工专用"的门。

埃米莉坐在小职员室的角落里，房间里放着茶水、咖啡，还有几个储物柜。

金朝女孩大步走去，拉住她的手。"埃米莉，你怎么没在外卖店好好待着呢？"

可怜的女孩脸色苍白，浑身止不住地颤抖，她的掌心凉得像冰块。

"我不能待在那儿。"她说着，惊恐地望向金。

金蹲了下来，和埃米莉齐平，她的语气和电话里截然不同。

"埃米莉，发生什么事了？"

"是他，"她说道，眼泪掉了下来，"我看到他了，我看到把我抓走的那个男人了。"

Chapter Eighty

第八十章

金稳稳地把手放在埃米莉的肩上，走进外卖店。人群已经散去，柜台前只有两个人。

马特正在附近找一辆"用锁扣锁住的蓝色汽车"，这是埃米莉唯一能给出的描述。

尽管金有些许怀疑，但埃米莉坚持说那个人就是他，他们的目光还相遇了。她很确定他看到了她，这就是为什么她要逃跑。如果那人还在这附近，金希望马特能找到他，但她绝不会离开小女孩一秒。

金怀疑这将是一场徒劳无功的搜索，埃米莉见到的那个男人可能早已走了十到十五分钟了。

如果埃米莉没弄错那个男人的去向的话，那他应该穿过了红绿灯，然后朝斯陶尔布里奇环形路走了。从环形路开始，他走向哪里都有可能。

金对上了外卖店经理的目光，她朝在夜间封锁起来的餐厅区域扬了扬头。"我们能进去一下吗？"

他点了点头，打开灯的开关，最远处的角落都亮了起来。

"谢谢。"她说道，拉开黑色的封锁带，好让埃米莉过去。

她更愿意陪埃米莉待在那家商店的后面，但那女人说得很明白，她要关门，把店铺锁起来。

金让埃米莉坐下，自己坐到她对面。"为什么你要从家里逃出来？"

埃米莉低头盯着桌子。"我实在是受不了啦，我感觉自己就像在蹲监狱一样，妈妈每时每刻都要问我在做什么。过去十三个月里，我只离开过家六次。一次去看医生，两次去看牙医，还有几次去买新衣服。"

金同情她的遭遇，费瑟斯通监狱里的囚犯都比这小女孩自由。

埃米莉焦虑地往窗外扫了一眼。

"他不会回来的，埃米莉，"金说道，"只要我在这儿，我不会让任何人伤害你。我保证。"

埃米莉笑了，点了点头。"我知道，但我现在总是能看到他的脸。"

金猜埃米莉必须等她父母来把她带走才会完全安下心来。

金俯身过去，柔声说道："你为什么打给了我？"

"因为我听到了你和我妈妈说的话。她是不肯改变的，但我知道你是对的。我也知道你问她能不能和我说说话，所以我拿走了你放在桌子上的名片。"

金同情女孩的悲伤，但她知道，她也有必须做的事情。

"埃米莉，你知道，你要打给你的妈妈。"

她点了点头，下唇在颤抖。

"她不会生气的，但她现在可能非常害怕。"

"她永远都不会变，对不对？"埃米莉伤感地问道。

金没有说话，她觉得女孩是对的。

金伸出手。"如果你能把手机给我的话……"

埃米莉摇了摇头。"我没有手机。妈妈说'你能用手机上网'，所以我不能用手机。"

金拿出她的手机。"你们家座机是多少？"

埃米莉把号码报了出来，金立刻拨了过去，电话占线。她又拨了好几次，第五次时，铃声才响了一半，对方就接了。

"你好？"

金从这两个字里听出了焦虑和恐惧。

"特鲁曼夫人，我是金·斯通，我们——"

"请你立刻挂断电话，我的女儿——"

"和我在一起。"金迅速说道。

"什……什么？"

"她很安全，特鲁曼夫人，她什么事都没有。"

"感谢上帝……哦，我的天……感谢……哦……"

金把电话递给埃米莉。

金觉得她能听到电话那头的母亲在啜泣，埃米莉的眼泪滑下脸颊。

"妈妈，对不起，我不是故意的……"埃米莉点了点头，听了一会儿，然后又点了点头，"我知道，妈妈，我也爱你。"

埃米莉把手机还给了金。

"督察，我现在就来，请你一定不要离开她身边。"

"我一定不会的，特鲁曼夫人。"金说道。她跟特鲁曼夫人说了她们在哪儿，然后挂了电话。

马特出现在埃米莉身后，摇了摇头。跟金猜测的一样，埃米莉见到的那个男人已经不在这附近了。马特拉过来一把椅子，坐到离桌子一米远的地方。

金重新转向埃米莉。"你的妈妈非常非常爱你，她只是在做自己觉得正确的事情。"

"我知道，这就是为什么我没办法生她的气。这不是她的错。"

金的内心因愤怒而一颤。是的，这是那些绑架了她们两个，眼下可能又绑架了另外两个女孩的绑匪的错。

"你现在可以跟我说话呀，"埃米莉静静地说道，"我妈妈过一会儿才能到呢。"

金很想那么做，但不能那么做，她朝孩子笑了笑。"我不能那么做，甜心。你的父母没有给我许可，我不能问你任何问题——"

"但我可以。"马特说着，把椅子往前拉了拉。

"不行，马特……我不能允许——"

"我可没有征求你的同意。我不受警方规则的管束，如果你敏感的天性接受不了我的做法的话，那我建议你走开。"

金感觉到，不管她做什么，这个男人都不会听她的话。

埃米莉看着他俩对话。

"埃米莉，捂上你的耳朵。"金说道，俯身朝马特凑去，"我阻止不了你和她说话，但如果你说的话让她不快的话，你的蛋蛋就会——"

"我没打算让她不快，"他生气地低声回道，"这不是因为你威胁我，而是因为我不是一头迟钝的猪。"

金从他身边退开。行吧，如果他能问到什么有用的东西的话，那就随他去吧。

她示意埃米莉不用再捂住耳朵。他俯身过去，开始柔声说话。金掩饰住自己对他音调变化的惊讶。

"埃米莉，我要给你看一个男人的素描，我觉得他可能是绑架了你的那个男人。你愿意看一下吗？"

那张素描是警方根据布拉德对那个假扮警察的绑匪的外貌描述绘制出来的，汉森一家和蒂明斯一家都不认得画像上的人。

埃米莉咽了一口唾沫，望向金。金隔着桌子，伸手碰了碰埃米莉的胳膊。"你不一定要看的，甜心。"

"如果我看的话，能帮你们找到苏西吗？"

金咽了一口唾沫，目光看向别处。这个年轻的女孩是不是抱着自己朋友还活着的希望？

"别担心，我知道她已经死了，但她还是应该被带回家。"

金感到一股强烈的情绪涌上喉头，她点了点头。

"或许能帮上忙，埃米莉。"

"那请你给我看看这张画像吧。换作是苏西，她也会为了我这么做的。"

这个女孩远比她想象的要成熟。

马特从口袋里拿出那张素描，把它摊开。埃米莉望了望画上的人，吸了口气，别过脸去。

"这就是你之前看到的那个男人吗？"

埃米莉点了点头，却再也不想看那张画，只是紧紧握着金的手。马特把画叠了起来，放到旁边。

"好的，埃米莉，我不会再让你看啦。这就是那个把你抓走的男人吗？"

"对的，他那时抱着一只姜黄色的猫咪。他说那只猫咪很可怜，要我抱抱它。我抱了抱那只猫咪，他立刻用胶带把我的嘴封了起来，扔进了一辆货车。他抓起猫咪，把它扔到了车门外，然后把我绑了起来。他开了一会儿，然后又把苏西扔了进来。"

她闭上眼睛。"看到苏西的时候，我很开心，因为她是我最好的朋友，我感觉没有那么害怕了。"

金靠到椅背上，听着埃米莉说话，她发现当马特温柔地问问题时，埃米莉的手指偶尔会弯曲一下。埃米莉对自己被囚禁期间的记忆详尽得令她惊叹。

"最后一天发生了什么？"马特问道。她知道他的目的是什么。

"那个大个子男人走了进来，抓住了我的头发。苏西想抓住他。她在尖叫……我们都在尖叫，但他打了苏西一拳，苏西向后倒在了地上。我回头看了一眼，我大声叫她的名字，但她一动不动。"

金盯着桌子上没有被擦去的一块碎屑。

"他把我带进了一辆货车，开了一会儿，然后把我带了出来。他把我转了几圈，然后推到地上。

"我听到货车开走的声音，但看不到车开走了，因为我眼睛上被蒙了一块布，还头晕。"

马特靠了过去。"埃米莉，你还记不记得那一天发生的其他事情？你有没有听到任何声音，或者看到任何东西，能让你知道你在哪儿？"

埃米莉摇了摇头。"我太害怕了，我不知道他们要对我做什么，我在哭，然后……"

"没事的，埃米莉。"金安慰道。这个年轻女孩记住的东西太多了，不幸的是，这其中能帮到他们的信息并不多。

一阵空气的涌动引起了金的注意。

朱莉娅·特鲁曼急匆匆地朝他们走来，血红的眼睛在她毫无血色的脸上看起来就像两个小圆盘，但她的眼里只有自己的女儿。

金起身走到一边，马特跟在她身后。

一个留着金色短发的俊朗男人紧紧跟在朱莉娅后面，他的表情没有他老婆那般惊恐，却也刻着忧虑的痕迹。

一家人团聚在一起，拥抱哭喊，然后又拥抱了一会儿。

"他们肯定还得抱更久呢，"马特静静地对金说道，"可能还要给他们更多时间——"

"督察，实在是非常感谢你。"特鲁曼先生从拥抱中抽出身来，说道。

金举起手。"是你女儿打给我的，特鲁曼先生。她想帮忙。"

特鲁曼夫人顿时直起身子，她的眼里满是恐惧，但嘴巴紧闭。朱莉娅或许会因为埃米莉从家中逃走而责怪她。如果她没有来访，问她们各种问题，这些事情都不会发生。金觉得她这么想或许也没错。

金知道，她必须再试一次。她用眼神示意两位家长走到旁边，让马特暂时照顾一下埃米莉。

"听着，我理解这对你们来说有多么艰难，但如果埃米莉能给我们提供一些信息的话，她能帮上很多忙。她希望她能帮我们的忙，我觉得她记得一些有用的细节，但一下子还想不起来，"金深吸一口气，"或许我们能考虑一下催眠……"

特鲁曼夫人一声轻呼。她的丈夫把一只手放在她手臂上安抚她。

"督察，我们付出巨大努力才把埃米莉和过去发生的事情隔绝开，我不认为——"

"你们的努力到目前为止成效如何呢？"金轻柔地问道，"我不是刻意无礼，但对埃米莉来说，绑架或许还是上个星期发生的事情。她很爱你们，但过得并不开心。"

"可如果我们允许她帮你们，那绑匪再抓她回去怎么办？毕竟，他们不是还没被抓到嘛。"

金听出了女人声音里的一丝苛责，但她没有理会。她有理由苛责。

金知道，她现在只剩下一个选择了。

"因为他们又犯案了，特鲁曼夫人。"

"哦，上帝，别……"她说着，捂住了嘴巴，她的丈夫低声咒骂。

"我不能告诉你们任何细节，我们在进行媒体封锁，所以我必须请求你们，不要将这件事情说出去，但是，确实有两个女孩在星期日被绑架了。"

"你觉得，绑匪就是绑走埃米莉的那伙人？"特鲁曼先生问道。

"我们非常肯定。"她对特鲁曼先生说道，又把目光转到他老婆身上，"如果你们允许我们和埃米莉合作，我向你们发誓，不抓到那些绑匪，我绝不会罢休。"

金一直到埃米莉站到父母中间时才留意到她。

"求你了，妈妈，让我帮忙吧。为了把苏西带回家，我愿意做任何事情。"

当金看到这对父母交换了一个同意的眼神时，她真想给这个勇敢的小女孩一个大大的拥抱。

特鲁曼夫人点了点头。"好吧，你想让我们做什么就说吧。"

金谢过他们，然后他们走出了门。

她走到餐厅角落给伍迪打电话，他保证明天一早会派一个专业人士到场。

"嗯，我给自己挣到了一杯咖啡，你要不要？"马特问道。

她犹豫了一下，然后点了点头。尽管她不想待在这儿，但也可以跟他喝一杯咖啡。

她更想开车在街上寻找那个埃米莉看见的男人，但她知道他早就走远了。

更重要的是，他有没有看见她？

第八十一章

金把目光转向马特。"那么，咱们现在要不要结为朋友，交换生平事迹，开始相互尊重呢？"

"老天爷，真要那样的话，一杯咖啡可不够。"

金抿了一口咖啡。对一家外卖比萨店来说，这里的咖啡做得真不错。

"我看到了，你知道吧。"她微微一笑。

"看到什么？"

"情绪。在你和埃米莉说话的时候，我看到你流露出了一些情绪，但别担心，几乎注意不到。"

"瞧，你就是做不到，是不是？我请你喝了一杯咖啡，我只是想要十分钟的停火而已，但你就是做不到。"

她承认了这一点。"行呗，那说说你的生平经历吧，你以前是警方的谈判专家吗？"

他点了点头。"是，伦敦警察厅。"

"但你后来又不干了？"

"对。"

"老天，我以为我才是那个缺乏社交能力的人。"

"抱歉，我不擅长闲聊。"

他们之间的相似程度让金有些害怕。该死，她很烦让布赖恩特说中。

金意识到，马特一谈起工作就兴致勃勃，问他有关工作的问题就能让他说得更多，这样她的负担就更少。

"伦敦警察厅把你派到海外了？"

他点了点头。"之前我被派遣到了墨西哥，一位上议院议员的孙女被绑架了。四十八小时后，她平安归家。"

"所有案子都这么顺利吗？"

他摇了摇头。"每个犯罪团伙都是不一样的。在南非，儿童绑架案发生的主要原因是绑匪想资助恐怖组织。尽管这是生意，但你永远不能忽视和你打交道的人的类型。"

"继续。"金催促道。她对他的话很感兴趣，而且她也想让自己暂时放一放眼下的案子，哪怕十分钟也好。"拜托了，你继续说下去就好。"

他啜了一口咖啡。"你要做的第一个决定是，你要把对方当成对手还是搭档。你打算和对方斗争吗？还是打算合作？之前我也和你说过，当你在用孩子的性命进行谈判时，没有多少父母会支持你采取对抗性的策略。

"犯罪团伙通常会直接提出要求。基于已有的信息，我们会采取不同的谈判方法。"

"比如？"

"有很多。我们的绑匪现在用的是拍卖法，目的是利用投标过程加剧双方父母的竞争。还有一种叫边缘政策，指其中一方提出无法协商的条件。切忌假装某个条件对你来说不重要，因为之后它可能会派上用场。

"还有一种叫畏缩法，用这个方法时，你要对对方提出的条件表现出强烈反应，例如深吸一口气。通过电话交流时，这个方法很有效，但如果是用短信交流，它的作用就要大打折扣了。还有高估法、低估法、压价法、花言巧语法，以及经典的'好警察，坏警察'法。"

"哪个方法最有效？"

他思索了一会儿。"只要你根据规则行事，其实这些方法是没差别的。这些方法，犯罪团伙用得比我们娴熟多了。他们知道我们会采用这些法子。双方都默认只要大家遵守游戏规则，那么双方都能得到好处。"

"这么说，绑匪能预测你会用什么战术？"

马特点点头。"关键就在于严格按照规则行事，犯罪团伙成员不喜欢意料之外的事情发生。如果你中途突然改变计划，他们会紧张，这可不是什么好事情。"

"那么，你们总会遵守计划吗？"

他摇了摇头。

"不会，上一次，我在巴拿马办一个案子。我和另一个人一起工作，要从绑匪手里把一个政府官员的五岁儿子救回来。

"十分不幸，那位官员最近继承了一份遗产，数目被报纸过分夸大了。我们采用了'好警察，坏警察'法，在两天之内，把价格压低了三分之一。这方法一直行之有效。我扮演的是'坏警察'，几乎什么条件都没答应，而米格尔，和我共事的当地专家，则做了很多让步。

"我们轮流在电话上和绑匪交流，一直在压低对方的条件。我们知道男孩很安全。孩子的父母收到了一封邮件，里面是一张男孩穿着内裤追小鸡玩的照片。

"瞧，这就是他们干的事情。他们把孩子带到一个偏僻的村庄，交给另一家人照顾，让他们和其他孩子一起玩。绑匪这笔交易的目的不是谋害孩子。通常情况下，他们只是想资助自己相信的理想。"

"后来发生了什么事？"金问道。

"我们离终点已经很近了。我们知道，他们也知道。再过一天，我们就能达成协议。

"我离开房间的时候，米格尔接了一个电话。他改变了计划，给他们提了最后一个不可协商的条件。"

"他为什么这么做？"

马特重重地叹了口气，耸了耸肩。"想给案子注入一点意料之外的元素，觉得这样能让对方紧张，然后屈服，也想给这个家庭留下个好印象，给他们省点钱。"

"后来呢？"金问道，恐惧已经积聚在她的腹部。

"他们挂了电话，再也没有打回来。六小时后，人们找到了伊桑的尸体。"

"我的天。"

马特用左手旋了旋空空的咖啡杯，他的右手握成拳头。

"那是多久以前的事情？"

"四天半前。"

"哦，马特，我很——"

"别说了，"他说道，举起手，"把你的同情留给可怜的孩子吧。"

金点点头，表示理解。"你们有没有尝试逮捕那些犯罪团伙？"

"有时我们会派警察监视交付点，但这样的行动其实只是敷衍了事。在巴拿马，百分之二十四的人口生活在贫困之中。实施犯罪的人数，远远大于打击犯罪的人数。"

金一阵沉默。"那么，接下来有可能发生什么事呢？"

"催促父母汇款。绑匪必然不会让父母忘记他们的潜在损失，就为了能再逼他们一把。绑匪或许会给父母发一封两个孩子尖叫的语音邮件，或者让父母听听孩子的亲口恳求——这就是为什么孩子们还活着。"

金明白他的意思。

"一旦绑匪催款，那你就要分秒必争了，因为女孩们已经没用了，就和因加一样。"他顿了顿，"你知道，这场游戏是没有终点的，对不对？
在交付日那天，两个女孩已经死了。"

金咽了一大口唾沫，点了点头。

她知道。

Chapter Eighty-two

第八十二章

金回到餐厅里，坐到桌子旁，桌上依旧摆满了白天工作留下的文件。

马特留在厨房里写笔记。

他如此迅速地适应新调查的能力令她无比钦佩。他的上一起案子以一个孩子的死亡告终，而短短几天后，他又被调到另一起案子里。

她望着查利和埃米的照片，她不确定自己的适应能力有没有他那么强。

金还是不喜欢他，但她也不得不承认——至少暗自承认——她尊重他。

她站起来，盯着地图。这绝对是关键。这必须是。

他们发现的一切都毫无用处，现在唯一有用的线索就是绑匪的位置。

谈判是没用的，最大的用处也就是拖延一下时间，但让女孩们活下去的唯一办法就是在交付日到来之前找到她们的位置。

她决定下楼洗个澡，弄一杯咖啡，然后继续研究。

她放在桌上的手机发出叮的一声。她拿起手机，发现收到了一条新短信，看到是布赖恩特发来的，她皱了皱眉。当读到短信内容时，她的眉头皱得更深了。

来外面。

现在是午夜时分，不是继续他们之前的讨论的好时候。那应该在案子结束之后。所以，他觉得自己在干什么？

她拿起大衣，穿过大厅。

"一切还好吗，长官？"卢卡斯站在岗位上问道。

金点了点头，打开了门。

布赖恩特站在二十英尺开外的庭院水景的右边，她的目光落在他的手上，他牵着一条狗绳，绳子系着巴尼。

布赖恩特松开狗绳，巴尼朝她冲去。她蹲了下来，张开双臂。它那温暖、毛茸茸的身子在她臂弯里欢快地扭动。

"嘿，孩子，你好吗？"她搂着它问道。

她的手捧着它的头，望向那双闪亮激动的眼睛。她吻了吻它的额头，把它抱得更紧了。"很开心见到你。"她说着，挠了挠巴尼背上的某块地方，巴尼喉咙里发出惬意的低呼。

布赖恩特走到他们身边。"如果你不肯跟我说话的话……那就跟它说吧。"他说着，把狗绳递给了她。

金摇了摇头，她不需要绳子，她的狗从来不会离开她的身旁。

她和巴尼绕着房子走了一圈，巴尼紧跟在她身后，跳来跳去，还用鼻子去蹭她垂下来的手。她蹲下身子，坐在房子旁边的小路上。小狗立刻挨到她身边，依偎在她的臂弯里。

它转过身，用舌头好好舔了舔她的脸。她大笑起来，把它抱紧了。"我也很想你，孩子。"

"检查。"她说道，小狗移动了几英寸，然后坐了下来。她教会了它如何听令而坐。她看着它的头顶，用手把它抚摸了一番。它光亮的皮毛十分厚实，很难分辨出它是重了还是轻了。她还检查了它身上有没有纠缠在一起的毛团，对一只边境牧羊犬来说，这是不可避免的。

在金给它检查身子时，巴尼的目光一直望着前方。

金摸了摸它的头，以示奖赏。"好孩子，身体很棒。"

很显然，它被照顾得很好。

它又趴进她的怀里，她用手臂搂着它。"我知道，孩子，我也很想你。"

有那么一会儿，她几乎没有意识到寒意透过冰冷、坚硬的路面渗入她的皮肤。冷风没能拍打到她的脖子，只有巴尼和它带来的温暖。

"他是对的，你知道。"金低声朝巴尼耳朵说道。她朝她唯一的人类朋友扬了扬头，他正站在房子前面等她。"我绝不会告诉他，但我真的很害怕，孩子，我很害怕自己不能把两个女孩活着带回家。"

风声呼啸，仿佛在对她说已经太晚了。

就算现在还来得及，可那些浑蛋对这两个女孩做了些什么？她知道她们现在很恐慌，更糟的是，可能还赤身裸体。在绑匪做的所有事情里，这是最令她气血上涌的一件。他们羞辱两个女孩，把她们的衣服剥光，只为了抬高该死的价码。这无耻程度已经超过她经手的所有案子。

金靠到墙上，闭上眼睛。在这几分钟里，她放任自己尽情感受巴尼的温暖和亲昵，她似乎感觉到，身体里的绝望已离开了她，落入寒冷的地上。它的温暖在她身体周围徘徊，她的手有节奏地抚摸着它，伸进它的皮毛里。

金享受了巴尼整整十分钟治愈的陪伴。这是她无比珍视的十分钟。

她睁开眼睛，往前坐了些，吻了吻它的鼻子。"谢谢你，我可爱的朋友。"

她站起来，拍去背上的灰尘。巴尼随她走回房子前，布赖恩特正在水景旁踱步。

他早些时候找她说的话是对的。她现在意识到，她之前总对身边的人大吼大叫，甚至是孩子的父母。斯蒂芬·汉森是她遇到过的最令人无法忍受的男人之一，但他的孩子失踪了，有那么一会儿，她忘了这一点，她本不应该忘记的。只有布赖恩特有胆量告诉她。

巴尼站在他们中间，从一个人望向另一个人。

金咳嗽了一声。"听着，关于早些时候……"

"客气，金，"他说着，歪嘴笑了一下，"现在，让我把巴尼王子带回家，几小时后见。"

金笑了，点了点头，看着她在世界上仅有的两个朋友从视线中消失。

她重新走进房子，从来没有感到如此充满希望。

如果她只能再做最后一件事情，那就是把女孩们救回来。

第八十三章

"小艾，你该停停啦，你的胳膊都开始流血了。"查利说道。埃米手上的挠痕已经变成了裂开的口子。

"我没办法呀，小查。它们就是一直很痒，我不挠不行啊。"

"那你也得试着停一停，那些伤口会变坏的。"如果她揭一块痂或者去挠伤口，爸爸就会这么跟她说。她从来没见过"变坏"的后果，但听起来就不像好事。

她让埃米和她一起在房间里走路来分散埃米的注意力。她们一边在狭小的房间里慢慢走着，一边紧紧抓着毛巾，毛巾的味道已经变得和她们一样难闻。走路是唯一一件能让她们的牙齿停止打战、让侵入骨髓的寒冷离开的方法。

吃了上一顿饭之后，查利在砖块上划下了第八道痕迹。每一道刮痕代表一顿饭。她注意到，现在划出一道刮痕要比第一次花上更长的时间。划下的痕迹已没有之前那么明显，她可能会忘记自己还在墙上留过痕迹。有一次，她甚至忘了自己在做什么，尽管手里就拿着那发卡。

但这些和埃米手臂上的挠痕比起来都不算什么。查利知道，埃米肯定是在她们睡着之后用手去挠的。她手臂上浅浅的红线已经变成了覆满整条前臂的深红挠痕，现在，她的指甲已经开始挠破皮肤了。

查利真希望她能让朋友停止自残，但不知道还能做什么。

在房间走了一圈让她觉得疲惫，她现在只想休息。

"小查，我们有可能离开这里吗？"

查利还记得，之前埃米很肯定她们能离开这里。可现在，她已经没这么肯定了。

"当然喽，小艾，我们肯定会离开这里的。"她说着，让朋友依偎到自己怀里。埃米把头靠在她的肩上，查利抵着朋友的头。

查利感到筋疲力尽。她开始无声地祈祷，每次闭上眼睛，她都会这么祈祷。

愿爸爸妈妈能早点找到我们，把我们带回家，让我们暖和起来。还要求求上帝，让埃米不要再挠自己的胳膊了。阿门。

她的身子缓缓进入睡眠状态，宁静的黑暗朝她走来，恐惧一点一滴地消散。身边埃米有节奏的呼吸声带着她进入梦乡。

突如其来的敲门声把她们惊得坐了起来，埃米紧紧抓住她的双手。查利分不清她到底是睡了好几小时，还是根本没有睡着。她只知道，恐惧回来了，似乎要将她的肚子撕开。

"两个小姐，我只是来道个晚安。我很享受我们的夜间聊天，但这是最后一次了。我实在是等不及明天见到你们了。

"因为明天，我会让你们尖叫。"

埃米放声大叫，查利紧紧抱住她，什么都说不出来。恐惧让她的喉咙失声，因为她已经知道了真相。

她们明天就要死了。

第八十四章

大部分团队成员已陆续到岗。五点五十九分时，房间里已经有五个人了。

金看向斯泰茜的身后。"道森呢？"

斯泰茜摇了摇头。

金知道如果有短信的话，她一早就会看到，但还是检查了一下手机。她翻到他的号码，按下通话键。她绝不允许他在这个案子上乱来。

走廊里传来他的手机铃声。一秒后，他出现在门口。金挂了电话。

"我的老天爷。"布赖恩特和斯泰茜盯着他的脸，齐声说道。艾利森和马特什么都没说，但脸上的惊讶和金无异。

"你怎么把自己弄成这么一副样子？"她问道。

他的左眼又黑又肿，下唇从中间裂开，右下颌有一条淤伤。

他小心翼翼地坐下，金看得出，他受伤的地方不仅仅是脸。

"卡伊的几个朋友见到我并不开心。"

"你能认出他们吗？"金问道。她要亲自去把那些浑蛋抓住。

他摇了摇头。"太暗了。"他举起手，"我没事——得到了意想不到的帮助，我找时间跟你说。"

他的表情在恳求她不要再说这件事。

"凯，你去过——"

"老爹，说实话，我真的没事。"

金知道他的急迫是出于他的自尊。没有几个人会愿意坐在同事和陌生人中间，向大家解释他们是如何挨打的，但金很确定，他肯定是被很多人围殴了。

她晚些时候会检查他的伤势，但现在，她会尊重他的意愿，回到案子上。

"好了，各位，咱们开始吧。"

斯泰茜望向右边的电脑屏幕。"老爹，在开始前，我找到了有关因加的一些资料。我不确定这些资料帮不帮得上忙，但她是从东德过来的。他的父亲被称作'倒数第二个因试图移民去西德而被枪决的人'，那是柏林墙倒塌的前两年发生的事了。她的母亲有一半英国血统，她们母女二人在 1991 年的时候移民到了这里。

"头两年风平浪静，但在 1993 年的时候，因加·鲍尔的母亲自愿让她八岁的女儿接受了英国福利制度提供的服务。因加在看护中心里长大成人。"

"她妈妈去哪儿了？"金问道。

斯泰茜耸了耸肩。"我找不到有关她妈妈的任何信息：没有结婚证明，没有死亡证明，也没有任何登记在案的姓名更改。"

"这么说，她妈就这么把她扔在那儿了？"布赖恩特问道，"老天，那也太残忍了吧，一个孩子没了母——"

"行了，"金打断了他的话，"这些信息暂时帮不到我们……但还是谢谢你，斯泰茜。"

斯泰茜点了点头，以示回应。

"凯，你把手机证物取回来了吗？"

他摇了摇头，把手举了起来。"不在那儿，老爹。"

她顿时扭过头来。"什么意思？什么叫不在那儿？"

"内容清单里根本没有手机。"

金必须考虑到朱莉娅·特鲁曼很有可能跟她撒谎了，或许她一开始就没把手机上交，就和珍妮·科顿一样。

但她现在已经没时间思索这件事了。

金继续道："马特觉得，今天绑匪或许会通过催促双方父母付款来抬高价码。一旦父母收到了绑匪的催款通知，时间的沙漏便会倒转，女孩们就时日无多了。从那时起，离查利和埃米被杀害可能就只有短短几小时了。"

"真的吗？"斯泰茜问道，布赖恩特低声咒骂。

马特往前坐了一些。"到了那时候，女孩们就没用了，不论结果如何，对绑匪来说，她们只是负担。"

每个人都点头表示同意，大家都明白。

"一切的关键就在这些地图上，"金说道，话语权回到她身上，"我们不一定非得是地理侧写师才读得懂它。我们对这些地区都很熟悉，所以可以用上我们的常识。这些地图可以帮我们定位到某个位置。说起来，埃米莉·特鲁曼昨晚逃跑了。"金举起手，镇住大家担忧的表情，"已经没事了，她现在已经安全到家了，但在等我们去接她的时候，她很确定自己见到了绑架她的那个男人。"

"有点太巧合了吧，老爹，"布赖恩特说道，"她十三个月以来第一次出门就遇上了绑架她的那个人？"

她明白布赖恩特这句话的意思，她自己也将信将疑，但埃米莉却十分肯定。

"当你在地图上的这些点上寻找线索的时候，不妨思考一下这个可能性。"金建议道。

"老爹，上一个案子中绑匪的交付地点会不会干扰到我们呢？因为没有任何证据表明绑匪不会跑去别的地方啊。"道森问道。

"同样，也没有任何证据表明他们不会沿用相同的地点，尤其在他们一直没有被抓住的情况下。斯泰茜，你有没有找到任何能解释上一个案子里让绑匪提前释放人质的原因？"

"老爹，我能搜到的只有基德明斯特高速路上的一起道路交通事故、索恩斯路上的交通灯停电，还有一家新超市的盛大开业。"

"行，我们晚点再来考虑这些事情。现在，把我们的注意力放在这些地图上，答案就在这里面。思考一下，如果你是绑匪，你会怎么做。"

大家点了点头，把目光聚集在打印出来的地图上。

金实在不想再看那些点了。她伸手拿走咖啡渗滤壶，刚刚大家到达房间后把里面的咖啡喝完了。经过布赖恩特身旁时，金轻轻推了推他。他咳了一声。没错，他知道那是她对他昨晚做的事情表示感谢的方法。

"凯。"她说着，目光朝门口望去。

道森放下手里的地图，跟在她身后。

"所以杜文·赖特的案子怎样了？"

他愁眉不展。"昨晚没怎么睡好。"

她把渗滤壶放到旁边，靠着水槽。"跟我说说。"

金站在原地，听他把探访到的每一个细节讲完。她没有打断他，当他讲完时，她听到楼上传来一声动静。

"我只是不知道接下来该怎么做，你有什么看法？"

他说的每一个字，金都听得很清楚，她也知道接卜来要找谁聊，但这不是重点。

"我觉得，你应该给它留一些空间。别想太多，别总想着逼出一个答案，因为那样只会让答案在你身体里越埋越深。"她拍了拍自己的额头，"让它在这里生根发芽一段时间吧，它迟早会来的。"

"你确定吗？"他问道，那一脸稚嫩的表情和他的年龄十分不符。

她点了点头。"我很确定。"

"你知道，老爹，我以前做过一些事情，我一直很羞——"

"凯，人非圣贤，孰能无过。"她说道。

他叹了口气。"我不会说我干了什么，但我做了那件事，只是想融入团体。我理解为什么这些孩子想加入黑帮。我不想承认，但我的确理解。就连这些孩子自己都对那些聪明的招募技巧了如指掌，但他们还是会那么做。他们只是想成为团体的一部分。"

道森绝望地摇了摇头，金感觉这个并排调查把他带到了某个他不想去的地方。

正当她在仔细斟酌下一句话该说什么时，马特突然出现在门口。

她把全部注意力转移到他身上，点了点头，示意他说话。

"好的，侦缉督察，我打算发短信了。"

第八十五章

两对夫妇走下楼梯时,金正站在栏杆边。

"大家都来客厅好吗?"

伊丽莎白坐在沙发一头,把尼古拉斯放在大腿上。斯蒂芬倚着窗户旁的墙壁站着。

卡伦坐在丈夫坐着的椅子的把手上。他们既没有说话,也没有看对方,手却牵在了一起。

马特正盯着他的便笺本,这时,尼古拉斯哭了起来,他显然不乐意母亲紧紧抱着他不肯放手。

马特扫了金一眼,她明白了,他需要他们所有人的注意力。

"伊丽莎白,你介意海伦把尼古拉斯带到厨房吗?"

她犹豫了一阵,点了点头。海伦跑进来,把孩子拉起来。从她抱孩子的方式,金看得出她没有为人母的天性,有点像她。但至少,海伦抓的是孩子的手,不是脚。

当所有人的注意力都集中过来时,马特说话了。

"好,我们要开始和这些浑蛋谈判了。"

罗伯特点了点头,但斯蒂芬却脸色憔悴。

"我们并不打算真的交付赎金,这么做是为了拖延时间。"

斯蒂芬脸上露出宽慰的神色，金真希望他能受久一点的折磨，哪怕一会儿也好。

"我们离把你们的女儿救回来已经越来越近了，但还是要和他们交涉，不然他们就会知道真相。"他转向斯蒂芬，"我需要你先给出一个比较低的报价——"

"好啊，能报多低就报多低吧，反正也报不高了。"伊丽莎白憎恶地说道。

马特没有理会她。"你们的初始报价应为八十九万四千英镑，我想看看对方会有什么反应。之后，我会让罗伯特报一个高得多的价格：一百七十五万英镑。"

金知道，马特的战略是看看绑匪会不会对两个报价做出相同的反应。如果他们的回复是一样的，那就说明两个家庭都在受他们愚弄，两个女孩回不来的推测也会得到证实。

两家人都认真聆听马特说话，听他解释两家人的短信在措辞上应该有何不同。

"所以，你的战略到底是什么呢？"斯蒂芬问道。

马特没有理会他，而是把一张纸递给了伊丽莎白。

"我需要你把纸上的东西发给对方，一个字都不能改。"

斯蒂芬站到老婆身后，越过她的肩头，把纸上的话看了一遍。

伊丽莎白没有理会他，自己读了下去。

"有没有人能告诉我一下，这么做的目的到底是什么？"斯蒂芬怒气冲冲地问道。

"闭嘴吧。"伊丽莎白厉声说道。

"我有权知道，她是我的女儿。"

卡伦站起身，向他走去。"斯蒂芬，冷静下来，拜托了。"

他走到一边。"我怎么冷静，我可不打算被这么对待，什么发言权都没有。"

金双臂交叉地站着，房间里所有人的目光都落在斯蒂芬身上。金真是服了这个男人，在这种远比他重要得多的情况下，他居然还能成为全场的焦点。

"斯蒂芬，闭嘴。"

罗伯特的话既不大声，也不愤怒，只有冷静和果断。

这句话引起了斯蒂芬的注意。

金往前踏了一步。"各位，这么做没——"

"有种就再叫我闭一次嘴，罗伯特。"斯蒂芬说道。他怒不可遏，脸色发黑。

"老天爷。"马特啧啧道。

罗伯特重重地叹了口气。"斯蒂芬，这不是比赛，我们的女儿需要我们团结起来。"

金看到，伊丽莎白的背微微一僵，朝丈夫投去警告性的一瞥。

金望着四位父母，知道有事情要发生了。

该死。她站到两个男人中间。"咱们先不要这么急躁——"

"你还没找到她们，对不对？"斯蒂芬怒吼道，打量着她。

"斯蒂芬！"两个女人同时尖叫。

除了自己的愤怒，斯蒂芬已经什么都感觉不到了。

"查利他妈的根本不是你亲生的，"他脱口而出，"你的老婆跟她的旧相好风流了一晚——你打算为了一个跟你没有任何血缘关系的孩子毁掉自己吗？"

卡伦一声惊呼，连马特都抬起了头。

罗伯特的脸僵了整整五秒钟，然后望向老婆的脸。

整个客厅鸦雀无声。伊丽莎白十分惊恐，目不转睛地看着自己的朋友。

"卡伦？"罗伯特问道。

所有人都看着她。她的脸失了血色，表情呆滞。她的双手紧握在一起。

卡伦的犹豫回答了他眼里的质问，她往前走了一步。"罗伯特……我……"

罗伯特转过身，走出了房子。

第八十六章

房间里沉默了十秒钟。

马特率先打破了沉默。"把手机给我。"他厉声说道。所有人都看着他。"你们的孩子不需要他妈的肥皂剧。把手机给我。"

卡伦盯着走廊，伊丽莎白望着她。

金点点头，表示赞成。现在的气氛太紧张，他无法工作。

"把手机给马特，由他来发短信吧。"

她从伊丽莎白手里拿过手机，又把卡伦的手机从咖啡桌上拿走，接着把两部手机递给马特。他一言不发地走出房间。

"干吗……我只是说出真相而已。"斯蒂芬对着空气说道。

"这种真相轮不到你来说。"卡伦伤心地说道，离开了房间。

该死，金心想。她可不是被雇来做这种事的。这一回，她和马特站在同一条战线上。这种家庭琐事无助于把埃米和查利救回来。

金猜卡伦把这一秘密托付给了她最亲密的朋友，这个朋友又把这个秘密告诉了自己的丈夫，斯蒂芬又选择了在最糟糕的时刻把这个秘密公之于众。更糟的是，他之所以说出来，纯粹是因为他无法保证自己的孩子能平安归来，只好以此发泄怒气。

这就是秘密的麻烦之处。每个人都觉得，总有自己能信任的人。金为何从不把自己的秘密和任何人分享，刚刚发生的事情就是最好的答案。

海伦回到房间，站在众人外围。斯蒂芬没有一丝悔改的表情。金犯不着跟他浪费口舌了。

她大步走向厨房门口，听到伊丽莎白的声音时停了下来。

"我很抱歉，卡伦，斯蒂芬不应该——"

"你怎么能这么做？"卡伦尖叫道，"我只跟你一个人说过那件事，而你却告诉了他。你怎么能对我做这样的事情，利兹？你怎么能……"

金从门口走过，两个女人都没有注意到她。

她没有再停下步伐，那么做不能把两个女孩救回来。

第八十七章

金和布赖恩特在斯陶尔布里奇主干道上那些房屋的外面等待着，这和她预想的不一样。玻璃上没有用乙烯基塑料写成的赋权、吸烟或减肥的字母，窗户前只有一扇垂直百叶窗，还有一个黄铜名牌。

特鲁曼一家随时会出现。

金扫了一眼副驾驶一侧的后视镜，注意着任何来往的车辆。

"他们来了。"她说着，打开了车门。

一辆白色的路虎揽胜小心翼翼地沿街缓行，停在了金他们身后，中间还停着三辆车。

金朝路虎走去，同时对车里坐着的三个人露出一抹安心的笑容，她希望自己摆对了表情。

"感谢你们的许可，"金对朱莉娅和艾伦·特鲁曼说道，"也感谢你这么勇敢。"她对埃米莉说道。

"会疼吗？"

金笑了笑，摇了摇头。

"不会的，但我会让催眠师跟你解释一下接下来会发生什么，这样你就不用担心了。"

金走进大楼，一家人跟在她身后。她能感觉到他们的忧虑。

他们穿过大堂，走进一间小办公室，桌后坐着一个将近六十岁的女人。她灰白的头发在脑后扎成一个发髻，用铅笔固定住。一双清澈的蓝眼睛从特大号眼镜后面凝视着他们。她腕上佩戴着一块笨重的男士手表，和她脖子上戴着的精致水晶格格不入。

"我们来这里找阿特金斯医生。"金说道。

那女人露出温暖的笑容。"她就在你们眼前呢，但她更希望别人叫她芭芭拉。"

金和她握了握手，把一家人介绍给她。"您在等我们吗？"

"我没料到会有这么多人，没错，督察，我在等你们。"

"有问题吗？"

"来这里我当然欢迎，但人多确实会影响到我的工作。我待会儿再说吧。"

她站了起来，绕过桌子，目光落在埃米莉身上。

"我猜今天和我共事的就是这位年轻的女士吧？"她拉起埃米莉的手，把她带到沙发上，"你害怕吗，亲爱的？"

埃米莉点了点头。"有点。"

金注意到芭芭拉握紧了埃米莉的手。

"不用怕哟，不会疼的，我也不会带你去你不想去的地方，好吗？

"你这么想。想象一下你听到一首歌的开头，但记不起歌名，也记不起唱的人是谁。你知道自己肯定记得，但就是想不起来。"

埃米莉点了点头，表示理解。

"这就是我们要做的啦。你只会感到完全放松、舒适，结束之后，你只会觉得自己睡了一晚好觉。"

她转向其他人。"有什么问题吗？"

特鲁曼先生往前走了一步。"您以前做过，我的意思是说，和受害者做过这种事吗？"

金注意到，朱莉娅望向了丈夫，他们的"受害者"正听着他们说的每一个字。

芭芭拉点了点头。金看到她并没有放开埃米莉的手，知道她正在和孩子建立信任关系。

金还注意到，她把一根手指放在了埃米莉的手腕上，在埃米莉不知道的情况下监控着她的脉搏。金立刻喜欢上了芭芭拉的风格，一个惊恐的病人绝不可能对催眠有积极反应。金从埃米莉的身体姿势看出，她已经放松下来了，她的肩膀舒服地靠在沙发上。

"是的，特鲁曼先生，我这么做过很多次。我曾帮助犯罪受害者找回当时的案发细节，有些案子甚至是几十年前的。"

"催眠会不会对人产生持久的影响？"朱莉娅问道。

芭芭拉摇了摇头。"这不是舞台剧。我们只是移开人们思绪里的几块石头，看看底下有没有藏着什么东西而已。唯一的持久影响就是，发掘出来的记忆很有可能被一直记住。"芭芭拉转向埃米莉，"我需要你明白这一点，好吗？"

埃米莉望向母亲，后者警觉地望向金。

金往前走了一步。"埃米莉已经能非常精确地回忆起全过程，我们只是在寻找是否有任何遗忘或被压抑的细节。"

特鲁曼夫人感到宽慰了一些，点了点头。

芭芭拉等了几秒钟，见没人再问问题，就握紧埃米莉的手站了起来。

"好的，我准备开始了，但不能让所有人都留在房间里，这对埃米莉来说压力太大了。我只允许留两个人在这里。"

布赖恩特往后走了一步，同时，朱莉娅往前踏了一步。

金朝特鲁曼先生看去。他脸上的表情说明他正在压制住保护自己孩子的本能，但他朝她打了个手势。金点了点头，表示感谢。

　　芭芭拉打开治疗室的门，示意朱莉娅和埃米莉进去。她犹豫了一阵，然后低声对金说话。

　　"我们要找的是什么特别的东西，督察？犯罪者的外貌，还是……"

　　"地点，"金说道，"任何有助于我们找出她被绑匪带到哪里的信息。"

　　芭芭拉点点头，走进房间，金跟在她身后。

　　"好的，埃米莉，请你坐到那张大椅子里。特鲁曼夫人，您可以坐在埃米莉身边。"

　　金关上门，站在角落。她拿出手机，举了起来。

　　"我能把这次治疗录下来吗？"她问道，从朱莉娅看向芭芭拉。两个女人都点了点头。

　　埃米莉坐进那张软软的大椅子，椅子由柔软的棕褐色皮革制成，靠背位置介于平缓和直立之间。朱莉娅坐在女儿右边，芭芭拉坐在左边。

　　"好的，埃米莉，我要你坐得舒服些，把自己的姿势调到能让你完全放松的位置。"

　　埃米莉动了动身子，然后点了点头。

　　屋外的光线被垂直百叶窗挡住，椅子对面是一排画作，画着黑白相间的城市轮廓线。

　　"好女孩，现在，我要你看着墙上的一幅画。看哪幅都行。选一幅吸引你的，然后把你的注意力集中到那上面就好。"

　　埃米莉点了点头，然后盯着"纽约"。

　　"现在，我要你深吸一口气，慢慢来，均匀呼吸。用鼻子吸气，一、二、三、四、五，然后用嘴巴呼气。好女孩，鼻子吸气，一、二、三……"

　　金注意到芭芭拉的声音降了个幅度，音调柔和而起伏，比低语声稍高。她看到朱莉娅的左手在颤抖。金捕捉到她的目光，对她笑了笑，感激她的合作。

金的目光又回到埃米莉身上，她的眼睛眨了几下，然后闭上了。

"好的，埃米莉，我要你回想起你被抓走的那一天。绑匪把你放在货车的后面，跟我说一下整个过程吧。"

"我和苏西……在哭……很害怕……"

"你们看得到任何东西吗？"

埃米莉摇了摇头。"很黑。"

"一路上是很顺畅还是很颠簸？"

"一开始很顺畅，然后很颠簸。我想抓住一些东西，但车子把我甩来甩去。苏西撞到头了。"

金暗暗记住她说的话。她们可能被带到了乡村公路上。

"继续，埃米莉，回到货车门被打开的时候。"

"袋子……罩住……头……"

埃米莉的眼睛在跳动，朱莉娅紧抿双唇。

"他们罩住了你的脸？"

埃米莉点了点头。

"你能听到任何声音吗，埃米莉？"

"听得……不清楚……"

"你能闻得到任何味道吗？"

"脚……扑哧扑哧声……"

"你的脚在泥土里吗，埃米莉？"

埃米莉点了点头。"很多泥土。"

"你被带到了建筑物里吗？"

埃米莉点了点头。"冷……楼梯……墙壁……很冷……"

"你被带到楼下了吗？"

"手……这里……"埃米莉碰了碰她的后颈，"把我压下去。"

朱莉娅闭上眼睛，咬住下唇。

"墙壁……湿……很冷……"

"好的，埃米莉。你和苏西在一个房间里吗？"

埃米莉点了点头。

"房间里有窗户吗？"

埃米莉摇了摇头，皱起鼻子。

"味道……"

"是厕所的臭味吗？"

埃米莉摇了摇头。"老旧……"

"好了，埃米莉，你能快进到你被带离房间的时候吗？"

埃米莉点了点头，但呼吸声变了。

"抓住……我的头发……苏西……尖叫……抓住……"

金看到朱莉娅的右手捂着嘴巴，紧紧咬住嘴唇。她知道，这女人正在竭尽全力地保持安静。

金悄悄地穿过房间，把右手放在朱莉娅的肩膀上。

"继续吧，埃米莉。"芭芭拉安静地说道。

"放手……我只能放手……男人……一拳打在苏西脸上……往后倒在地上……没有动……"

芭芭拉咽了口唾沫。"你回到楼上了吗？"

埃米莉点了点头。"很快……推我……绊倒……"

"你被重新带到外面了吗？"

"对……推我……绊了一跤……"

"你又踩在黏糊糊的泥土上了吗，埃米莉？"

她摇了摇头。"没有……草地……"

"你能听到任何动静吗？"

"能……机器声……大喊大叫的声音……远远地……"

芭芭拉朝金瞥了一眼，金点了点头。

"那声音是什么样的？"芭芭拉问道。

"像大吼大叫，但很远……"

"那声音越来越近了吗？"

金低下头，检查了一下手机是否在正常录音。

埃米莉揉了揉眼睛，然后摇了摇头。

"那声音是越来越远了吗？"芭芭拉问道。

埃米莉点了点头。

"你被带回到货车里了吗？"

"被扔上了车……很快……很颠簸……什么都抓不住……车停了……更快……一些东西撞到了货车……被甩到一边……"

"埃米莉……"

"左……左……右……左……"

"你那时在哪儿，埃米莉？"

"被人从货车上拉了下来……让我转了好多好多圈……"她用左手抓着右上臂，"很疼……抓我……"

痛苦的回忆让埃米莉的脸扭曲了。

芭芭拉望向金，这就是她们能得到的全部信息了。她们要找的和地点有关的信息，芭芭拉带着埃米莉把到达和离开的全过程都回忆了一遍。

金点了点头，示意芭芭拉可以叫醒埃米莉了。

"好的，埃米莉，我需要你——"

"他说了……一些话……拉着我转圈……然后转身……推了我一把……然后……'后会有期，甜心'……"

朱莉娅放声尖叫，金闭上眼睛。

她终于明白为什么他们会让埃米莉活下来了。

他们打算把她再抓回去。

第八十八章

"我就知道，我就知道。"朱莉娅在建筑外的人行道上激动地喊道，"每个人都觉得是我神经过敏，"她转向她的丈夫，"连你都这么想，但我知道这事绝对还没完。我知道，只要他们一天不被抓到，埃米莉就一天不能安全。"

布赖恩特还没能从这一信息中回过神来，他摇着头。

埃米莉依偎在父母中间。这一新发现显然令她深感不安，她茫然地盯着地面。

金无言以对，朱莉娅做的种种事情——搬家、改名换姓、不让埃米莉上学——或许真的救了她女儿一命。金不禁感觉自己挨了一记闷棍，她指责这个女人在扼杀自己的孩子，可到头来，这女人恰恰在做必须做的事情。

两位父母紧紧搂着自己的孩子。

"我愿意放弃一切，"艾伦静静地说道，"为了保护我的家庭，我愿意把公司送出去，住在窝棚里。"

艾伦·特鲁曼显然觉得自己身负责任。他财务上的成功引起了绑匪的注意，他们觉得把他的孩子绑走有利可图，还打算再绑架第二遍。

金无法想象，如果那样的事情真的发生了的话，会给这个小家庭带来什么影响。

"你们没做错什么，"金说道，"错的只有绑匪。"她很真诚，"尽管我知道你们把埃米莉保护得很好，但还是希望你们能允许警员入驻你们家。就这一段时间。"

特鲁曼夫妇互相对望，然后点了点头。布赖恩特走到一旁，拿出手机打电话。

"刚才埃米莉说的东西能帮你们抓住那些人吗？"

金感到他们正焦虑万分。除非绑匪被抓住，不然，不论在他们家里安置多少警力，他们都不会真正安心。但就算抓住绑匪，他们看待这个世界的方式也不会一样了。

金朝艾伦点了点头，低头望向埃米莉，她的眼里流露出新的恐惧。

"会的，特鲁曼先生，你女儿十分勇敢，现在，我们得到了额外的信息。"

她碰了碰埃米莉的肩膀。埃米莉抬头望向她。

"我向你保证，我会找到这些人，让他们永远不能再伤害你，好吗？"

埃米莉点点头，靠在父亲身上。"你会努力把苏西带回家的吧？"

金对上这个勇敢的小女孩的目光。她的朋友没有可能还活着，和珍妮一样，她也只是想让埃米莉安心。

金点点头。"我保证我会尽力。"

她谢过他们所有人，朝布赖恩特走去。

另一个人已站在车旁。

这回，金知道她麻烦了。

Chapter Eighty-nine

第八十九章

"我今天就报道喽，侦缉督察。"特蕾西一边靠近，一边说道。

"特蕾西，滚——"

"悠着点，悠着点——如果我没弄错的话，那就是在上一个你们警察搞砸的案子里活下来的小女孩吧。"特蕾西得意扬扬地说道。

如果有什么时候金希望"人身伤害罪"不犯法的话，那就是眼下这一刻。

特蕾西的金发上戴着一顶带耳朵的无檐小便帽。金没来由地好奇，为什么这么冷漠的一个人会戴一顶带耳朵的帽子。

"我觉得这个报道挺能站住脚的……"

"用你的脚滚开吧。"

"老爹，别理她了。"布赖恩特在一旁建议道。

特蕾西忽略了她的挖苦，这女人早就习惯了别人对她的嘲讽。"第一篇专题文章可以写写上一个被你们搞砸的案子，第二篇可以写写你们现在搞砸的这个案子，最后再写一篇以你这个剧中明星为主角的专题文章。"她刻薄地说道。

金从不介意负面新闻报道。如果女孩们出了什么事的话，她愿意亲手写一篇。

"你能不能像个正常的人类一样走远点？"

"要是那样，我还算哪门子记者？"

布赖恩特在她一旁大笑。

"你那是哪门子词①？"金反击道。

"听着，之前你的话激发了我从良的本性，我收手了几天，但现在我又来了。"

"你根本没有从良的本性，你对我威胁你的反应就是展现出自己丑恶的嘴脸，这一点永远不会变。"

"哈，那就祝你好运喽。如果我能拿下这个故事，就是我杀人，我的编辑都会原谅我。"

金知道，她的威胁对这个女人已经失去作用了。她张嘴想说些什么，特蕾西却举起了戴着手套的手。

"听着，我打算帮你一个忙，那就是把我的计划告诉你。这样，至少你还有跟我一较高下的机会。"

"哇哦，真是谢谢你呢。"金嘘了一声。

"你还有时间，斯通。我只是在做自己的本职工作而已。"

"你打算违抗媒体封锁？"布赖恩特问道。

她点了点头，回头看向金。"请你一定要'无'力以赴，斯通。在这段时间里，我们能卖出无数份报纸。"

金不敢说话，因为她知道她现在说的任何一个字都可能被扭曲、颠覆、引用并夸大。这正是特蕾西刺激她做的事情，让她祸从口出。

"看来您是'无可奉告'了，督察。"特蕾西说完，噔噔噔地走了。

---

① 特蕾西上一句话"我还算哪门子记者"的原文为"That wouldn't be very reporterly of me"，其中，"reporterly"一词并不存在。

金无助地望着那辆奥迪启动。

"你觉得她说的是真话吗？"布赖恩特问道。

特蕾西·弗罗斯特是侥幸才逃脱了杜文·赖特死亡一事的责任。如果再晚十分钟，责任一样会落到她头上。

金深吸了一口气。"哦，没错，她说的是真话。"

如果特蕾西真的那么做了，那么下一刻，女孩的死期就到了。绑匪并没有做任何意图引起媒体注意的事情，和他们一样，绑匪也不喜欢媒体的关注。

科顿一家因失去了他们的女儿苏西而分崩离析，金手上还有两个即将面对同样命运的家庭。

第九十章

威尔把手机放回兜里，努力保持冷静。若不是赛姆斯正在沙发上打盹，他会在房间里踱步。

他会绕着房间一圈又一圈地走，直到怒气离开身体。

他们本来有个他妈的计划，而现在他们要改变游戏规则。

这是一个有关博弈、战略、等待、时间、预测对手每一步动作，并为每一个可能的结果做好三手准备的游戏。这游戏里的精细技巧是值得尊敬的。

你不能半路改变游戏规则，开始玩跳棋。

你不能随便乱动棋子，只顾着把棋子跳到底线升为王棋①。但他刚刚接到的命令就是这样，毫无技巧和美感可言。

他恨死了这条他妈的命令。

威尔知道自己还在为昨晚的事情恼火。他正在等交通灯，然后一转头，他看到了她，那个自从他放走之后就一直在找的小女孩。有那么几秒，他脑子里一片混乱，不知道是不是自己把她的脸替换到了另一个悠

---

① 国际跳棋规则之一，当一枚普通棋子走到并停在对方底线上的任何一个格子上时，它将升变为王棋。

闲地站在外卖店里的年轻女孩的脸上。

然后，他看到了她眼里的恐惧，他知道那一定是她。

他闯过红灯，把车停在加油站，但当他回去时，她已经不见了。

他正准备在周围寻找，一辆银色的阿斯特拉汽车嘎的一声停在外头的双黄线上。

他几乎想冒险留在那里，但想了想又觉得不值。那个小女孩一直是他的金鹅。眼下，他要让自己的一个计划获得回报。

她家银行账户里有上百万英镑，但藏得很好。找到他们的新家并不难，因为他有帮手。难就难在如何抓住她。

他试图安慰自己手上还有一场游戏——只是，那场游戏能换回来的钱和埃米莉·比林厄姆的相比，连塞牙缝都不够。

但再遇埃米莉的沮丧依旧在他血管内汹涌奔腾。

"赛姆斯，醒醒。"他说着，转过身。

那个笨蛋鼾声如雷，嘴巴大张。

威尔推着轮椅过去，拍了拍他的手臂。

不到两秒钟，赛姆斯已坐直身子，完全清醒。

"要催一催家长了。"

赛姆斯迷惑不解。"我以为还没到这一步。"

显然，他低估了这个大块头对计划倾注的注意力。

"计划有变。我们现在要提醒一下父母，看看他们到底有多爱他们的小天使。"

赛姆斯立时神采奕奕。

威尔摇了摇头。"不行，她们还不是你的。"

按照原来的计划，他们的"提醒"应该从心理上击溃他们，打开父母的钱包。

按照原来的计划，父母应该听到女儿哭喊着求他们按照绑匪说的去做。

但现在计划变了。

他暗暗叹了一口气。第一次的时候远没有这么麻烦，那时候只有他一个人和一个简单的动机。他想赚些钱。

赛姆斯想她们死。

老大想她们活着。

而威尔毫不在乎。

赛姆斯双手紧握，把指关节打得噼啪作响。

威尔很讨厌主计划改变，因为这样的话，他就得被迫修改一下自己的秘密小游戏。

他转向赛姆斯，啧啧说道："是时候让她们尖叫喽。"

第九十一章

陪埃米莉做完催眠治疗后，金回到房子里，差点跟端着一盘杯子朝厨房走去的海伦撞个满怀。

"情况如何？"金问道，和她并排而行。

"卡伦努力不让自己崩溃，伊丽莎白忙着照顾尼古拉斯，斯蒂芬一早上都没见到人影。"

金不怪他。她只是惊讶卡伦居然还没把他踹出房子，但是和斯蒂芬不一样，卡伦的第一要务依然是让她自己的和他们的孩子回家。

"罗伯特有没有什么消息？"

海伦摇了摇头。"卡伦一直在打他办公室的电话，但他要不就是真的不在，要不就是那种'不在'。"她说着，用手摆出双引号的样子。

金并不惊讶。发现自己不是查利的亲生父亲已经够糟了，但如果是在一屋子人面前发现这个事实，而且这些人大多是陌生人，那就只能说是可怕了。

她走进作战室，房间里一片沉默。"怎么了？"她关上门，问道。

所有人都望向马特。

"我们收到催款通知了——听起来情况不妙。"

金坐了下来，嘴巴已经干了。

手机在桌上。

"继续。"

马特翻到那条信息，然后开始播放。

金听到了一个孩子的声音，她在一遍又一遍地哭喊着"不要"，金死死地盯着墙。孩子开始抽泣，接着是一声尖叫。

金现在明白马特之前说的话了，尖叫声是不一样的。这尖叫是因痛苦而起的。

金无比感激马特从伊丽莎白和卡伦那里拿走了手机。

"两部手机收到的录音一样吗？"

马特摇了摇头，伸手拿起第二部手机，那是卡伦的。

他播放录音。

查利的声音立刻传遍了整个房间。"不要靠近我……别摸……"

金能听出声音里的恐惧，但没有听到哭喊声。接着是一声尖叫。

两条信息如重锤般打在她的肚子上，但第二下打击更甚。

卡伦的女儿是个斗士，她显然在强忍泪水，决心不让绑架自己的人心满意足。如果位置互换，金希望自己也能这么做。

"还有一件事，两部手机都收到了第二条短信。绑匪索要两百万赎金，一分都不能少。"

金朝马特挑起一边眉毛。"为什么？"

"他们的战略变了，这一点让我很不安。某件事情的发生促使他们改变了战术，这不是一个好的信号。"

她肚子里的翻腾感也同意这个说法。

"会不会是他们那边出了问题？"斯泰茜问道。

金摇了摇头。"不管他们那边出了什么问题，都应该是在容忍范围之内的。很有可能是我们这里出了问题，导致他们战术上的改变。"她若有所思地说道。

这是一个非常忙碌的早晨。

斯蒂芬是一个浑蛋。

罗伯特走了。

埃米莉去看了催眠师。

金实在不知道是这上面哪一件事令绑匪慌了手脚，但有一件事她是确定的。

沙漏已经倒转了。

第九十二章

"好了，伙计们，从埃米莉那里，我们了解到以下情况。当绑匪把她们从货车里带出来时，周围非常泥泞，而且安静。建筑物里面气味难闻——我猜应该是房子发霉所致。

"在释放日那天，埃米莉听到远处有大喊大叫的声音，还有机器声。货车离开建筑后穿过了草坪，根据埃米莉对行程的描述，我认为这应该是一条土路，刚好能容纳一辆车。她听到有东西在拍打货车的两侧，我想那应该是树枝。"

金轮流看了看大家。"我知道这里面信息不多，但我需要诸位根据这些信息，从埃米莉被释放的地点回溯回去。"

道森咳嗽了一声。

"怎么了？"

"老爹，咱们假设他们的据点和上个案子的一样，这会不会赌得太大了？"

她刚想张嘴回应，马特却抢在了她前头。

"这是一个合理的假设，因为如果他们第一次的据点没有问题的话，我们没理由怀疑他们会抛弃它。他们很熟悉那片区域，这很合理。"

金盯着地图上的点，直到它们与地图融为一体。她知道线索就在她逻辑性强的头脑里，如果她能把地点找出来，标在地图上就好了。

她的直觉告诉她，绑匪的新战略是绝望之举，而促使绑匪做出这一举动的原因是他们这里发生了一些事情。但在上一个案子里并没有出现什么促使埃米莉被提前释放的变故。

房间里的某部手机发出叮的短信提示音，金的思考被打断了。

所有人停下动作，抬起头。

"是我的。"马特说着，拿起一部手机。

金认出那是珍妮·科顿的老款诺基亚。

马特浏览了一遍短信，大家凝神不动。

"对方要求五万英镑，交付地点和之前一样。今晚六点。"马特说着，直直地望着她。

"毫无疑问，这应该是好消息吧？"道森问道，从她看向马特。

"这个要求毫无意义，"金答道，"这条短信很有可能只是一场骗局，它甚至可能是为了分散我们的资源。绑匪真正索要的赎金是两百万。我告诉过你我们假定苏西·科顿已经死亡，这一点是不会变的。"

"老爹，你的意思是我们忽略掉这条短信吗？"道森问道。

金重重地叹了一口气，珍妮·科顿的面容在她眼前浮动。

没错，上帝宽恕她，她将置之不理。

第九十三章

金能感觉到房间里的众人在悄悄议论，他们的目光偷偷地在桌前瞥来瞥去。

"各位，请把注意力集中在地图上，"她头也不抬地说道，"我们的时间所剩无几了。"

每一次看地图，她的大脑就会为一个问题而尖叫。

上一个案子到底发生了什么才促使一个女孩被释放？一定是绑匪那边出了些问题。

"斯泰茜，之前那些旧新闻，给我更多信息——"

"长官，您有时间吗？"

海伦的脸在门口张望。

"进来吧，海伦。"金说道。

这个女人有权跨过边界。上辈子，她可能还得管海伦叫长官。

海伦朝桌子走来，皱着眉，神情迷惑。"您说如果我记得任何埃米莉被释放那天发生的事情就告诉您。嗯，我刚刚突然记起来一件事。我的意思是，或许这和案子没有任何联系，但是……"

"说吧，海伦。"

"嗯，我记得那时我走出屋子想透透气，然后一个警员站在外面。他的对讲机开着，出了一场事故。我记得是基德明斯特路。事故发生在西麦西亚区，但那时的情况肯定很严重，因为车流已经堵到了利埃。我的意思是，这两件事可能没什么关系，但是……"

她的声音越来越弱，金能看出她下巴轮廓中的紧张。所有人都知道，他们的时间已经不多了。

"谢谢你，海伦。"她说着，看着海伦走出房间。

金望向斯泰茜。"交通事故报告。"

斯泰茜开始敲击键盘，金站在她身后，看着她打开新闻报道。

第一个页面上显示出事故的一些基本信息，一人受伤等。

"全篇报道。"金说道，感觉胃里渐渐积聚起了一股激动。斯泰茜打开了报道，金快速浏览。

半吨重的卡车冲出双车道，撞破护栏。"哎哟，该死。"斯泰茜说道，跟着金读了起来。

"给我看俯瞰图。"

斯泰茜又敲了几下键盘，事故区域在屏幕上放大。

金敲了敲屏幕。"就是这儿，看这里的地形——地面倾斜，从田野滑向沟里。这说明，他们要用一台起重机才能把卡车从田野里吊出来，而这会引起许多——"

"警笛声，"布赖恩特答道，加入了她们的讨论，"现场会有消防署、救护车，还有警力会合。当时的阵势一定很大。"

艾利森站到她左边，瞄了一眼。"这种程度的嘈杂不会给对象二号造成惊吓，但对象一号绝对会紧张。这不是计划的一部分，而那时离交付时间那么近，他可能慌了手脚。"

金同意行为学家的话，但至于绑匪为什么没收到赎金就把埃米莉放了，以及为什么放走的不是苏西，这两个问题还是没能得到回答。

斯泰茜忙着敲打键盘，把地图放大又缩小。

"这是离双车道两边最近的两座建筑。声音在很远的地方都能听到，但在这里声音最大。"

金知道他们已经找到些眉目了。在那么喧嚣混乱的环境下，绑匪不能冒有人过来拍他们车门的风险。

"斯泰茜，我需要你继续寻找线索。如果在那两座建筑里面都没有发现的话，那我们就得再想办法了。但答案肯定就在这里面，我知道的。"

"收到，老爹。"

房间里顿时精神起来，仿佛有人往这里面注射了肾上腺素。

"好了，布赖恩特，道森，拿上你们的大衣。是时候去找那俩孩子了。"

第九十四章

　　卡伦听到一旁有脚步声隆隆隆地经过，紧紧地抱住丈夫。他已经回家差不多半小时了，她不肯让他走。没人知道他已经回来了。

　　罗伯特也望向厨房门口，但他们没有分开。她转身面向他。

　　"罗布……"

　　他摇了摇头。"没什么可担心的，甜心。我们看他们跑进跑出房子多少次了？"他温柔地抚摸着她的头发，"我们必须这么做，我们必须知道现在在发生什么，所以我们必须把我们的手机拿回来，我们必须把我们的女儿救回来。"

　　听着他说这些话，卡伦感到一阵安心流遍全身。罗伯特消失的那几小时，她的世界失去了意义。她美丽的女儿失踪了，她的丈夫也离她而去。在她的内心深处，她知道他会回来的，他会原谅她做的任何事情。她知道，这需要一点时间。有泪水，有解释，有道歉。他需要时间来谅解她的欺骗，但他对她们母女二人的爱是不会消散的。

　　她的丈夫回来了，这消除了她的些许恐惧。

　　纵使他的提议有些可怕。

　　"但是……"

　　"这是唯一的方法，卡伦，"他柔声说道，"但你一定要帮我做这件事。"

卡伦深吸一口气，点了点头。

罗伯特从她身旁走开，拿起两个盘子，示意她站到一边。

她捂住耳朵，看着盘子摔到了地上。

第九十五章

斯泰茜吓了一大跳。

"怎么回事？"

她立刻站了起来，但马特先她一步到达门口，艾利森把椅子往后一推。

斯泰茜把马特推到一旁。"留在这里。"她拉开门，对两人说道。她自认为不需要和他们强调她是这里唯一的警察。

"你是个他妈的骗子，卡伦。你他妈觉得我会做何感想？"

罗伯特的怒吼声传遍整个走廊，斯泰茜朝厨房走去。

两人隔着早餐吧台面对面地站着，一堆瓷器碎片散在角落里。

罗伯特气得脸色发黑，卡伦掩面而泣。

"我很抱……抱歉我撒谎了——"

"抱歉，"他尖叫道，"你还他妈抱歉？你的一句谎言把我瞒了整整十年——你现在跟我说抱歉？你居然还让我相信那孩子是我的——"

"蒂明斯先生，"斯泰茜说着，走到房间里，"请你冷静。"

他一脸厌恶。"别叫我冷静。"他喊道，胳膊扫过桌面。

餐具和咖啡杯全数摔到地上。

"那个自私的浑蛋他妈的在哪儿？"

罗伯特从走廊朝她大步走来。他的体形逼得斯泰茜连连后退，但她举起手臂。他一掌将她的手扇开，在她头的上方放声大喊。

"斯蒂芬·汉森，别躲了。像个男人一样出来。"

马特出现在她身后。"蒂明斯先生，请你冷静下来。"他劝道。

"能不能麻烦你们别再叫我冷静下来了？那个浑蛋在哪儿？"

伊丽莎白出现在楼梯顶，罗伯特开始朝她走去。"他是不是跟个懦夫一样和你躲在楼上？"

马特想走上楼梯挡在他身前，但罗伯特却一直把他往后推。

海伦从客厅走了进来，望向斯泰茜。

"汉森先生在外面吗？"斯泰茜问道，罗伯特一直往楼梯上走。

海伦摇了摇头。

"得了吧，伊丽莎白，告诉我他在哪儿。我要享受一下把他踢出我家的快感。"

"我向你发誓，他没有和我跟尼古——"

"我在这里。"斯蒂芬出现在伊丽莎白身后。

斯泰茜觉得，连伊丽莎白都颇为惊讶。不管他之前在哪里，他肯定没和她待在一起。

"罗伯特……拜托了……"伊丽莎白说道。

所有人都开始朝楼梯方向移动。罗伯特已经差不多走到楼梯顶了，但马特还是想抢在他前面。

"你怎么能这么做，你这个没骨气的浑蛋？你就是想分散注意力，让我们忘了你破产这件甚至连你该死的老婆都不知道的事。"

斯蒂芬走到老婆身前，他们之间只有三级阶梯。

"别冲我发脾气，冲你的那位淫娃荡妇发火去吧。"

罗伯特打出一拳，拳头擦着伊丽莎白的脸一英寸而过，准确地打在斯蒂芬的鼻子上。

　　斯蒂芬踉跄后退。他肯定没想到平日里温文尔雅的罗伯特会真的动手打他。

　　终于，马特成功挡在了两人中间，把他们隔开一臂的距离。

　　斯泰茜走上楼梯，走到中间的时候，艾利森对她说了一句小心。

　　斯泰茜突然僵住了，一转头，看到前门站着卢卡斯和海伦。

　　罗伯特、斯蒂芬、伊丽莎白和马特正站在楼梯顶，她站在楼梯中间，艾利森站在楼梯底。

　　斯泰茜立刻想到两个问题。

　　谁在看守作战室——以及，卡伦到底去了哪里？

第九十六章

手机响起来时，金还没开出一英里，她把手机递给布赖恩特。"开免提。"

"老大，咱们有麻烦了。"斯泰茜上气不接下气地说道。

太棒了，仿佛她现在麻烦还不够多似的。

"怎么了？"她喊道，道森身子前倾，想听清她们在说什么。

"房子里一片混乱。罗伯特回来了，砸了一堆盘子。他朝卡伦大吼大叫，还一拳打到了斯蒂芬脸上。"

金知道她还没说到点子上。这只是铺垫，高潮还在后头。

"我是第一个离开房间的，想看看发生了什么，但一切都有点离谱——"

"斯泰茜，说重点。"金说道。但她感觉她已经知道答案了。

"手机不见了。在一片吵闹中，卡伦消失了。海伦正在找她，但作战室里的两部手机丢失了。"

"该死。"金吼道。这是一个该死的声东击西，目的就是拿走手机——只有这个原因可以解释。"他们想要拿到控制权，他们会看到那条索要两百万赎金的短信。"

"很可能还会把钱给出去。"道森加了一句。

"这样的话，女孩们就难逃一死了。"布赖恩特说道。

　　金意识到，父母们还会听到他们孩子痛苦的尖叫声，而她刻意对他们隐瞒了这些内容。

　　现在，他们遇上麻烦了。

　　"但是为什么，老大？"斯泰茜表示异议，"他们或许会遵守诺——"

　　"斯泰茜，一旦绑匪拿到了父母们的钱，他们就不再需要两个女孩了。"

第九十七章

　　威尔看着短信，脸上慢慢露出微笑。他的计划和对计划的执行终于把他和赛姆斯带到了这一刻，一切都值了。他们的酬金快到手了。

　　他们两个人的酬金。

　　眼下，父母已经接受了条件，接下来就是直接交付了。他认为无须花力气改变上一次的交付计划。

　　威尔感到，他的血管内涌动着胜利的感觉。两百万英镑，双方父母都没有讨价还价。在这场犯罪游戏中，他们各有各的动机。他早已知道赛姆斯的动机：他只是想施加伤害、造成痛苦，最后让他人死亡而已。支撑他这一个星期走过来的，就是幻想把两个小女孩杀死的画面。

　　至于老大，威尔则不怎么确定。

　　他做了两笔交易——他必须得欺骗其中一人。他答应了赛姆斯，女孩会死，但也答应了老大，女孩不会死。

　　威尔必须决定，到底该欺骗哪个人才对他最有利。

　　眼下，赛姆斯就在他身旁，而老大不在。

　　"我能拿酬金了吗？"赛姆斯问道，焦急地在房间里来回走动。

　　威尔短暂地犹豫了一下。

　　"可以。现在，你想做什么都行了。"

第九十八章

"呃……我只是想提醒一下，老爹，这可不是去基德明斯特的路。"

"谢谢指点，布赖恩特，但你也看过俯瞰图吧。交通事故引起的噪声，方圆一英里内都听得到。我们得把这个范围缩小。埃米莉说她当时听到的声音离她很远，所以我们不应该从事故现场开始找，但埃米莉还说过别的东西。"金说着，刹车停了下来。

"我不懂。"道森在后座说道。

布赖恩特环顾四周。"这就是埃米莉被找到的地方。"他说道。

这条路是一个新住宅区的入口，建在哈温顿郊外的绿化带边缘。

"她说的是左，左，右，左。"

"你确定吗？"布赖恩特问道。

金拿出手机，开始播放录音。她快进到结尾。十秒后，埃米莉的声音证实金没有记错。

布赖恩特一脸恍然大悟的表情。"我们要从埃米莉被抛下的地方开始回溯。"

金点了点头。"凯，和斯泰茜通电话。在我们移动的时候，向她汇报我们的位置。她能让我们知道我们离目标区域是远还是近。"

道森拿出手机。

金开始慢慢地开车。

"我知道我们要做什么了,"布赖恩特说道,"我们要右转,左转,右转,再右转,和埃米莉的记忆相反,但我们不知道那是第一个、第二个,还是第三个右转。"

金听到道森在和斯泰茜解释他们的计划。

"绑匪在哪里抛下埃米莉并不重要,"她解释道,"最重要的是不被人发现。他们绝不会在主干道或者住宅街道把她抛下,所以我们能排除那些可能性。"

"啊,明白。"

"准备好了吗,凯?"她问道。

"准备好了,老大。"

金继续往前开,直到看到右边出现了一条狭窄的小路。她转了进去。现在,她需要一个能带她进入乡村小路的左转。

她左转了四次,均是住宅路段。第五条路的两侧长满了灌木丛,她开了进去。

这条路长达三分之一英里,路的末端是贝尔布劳顿村。

"这里人太多了,"她说道,"绝对不是这边。"

她在一个酒吧停车场掉了个头,接着寻找下一个左转。

金又开了四分之一英里,但直觉告诉她,有些事情不对劲。

"老大,斯泰茜说我们现在离事故现场已经差不多三英里远了,而且还越走越远。"

"该死。"金说道,把车停了下来。

她犯了个错误。埃洛伊丝的警告在她耳边回响。

该死,她已经太晚了。

Chapter Ninety-nine

第九十九章

"快……快点，小艾，你要和我待……待在一起。他一分……分钟之后就要回来了。"

埃米用左手握住右手，她的脸颊上还留着泪痕。"好痛啊。"

"我知道，小艾，但……但我们要坚强。"

查利知道埃米的小指断了，看起来和她之前被篮网球^①砸伤时一模一样。

痛楚从她右脚传来，她的右脚被那男人狠狠踩了一下。在痛苦中，她听到了骨头在他重重的靴子下碎裂的声音，但她还是没有哭，尽管她一直在努力忍住泪水。此刻，她脚痛得不得了，但还是要专注在计划上。

"小艾，越……越来越疼了。我们一定要挺……挺过去。"

埃米的眼睛里再次涌出泪水。"我不行，小查，我不行了……"

"你……你可以的。我不行，但……但你可以的。"

查利知道，她们一定要试一下。

"我知道你的手很痛，但他们还会……会来继续伤害我们的。"

埃米哭得更大声了，查利靠得近了些。

---

① 又称投球或英式篮球，是一种以女性为主的运动项目。

"好啦，听着。我去……去野餐喽，我带……带了一个苹果^①。"查利说道。这个游戏总能让埃米冷静下来。

"香蕉。"

"樱……樱桃。"

"甜甜圈。"

"鸡蛋。"

"呃……法兰克福香肠。"埃米说道。

"姜……姜饼。"

"热狗。"

埃米脸上的泪水流得慢了一些。查利一边跟埃米做游戏，一边竖耳聆听是否有脚步声。

"冰激凌。"

"果冻。"

"奇巧巧克力。"

"柠檬汽水。"

"玛氏棒。"

"坚果。"

"橙……橙子。"

埃米的回答越来越快了。

"印度薄饼。"

"Q……我总是拿到 Q。"查利说道。

"那是因为开始游戏的人总是你啊，小傻瓜。"埃米说道，面部肌肉抽搐了一下。

---

① 埃米和查利说的食物名字，其首字母依次为 A、B、C……以此类推。

查利刚想笑，却停了下来，因为她听到远处的门打开的声音。

埃米也听到了，她眼睛大睁，她的手开始抓挠皮肤。

查利把手放在埃米肩上。她们没时间了。

"小艾，你一定要勇……勇敢起来，按照我说……说的去做。"

埃米摇着头，紧紧抓住查利的手。"我做不到……"

"你一……一定做得到。"查利握住埃米的手，"答应我，小艾。答……答应我你一定会那么做。"

埃米的眼中流下泪水。"但你会……"

"我会紧紧跟在你后面，但……但求你一定要按照我说的去做。"

查利努力让自己的声音听起来镇定自若，不是在骗人。如果埃米知道她跑不动的话，她绝对不会照她说的去做。

但这样，她们中的一个就能活下来。

第一百章

金思考了一番。她相信埃米莉的记忆，但她知道，她现在还缺少一块至关重要的拼图。

"这就对了。"她喊道。她发动汽车，退回到之前被她堵住的车道上。

"怎么了？"布赖恩特问道。

"我刚刚假设的是埃米莉和司机面朝同向。"金一边说着，一边把车开回起始点，"那可怜的孩子被扔进货车的后面，还被甩来甩去。这就是为什么我们会越开越远，埃米莉当时显然面朝相反的方向。"

布赖恩特皱着眉头，道森则把她刚刚说的话重复给斯泰茜。

"所以，先让我搞清楚。我们要反向而行，因为埃米莉的左边是我们的右边。"

"没错。"金说道，咒骂自己浪费了这么多时间。

几分钟后，她开车回到了出发点。"好，再来一遍。"金命令道。

她往前开，布赖恩特则喊出他看到的东西。

"房子，房子，私人车道，转弯。"

金向左转。

这条路的一个拐角处有一家酒吧，另一个拐角处则坐落着两栋排屋。排屋更远处，路两边都竖着篱笆。

金缓缓地开着，布赖恩特继续喊出他看到的东西。

"转。"他喊道。

金一个右急转，路变窄了，她开上了一条单行车道，希望开始在她的胃中聚集。这才像样。

"凯，情况怎样？"

"很好，斯泰茜说我们现在正朝着——"

"转。"布赖恩特喊道。

金一个左转，开进了一条单行路，几丛青草从沥青路面上探出头来。几秒内，她碰到了两个路面坑洞。

一根树枝撞上了驾驶座的门。

"老爹，我觉得我们越来越近了。"布赖恩特说道。

没错，她知道他们很近了。根据埃米莉的说法，那些坑洞十三个月前就在了。

"凯，我们现在离车祸现场多远？"

"刚刚超过半英里。"

金继续寻找着下一个转弯处。

"老爹。"布赖恩特喊道。

她顺着他的目光看去，顿时把车刹住。一根锯断的木头挡住了他们的去路。

金望向布赖恩特。

"现在，我们真的越来越近了。"

Chapter One Hundred and One

第一百○一章

　　通常来说，赛姆斯在杀人之前绝不会这么细心打理自己。但这一次不一样。这个星期对他来说无异于折磨，他一直想象着两个纯洁的小身体屈服于自己暴力之下的场面，但奇怪的是，他又挺享受这种痛苦的期待感。他只担心一件事情，那就是威尔会取消他们之间的交易。

　　但昨天，威尔已经准许他拿报酬了，他知道，一切尽在他的掌握之中，他享受着这种难得的感觉。他打算花些时间洗个澡，再剃个胡子。赛姆斯知道，一旦进了地下室，他就好一段时间都不会上来了。

　　他花了几小时想象着用他的双手折断她们幼小骨头的感觉。在他的想象里，那就像折断一根鸡翅膀。

　　当然了，到时候肯定会有他渴望已久的暴力踢打，但他知道自己得控制一下力度。他等了这么久，绝不能只享受几分钟就结束。他要花上好几小时，甚至好几天。他知道该如何把一个人带到死亡边缘，再让那人活过来，这样既可以延长受害者的痛苦，又可以延长他的愉悦感。他会一直这么做，直到觉得无聊才罢手。

　　赛姆斯打开通往地下室楼梯的门。

　　当走进房间时，他知道，他将是她们这辈子见到的最后一个人。

Chapter One Hundred and Two

第一百〇二章

"行，咱们走吧。"

大家一同走下车。

路的一边被篱笆围住，但十分平坦。

"凯，有信号了没有？"

他点了点头。

"你打头阵。"

他从篱笆中间挤了过去，只留下金和布赖恩特。路的另一边，地貌完全不一样。长满青草的泥土地从公路上倾斜而下，复又陡升，变成一座山坡。

"我的天，老爹，我可不是贝尔·格里尔斯①。"布赖恩特说着，努力跟上她的步伐。

金没有理会他，只是专注于自己脚下的路。

青苔既密且滑，即将到来的黑暗笼罩在等待落山的太阳后。

女孩们，坚持住，她默默地祈祷，再坚持一会儿就好了。

---

① 1974 年出生于英国怀特岛本布里奇城，探险家、主持人、作家、演讲家、空手道黑带、前英军特种兵。

第一百〇三章

查利听到了楼梯上传来的脚步声。

"准备好了吗，小艾？"

她的朋友满脸惊慌，但还是点了点头。

查利听到了金属钥匙滑入锁孔的声音。门开了，查利感到胃突然抽紧。埃米紧紧依偎在她身旁，等待着。

他的右脚和她的身子齐平。

"又见面了，我的小——"

查利没有听到他接下来的话，因为她冲了过去，嘴巴大张。

她双手抓住他的脚踝，牙齿深深咬进他的小腿里。

"他妈的——"

她用尽全力咬了下去。牙齿穿透了他的牛仔裤，她能感觉到嘴里有一团肉。

他放声大叫，抬起了脚。

"你这个他妈的小婊子……"

查利眼角的余光看到，埃米吓得呆若木鸡。拜托了，埃米，快点，她用意念力催促道。

那男人甩了甩脚，但查利不肯松口。他俯下身，用手抓住她的头发，把她的牙齿从脚上掰了下来。他把她拎起来甩来甩去，吊在身前。

"跑啊，埃米。就是现在。"她尖叫道。

埃米轻轻叫了一声，慢慢向前移动。

"跑啊。"查利喊道。

她用力扭动身子，逼得他一定要用两只手才能控制住她，这样他就无暇空出手去抓埃米。

埃米啜泣着，慢慢移动，离门口越来越近。

"你这个他妈的小——"

他的话还没说完，就变成了一声低吼，因为查利狠狠咬住了他的左前臂。这一次，她咬中的是赤裸的肌肤。她的舌头尝到了血的滋味。

"放开我，你这个——"

他一边尖叫，一边又想抓住她，但她就是不肯松口。疼痛感让她闭上了眼睛，她再次积聚力量，牙齿咬得更深了。

那男人再次大叫，一拳砸在了她脸上。

疼痛传遍了她的整个头部，但她看到她朋友的影子缓缓离开了房间。

"你会他妈的后悔的，你这只小疯狗。"

查利扭头看向门口，然后大喊："跑啊，埃米，快跑。"

Chapter One Hundred and Four
第一百○四章

　　金爬上了山坡顶，咒骂了一声。她两条腿的肌肉因在齐膝高的草地上跋涉而烧灼作痛。

　　"哦，太棒了。"她说道，布赖恩特气喘吁吁地跟上了她。

　　她扫视着眼前的景色，看到了俯瞰图中被树遮住的东西。

　　在她的视野中，东边、北边和西边都有一座建筑物，只有正前方的那座她曾在屏幕上见过。

　　"老天，我们该选哪一座，老爹？"

　　金摇了摇头。她只知道，一离开青草坡地的遮掩，三座建筑里的人都可以看到他们。

　　"该死，如果我们选错了……"

　　她没有把话说完。布赖恩特知道，在这个节骨眼上，任何一个愚蠢的举动都可能导致女孩被杀害，或者被绑上货车，带去另一个地点。如果那样的事情发生的话，他们就会失去两个女孩。

　　布赖恩特咬住嘴唇。

　　金能感觉到，她的心跳在加快。此刻，任何一个简单的错误都很可能意味着两个家庭被永远毁掉。

　　她闭上眼睛，调动起所有感官。

风在她耳边呼啸，夹杂着细雨点，打在她的脸上。在时间用完前，她只有一次机会找到两个女孩。她做出了决定，向上帝祈祷这个决定是对的。

她努力集中注意力。加油啊，女孩们，给我传递点线索。求求你们帮帮我，帮我找到你们。

她睁开眼睛，向前走了两步，然后停了下来。

"布赖恩特，你看那是什么？"

布赖恩特顺着她的目光看去。三百米开外的山脚下，有一团模糊的身影从右边冒了出来。那团黑点正在朝他们的方向移动。

两人均睁大了眼睛，想看清那是谁。

那黑点到了离他们两百五十米开外的位置时，他们对望了一眼。布赖恩特开口说话了。

"老爹，那看起来像是一个孩子。"

金也是这么想的。

布赖恩特和金开始向前移动。就在布赖恩特即将离开青草地的掩护之际，金一把拉住了他。

"趴下。"她说着，抓住了他的手臂。

"老爹，干什么——"

"嘘，呼叫道森。"

布赖恩特拿出手机，金则抬起头，快速瞄了一眼。

那团人影离他们只有两百米了，正朝着他们的方向前进。

"我们在干吗，老爹？那是其中一个女孩啊。"

他望着她，仿佛她已经失去了理智。

金探出头。只有一百五十米了。她快速低下头。那人影长长的黑发在风中飘动，她知道，那是埃米在朝他们飞奔而来，她身上只穿着一件蓝色的浴衣。

"老爹，咱们去接她。"

"再等一分钟。"她又抬头看了一遍。七十五米。终于，她看到了自己一直在等待的场景。

"听我命令。"她对布赖恩特说道。

他们听到了喘息和哭泣的声音。布赖恩特正在草地里匍匐前进，她拉住了他的胳膊。"等一下。"

孩子的喘气声离他们越来越近，埃米已经很累了，她跑了一整段上坡路。

"老爹，我要去——"

"等一下。"金嘘声道，竖起耳朵聆听。

她听到了草地被踩踏的声音。

"给我他妈的回来，你这个小——"

"就是现在。"金大声吼道，两人从长草地上飞身而起。埃米离他们只有二十米远了，而追她的人只在她身后三米远的地方。

双方均惊得呆住了。

"保护她，布赖恩特。"金喊道。

那男人已经转身逃跑，但金冲了上去，一把将他摁在地上。

他在她身下扭动，她一拳打在了他的右太阳穴上。他继续挣扎，想摆脱她的束缚，但她像拉马的缰绳一般拉住他的头发，让他整个头向后仰。金又一拳打在他的右下巴上。

他猛地弓背，她摔到了左边。他孤注一掷，想逃脱的强烈欲望给他的动作注入了力量，但她想抓住他的动机也同样强烈。

他翻了个身，她伸出脚狠狠踹在了他的腹股沟上。

"别给我起来。"

布赖恩特出现在她身旁。"来，老爹，我来吧。"

金没有理会他，对着被她打倒的男人大发雷霆。她知道这是对象一号。他矮小的身材和瘦削的体格告诉她，她打倒的是那个负责发短信的人。这个男人没能力给布拉德和因加造成那种程度的伤害。

那个施害的人手里还有一个孩子。

"他们到底在哪里？"金冲着他尖叫。

"死开。"他骂道。

金很乐意在这里待一会儿，想出一些折磨人的法子让他开口说话，但她没时间了，查利还在下面的某个地方。

她抬头望向山坡，看到埃米孤零零地站着，身上披着布赖恩特的大衣，更显得矮小。

"布赖恩特，看好他，别让他起来。"

金赶紧冲回山坡。她知道，如果他们刚刚行动太早的话，追那孩子的人将有机会转身逃跑。而她想要他们两个人。

她蹲在孩子面前，那孩子正止不住地打战。

"埃米，没事啦，你现在安全了，没人会再来伤害你。"

金看到，埃米的右手至少有一根手指骨折了。

"你能再勇敢一会儿吗？"

埃米点点头。

"好的，亲爱的。我要去找查利了，但我得知道她在哪里。"

"她咬了那个男人。她等他进来，然后咬他的脚。她告诉我只有我才能逃跑，因为她的脚跑不了，我不想，可是她让我答应她。"

"没事的，埃米，查利会没事的。那个男人有伤她的脚吗？"

埃米点了点头。"他踩了她一脚。"

"好的，埃米，你表现得很棒。当你逃跑的时候，她在哪里？"

"楼下……那里有房间……墙壁很冷。"

金朝山下望去，一共有四座独立的建筑物。"埃米，你能告诉我，你之前被关在哪里吗？"

埃米望向金指着的方向，然后朝最右边那座扬了扬头。从远处看去，那座建筑就像一处农舍。

"好的，亲爱的，你能告诉我那个男人长什么样吗？"

"大个子，"她说着，抬起头来，"比你还高，没有头发，脸上没胡子。"

埃米闭上眼睛，身子剧烈颤抖着。

金把一只手放在她的手臂上。

"你已经做得很棒了，埃米。你是一个非常勇敢的女孩。"

道森从山脊处跑了过来。

"别让埃米离开你的视线。"道森靠近时，她指示道，"赶紧叫一辆救护车过来，再让消防队把那根圆木移开，但不要打给蒂明斯家，明不明白？连斯泰茜都不要通知。"

道森点了点头，然后蹲在埃米身旁。

"老爹，你不能一个人去。"布赖恩特说道。

道森要照顾埃米，而布赖恩特要看住绑匪。

查利正孤身一人。眼下没有别的选择了。

金转身背对道森。她不知道警力支援什么时候才能到，她身上没有任何武器，对那地方也完全不熟悉。

但在那座建筑里的某个地方，一个疯子抓住了一个九岁的小女孩。

金猛地转身，飞奔起来。

Chapter One Hundred and Five

第一百〇五章

金在第一座建筑前停下脚步，此刻，天色渐暗。这是一座没有窗户、毫无特色可言的建筑。她想或许能拿来做牛棚。

金属门已生锈，被人用一把挂锁锁住。

她沿着建筑边缘走了一段路，来到一辆白色货车旁，货车停在一个四周无墙的屋顶结构下。

金走进了主农舍，对象一号跑出去追埃米的时候没有把门关上，一股潮湿的气味扑面而来。

她左边的门是一扇通向厨房、镶着两块镶板的马厩门。她走了进去，小心翼翼，没有发出任何声音。

橱柜门全都悬在半空中，曾放过电器的地方此刻空无一物，边边角角都是蜘蛛网，老鼠屎一堆又一堆。

墙壁像一幅由黑色和绿色湿斑组成的壁画。

金缓缓地退出房间，走进了隔壁房间。她猜这个房间以前应该是一个小休息室，但最近被人用作控制室。

窗户上方悬挂着一块钉在墙上的海军蓝窗帘。

房间左边是一张餐桌，桌子上放着一排手机。还有一张书桌顶着装有窗户的墙壁放置，桌子上有三台电脑显示器。一张沙发占据了房间里剩余的空间。

金朝书桌走了一步。三台显示器上都只有白噪声。该死，摄像头都已经被砸烂了，她看不到他在哪里。她要在不知前路如何的情况下潜入房子。

她走出房间，接下来她面对的是一扇木门。金谨慎地把门打开，但金属门把手离开插销时发出了咔嗒声。

迎面而来的是通向黑暗的石阶。

她伸出一只手，摸索墙的两边，用脚后跟感受着每一级台阶的高度。

当她的脚探不到更多台阶时，她从口袋里拿出手机，点亮屏幕，一小束亮光顿时照亮了黑暗。

她把手机指向左边，然后又指向右边。

她沿着一条走廊走到中间位置，这条走廊似乎和屋子同长。她的左边是一堵砖墙，但在她右边，走廊似乎转了个弯。

金转向右边，把手机照向地面。

她小心翼翼地跨过头顶灯泡被打碎后落在地上的玻璃，听到左边传来声音时立即转身。手机上发出的光没有照到任何东西。金猜那可能是一只老鼠。

她跨过一扇开着的门，她用灯照了照四周，这地方不比一间囚室大多少。

房间一角放着一堆果汁盒，还有几个三明治的包装袋。房间另一角则放着一张床垫，还有一个水桶。站在走廊里她都能闻到臭气。

她向前走了两步，把手机对准前方。再走两英尺，她就到拐角了。

"你敢再往前走一步，我就他妈的割开她的喉咙。"

金僵住了。孩子的唇间发出一声轻呼。金闭上眼睛。感谢上帝，查利还活着。

尽管她从没见过他，但金知道这个男人能做出怎样的事。

试图唤醒他的同情心将会是徒劳之举，因为他早已没有同情心了。

这男人不是一个疯子。他是一个产物，被人制造出来，作用就是杀戮。战争利用了这么一个热衷暴力的人，还加强了他的暴力倾向，泯灭了他身上的最后一丝人性。

金思考着她的选项。此刻，他还不知道他的对手是一个女人。

"我能闻到你的味道，婊子。"

好极了。他的声音离她只有几英尺远，而且他听起来很愉悦。这很好。只要能让他分心，不去伤害查利，那就很好。

他踏入亮光之中，这一狂妄之举令她没法做出决定。这男人的体格立刻让金感到惊诧。她猜他那六英尺四英寸的身材下藏着十八英石的肌肉。

查利被他抓在胸前，喉咙上抵着一把刀。

她左眼肿胀紧闭，下唇开裂。

她右眼满是惊恐。

赛姆斯大笑。"他们居然派了个荡妇来抓我，真他妈搞笑。"

尽管他声音欢愉，但金听得出，他感觉自己受到了侮辱。

她垂下目光。"没事的，查利。我们已经找到埃米了，我会带你离开这里的。"

他又笑了。"不会的，她他妈的带不走你的，孩子，"他对查利说道，"我会遵守之前的约定，把你的喉咙割开，然后我会再杀掉她，她在这儿放屁呢。"

他朝她逼近了一步，他的右腿僵硬。金猜之前查利咬的就是他的右腿。他的前臂上留着一条血迹。

尽管他体格壮硕，可论单打独斗，金知道她能把他打倒。但此刻，他们之间隔着一个孩子，还有一把刀。

"我可不是孤身一人。"她说道。

他的目光越过她，望向她身后。

"把你幻想中的朋友也带来了吗？"

金努力让自己的声音低沉而冷静。

"他们正在包围这座建筑。早晚会下到这里。"

赛姆斯看起来漠不关心。"我又不用花很多时间。"

她的拇指一直按在手机屏幕上，免得整个地方突然暗下来。她努力和他进行眼神接触，可他的目光却一直飘忽不定。

金估计着他们之间的距离。周围没有任何东西能分散他的注意力，这样她就没有机会朝查利扑过去，救她下来。他的手已经摆好姿势，沉着冷静，随时准备割开孩子的喉咙。

"你希望得到什么？"她问道。

她知道她绝无可能劝他把孩子给她，但也要努力拖延一下时间。

"你知道这一切已经结束了。我们已经抓住了另一个人，出谋划策的那个。"

"你他妈怎么知道他就是出谋划策的那个？"赛姆斯问道，把查利抱得更紧了。

她认定他不是这次行动的主谋，这搞得他很不快。

"把信息给我，我们做一笔交易，"她提议道，"他要蹲一辈子监狱，但你不用。我们可以——"

"滚你妈的，婊子。你觉得我他妈在乎蹲不蹲号子吗？他妈的饶了我吧。"

"那你是想——"

"承诺就是承诺。你这都不懂吗，蠢婊子？我想杀了她，我会杀了她，然后——"

"老爹，你在下面吗？"

赛姆斯的目光朝布赖恩特声音的方向望去。这正是金在期待的。

金举起手机，朝赛姆斯的眼睛照去，同时跨步向前，一把抱过查利。

她把孩子放到身后，接着伸手去夺刀。她的手刚触到刀柄，赛姆斯就划了一下。

她右手的皮肤顿时被撕开一道口子。她手机的光灭了。

楼梯上传来脚步声。

她感觉自己被人往后一推，倒在了查利身上。

在一片黑暗中，金完全不知道发生了什么事。

直到赛姆斯用钥匙把门锁上。

第一百〇六章

赛姆斯把查利扔到房间远处的角落里，她呜咽着缩成了一团。

"你的朋友现在能做什么呢？"他问道。

金还拿着手机，她点了点屏幕，手机又亮了起来。

她听到布赖恩特在外面拼命拍打铁门。没有专用设备，他是进不来的。等他进来时，她们早就死了。

站在她面前的男人知道这一点。

他从她看向查利，又从查利看向她。

"点指兵兵，点指兵兵，点到谁就……做第一个？"

"这整件事和钱有关吗？"金绝望地问道。她必须把他的注意力从查利身上吸引过来。她能感到自己手上的伤口正在涌出鲜血，流到牛仔裤上。

他在她和查利间踱步，确保她们两人离得足够远。

"当然没关系。你得知道我想干什么，婊子。我爱杀人。我享受杀人。越暴力越爽。现在，我已经做好决定了。"

他站到她面前。她听到布赖恩特不停地拍门、喊叫，但她的同事没办法跨越他们之间十英尺的距离。

这么近，又那么远，她心想。赛姆斯提起脚，踩在了她受伤的手上。

痛楚霎时间传遍了她整条手臂，黑暗在她眼前浮动。

他的下一击落在了她的肋骨上，她摔倒在一边，手机从手里滑落。

他的脚正中她的下巴，疼痛在她脑中炸开。

"我要留你一条命，这样你才可以观赏这场演出。"

他又踢了一脚，然后一拳打在她左手肘上。

"别打了。"查利尖叫道。

"别担心，很快就轮到你了，小女孩。"

在一片黑暗中，金试图爬出他的攻击范围。她知道他打算做什么。他要把她打成手脚残废，让她无法动弹。就像他对因加做的那样。

他的下一拳打在了她的左大腿上。她微微滚了一下身子，才免遭被他踩碎膝盖之苦。

她努力在从四面八方袭来的痛苦中思考对策。

另一拳落在了她的右脚踝上。

就着手机的光，她能看到他眼里的愉悦。他才刚开始热身而已。

金想着那些正匍匐前进、包围此处的警察。那么多人，却没有一个能帮她。

她感觉自己就像主菜前的开胃小吃。等折磨完查利，他就要把她当成甜品了。

他后退了一步，欣赏着自己的杰作。金发觉，她身上已经没有哪个部位能自由活动了。

她已经无力反击，疼痛淹没了她的整个身体，但她绝不会喊叫。此刻能让她保持清醒的，只有查利从角落里传来的轻微的呜咽声。

恶心感涌上她的喉咙，她咳了一声，将那感觉咽了下去，整个身体都对这个动作起了反应。

她没有武器，他身上有刀，而她想移动一英寸都难。

赛姆斯把他的注意力集中到远处的角落里，他的喉咙里发出一声满怀期待的低吼。

金眨了眨眼，看清了黑暗中的动向。如果她此刻屈服于身上的疼痛，哪怕一分钟，那孩子就没命了。

赛姆斯越走越远，金却无法跟上他的脚步。

他朝他的奖品走去，这是他完成任务的报酬。金无力阻止他。

然后，手机的光灭了。

第一百〇七章

金听到门的另一边传来了声音，但他们进不来。查利在角落里大喊。

金努力集中注意力，就在这一刻，她萌生了一个想法，这是艾利森提过的。

她把所有力气集中在她唯一能动的部位上。她的嘴巴。

"士兵，你他妈觉得自己在做什么？"

她感觉到房间里瞬间安静了下来。

"你觉得我们有时间花在这些事情上吗，士兵？"

"但……但是……"

金抓住这个机会，她感到了突如其来的希望，忘却了身体上的疼痛。

"你训练是为了做这种事情的吗，士兵？"

她在地上移动了几英寸。她的身体在尖叫，让她停下，但她拒绝听令。

"我们什么时候要你伤害小女孩了，士兵？"

她又移动了几英寸。

"我……我……"

"我们什么时候训练你做这种事的，士兵？"她大声喊道，掩饰自己在地上的缓慢移动声。疼痛令她声音虚弱，但她努力让自己听起来十分坚定。她希望重复称呼他"士兵"能迷惑他足够长的时间。

"你觉得你的小队现在会接受你吗？"

"但……我不……不是……"

"你永远都是一个士兵。"金吼道。

"我不……看不……"

"哦，你当然看得见我，士兵。"金喊道。在一片黑暗中，她只能看到他的大概轮廓。他两腿分开站在地上，离查利只有两英尺。

只有几英寸了。

"后退，士兵，回你的营房去。"

"但……你不是……真实的……"

金左脚后缩，然后猛地踢到他右小腿上。他身子不稳，往前摔倒在地上。

金听到查利拖着脚跑出角落的声音。

赛姆斯这么一摔，神志彻底清醒了，他的注意力回到了金身上。

"你这个他妈的婊子。"他尖叫道。她听到了他声音里的愤怒与痛苦，但她知道，刚刚那一下攻击不会制伏他太久。

金努力想爬开，她听到他正跟在她身后爬行的声音。她的膝盖摩擦着那碎掉的灯泡落在地上的玻璃片。

他伸手抓住她的脚踝，她脸朝下摔倒了。

几秒之内，他的膝盖就跨在了她身上，他将她摁在地上。

金在他身下扭动身子，但他的身体却死死压住了她。她再一次猛地扭动身子，他笑了。

她感到喉咙上抵着一片冰冷的金属。

"我会好好享受的——然后就轮到那个孩子了。"

金能够感觉到右手手掌下的一摊血。

她从地上抬起手，张大手掌，五指分开，撕裂了伤口。

她把手掌狠狠地拍在地上，感觉到灯泡碎片嵌进了伤口里。恶心的感觉强烈又突然，数百把尖刀在她的掌心跳舞。

疼痛想掌控她的身体，她疯狂地咽着唾沫。

他的脸突然亮了起来，她的眼睛里仿佛绽开了烟火。查利正举着她的手机，突然照向他的眼睛，让他什么都看不见。

赛姆斯眼睛大睁，努力适应着光线的变化。

金从地上举起右手，把手掌砸向他的眼睛，嵌在她掌心里的玻璃碎片刺穿了他的眼球。

他像一只受伤的动物般尖叫，他用手捂着眼睛，刀子掉到了地上。

查利的动作比金还快，她从地上抢过刀子。

金赶忙跑了过去，抱住她，身子像装甲般护着孩子。

赛姆斯在地上翻滚，尖叫。

突然间，金属门开了。在这一刻，金真想放声大叫。

"我的天，老爹。"布赖恩特把手电筒对着她，说道。锁孔上挂着一把备用钥匙。

她伸手挡住手电筒的光来保护眼睛。

几块碎玻璃从伤口上掉了出来。

布赖恩特回到走廊里。

"急救人员，立刻下来。"他大喊道。她的手还在流血。

道森是第一个出现的人，他立刻把赛姆斯拉了起来。布赖恩特朝她伸手，但她没有理会，自己站了起来。

赛姆斯想朝她扑过去，但道森用力拉住了他。

她蹒跚着朝他走了一步。"他们只派了一个婊子来，嗯？"

"你他妈等着，"他骂道，脸上流淌着血液和眼内液体的混合物，"我会他妈的弄死你。"

她最后看了一眼他那只完好无损的眼睛。

"凯，把他带走。"

道森猛地将他按在墙上，赛姆斯疼得叫出了声。

"哎哟。"道森一边说着，一边把他推进了走廊。

金转向查利，她正颤抖着靠墙而坐。

"查利，没事啦，他不会再回来了。我保证。"

小女孩点了点头，眼神中闪动着怀疑。金此刻并不能带给她太多安慰，但随着时间的推移，她会慢慢相信的。

"你刚刚非常勇敢，你爸爸妈妈肯定会很为你骄傲的。"

"老爹，我们能通知他们了吗?"布赖恩特问道。

金摇了摇头，就在这时，医护人员进了房间。在没找到对象三号前，他们不能通知。

"先处理她脚上的伤。"金说着，指向查利。

布赖恩特把手电筒递给第二个医护人员，后者把手电筒照向孩子。

布赖恩特走了过去，把孩子抱了起来，她身轻如纸。"楼上有救护车，他要看看你的手。"

布赖恩特把孩子抱上了楼。

医护人员轻轻地把她的手拿了起来，另一束手电筒光打到了她的伤口上。

"我需要带你去医院，你手上的神经可能受损了。"

金摇了摇头。"帮我把玻璃弄出来，然后包扎好就行。"

"不行，你需要照 X 光。你伤得不轻。"

金挣开了手。"要不你就快点，要不我就自己动手。"

还有一些问题有待回答。

他不以为然地看了她一眼。

"那你签一份免责声明吧。"

她看了自己的手一眼，然后挑起一边眉毛。

他笑了。

"好呗，行，很公平。"

金盯着墙，他则用镊子帮她把玻璃碴挑出来。大部分玻璃碴已经留在了赛姆斯的眼球里。

"你能快点吗？"她问道。她的身体已经恢复了一部分知觉，她还有工作要做。

"我想要轻一些。"他厉声说道。

"哼，不用。把它们挑出来，伤口消个毒就好。"她反呛道。

等布赖恩特回来时，她的手已经裹好了纱布和绷带，比原来大了两倍。

"你必须尽快去医院——"

"行了，行了。你搞定没？"

这位医护人员合上医疗箱，摇了摇头。"她就交给你了。"他对布赖恩特说道。

"没问题，伙计。"布赖恩特答道。

金缓缓地站了起来，疼痛在她身上数十处地方叫嚣着。

"你受的伤看起来不轻啊，老爹。"

"我又没死。"她说着，朝走廊走去。

"呃……上楼梯需不需要我帮忙？"

"哦，布赖恩特，请你再问一遍这个问题。"

"明白，我先走。"

她默默地感谢他。如果他走在她前面，那就看不到她蹒跚挣扎的样子。

金知道她要赶回蒂明斯家，但还有最后一个谜团要解开。

她走到第三级阶梯上时停了下来。

"不行。"她说道。

"我早跟你说了嘛——"

"不是那个意思，"她一边说一边摇头，"我还不能离开这里。"

另一个孩子的尸体就在这里的某个地方，屋外正有一个等着自己的孩子回家的母亲。

她回到走廊里，布赖恩特跟在她身后，用从那位医护人员手里拿回来的手电筒照亮了前面的区域。

"老爹，你觉得你能找到什么？"

"拿上钥匙。"她说着，指向那扇开着的门，门的钥匙孔上还挂着钥匙。

布赖恩特取下钥匙，金朝左边走去，一直走到尽头。那是第二扇金属门。

"打开它。"金说道。钥匙在锁孔里转动，声音让她的胃不安地翻腾着。

她左手接过手电筒，朝寂静的房间里照去。

光束停在了房间的最右角。

金短暂地闭了一下眼睛，重重地叹了口气。一位母亲即将如愿。

他们找到了那个小女孩的尸体。

珍妮·科顿能埋葬自己的女儿了。

金让眼睛适应了一下黑暗，然后朝角落里的人形走去。

她的心脏停了一下。

"这绝对他妈的没可能，老爹。"布赖恩特在她身后小声说。

没错，她也看到了。角落里的人形动了一下。

金缓缓往前走了几步，眼睛一眨也不眨。

"没事的，苏西，你安全了。"金喃喃道。

那个小小的人往角落里缩了缩，头扭向墙壁。

金把布赖恩特的手电筒往旁边推了推，好让手电筒朝苏西的方向照去，但不让光直接打在她身上。

虽然苏西比埃米和查利还要大一岁，但缩成一团的她看起来比她们小得多。

她穿着一条黑色紧身裤，一件比她上半身大得多的大码衬衫。她浅棕色的头发被人剪得很短，紧贴脑袋。

和隔壁房间一样，这个房间的角落里也摆着一个水桶，地板上扔满了饮料盒和包装袋。

金感到泪水刺痛了她的眼睛。这孩子被关在这里十三个月。

她咽下喉中的情绪。

"苏西，那坏人走啦。他们已经被抓走了，他们不会再来伤害你了。"

沉默。

金感到布赖恩特走进了房间，就在她身后，但她挥了挥手，要他出去。

她又往前走了几英寸。

"你不用再害怕啦。我保证你已经安全了。"

沉默。

这孩子所遭受过的恐惧令金的心隐隐作痛，她必须跟这孩子说一些她熟悉的东西。

她又走近了一些。"我遇到你妈妈啦，苏西，她很想你呢。"

苏西摇了摇头，把头埋进墙里。

"你在生你妈妈的气吗，苏西？"

她又摇了摇头。

金又往前走了几英寸。她必须让这孩子看着她，让孩子知道她已经安全了。但苏西还是不肯从她的安全角落里离开。

金咒骂自己的愚蠢。这孩子已经想象过多少次那扇门打开，祈祷自己能被放出去了？

"你不敢看着我吗？"

孩子没有回应，金把这当作"是"。

"你觉得我会消失吗？"

还是没有回应。

金意识到，孩子以为自己只是想象中来救她的人，如果她睁开眼睛，这个人就会消失。金紧咬嘴唇，忍住眼泪。她想冲进角落，搂住孩子，但那样很可能会令孩子的恐惧进一步加深，她不能冒这个风险。

"苏西，我要伸手碰碰你的右脚。如果你感觉到我手的重量，就知道我不是你想象出来的，我是真的，好吗？"

依旧没有回应。

金碰了碰女孩的脚踝。这一下触碰仿佛一记弹弓，苏西猛地从角落里冲出来，钻进了金的怀里。

金双手抱住这个幼小脆弱的身体，闭上了眼睛。

苏西的脸上流下大颗大颗的泪水，看到孩子还能流泪，金很欣慰。

"没事了，甜心。那些人再也不会来伤害你了。我向你保证。"

苏西抱得更紧了，金轻轻地抚摸着她的头发。

怒气在她身体里蔓延。

金前后晃了晃孩子，在她耳边低声说了几句安慰的话。

泪水滑落的速度慢了下来。

"苏西，你受伤了吗？"金温柔地问道。

苏西摇了摇头，但金搂着她时，都能碰到她那瘦弱身子下的骨头。

囚禁苏西的人只给了足够她存活的食物，从这座房子里现有的东西判断，这孩子一顿正餐都没吃过。

"好的，甜心，我们要把你从这里带走啦。"

苏西把她抱得更紧了。

金轻轻拉起她的手，放开她的身子。

"别怕。我保证，一切都会好起来的，苏西，但我现在需要走上那些楼梯，可能需要别人帮我。"

苏西微微地点了点头，金轻轻地走开。

"好的，如果你能拉住我的手，我觉得我就走得上去啦。"

孩子又点了点头，金这才意识到，她一句话都没有说过。

这个问题没时间在此时此地解决了。她还活着，别的事情就留到以后再说吧。

布赖恩特在她们两人之前走上了楼梯。

楼梯很窄，金只得侧身而行，但她始终没有放开苏西的手。

"很棒，苏西，你做得很好。待会儿我们走到外面的时候会有很多人，但你不用担心。他们不会来打扰你的。"

她感到掌心里的手握紧了。她不停地跟孩子说话，让孩子坚持下去。

她想起了自己六岁被带离公寓时周围的警笛和噪声。她想抓住米凯伊的手，但她做不到，因为他已经死了。

金把这些思绪推开，专注在减轻苏西的恐惧上。

"咱们就快到啦，甜心。"走出房子时，金说道。

控制室里传来各种声音，证据收集工作已经在进行中了。

金紧紧握住女孩的手。"记住我说的话，没有人会来打扰你的，好吗？"

苏西点了点头，她们一齐踏入寒冷中。

闪烁的蓝光照亮了阴暗的天空。

苏西双眼大睁，望着眼前的一切，两辆救护车和三辆警车摆出来的阵势还是挺大的。

金转向苏西，用手托着苏西的下巴，让女孩看着她。

"苏西，这个男人是我的朋友，是那种我愿意把性命托付到他手上的朋友，他会直接把你带到你妈妈那里。"

女孩把她的手握得更紧了，金打了绷带的那只手本能地摸了摸她的头顶。

"我保证你会没事的，甜心，但我们要把你带回家呀。"

这孩子必须早点去做一次身体检查，她的身体严重营养不良。他们以后还要再找她问一些问题，但现在没有比让她见到她母亲更重要的事情。布赖恩特要带她回家。

　　苏西不情不愿地让布赖恩特拉住了她的手，然后把她带向金停在山上的车，那仿佛已经是三天前的事情了。

　　道森出现在她旁边，顺着她的目光望去。

　　他猛地转头。"没可能，老爹。那绝不可能是苏西·科顿。"

　　金微微笑了笑。"不，凯。那就是苏西·科顿。"

　　他们四目相对了一阵，他开始摇头。"老爹，我……"他摸着下巴，"我的意思是……你到底是怎么知道的？"

　　"我不知道，但我不能把她扔在那儿不管。"

　　他渐渐露出笑容。"你真是……"

　　"进行到哪里了？"她问道，扫视了一下四周。

　　他转身朝着车走去。"我们已经向绑匪宣读了他们的权利。威尔·卡特已经被带去警局了。赛姆斯在第一辆救护车里，旁边有三位警员陪着他。女孩们正和一位女警官在第二辆救护车里，准备离开。"

　　她看着布赖恩特和苏西登上了山顶，在视野中消失。

　　她想起了珍妮弗·科顿，她要收到一份大礼了。因为苏西的消失，这女人的生活停滞了，但她的生活即将重启。她们居然都撑了下来，金不由得惊叹，这便是母亲和女儿间的纽带吧。

　　金被这个想法惊到了。突然间，她明白了一切。

　　"道森，开一辆警车过来，现在。"她说道。

　　终于，是时候去会会对象二号了。

Chapter One Hundred and Nine

第一百〇九章

　　警车停在了蒂明斯家的车道上。金一路上都没有说话，她正默默地把所有线索拼接到一起。

　　"老大，你想告诉我现在到底在发生什么吗？"道森说道。

　　她摇了摇头。"有你忙的。"

　　她走下车，房子前门打开了。他们回来时的神态和离开时完全不一样，离开时的他们焦急、惊慌又恐惧。

　　四位心焦如焚的父母走出屋外。卡伦和罗伯特双手紧握。伊丽莎白跟在他们后面，正紧紧抱着尼古拉斯。斯蒂芬独自一人走到最左边，手里正拿着手机。他们脸上的表情既有恐惧，又有希望。

　　金让自己的脸上露出笑容。

　　"我们把她们都救回来了。"

　　这番话一出，引起一阵尖叫声与哭喊声。金根本听不清哪些声音出自哪个人。

　　"埃米的一根手指断了，查利的脚和脸都受了伤，但除此之外，她们的情况都算良好，而且她们非常勇敢。"

　　在说最后几个字时，金注视着卡伦。

　　"她们正在去罗素霍尔医院的路上，要接受治疗，所以我建议你们也赶紧过去吧。"她转向道森，"我的同事会开警车护送你们过去。"

"大家上我的车。"斯蒂芬指着一辆黑色的路虎揽胜说道。兴高采烈的气氛掩盖了他们关系中的裂痕。暂时。

在大家从她身旁匆匆走过的时候，金没忍住想解决最后一个问题。

"嘿，斯蒂芬，"她笑着说道，"你现在喜欢我了吗？"

他停下来望着她。他脸上已没有了挑衅与敌意，取而代之的是宽慰与快乐。

"哦，当然了，督察。我非常喜欢你。"

金看着他们急匆匆地钻进汽车。斯蒂芬和罗伯特坐在前排，伊丽莎白把尼古拉斯放在婴儿座上。

卡伦正准备爬进车里和伊丽莎白坐在一起，但在最后一秒，她犹豫了一下。

她转身跑了回去，张开双臂，紧紧抱住了金。

"谢谢你做的一切，金。我欠你一条命。"

金轻轻地搂了搂她，然后将这女人推开。

"快去陪你的女儿吧。"

这句话，卡伦不需要听第二遍。

道森站到了她旁边。"老大，我知道答案了，我知道是谁把杜文的事情捅出去的了。"

他脸上悲戚的表情告诉她，他得出了和她一样的结论。

"我知道你可以的。把这些父母带去医院，然后去把那人逮捕吧。都交给你了。"

"谢谢，老大。"他说着，朝警车走去。

"哦，对了，凯。"在他拉开车门时，她在他身后喊道。

他转过身。

"我不管你以前经历过什么，但你现在就在一个团队里，明白吗？"

他张嘴大笑，向金敬了一个模仿式的礼。

她等两辆车都离开视野后才走进房子。

马特走出厨房。

艾利森站在楼梯底。

海伦走出客厅。

金转身关上前门。

她还要再解开一个谜团。

斯泰茜出现在走廊上，把她上下打量一番。"我的天啊，老大，你还好吗？"

金举起她没有受伤的手，笑了笑。"我没事，斯泰茜。"

侦缉警员向前走了一步。"我找到了卡伦，但她已经发了——"

"斯泰茜，没事了。我们把他们都抓住了。"

金左转走进客厅。

海伦跟在她身后，手摸着喉咙。"你是说两个女孩都平安无事吗？哦，感谢上帝，我真是放心了。"

"你当然放心了，"金说着，把头一歪，"这不正是你一直想要的结果吗？"

海伦皱起眉头，金真想扇烂那张愉悦、亲和的脸。

"你失败了，海伦。我很清楚你想要什么，这一次，你逃不掉了。"

马特正站在门口，艾利森和斯泰茜在他身后，他们显然迷惑不解。

海伦从一个人看向另一个人。

"金，你到底在说些什么？"

"你得叫我'长官'，海伦——你也别给我演戏了。"

海伦迷茫地摇了摇头，但金能看出她眼内藏着的心计。她正在思考到底是哪里出了问题。

金很乐意跟她分享。

"我很早就意识到，你的两个小男孩肯定不是独自行事的。他们的个性太过极端，没有一个拥有最高否决权的权威存在，他们根本无法单独行事——还有什么能比一个母亲的形象更能约束小男孩的呢？

"第一场绑架是威尔自己策划的。那是他的计划，但由于一场道路交通事故，一切都乱了套。几个月后，你接到通知，你要被强制退休了。你发起上诉，但遭到驳回。现在，把你口袋里的东西拿出来。"

海伦的目光从金转向门口的旁观者身上。

金往前踏了一步，疼痛顿时在她的身体里回响。她不想从海伦手里抢过手机，但如果必须这么做的话，她不会犹豫。

"金，你疯了吗？我只是个家庭联络官。"海伦抗议道。

"海伦，我帮你把手机拿出来吧。"

海伦把手伸进后面的口袋，拿出一部 iPhone。

"我说的是前面口袋里的那部。"金疲倦地说道。

海伦慢慢地把手伸进右口袋，然后拿出另一部手机。那是一部诺基亚。

"我有两部手机……"

"那不是你的手机。那是朱莉娅·特鲁曼，别名朱莉娅·比林厄姆的手机，而你把这部手机从证据储藏室里偷了出来。"她望向海伦身后，"斯泰茜，把手机拿走。"

斯泰茜大步走过房间，从海伦手里拿过手机。她按了几下键盘，然后点了点头。

"威尔曾用一部手机向他们家勒索钱财，而你联系了威尔的那部手机。我打赌，你跟他保证过这一次事情绝对不会出错，因为你会亲自确保一切按计划进行。我还特意要求你参与这起新绑架案的调查，这正中你下怀。你知道不管是哪个人主持这次调查，都会做出同样的要求。

"我之前还奇怪，为什么第二条短信那么晚才发来，女孩们已经失踪差不多十二小时了，原来是给你时间在这里评估形势。"

"金，你弄错了，我什么都没做，我没有伤害——"

"因加·鲍尔呢？你知道，我之前一直没想明白到底是什么促使因加对两个小女孩下手。一开始我以为是爱——从某种程度上来说，那真的是爱，对不对，海伦？但那不是来自男人的爱。你才是那个给她献了好几个月殷勤的人，你发现她从小就被父母抛弃，一直渴望母爱，而这正是你给她的爱。你利用了她对母亲的渴求，利用了她想要被无条件宠爱的欲望。你给了她爱，然后夺走了她的生命。"

海伦脸上的表情一点没变，她一点都不为自己做过的事情感到后悔。

"连埃洛伊丝都把你吓到了，你很害怕她会说出一些指控你的东西。一听到她暗示调查过程会有痛苦的事情发生，你恨不得赶紧把她从房子旁边拉开。

"你很清楚，如果你对她说，你愿意听听她说的话，她绝不会将你拒之门外，于是你干了些脏活，然后伪造出她在睡梦中死去的假象。"

海伦向后退了一步，脸色发白。

"哼，她还没死，海伦，"金狠狠地说道，"她会在法庭上指认你。"

海伦开始缓缓地摇头，仿佛她的大脑已经无法理解她误算的复杂程度。

"你还得想办法把衣服弄过来，对不对？"金强压怒气，"你把衣服放到房子周围，等着父母们去找。你怎么能做出这种事情？"

金根本没心情听她解释。

"还有最后一条线索。让我最终看穿你的，是你及时想起了一段已经忘掉的回忆。这就是你一直以来的目的，对不对？你的计划是让你成为挽救大局的那个人。你突然恢复的记忆是找到两个女孩所在位置的关键。然后你就能成为英雄了，是不是，海伦？哪有警队会强制退休一个在安全救回两个小女孩一案中发挥了重要作用的警官呢？

"你让查利和埃米深陷恐惧整整一个星期，就是为了让自己成为英雄，保住自己该死的工作。你觉得你的同谋者会按照你说的，就那样离开农舍吗？他们会让女孩活下来，这样就能逃过抓捕，也不指认你？"金怀疑地问道，"你真的以为那是他们会干的事情吗？"

终于，海伦摘下一脸迷惑的面具，露出了真实的难以置信的表情。

"那两个女孩从来就没有一点危险。"海伦抗议道。

"老天，你就是不懂，对不对？"金大发雷霆，"他们真的想杀了两个女孩。威尔的唯一动机就是钱，而他答应了赛姆斯，让他可以夺走女孩们的性命。"

海伦皱起了眉头。越来越多的误算。她对威尔有什么期望？忠诚？信任？

"不对……不对……不对……"

"为什么，海伦？"金说着，朝她走近了一步，"难道你真的仅仅为了不被退休，就策划了这么一场阴谋吗？"

"你应该明白的，金。"海伦静静地说道。

"明白什么？"

海伦终于直视她的目光，她的眼神寒冷而坚定。

"我把我的一切都奉献给了这份工作，我把我的生命都托付在了这份工作上，我把全部精力贡献给了警队。不管有什么命令和要求，我都一一照做。

"我没有丈夫，没有家庭，只有这份工作——而我就要失去这份工作了。这是他们欠我的。我请求留下，但他们拒绝了我，可他们每年都在招募新警员。

"在我一无所有的时候，我被抛弃了。我年纪太大，已经养不了孩子。我也没了从前的容貌。两个月之后，我将变成一个什么都不是的人。我将变成那个在超市里闲逛、和任何愿意听我说话的人搭讪的女人。

"你要求他们给你女孩还活着的证据，可我还有活着的证据吗？"

海伦的嘴角露出一抹浅浅的微笑。

"你会明白的，金。你太像我了，你把所有的力量都奉献给了这个案子。你还记得你家在哪儿吗？你有爱的人吗？你有孩子吗？有宠物吗？我敢打赌你没有，因为你已经让这份工作把你吞噬了，再过二十年，等你到了我这个年龄——"

金走到她面前。"我永远不会因为自己做出的选择而感到痛苦和扭曲，我也绝对不会因为自己得不到想要的东西就去危及年轻女孩的生命，或者折磨他人的家庭，你这个邪恶、病态的婊子。而且，我还有一只狗。"

海伦的脸上露出怒容。她往前一冲，双手前伸，朝金的喉咙抓去。

金一个侧步，轻轻巧巧地避开了海伦的攻击，海伦摔到了地上。

金低头望着这个几乎令两个女孩失去性命的人。

"进监狱前多练练拳脚吧，里面的人可喜欢你这种人了。"

第一百一十一章

道森站在前门，犹豫了一阵才敲了敲门。他不想承认自己对帮派文化有多么了解，对此还有一段根深蒂固的记忆。

在他十五岁生日的两天后，一群比他大一岁的孩子突然间不再用专门称呼小胖子的"猪油屁股"或者"馅饼脸"这些外号称呼他。他们在学校的公共休息室里给他预留了一个座位，还笑脸待他。他们邀请他放学之后在克拉德利海斯的主干道上碰面。那天下午是他在课堂上度过的最快乐的时光。

他们在市场外面等他，满脸笑容，还拍他的后背，以示亲密。他们跟他聊了十分钟天，但他感觉自己已经成为这个黑帮、这个团队的一分子。

然后，他注意到团队的领头人安东尼，朝一个挂着两根拐杖走路的老女人扬了扬头。四个孩子中的两个朝那女人漫步走去，然后踢掉了她右手中的拐杖。她磕磕绊绊地走了几步，努力保持平衡，就在这时，安东尼冲了过去，将她右肩上的手袋抢了下来。

道森本能地跟着跑了过去。当他跑到那女人身边时，她已经倒在地上了。某些东西强迫他望着她的脸，他很害怕她会突然一头撞死自己。他望着那双满是恐惧的眼睛。在那个短暂的时刻，他知道这个女人的生活将会永远改变，再也不会跟从前一样了。

等道森安全到家时，他才明白为什么他们会要求他跟过来。他是个胖子，他跑得没有别人快，所以如果有人追他们的话，他将是第一个被追上的。

他心中的耻辱感燃烧了好几个月，但那感觉也随着他BMI指数①的下降而渐渐平息。他一直没有忘记那个老女人眼里的恐惧。他没有忘记那眼神，也是为了自己好。

他理解为什么杜文·赖特加入了黑帮，但他被人以最可怕的方式背叛了。

道森深吸一口气，敲了三下门。

门缓缓打开。

肖纳·赖特站在他面前，眼里带着真正的恐惧。

"我能和你，还有你的父亲聊聊吗？"

这一次，女孩既没有给他脸色，也没有傲慢的态度。

他跟着她走进客厅，两个小女孩交叉着腿坐在地上。她们一边看电视，一边进行着小型野餐。

"罗西、马里莎，回你们的房间去。"肖纳说着，催促她们赶紧出去。

维恩坐在沙发另一端。

道森从一个人看向另一个人，最终把目光停在维恩身上。

"我知道您对您的儿子做了什么。"他简短地说道。

"爸爸……"肖纳在门口说道。

道森望向女孩的父亲，看看他打不打算解释什么。他宽大的肩膀在轻轻地颤抖，眼泪落到了地上。

---

① 国际上常用的衡量人体胖瘦程度以及是否健康的一个标准。

他转向肖纳。他看得出，她的大脑已经接受了这个事实，但她的心还在反抗。

道森叹了一口气，轻轻说道："肖纳，联系莱龙的是你的父亲，是他把杜文还活着的消息告诉他的。"

"别傻了，"肖纳骂道，"你们都他妈疯了，"她拍打着自己的太阳穴，"太愚蠢了。"

道森看向她的父亲，她也望着自己的父亲。

她注视着他垂下的肩膀，等着他开口反驳。她的头缓缓地摇动着。但道森看得出，她已经开始慢慢接受这个事实了。

他给了他们一些时间消化他刚刚说的话。

他原本以为，把杜文还活着的信息透露出去的是劳伦，等他发现她已经和卡伊在一起时，这个想法更加坚定了。但这女孩不够聪明，不会故意走漏风声，也不关心杜文，不会无意中把消息说出去。

劳伦是一个只想在这纷乱的环境中生存下来的女孩。霍利特里的黑帮文化解开了困住她的城郊脚镣，廉价的刺激一个接着一个供她享用，没了一个还有下一个。

道森是在找到了女孩们，回到蒂明斯家时才意识到真正的罪魁祸首是谁。伊丽莎白钻进车里的时候，斯蒂芬·汉森伸手想帮她抱住尼古拉斯。她却拒绝了他的好意，紧紧地把孩子搂在怀里。当一个孩子失踪时，痛苦万分的母亲会更加珍视尚在自己怀中的孩子。

"他是为了你们几个才这么做的，肖纳。"道森解释道，"只要杜文还活着，你们就一直身处险境。他们绝不会就这么放过你们，你们会过得比从前更提心吊胆。你们全家都会成为他们的目标，你的父亲明白这一点。"

角落里的抽泣声越来越大。

"他永远都回不来了，肖儿。"维恩抬起头，哭道。鼻涕混着泪水从他脸上流下，他的声音痛苦而嘶哑。"我的儿子死了。他只是靠着机器和管子活着。他们说他已经脑死亡了。"

维恩发出一声咆哮，凯发誓他听到了心碎的声音。

"我求他们让我们搬走，但他们不肯，肖儿。我们不是危险对象，可不管我们去到哪儿，莱龙都会找到我们。我承受不起将你们都失去的风险。哦，我的儿子，我勇敢的、勇敢的儿子……"

肖纳努力和她体内澎湃的情绪做斗争。她冲到了她父亲面前，跪在地上。他立刻用手搂住了她，父女俩一同哭泣着。

此时此刻，道森感觉不到任何结案时的成就感。维恩·赖特面对的是一个不可能的选择。他被困在了一个无力保护自己孩子的处境里，只能牺牲自己唯一的儿子。

他轻轻地说道："赖特先生，我会在走廊里等一分钟，但您知道我要做什么。"

"我知道……孩子，我知道。"

这几个字里满是情绪。这一次，道森没有再因"孩子"这个称呼而恼火。

道森深知，到了明天，他的同情将会被自豪所取代。这是他亲手解决的案子，犯下罪行的人将会受到惩罚。

所以，毫无疑问，他明天会好起来。但此时此刻，他感觉无比糟糕。

Chapter One Hundred and Twelve

第一百一十二章

金死死盯着面前的盘子。这个眼神可以让她的大部分同事乖乖听话，不幸的是，它对饼干无效。

食谱和烹制步骤是她从一个儿童网站上学来的，她一字不差地遵循步骤做了下来。她非常确定她那么做了。

网站上还有十二岁的孩子发上来的他们引以为傲的作品。金并不打算给自己的作品拍照。

这款蛋糕的名字叫"岩石蛋糕"，但她做的看起来一点也不像岩石，更像特大号飞盘。放进烤箱之后，盘子上的混合物已经散成一摊，仿佛想爬出去逃走似的。

烹饪是她的死对头。她试过烹制比参加门萨测试更需要集中注意力的菜肴，成品却像一团散落在盘子上的液体炖菜。她还试过做像果酱夹层蛋糕这种大部分孩子在学校就已掌握的简单菜式。依然失败。

她曾经的养母埃丽卡，是一位出色的厨师，能把复杂的菜做得看起来十分简单。金却恰恰相反，总能把简单的菜做得看起来十分复杂，但埃丽卡是她唯一一个当作母亲一般深爱的人，为了她，金会继续尝试下去。

伍迪坚持要她休几天假，等她的手痊愈再回去上班。幸运的是，她手上的神经没有受损，只是缝了十二针。

"请别告诉我你又在当大厨了，"布赖恩特走进厨房，说道，"你用两只手都弄不出真正能吃的菜，所以用一只手——"

"布赖恩特。"她语带警告。

他把一个比萨盒放在厨房台面上。

"要不要来一块？"

"哈哈，这笑话不错，金。我不用了。"

她从橱柜里拿出两个盘子，左手依然十分笨拙。

"瞧，我多周到，给你带了只用一只手就能吃的东西。"

金从盒子里拿出一块比萨，放到盘子上。

"拜托，和我说点什么吧……什么都可以。我要疯了。"

"其实，伍迪要我给你捎一句话。"布赖恩特微笑着说道。

"说。"

她极其渴望听到有关这个案子的消息。

"你受到嘉奖了。"

金翻了个白眼。"哦，我真是受宠若惊呢。"

布赖恩特拿出他的笔记本。

"该死，道森赢了。"

"赢了什么？"

"赌你对这句话的反应。他每一个字都说对了。说句公道话，他连你翻白眼都猜对了。瞧，这儿写着'翻白眼'。"

尽管被开玩笑的是金，她还是放声大笑起来。

他们都太了解她，知道她会做何反应。上级给予她嘉奖并不能让她晚上安心睡觉，只会在她下一次接到投诉、不遵守程序或违抗命令时当一下她的免死金牌。

"顺便说一声，办公室看起来就像在开切尔西花卉展①。女孩们送来了花篮，父母们送来了花束，苏西的妈妈甚至送来了一个肾。"

"一个什么？"

"没，开玩笑啦，但如果你开口说要的话，我打包票她会送一个过来。"布赖恩特摇了摇头，接着低下头，"老天哪，金，当她打开门时，我真希望你也在那里。我永远忘不了她脸上的表情。大家都哭成了泪人——我很男人，但也不怕告诉你，有几滴眼泪还是我流的。"

金微微一笑，这才是能让她晚上安心睡觉的消息。

"苏西接受了全身检查，虽然她要花一些时间慢慢恢复，但完全康复是没问题的。"

金花了一些时间享受这个好消息。

"说真的，金，要不是你坚持——"

"你和其他人说过话吗？"

他点了点头。"卡伦和罗伯特正在准备领养的文件。他们很确定，李会为了一小笔费用放弃亲权。他们也很乐意给这笔钱。"他笑了笑，"他们能挺过去的。尽管可能做不成夫妻了，但他们还是深爱着对方，罗伯特愿意为了孩子付出性命。"

金想起了那个金发飘扬的勇敢的小女孩。

"他们有太多值得骄傲的东西了。"

"我今天早上和伊丽莎白聊了聊。她要求斯蒂芬搬出去，但并没有给他一个确切的日期。如果他处理得好的话，我觉得她会原谅他。"

金点点头，表示同意。"或许吧，但我觉得他最好还是对生活的变化做好准备。我猜她已经不再是十天前的那个伊丽莎白了。"

---

① 英国传统花卉园艺展会，也是全世界最著名、最盛大的园艺博览会之一。

她把她的盘子推开，站了起来。她从橱柜上拿下一包哥伦比亚黄金咖啡，这包是空的，她伸手拿新的一包。

布赖恩特站了起来。"你要不要我帮……"

金看了他一眼。"布赖恩特，我晚上可能很难用牙线剔牙了，你愿意留下来帮我吗？"

"呃，不用了，谢谢。行，我坐在这儿看着就好了。"

金拿起一把剪刀，把咖啡包放在肘弯处。她左手拿剪刀剪了三下，打开了包装。

"你知道，如果我被困在一座荒岛上，只能随身带一样东西的话，我会带什么吗？"布赖恩特说。

"什么？"

"你。"

金一边笑，一边晃着咖啡包，把咖啡倒进过滤器里。她转过身，定睛看着他。

"所以，你是故意在我面前扮迟钝吗？"

他露出坏笑，他知道她想听什么。

"好吧，赛姆斯正像金丝雀一样引吭高歌。你说得对，他确实没有参与第一场计划。他甚至不知道苏西就被藏在那儿。如果他有的话，那你我都知道，苏西肯定已经死了。那只是威尔自己打的小算盘。

"赛姆斯并没有申请律师辩护，他似乎很开心去蹲监狱。我觉得，一部分的他很渴望监狱生活——他渴望组织，渴望上下级结构。他是一个心理严重扭曲的人。"

哦，那还用说吗？金再清楚不过了。

"哦，对了，他永远失去左眼视力了。"

"我的内心在哀号呢。威尔·卡特呢？"

"他把一切都怪在海伦头上。他也不愿意对自己的最后一个计划做任何评论。"

金紧紧握住那只还能动的拳头。"他把那孩子关在地下十三个月。说实话，如果可以选择他们其中一个来折磨的话，我会选择他。他怎么能忍心一直看着她那样受苦？"

布赖恩特点了点头，表示同意。

金怀疑，当威尔释放埃米莉的时候，他可能觉得苏西已经死了。等回来时，他才发现原来那孩子还活着。没有证据表明，威尔有能力动手杀人。

因为威尔打算以后再把埃米莉抓回来，金不禁想知道，他让苏西活着，是不是打算跟父母们再玩一次游戏。当无法再抓住埃米莉之后，他让苏西活着则是为了多一条赚钱的路子。

而他拒绝说话，或许意味着他们永远都不会知道真相了。

"海伦呢？"

布赖恩特绷紧下巴，但努力让声音听起来很轻快。

"哦，她声称自己遭受精神痛苦和创伤后压力，要求减轻刑事责任。她把工作压力带来的精神健康障碍具有的所有症状都引用了个遍。"

"你在开玩笑吧？"

"没有，她有个很厉害的御用大律师 ①——但我们的更厉害。"

必须如此，金心想。

"差不多就这样了。"布赖恩特耸了耸肩。

信息量还挺多的。

---

① 由英王委任的皇室法律顾问，亦是对奉英王为元首的英联邦国家资深大律师的一种封号。

"哦，还忘了一件事，自从破了杜文·赖特的案子之后，凯一副明白了生命意义的样子，天天大摇大摆。顺便说一句，维恩打算不经审判，直接认罪。"

金悲伤地接受了这个消息。她想恨这个男人，但做不到。她痛恨他所做出的决定，却或多或少能理解他的决定。维恩·赖特向委员会提出了七次搬迁请求，但没有足够的积分让他们搬到一个体面的住宅区。他不得不与这个决定共度余生。

两人沉默着。

"她错了，你知道吧。我说的是海伦。斯泰茜和我说了她对你说的话，她错了。"

金点点头，表示理解。她一直记得那女人列出的她们相似的地方。她们的缘分已告终结，这个事实并不令她开心。她把左手伸到下面，摸了摸巴尼柔软温暖的额头。她知道海伦错了，但也许并没有完全错，而这是她必须考虑的事情。此时此刻，和布赖恩特在一起，她并不用考虑那么多。

"哦，对了，之前你跟苏西说你愿意把性命托付给我，那是真话吗？"

金大笑。"小孩嘛，多好骗。他们什么都信。"

他微微一笑。"哈，我就知道。"他站了起来，"我差点忘了，马特今天来了，参加最后一次汇报会。他让我把这个给你。"

那是一张叠起来的字条。

她把字条放在早餐吧台上，陪布赖恩特走到门口。

"这几天我都会来你家转转，确保你没有弄东西给自己吃。"

"好呀，记得带些好吃的过来。"

他一边笑，一边走了出去。

她关上门，然后转身回到厨房。现煮咖啡的香气溢满房间。

她望着马特那张还没打开的字条，心里认定那不是什么好东西。

他们间的每一场对话都是一场战争，两个人什么事都想占上风，都想由自己一锤定音，仿佛一场处于局末平分的网球比赛中僵持的对手。

马特·沃德不是一个好相处的人。与他相伴的每一刻都是挑战，都是斗争。

他叫人疲惫，又令人心烦，就跟她一样。

金打开字条，读道：

我八点来接你。不接受谈判。做好准备。

金盯着这张字条看了整整一分钟，然后扫了一眼时钟。

她把剩下的咖啡喝完，站起身，微笑着走向浴室。

她这辈子从未拒绝过挑战。

今晚，她要出去约会了。

第一百一十三章

金悄悄走进房间，右臂上挎着手提包。

从食指传向机器的有节奏的哔哔声打破了沉默，静脉滴注的营养物通过管子注入病人体内。

金把手提包放在床边的椅子上，走近了一些。

"晚上好，埃洛伊丝。"她轻轻地说道。

她不知道床上的女人听不听得到她的话。这女人的身体没有任何反应。

在这里，她的身材比金从花园中看到的更加瘦小。温顺的脸庞因岁月流逝更显憔悴。一缕灰色鬈发衬托着她平静安详的表情。

这个女人没有任何亲人，这让金感到奇怪。她看起来就像某人的母亲。

这个星期以来，金一直被各种父母之爱所环绕。

珍妮·科顿因为失去了自己的孩子，生活陷入停滞，无法再前进。伊丽莎白·汉森为了给自己的孩子更加稳定的生活，放弃了应有的东西。卡伦·蒂明斯为了保护自己的孩子，选择欺骗全世界。

甚至连维恩·赖特都为了保护自己的另外三个孩子，而判了自己一个孩子死刑。

海伦利用神奇的母性纽带，操纵一个年轻女子违背自己的意愿行事。这女子对母爱的渴望被一个卑鄙的人滥用，继而扭曲。

这更让金坚信，有些人生来就不应照顾孩子。她把自己的母亲放在那个名单上的第一位。

整个星期，那些回忆一直在威胁着她，但她下决心让自己免受它们的影响。她不会回望过去，因为她的过去会将她撕碎。

她知道，在未来的某时某地，她的记忆会追上她。那一直笼罩着她的阴影会最终现形。

但不在这里，也不是今天。

"埃洛伊丝，我还不算太晚，"她低声说道，"我把她们救回来啦。两个都救回来啦。"

她静静地站了一会儿，抚摸着这女人的拇指。"如果你见得到米凯伊的话，告诉他……告诉他……我每天都在想他。"

她坐了下来，伸手从包里拿出一本书。她把书在大腿上放了一会儿。

她想象着她的同事们欢庆破案的场景。她暗暗为他们付出的努力欢欣鼓掌。这是他们应得的胜利时刻。他们一同救了三个小女孩的性命。

金露出了微笑。

三个孩子都已经在家，平平安安地躺在家人的怀抱中。

知道这一点，对她来说就已经足够了。

金心满意足地长嘘了一口气，笑容仍挂在脸上。

"好啦，埃洛伊丝，我挑了《远大前程》[1]。希望这是你的挚爱之一。"

金翻开书页，读了起来。

---

[1]　英国作家查尔斯·狄更斯晚年写的长篇小说。

首先，我衷心地感谢你选择了这本《生命拍卖》。希望你能享受金的第三趟旅程，同时也希望你能和我有同样的感受。尽管金并不是一个多么温暖的角色，但她身上却展现出了热情、魄力，以及对正义的巨大渴望。

若你的确喜欢这本书，那么，如果你愿意撰写一份书评的话，我将感激不尽。我很愿意听听你的想法，同时，这也能让其他读者发现我的作品。或者，你也可以把它推荐给你的朋友或者家人……

每一个故事都是为了娱乐读者，将读者带上一段刺激、有趣的旅途。书中的一些主题或许会让人难以接受，但我努力用尊重与细心，而不是耸人听闻与哗众取宠，对待书中的每一个场景。我希望你能和金·斯通，以及我共同携手，踏上下一段旅程，不论那将带我们去向何方。

如果你愿意的话，我将十分乐意听到你的声音——你可以通过我的脸书、Goodreads 页面、推特或者我的网站来联系我。

如果你愿意了解我所有的新书，在下方的网页链接中注册即可。

非常感谢你给予的支持。

安杰拉·马森斯

www.bookouture.com/angelamarsons　　www.angelamarsons-books.com
www.facebook.com/angelamarsonsauthor　　www.twitter.com/@WriteAngie

致 谢

我对于环境会如何影响一个人的行为这个问题一向十分着迷。在极端压力下，我们的行为会和平时有多大不同？我们是否仍能忠于自己，抑或会在内在原始本能的驱使下屈服？

我找不到能比书写或许是人类最本能的欲望——保护欲，特别是对孩子的保护欲——更好地探讨这一问题的平台。

我希望自己能公平仁义地对待这一话题。

我对我的伴侣朱莉的感激实非笔墨所能形容。她的真诚和信念是我写作之路上的引路人。她是我的听众、我的第一位读者、待我最严苛的评论家，也是我最热烈的支持者。二十年间，我曾无数次被拒稿，她却每次都说"那是他们的损失"，紧接着便是一句"好好写下一本"的鼓励。希望每个人都能有一位朱莉这样的伴侣。

一如既往地，我想感谢 Bookouture 团队对金·斯通以及她的故事恒久不变的热情。

奥利弗·罗兹是一位真正的魔术大师，他和克莱尔·博尔对书以及 Team Bookouture 的作者的热情既鼓舞人心，又有感召力。

我的编辑珂诗尼·奈杜才华横溢、知识渊博，她对本书的贡献远比她所以为的要多。

金·纳什始终不渝地给整个 Bookouture 大家庭施与拥抱、宽容、保护、支持及鼓励，是世界上最温暖的避风港。

感谢各位所做的一切。你们的鼓舞让我成了最好的自己。

我想感谢我的 Bookouture 同行作者们。他们每一个人都文采奕奕、卓尔不群，给我提供了一个充满乐趣、支持与理解的环境。我的书友卡罗琳·米切尔和我一同踏上了这趟写作之旅，她总能给我提供充满智慧的箴言、极为有益的建议，以及令人捧腹的图片。林赛·J.普赖尔才华惊人，为人温暖。蕾妮塔·德席尔瓦是我遇到过的最美丽的灵魂之一。他们不仅是我杰出的写作同行，还是我亲爱的朋友。

我还要真诚地感谢我的爸爸妈妈。不论他们自己感不感兴趣，他们总是逢人就提起我的书。他们的热情以及对我的支持令我惊叹。

我要向那些愿意花时间了解金·斯通并关注她的故事的精彩博主及评论者致以无限的感谢。这些美好的人为我的书奔走相告、与他人慷慨分享，而他们这么做并不是因为这是他们的工作，而是因为这是他们的热情所在。我将永远感谢这个团体对我本人以及本人作品的支持。非常感谢你们。

最后，我要对可爱的迪伊·韦斯顿致以诚挚的感谢。迪伊·韦斯顿是我的安全毯，总会在我需要时给予我支持与友谊。

LOST GIRLS BY ANGELA MARSONS
Copyright: © 2015 BY ANGELA MARSONS
This edition arranged with LORELLA BELLI LITERARY AGENCY
through BIG APPLE AGENCY, LABUAN, MALAYSIA.
Simplified Chinese edition copyright: 2020 China South Booky Culture Media Co., Ltd
All rights reserved.

著作权合同登记号：图字 18-2019-270

图书在版编目（CIP）数据

生命拍卖 /（英）安杰拉·马森斯（Angela Marsons）著；叶家晋译. —长沙：湖南文艺出版社，2020.1
书名原文：Lost Girls
ISBN 978-7-5404-9478-0

Ⅰ.①生… Ⅱ.①安…②叶… Ⅲ.①长篇小说—英国—现代 Ⅳ.①I561.45

中国版本图书馆 CIP 数据核字（2019）第 265112 号

上架建议：畅销·外国文学

SHENGMING PAIMAI
生命拍卖

作　　者：[英]安杰拉·马森斯
译　　者：叶家晋
出 版 人：曾赛丰
责任编辑：薛　健　刘诗哲
监　　制：吴文娟
策划编辑：许韩茹
特约编辑：吕晓如
版权支持：姚珊珊　文赛峰
营销支持：徐　燧
封面设计：梁秋晨
版式设计：李　洁
出　　版：湖南文艺出版社
　　　　　（长沙市雨花区东二环一段 508 号　邮编：410014）
网　　址：www.hnwy.net
印　　刷：北京天宇万达印刷有限公司
经　　销：新华书店
开　　本：875mm×1270mm　1/32
字　　数：347 千字
印　　张：14
版　　次：2020 年 1 月第 1 版
印　　次：2020 年 1 月第 1 次印刷
书　　号：ISBN 978-7-5404-9478-0
定　　价：55.00 元

若有质量问题，请致电质量监督电话：010-59096394
团购电话：010-59320018